dtv

Ines und Daniel sind Mitte dreißig und leben seit anderthalb Jahren in Hamburg. Nicht irgendwo in Hamburg, sondern in einer der begehrten Immobilien der Hafen City mit Blick auf die Elbe. Daniel ist Städteplaner bei einer Unternehmensberatung, Ines führt ihre eigene Weinhandlung in Uhlenhorst. Die Enge ihrer Pfälzer Herkunft haben sie hinter sich gelassen; die Großstadt fühlt sich noch nicht nach Zuhause an, liegt aber als Verheißung vor der Tür. Ines und Daniel lieben sich und wünschen sich ein Kind. Als Wunsch nicht so schnell in Erfüllung geht wie erhofft, zeigen sich, zuächst fast unmerklich, feine Risse in der Beziehung – und das Paar gerät in einen Strudel, dem sich keiner der beiden mehr entziehen kann.

Stefan Moster, geboren 1964 in Mainz, lebt als Autor und Übersetzer mit seiner Familie in Espoo, Finnland. Unter anderem übertrug er Werke von Hannu Raittila, Ilkka Remes, Kari Hotakainen, Markku Ropponen Petri Tamiinen und Daniel Katz ins Deutsche. 2009 erschien sein Roman ›Die Unmöglichkeit des vierhändigen Spiels‹, 2011 folgte ›Lieben sich zwei‹.

Stefan Moster

Lieben sich zwei

Roman

Deutscher Taschenbuch Verlag

Von Stefan Moster
ist im Deutschen Taschenbuch Verlag erschienen:
Die Unmöglichkeit des vierhändigen Spiels (14137)

**Ausführliche Informationen über
unsere Autoren und Bücher
finden Sie auf unserer Website
www.dtv.de**

2013
Deutscher Taschenbuch Verlag GmbH & Co. KG,
München
© 2011 Stefan Moster
Lizenzausgabe mit Genehmigung des mareverlag GmbH & Co. oHG
© 2011 mareverlag, Hamburg
Umschlagkonzept: Balk & Brumshagen
Umschlaggestaltung: Wildes Blut, Atelier für Gestaltung,
Stefanie Weischer unter Verwendung eines Fotos
von Swantje Zink (www.swantjezink.de)
Druck und Bindung: Druckerei C. H. Beck, Nördlingen
Gedruckt auf säurefreiem, chlorfrei gebleichtem Papier
Printed in Germany · ISBN 978-3-423-14226-7

Juni

Von außen betrachtet

Wenn man ein Fernglas hätte, denkt der schwedische Seemann im gelben Overall, könnte man dort, wo Jalousien und Fensterläden bereits offen sind, wohlhabende Deutsche in ihren Wohnungen sehen, Frauen in Wäsche vielleicht, das wäre ein Zeitvertreib, jetzt, da es so langsam vorangeht, im Schritttempo nur. Etwas stimmt nicht, der Kollege im orangefarbenen Overall lauscht ins Funkgerät, lacht leise auf und sagt, man könne nicht löschen, da der Empfänger der Ladung am Vortag Konkurs angemeldet habe; bis der Sachverhalt geklärt sei, müsse der Liegeplatz frei bleiben. Wer weiß, wie lange sie nun auf die Einfahrt ins Hafenbecken warten müssen.

In diese Stadt einzufahren, hat seinen Reiz, auch für den erfahrenen Seemann, wie ein Trichter verengt sich das Meer erst zur Bucht, dann zum Fluss, dessen Ufer mit jedem Kilometer näher an die Fahrrinne rücken, bis man den Hafen mit seinen Kränen erreicht. Zur Stadt hin fällt der Blick auf schicke Bebauung am Kai. Fassaden aus besserem Stein, Holzverblendungen und hier und da Messing, UV-Strahlung filterndes Panoramaglas – wer dort lebt, hat mehr, als er braucht, denkt der Seemann im gelben Overall, denn am Wasser wohnen ist überall teuer, in Schweden wie hier; von denen da drüben ist keiner wie ich, obwohl wir uns auf Augenhöhe befinden und obwohl die drüben sich ihre Wohnungen leisten, damit sie solche wie mich auf Schiffen vorbeifahren sehen.

Etwas steril die noch neuen Fassaden. Ein Haus fällt allerdings aus dem Rahmen, es scheint, als wären seine Etagen achtlos aufeinandergelegt worden, nicht sauber auf Kante, was, in dieser Wohnlage, nicht der Achtlosigkeit, sondern dem Kalkül des Architekten entsprungen sein muss.

Eine Frau tritt auf dem Balkon des unakkuraten Gebäudes ans verglaste Geländer, ihre Beine sind nackt, und der Kollege steckt das Funkgerät ein. »Ein Fernglas müsste man haben«, sagt er.

Die beiden Seeleute lehnen sich auf der Backbordseite ihres Frachtschiffes in den Schatten zurück, denn die helle Morgensonne wärmt beträchtlich und der Overallstoff atmet nicht. Sie lehnen am blau gestrichenen Metall, zwanzig Meter über dem Wasser, drehen sich aus norwegischem Tabak Zigaretten und finden sich mit dem Warten ab. Seeleute hadern nicht mit der Zeit.

Blicke

Mit einem Knopfdruck lässt Daniel die Lochblechläden zur Seite gleiten, in Wandbreite bricht der hellsonnige Morgen ein, und schon sitzt Ines, die sich nach dem Erwachen stets sofort aufrichtet, neben ihm im Sprühlicht der fein gewebten Gardinen.

Seit gut einem Jahr schläft sie nackt. In Neustadt hat sie das nie getan, obwohl die alte Penthousewohnung miserabel isoliert war und es an der Weinstraße wesentlich wärmer wird als hier im Norden, wo nahezu täglich Wolken mit Hängebäuchen dafür sorgen, dass man der Sonne nicht eben überdrüssig wird.

Ines' Verzicht auf das Nachthemd hat keine klimatischen Gründe. Sie will nichts zwischen sich und ihren Mann bringen, nicht einmal millimeterdünne Seide. Es ist ein Zeichen, das Daniel nicht übersehen kann. Seine Wahrnehmung variiert dabei nicht wenig. Mal sieht er in erbarmungsloser Deutlichkeit die Umformungen, die sich bei einer Frau von Mitte, Ende dreißig unverkennbar vollziehen, und kommt sich vor wie ein Pathologe beim Blick auf eine Lebende; dann wieder springt ihn beim ersten Augenaufschlag die Verlockung an, und er streckt unwillkürlich die Hand aus.

Inzwischen kennt er das, in zyklischen Folgen wird die eine oder die andere Variante aktiviert: Ist Ines am Vortag voller Zuversicht gewesen und hat ihr Lächeln über die Nacht halten können, erfüllt auch am nächsten Morgen zu allem bereite jugendliche Spannung ihren Körper. Hat sie sich am Abend aber in den Schlaf geflüchtet, um der Verzweiflung zu entkommen, wirkt sie wie eine Genesende nach schwerer Krankheit.

Hat Daniel den Pathologenblick, hat er auch ein schlechtes Gewissen, samt dazugehöriger Bleischwere. Im anderen Fall fühlt er sich leicht und lässt sich hinreißen – so wie an diesem Junimorgen, an dem er es jedoch nicht darf. Ines weist ihn zurück, nicht unwirsch, sondern freundlich, mit einem Scherz sogar: »Heute darfst du dein Pulver nicht verschießen.«

Sie hat recht. Es wäre fahrlässig, eine ganze Woche Enthaltsamkeit unbeherrscht zunichtezumachen, am Morgen des Tages, den Ines auf dem Kalender in der Küche mit einer geheimnisvollen Zeichnung markiert hat, anstatt den Termin buchstäblich dort einzutragen, als wollte sie vor Zugehfrau und Gästen verbergen, worum es geht. Die schiere Intuition ließ sie so handeln, denn wer einer Zugehfrau den Zugriff auf alle Spuren des Privatlebens gestattet, fürchtet ihr Urteil nicht, und mit überraschenden Besuchern ist auch nach anderthalb Jahren in dieser Stadt noch nicht zu rechnen. Freunde und Verwandte aus der alten Heimat melden sich vorher an, und wenn das nächste Mal ein Pärchen aus dem Freundeskreis von früher die Hansestadt bereist, wird das Kalenderblatt längst umgeblättert und im Leben womöglich eine neue Seite aufgeschlagen sein, wovon sie den Freunden beim ersten gemeinsamen Abendessen dann feierlich berichten werden, vielleicht drüben bei den Landungsbrücken, wo es Gästen aus dem Süden der Republik immer gefällt, auch wenn die lichtarme, wie in den Schatten geduckte Lokalzeile nicht gerade mondänes Ambiente bietet, dafür aber mit schlichter Küche die Geschmacksnerven von Bürgern aus der Provinz nicht überfordert.

Daniel ärgert sich ein wenig über die zweideutige Bemerkung, Ines sieht es ihm sofort an, »he«, sagt sie, »nicht so todernst, wenn ich bitten darf«; dabei greift sie mit drei Fingern nach seinem Kinn und bewegt es drei, vier Mal hin und her, wie sie es immer tut, wenn er beleidigt ist.

Eigentlich freut er sich, sie an diesem Morgen so leichter Laune zu sehen, trotzdem wehrt er ihre Hand etwas zu unwirsch ab.

»Du magst das nicht?«, staunt Ines. »Warum hast du das bis jetzt für dich behalten?«

Daniel zuckt im Liegen mit den Schultern, weshalb man es kaum sieht, Ines schüttelt fast unmerklich den Kopf, und als sie sich den kurzen Seidenkimono umlegt und auf den Balkon hinausgeht, bleibt das Thema hinter ihr zurück. Auch Daniel lässt es los, worauf es wie eine federleichte Staubmaus von einem Windhauch unters Bett geweht wird und das innere Auge wieder freie Sicht auf die nackte Ines erhält. Wie immer er sie auch betrachtet, ob beobachtend oder begehrend, Daniel fühlt sich hingezogen zu seiner Frau. Er glaubt, er passt zu ihr, es kommt ihm vor, als wäre ihre Brust für die Schale seiner Hand geschaffen worden.

Drei Tage Enthaltsamkeit werden empfohlen. Ines hat auf einer Woche bestanden, sie will die Voraussetzungen für ein optimales Ergebnis schaffen. Und sie will, dass ihr Mann bestmöglich dasteht, wenn die Reservoire und Kapazitäten seiner Männlichkeit ins Licht der Messgeräte rücken.

Nach einem Jahr, in dem sie sich kaum Verzicht gegönnt und von Monat zu Monat den relevanten Zeitraum vor und nach dem Eisprung *sicherheitshalber,* wie sie sich sagten, aus Gewissenhaftigkeit und weil sie sich später nicht vorwerfen wollten, nicht alles versucht zu haben, immer weiter ausgedehnt hatten, war ihm die Pause zunächst wie eine Heilkur erschienen, doch nach zwei Tagen meldete sich die Lust aufs Eheleben wieder.

Was für eine simple Methode, wenn man es genau bedenkt: einmal aussetzen, und das, was man zu verlieren fürchtet, stellt sich in alter Frische wieder ein. Und was für ein Glück! Daniel mag gar nicht daran denken, wie es wäre, die Lust auf Ines dauerhaft zu verlieren. Doch kaum denkt er, dass er nicht daran denken mag, denkt er auch schon daran.

Wird das, was jetzt Enthaltsamkeit ist, irgendwann Normalität werden? Gibt es so etwas wie eine ehetypische Thermodynamik, ein entropisches Gefälle hin zum energieärmsten Zustand? Wenn ja, dann verkörpert es sich in seinen Eltern, denkt Daniel: zweimal deutliches Übergewicht nebeneinander auf einer Couch, schweigend dem Sendeprogramm verschworen, und anschließend im Schlafzimmer zweimal friedliches Schnaufen, vom Matratzenzwischenraum getrennt.

Das Bild ist gut, denn es beruhigt. So sind er und Ines nicht. Nein. Zwar sehen sie zusammen fern, ja, aber sie reden noch immer miteinander. Daniel glaubt, dass Ines ihm alles erzählt, was sie bewegt, sie beschreibt ausführlich ihre Erlebnisse, benutzt gestikulierend das Wort *irgendwie,* in dem sich ihre ernste Bemühung ausdrückt, ebenso wie in dem Umstand, dass sie sich mit dem Wort nie zufriedengibt. Sie setzt es wie eine Ermahnung an sich selbst ein, genaue Sätze zu bilden, denn er soll wissen, was sie umtreibt, damit sie sich nicht alleine fühlen muss. Sie verschweigt ihm nichts, davon ist er überzeugt, manchmal wird es ihm fast zu viel, er müsste nicht unbedingt jeden Sonntagabend eine halbe Stunde lang über den Fernsehkrimi reden, aber alles in allem ist es ihm doch lieb, es bringt Geborgenheit zum Ausdruck, Ines' Geborgenheit, es bedeutet, dass sie sich bei ihm zu Hause fühlt.

Die Lunge voller Hafenluft kommt Ines vom Balkon zurück, atmet zufrieden durch, während sie das Schlafzimmer durchquert, und Daniel verzichtet aufs Frühstücksfernsehen an diesem Werktagmorgen, an dem ohnehin alles ungewohnt verläuft. Normalerweise wäre er längst im Bad gewesen, so aber hört er nun Ines dort agieren, sie hat die Schiebetür offen gelassen, wie es dem Einrichtungskonzept ja auch entspricht: Sie hält sich nicht in einer Nasszelle auf, sondern in einem Badezimmer, ans Wohnumfeld angeglichen, stilistisch wie ideell, spezifischer Funktionsraum zwar, denn Ines wäscht sich dort, nutzt hörbar Becken und Bidet, doch mit durchlässigem Übergang zum übrigen Wohnraum.

Seinen Eltern hat Daniel das bei ihrem bislang einzigen Besuch nicht plausibel machen können. »Man stellt sich doch keine Couch ins Bad«, hat die Mutter angesichts des Lederdiwans ausgerufen.

Daniel fällt auf, dass Ines die Dusche nicht benutzt, die so konzipiert ist, dass man ohne Hindernis unter den dosierten Schauer treten kann. Er hält den Atem an und lauscht, hört leise Geräusche, ein Räuspern, dann kurz ein Summen, das heißt, sie schminkt sich vor den Spiegeln, wahrscheinlich in Unterwäsche. Dann führen ihre Schritte in den akustisch toten Winkel des Ankleidezimmers, aus dem sie wenig später mit potenzierter Lautstärke herauskommen: Ines ist mit nackten Füßen in Pumps geschlüpft.

Nun geht sie in die Küche, schade, Daniel hat auf einen Abstecher ins Schlafzimmer gehofft, doch sie hat den direkten Weg genommen, den Weg, den sie an jedem Werktag geht. Daniel denkt plötzlich, wie viele überflüssige Quadratmeter die Wohnung in Wahrheit hat, ganze Areale des Ahornparketts betreten Ines und er so gut wie nie. Sie gehen immer auf denselben Bahnen von einem Raum zum andern und innerhalb der Räume zu den Stellen, die sie nutzen. Ihm fallen die jungen Katzen ein, die er früher hatte. Die erschlossen sich die Wege in die Welt, indem sie von der Haustür aus tastend in eine Richtung gingen und dann in den eigenen Pfotenspuren zurückkamen. Am Ausgangspunkt angelangt, drehten sie sich mehrmals um die eigene Achse, schlugen dann eine neue Richtung ein und kamen wieder auf demselben unsichtbaren Pfad zurück.

Daniel hört Ines' Werktagschoreografie in der Küche. Als die Espressomaschine feucht ausatmet, steht er auf. Auf dem Küchenbüfett steht ein Glas Latte für ihn bereit. Ines leckt sich den weißen Schnurrbart von der Lippe.

Sie trinken schweigend und sehen sich dabei an, nicht wie Verliebte, nicht mit Blicken, die eine Lawine auslösen wollen, sondern mit Blicken, die einen stabilisierenden Damm errichten.

»Rufst du mich an, wenn du es hinter dir hast?«

»Dir ist klar, was ich da tun werde?«

»Meine Aufklärung hat zwar offiziell nicht stattgefunden, weder daheim noch in der Schule, aber seit ein paar Jahren weiß ich trotzdem einigermaßen Bescheid.«

»Bist du nicht eifersüchtig?«

»Auf wen denn? Auf deine rechte Hand?«

»Woher willst du wissen, dass es nicht die linke ist?«

Ines wirft ihm einen schwer deutbaren Blick zu und steigt vom Barhocker. Sie beschließt, es eilig zu haben. Das Makeup muss vervollständigt werden.

Auch von der Küche aus führt eine Gleittür zum Balkon. Daniel tritt mit seinem Kaffeeglas ins Freie, ins überbelichtete Bild. Der Grasbrookhafen wird von links mit Licht geflutet, auf der Elbe herrscht Betrieb. Ein blaues Containerschiff schiebt sich fotogen ins Panorama, noch kann Daniel den Namen nicht lesen, ein lächerlich kleiner Schlepper zieht den Frachter an einem straff gespannten Seil. Der Schlepper wirkt überfordert, es geht kaum im Schritttempo vorwärts, fast steht das große Schiff. Daniel wundert sich, so hat er das noch nie gesehen. Normalerweise läuft der Verkehr hier zügig ab, ihm scheint, als stimmte etwas nicht mit dem Gespann.

Ines kommt, um sich von ihm zu verabschieden. »Mach's gut«, sagt sie und küsst ihn. Sie ist nun komplett angezogen und geschminkt, sie duftet nach Parfum und Rouge und Creme, und Daniel, in T-Shirt und Boxershorts, spürt am Körper Einzelheiten ihrer Hülle, Blusenknöpfe, BH, Halsschmuck, die Applikationen auf dem Rock.

Sie wird nach diesem Kuss die Lippen nachziehen müssen, denkt er und merkt im gleichen Moment, dass die Holzplanken unter seinen nackten Füßen schon so früh am Tag angenehm warm sind. Wie ein beheizter Boden, in einem Schwimmbad etwa, und tatsächlich, die Art und Weise, wie Ines ihn gerade geküsst hat, erinnert ihn an eine Szene, die er drei Tage zuvor, am Freitag nach der Arbeit, in der Schwimmhalle verfolgt hat.

Ein großer dünner Mann mit langen schwarzen Haaren duschte zwei kleine Kinder ab, einen Jungen und ein Mädchen, und redete dabei mit ihnen in einer Sprache, die Daniel nach einer Weile als Polnisch identifizierte. Zunächst hatte er auf Russisch getippt, aber dann stellte er fest, dass bei Zustimmung nie *da* gesagt wurde, sondern *tak,* und dass zum Dank auch kein *spasiba* fiel, sondern etwas merkwürdig Nasales. Nach dem Duschen hüllte der Mann die Kinder in kleine Bademäntel, setzte ihnen die Kapuzen auf, und gleich darauf saßen sie alle drei nebeneinander auf einer Bank und aßen Bananen, die Kinder plauderten vergnügt, ihre Beinchen baumelten mit nach innen gedrehten Füßchen. Es war ein drolliges, ein schönes Bild, Daniel, der von der Dusche aus zusah, musste lächeln, aber es kam noch besser.

Zufällig verließ er den Männertrakt zeitgleich mit Vater und Kindern und sah, dass die Mutter, ebenfalls Polin, am Ausgang auf ihre Familie wartete. Wie die anderen drei hatte auch sie nasse Haare. Sie war auffällig groß, fast so groß wie ihr Mann, strahlte die gleiche Gelassenheit aus, wie er sie im Umgang mit den Kindern gezeigt hatte, und war außerdem hochschwanger. Ihr Bauch wölbte sich zu einer eindrucksvollen Kugel.

Der Mann trat vor sie hin, aber nicht kameradschaftlich oder elternhaft, sondern so, wie man es tut, wenn man es am liebsten auf der Stelle treiben möchte, auf diese forciert maskuline Art, sich mit leicht vorgeschobenem Becken vor dem Objekt der Begierde aufbauend, aber gemildert durch einen Filter der Selbstironie – und der Liebe. Jeder würde das sehen, dachte Daniel, er jedenfalls sah es, und tatsächlich küssten die beiden sich wie hoch erregte Liebende, wobei der Mann beherzt mit beiden Händen den dicken Bauch der Frau rieb, er rubbelte die Wölbung förmlich und gab dazu einen Laut der Wollust und des Wohlbehagens von sich. All dies vor den Augen der Kinder, die danebenstanden und brav stillhielten. Keine Frage, denkt Daniel auch jetzt, auf den warmen Planken des Balkons, da lieben sich zwei.

Das Containerschiff ist inzwischen einige Meter vorangekommen, aber Daniel kann den Namen noch immer nicht lesen, sosehr er auch den Hals reckt und die Augen zusammenkneift. Am Freitag hatte er sich am Schwimmbadausgang den Hals nach dem sich innig küssenden Paar verdreht. So sehr, dass die Kinder auf ihn aufmerksam wurden und er sich unter ihren neugierigen Blicken verlegen abwandte und den Spindschlüssel in den dafür vorgesehenen Korb neben der Kasse fallen ließ.

Wein und Wahrheit

Jedes Mal wenn die Brandschutztür hinter ihr zufällt, denkt Ines einen Herzschlag lang an Neustadt. Auch dort ging es morgens in die Tiefgarage, wenn auch nicht im Lift, wie hier, sondern im hallenden Treppenhaus die leberwurstgrauen Steinstufen hinunter, der gezückte Wagenschlüssel schlug gegen das Metallgeländer, die Absätze bissen auf Granit und schrammten in den hastig genommenen Kurven. Und dann fiel die Brandschutztür überlaut ins Schloss, das ganze Haus erbebte unter dem Schlag. Hier klingt es anders, obwohl es sich um eine ebenso dicke Metalltür handelt. Alles klingt hier anders, hier sind schon die Fundamente massiver gegossen, hier ging es nicht darum, flugs eine rentable Kleinstadtimmobilie hochzuziehen, hier ging es um die Art von profunder Qualität, die sich beim Öffnen der Kellertür noch vermittelt, die man förmlich atmet, weil alles, wirklich alles, bis hin zu Fugenmasse, Farbe, Leim, hohen Standards entspricht. Das hier sind Materialien, wie man sie in Daniels Architekturbildbänden auf perfekt ausgeleuchteten Fotografien sieht.

Die Tiefgarage ist klimatisiert, jedoch nicht gefliest. Ines geht auf gewöhnlichem Asphalt zu ihrem weißen Auto. Die Parkbucht daneben gehört ebenfalls zu ihrer Wohnung, steht aber leer, denn Daniel hat vor dem Umzug in die Großstadt seinen Wagen verkauft. Modernes urbanes Leben müsse mit einem Minimum an motorisiertem Individualverkehr auskommen, meint er, der von Berufs wegen an entsprechenden Stadtkonzepten arbeitet und privat nicht seine selbst entwickelten Strategien untergraben möchte. Neuerdings denkt er allerdings ab und zu laut darüber nach, ob man den Mix aus öffentlichem Nahverkehr und Fahrrädern mit speziellen Stadtautos ergänzen sollte, wie in Paris vielleicht, wo im nächsten oder übernächsten Jahr viertausend Elektroautos über tausend Stationen im Stadtgebiet verteilt werden, wo sie dann von registrierten Benutzern per Internet und gegen eine fantastisch geringe Gebühr gemietet werden können. Niemand hat Daniel damit beauftragt, trotzdem denkt er in seiner Freizeit über eine Anpassung des Konzepts an Hamburger Verhältnisse nach – bis ins Detail, wie es seine Art ist, als müsse er in absehbarer Zeit seiner Chefin einen praktikablen Plan vorlegen.

Daniels Zeitvertreib besteht darin, seine Arbeit in gelöster Form daheim weiterzumachen, seinen Ideenreichtum auf Felder auszudehnen, auf denen seine Firma noch keine Verträge unterschrieben hat. Kommt Ines später als er nach Hause, sieht sie ihn oft mit offenem Laptop auf der Couch oder am Küchenbüfett sitzen, aber noch während sie Tasche und Jacke ablegt, hört sie das Geräusch des zuklappenden Computers, und dann beginnt der gemeinsame Abend.

Den Erlös seines alten Wagens investierte Daniel in einen Wohnzimmertisch mit zylindrisch eingelassener Feuerstelle aus Spezialglas. Ines gönnte es ihm, verlangte jedoch zum Ausgleich eine maßgefertigte Vitrine für die Muscheln und Steine, die sie an Nord- und Ostsee zu finden beabsichtigte.

Daniel hat seiner Frau gleich zu Beginn erklärt, dass sie bequem und schnell mit der Linie 6 zu ihrem Laden kommt, aber er kritisiert sie nicht, wenn sie den Wagen nimmt. Ines tut das mehrmals in der Woche. Sie mag das Lenken, außerdem liebt sie den Moment, wenn sie an einer Ampel den Gang heraus- und den Fuß von der Kupplung nimmt. Dann schaltet sich von selbst der Motor aus, und es wird plötzlich still.

Noch besser gefällt es ihr, beim Wechsel nach Grün auf die Kupplung zu treten, denn dadurch springt der Motor unverzüglich wieder an. Das sind Sekunden, die ihr etwas geben: so etwas wie Zuversicht. Darauf, dass Abläufe klug verschaltet sein und auch noch funktionieren können. Möglicherweise wird sie den lieb gewordenen Zweitürer jedoch bald eintauschen, gegen ihren Willen und doch freiwillig. Mit Kind wäre ein Fünftürer praktischer. Daniel meint, man käme auch mit Kind ohne Auto aus, trotzdem vergleicht er Verbrauchswerte und CO_2-Ausstoß unterschiedlicher Modelle und ärgert sich, weil noch immer kein Kombi mit Hybridantrieb erhältlich ist. Er hält das für einen typischen Fall von Fehlplanung, denn wer, so fragt er, bilde denn die Zielgruppe solcher Pkws? Vor allem Menschen mit Kindern, da nur für diese Leute die Zukunft der Erde eine greifbare Rolle spiele.

Ines verlässt das Areal der HafenCity, das zwar nicht gesperrt, jedoch vom gewöhnlichen A-nach-B-Betrieb der Stadt weitgehend abgekoppelt ist, und fädelt sich in den Morgenverkehr ein. Es hat keinen Sinn, so früh in den Laden zu fahren, denn wer soll morgens um zehn Uhr deutschen Qualitätswein kaufen? Sie fährt trotzdem hin, an jedem Tag der Woche, außer sonntags. Denn ab und zu lässt sich eben doch jemand am Vormittag blicken, meist eine Frau in Eile auf dem Heimweg von Lebensmitteleinkäufen oder Behördengang. Von Kundenaufkommen kann man freilich erst um die Mittagszeit sprechen. Rentabel wird Ines' Präsenz im Laden nicht vor siebzehn Uhr. Wenn überhaupt.

Der Laden liegt im leicht abgesenkten Erdgeschoss eines Hauses aus der Zeit der Jahrhundertwende: mehrfach gebrochene, in Hamburger Weiß getünchte Jugendstilfassade, drei Stufen nach unten zur dunkelgrün gerahmten Eingangstür zwischen zwei Schaufenstern. Darüber das Schild: »Palatium – Weine und mehr«. Ein wenig übertrieben, denn dieses »mehr« beinhaltet bislang nur Flaschenöffner, Kübel, Gläser und die Abrundung des Weinsortiments durch Winzersekt, Tresterschnaps und Traubengelee. Und warum »Palatium«? Ines glaubt, die lateinische Bezeichnung ihrer Heimat klinge im urbanen Kontext weniger provinziell. Ein Widerspruch, wie Daniel messerscharf erkannt und ihr erklärt hat, denn einerseits will sie Provinzialität vermeiden, andererseits schon im Namen die Herkunft ihrer Weine anzeigen. Genauer gesagt der meisten ihrer Weine, denn sie hat schnell gemerkt, dass sie mit dem Beharren auf einer einzigen Erzeugerregion nicht reüssieren kann, zu viele Menschen in der Großstadt trinken grundsätzlich keinen deutschen Wein. Weshalb Ines nach wenigen Monaten die vorderen Regale rechts und links für Frankreich und Italien geräumt hat. Den Weinen ihres Vaters gehört freilich noch immer der zentrale Tisch, umstellt von mehreren mit Holzwolle ausgelegten Kisten, darauf gebettet Flaschen von Riesling, Weiß- und Grauburgunder, Muskateller, das ist sie ihrem Vater schuldig, auch wenn sie es ihm nicht versprochen hat. Außerdem muss sie seine Weine gut verkaufen, denn sinkt der Absatz und sie bestellt nicht nach, wird daheim bekannt, wie schlecht der Laden läuft. Ines will das vermeiden, und zum Glück hilft ihr die Neigung mancher Menschen, einem Tipp mit persönlicher Note besonders hohen Wert beizumessen. Wenn Ines sagt, »diese Weine stammen vom Weingut meines Vaters«, bringen es nur Hartherzige über sich, zu sagen, »den nehm ich nicht, ich trinke ausschließlich Italiener«.

Viel muss sie nicht tun, bis der Laden am Morgen bereit ist, sie schaltet Spots und Computer an, stellt die beiden mit Korken gefüllten Körbe vor die Tür, legt auf das eine Korkenbett einen Chardonnay, auf das andere einen Merlot, steckt je ein laminiertes Preisschild halb unter die Flasche, »Alltagswein, 4,95«, das war's, von da an wartet sie auf Kundschaft. Das heißt: Sie wartet gar nicht mehr, nicht am Vormittag, sie hat sich das abgewöhnt; kommt dennoch jemand vor der Mittagszeit zur Tür herein, nimmt sie es als angenehme Überraschung hin und verwickelt die Person dann gern in ein Gespräch, um sich die Zeit zu vertreiben, aber auch um durch Aufgeschlossenheit an die Moral von König Kunde zu appellieren, er möge bald wiederkommen zu der netten, blonden, gesprächsfreudigen Weinhändlerin mit dem entzückenden südwestdeutschen Restakzent.

Wenn sie alleine ist, liest sie Fachzeitschriften und die Angebotslisten der Erzeuger, überfliegt im E-Mail-Eingang die unzähligen Newsletter zeitgemäß werbender Winzer, springt zwischendurch immer wieder zu den Urlaubsfotos alter Freundinnen bei Facebook, wagt auch schon mal einen Abstecher in diverse Internet-Foren zu dem Thema, das sie derzeit mehr als alles andere interessiert, oder sieht sich auf YouTube das Video eines Songs an, den sie auf der Herfahrt im Radio gehört hat; sie telefoniert, bestellt, holt Informationen ein und hält sich auf dem Laufenden. Sie weiß Bescheid, sie könnte ohne Weiteres die Flaschensammlung eines Hotels der gehobenen Kategorie oder zum Beispiel die Kellerei der BASF betreiben, was sie vielleicht jetzt sogar täte, wäre Daniel nicht die einmalige Chance, wie er das nannte, in Hamburg angeboten worden, weshalb sie sich, die immer davon geträumt hatte, einmal am Meer zu leben, auf die ausgeschriebene Stelle im Ludwigshafener Werk gar nicht erst beworben hatte, obwohl die Chancen nicht schlecht gewesen wären, bei ihren Referenzen. Zwar hätte es für Laien kaum sonderlich attraktiv geklungen, sich als Leiterin der Kellerei eines Chemiewerks vorzustellen, aber Leute vom Fach hätten anerkennend die Augenbrauen gelupft angesichts der Verantwortung, die sie dann getragen hätte für über tausend Spitzenweine der namhaftesten Güter plus einiger exklusiver Neuentdeckungen.

Sieht man sich auf der Straße um, müsste es für solche Weine in Hamburg massenhaft Interessenten geben, auch hier in Uhlenhorst, doch zögern die meisten, die Ines' Laden betreten, schon beim Kauf einer Flasche, die zwölf fünfundneunzig kostet. Zehn Euro sind selbst für Menschen in rahmengenähten Schuhen und Wachsjacke, die einem Range Rover entstiegen sind, oft das Limit, was realiter bedeutet, dass sie kaum eine für mehr als acht fünfzig kaufen. Ines vermag nicht einzuschätzen, wie viel das mit der schwelenden Rezession zu tun hat, denn sie hat den Laden pünktlich zu Beginn der Wirtschaftskrise eröffnet, die damals noch gar keinen Namen hatte, bald aber Finanzkrise genannt wurde, als sollte durch Wortmagie ein Übergriff der Pleiten einzelner Geldinstitute auf das gesamte internationale Wirtschaftsleben verhindert werden.

Ines kann sich freilich, obwohl sie Internationale Weinwirtschaft studiert und einige Jahre lang einen ihrer Qualifikation annähernd entsprechenden Beruf ausgeübt hat, nur schwer vorstellen, dass die globale Wachstumsschwäche sich direkt auf einen mit Holzboden und bis zur Decke reichenden Regalen ausgestatteten Weinladen von fünfzig Quadratmetern Fläche in Hamburg-Uhlenhorst spürbar auswirken soll.

Allerdings braucht sie ihre Vorstellung gar nicht erst zu bemühen, um eine simple Tatsache anzuerkennen: Der Laden wird nicht frequentiert, und es gibt keinen Tag, an dem Ines nicht wenigstens ein Mal ungewollt aus sich heraustritt, im tagträumerischen Zustand der Langeweile, die wie die Flut im Wattenmeer stetig steigt, und sich selbst sieht, die wartende Sechsunddreißigjährige auf dem Barhocker hinter dem schmalen, eleganten Buchenholztresen. Dann fragt sie sich mitunter, wie lange es diese blonde ehemalige Weinkönigin aus der Pfalz wohl als Wartende drei Treppenstufen unterhalb des Straßenniveaus aushalten wird.

Mit den energischen Schritten der Geschäftsfrau verlässt sie allmorgendlich die Wohnung, als Mensch mit Ziel lenkt sie den Wagen durch den Verkehr – um dann den Tag über herumzusitzen.

Hamburg liegt nicht am Meer

Das Ro-ro-Containerschiff heißt *Atlantic Compass,* endlich ist es weit genug vorangekommen, dass Daniel den Namen lesen kann, auch den Herkunftsort Göteborg und die Buchstaben ACL, alles auf die weiße Flanke des Deckaufbaus in demselben Blau gemalt, mit dem der Rumpf gestrichen ist. Die Dachkante über der Brücke leuchtet orange.

Der Raddampfer im Mississippi-Look, der vom frühen Morgen an notorisch wie Ungeziefer auf der Elbe kreuzt, kommt von rechts, wendet vor dem Containerschiff und fährt in Richtung Landungsbrücken zurück. Am Ufer unten sitzen Leute auf den weißen Steinstufen, sie haben Pappbecher mit Kaffee dabei und schauen, wie einige Meter über ihnen Daniel, auf den Elbverkehr und die Tanks und Röhren am Ufer gegenüber, auf die Kräne, hoch und knochig, mit blauen Beinen auf orangefarbenen Füßen.

Der Schlepper zieht die *Atlantic Compass* noch immer kaum im Schritttempo, Daniel wird ungeduldig, er widmet seine Aufmerksamkeit der Ladeordnung auf dem Schiff, die kleinen Container stehen vorne, die großen hinten, sichernde Gitterwände trennen die Reihen der Metallbehälter, auf denen der Warenverkehr der ganzen Welt beruht. Wären sie nicht erfunden worden, stünde Daniel jetzt nicht auf dem Balkon einer architektonischen Delikatesse. Das Haus thront an der Warftkante vor einem Hafenbecken, auf dessen Kai über Jahrhunderte hinweg Kisten, Fässer, Säcke und Ballen gestapelt wurden. Die gelöschte Ware aus den Frachtschiffen wartete in unsymmetrischer Ordnung, in Haufen und wackligen

Türmen, auf Sortierung, Umschlag, Abtransport, nur die zufällig gleich großen Kisten standen sauber Kante auf Kante, alles, was Sack und Fass und Ballen hieß, spottete dem Prinzip des rechten Winkels. Und auch die peinlichste Gütersortierung konnte den Eindruck von unaufhebbarer Unordnung nicht tilgen.

Dann aber kamen die Container, denen der kleine Kai nicht mehr genügte, für deren Frachter das Hafenbecken zu klein und flach war, weshalb die Schiffe samt den Quadern des multimodalen Güterverkehrs ans Südufer der Elbe zogen, in neue große Hafenbecken mit angrenzenden Riesenlagerflächen. Der innerstädtische Hafenrand verwaiste hinterm Zollzaun, bis die Planer ihn mit edlerem Stückgut besetzten: mit Immobilien für gehobene Ansprüche. Einer der Architekten erinnerte sich an die Güterstapel der Prä-Container-Ära und empfand seinen Entwurf einem Turm aus verrutschten Kisten nach. Daniel erfasste die Idee beim ersten Anblick und wollte unbedingt in diesem Haus die Wohnung haben, Ines genügte die originelle Erscheinung des baukünstlerischen Unikats zur Zustimmung, rasch waren sie sich einig, und nun leben sie in einer materialisierten Idee, vor der Touristen oft die Stirn runzeln oder aber flüchtig staunen.

Unter Daniels Balkon gehen Männer mit gelben Gummistiefeln und weißen Helmen vorüber, wegen der umliegenden Baustellen sieht man hier mehr davon als anderswo, noch häufiger aber sind die in Grüppchen auftretenden jüngeren Männer mit kurz geschnittenem Haar, schwarzen Anzügen, Akten oder Laptoptasche in der Hand. Da unten gehen solche wie ich, denkt Daniel. Bloß dass ich, wenn ich dort ginge, nicht neidisch zu mir hinaufschauen müsste, denn ich bin

Mieter einer Wohnung, von der die da unten träumen: durchgestaltete Architektur, ruhige Kernebenen im Wechsel mit bewegten Mantelebenen, unterschiedliche, voneinander abgesetzte Erker, Loggien und Balkone in der Gebäudekubatur, weißer Putz, dazu Metall in warmen Rottönen, ein bisschen Chrom, ein bisschen warmtoniges Silber, Anklänge an sportliche Jachten, leider Lochblechläden, aber dafür mit elektrischem Schiebemechanismus, drei geschickt verschachtelte Räume, Bulthaup-Küche, separates WC, Ankleide- und Badezimmer, einhundertsieben Quadratmeter in Hamburgs spektakulärster Lage für zweitausendeinhundertvierzig kalt. Nicht billig, die Penthousewohnung über ihnen steht noch immer leer, eigentlich ist auch der Blick über die Elbe nicht so berauschend, wie man meinen könnte, die großen Lagerhallen drüben, die Containerstapel, schön im herkömmlichen Sinn ist das nicht, aber Daniel gefallen die Kräne und die Schiffe in den Docks. Seit Tagen liegt links vom Marco-Polo-Tower, also wohl im Hansahafen, ein interessanter Frachter aus China, wüstenbeige und hellblau angestrichen, extrem weit nach oben gezogener Rumpf, die Brücke vorne nur ein flacher Aufsatz; als Daniel jetzt hinüberblickt, fahren zwei Containertaxis an dem komischen Chinesen vorbei. Und die *Atlantic Compass,* merkt Daniel, wird gerade von der *Grande Francia* überholt. Sie gehört Grimaldi Lines, stellt er fest, kommt aus Palermo und wird auch von zwei Schleppern auf Kurs gehalten, einer vorne, einer hinten, trotzdem lässt sie das Göteborger Schiff, das inzwischen stillsteht, im Nu hinter sich, ja nicht nur das, der Schwedenfrachter wird sogar in die Richtung zurückgezogen, aus der er kommt, flussabwärts, und siehe da, jetzt geht es im Normaltempo voran. Was ist da los?, fragt Daniel sich. Die beiden Männer, die in einer Nische zwischen dem aufgemalten »ACL« und dem Schiffsnamen stehen, könnten die Frage beantworten, aber sie befinden sich außer Rufweite, so leuchten sie, blau eingefasst, nur grell herüber, der eine im gelben, der andere im orangefarbenen Overall, Seeleute.

Ines hatte ans Meer gewollt, Daniel weg aus der Pfalz; als sich Hamburg anbot, brauchten sie nur einen Blick zu tauschen, um sich einig zu sein. »Aber Hamburg liegt nicht am Meer«, hatte Daniel vorsichtshalber gesagt. Ines hatte daran tatsächlich nicht gedacht, weil nie Anlass bestanden hatte, sich die norddeutsche Geografie in allen Einzelheiten anschaulich zu machen, doch sie mochte sich von solchen Gegebenheiten die schöne Aussicht nicht verstellen lassen. »Aber es liegt *fast* am Meer«, erwiderte sie. »Sonst gäbe es ja den Hafen nicht.«

Das war nicht die Logik, deren sich Daniel in seinem Denken beruflich und privat bediente, doch in Ines' Verkörperung ließ ihn diese Art, der Welt Gestalt zu geben, die Waffen strecken. Manchmal kam er nicht einmal dazu, auszusprechen, man müsse die Wirklichkeit akzeptieren, wie sie sei, denn inzwischen hatte Ines die vermeintlich unabänderliche Realität bereits umgeformt, mit der einfachen, effizienten Methode der Umbenennung. Hamburg liegt nicht am Meer, das war ein Faktum, an sich. Durch Ines' »aber fast« rückten die Ufer der Elbe jedoch so weit auseinander, dass man in der HafenCity das Meer riechen konnte und wusste: Nicht weit wäre zu fahren, flussabwärts, vom Balkon aus gesehen nach rechts, um Zeuge zu werden, wie sich dieses von Ines ausgesprochene *Aber fast* in maritime Wirklichkeit verwandelte. Der Übergang des Flusses in die Nordsee würde sich so unmerklich vollziehen, dass nur ein übertrieben haarspalterischer

Mensch auf der Behauptung beharren könnte, Hamburg liege nicht am Meer.

Trotzdem war auch Ines die Elbe zu wenig gewesen. Sie hatte es sich anders vorgestellt, doch sie gab es nicht zu. Sie waren schließlich hierhergezogen, um sich das Leben so einzurichten, wie sie es sich vorstellten. Um die Kompromisse zu minimieren. Um sich herauszureißen aus dem Buntsandstein und Muschelkalk der Vorderpfalz und auf Böden Fuß zu fassen, die sie selbst auswählten, nach ihren Kriterien, danach, wie ihre Schritte darauf klangen, mit hohem Absatz und mit nackten Sohlen. Darum die Wohnung mit Blick aufs Wasser. Darum die selbst ausgesuchten Materialien und Farben, all die nach ausgiebigen Touren durch Läden und Internet, nach ausführlichen Diskussionen gewählten Möbel, Stück für Stück aus den Ateliers namhafter Designer herausgepickt und dann von kompetenten Packern geliefert und aufgebaut, nicht eines davon, kein einziges, hatten Daniel und Ines selbst aus dem Karton schneiden und zusammensetzen müssen; Daniel war in fast rührender Weise stolz auf die Tatsache, dass im Mobiliar der Wohnung keine einzige Imbusschraube zu finden war.

Die Stadt-Elbe mit den Kränen und Tanks, mit den Containern und Hallen am anderen Ufer also war ihr zu wenig gewesen, darum schlug Ines maritime Ausflüge vor, denn bis in die Region, in der sich das *Aber fast* tatsächlich im Seewind auflöste, war es nachweislich nicht weit. Beim ersten Mal fühlte sie sich so aufgeregt glücklich beim Blick auf die Karte, bei der pochenden Entscheidung ihres Zeigefingers für die erste Landspitze, die nach der Elbmündung in die Deutsche Bucht ragte, dass sie freiwillig Daniel das Steuer überließ, sogar auf der Autobahn gierig aus dem Fenster schaute und dabei das relativ Reizlose der Landschaft gar nicht sah. Sie stellte sich vor, wie es gleich wäre, das Meer aus nächster Nähe zu riechen und zu hören, wie die Wellen ans Ufer rauschten und bei jedem Rückzug prickelnde Schaumblasen auf dem porigen Sand hinterließen, die sie mit dem neuerlichen Anrollen sogleich wieder überspülten.

Dann aber war das Meer nicht, wo es sein sollte. Genauer gesagt war es nicht, *wie* es sein sollte. Das Meer war Watt, es bestand nicht mal aus Wasser. Zwar konnte man jenseits des Deichs die Weite, die zum Meer gehörte, wohl sehen, doch statt einer bewegten Wasserfläche spiegelte grau glänzender Schlamm mehr schlecht als recht die Wolken. Kein Wellenrauschen, keine Gischt, es herrschte Stille, in der es seltsam flötenartig tönte und fast exotisch schrie, irgendwelche Vögel, die man nicht richtig sah, nur hin und wieder waren Flugbewegungen dicht über der Schlammfläche wahrzunehmen.

Ines war überrascht, dass Daniel sie vor dem Phänomen nicht gewarnt hatte, denn er war einer, der Karten lesen und deuten konnte. Daniel wunderte sich selbst. Er hätte vermutlich die geologische Beschaffenheit der meisten Küstenabschnitte des Mittelmeers skizzieren und daraus Strandstruktur und Badebedingungen ableiten können, doch an die Existenz des Wattenmeers hatte er, der bislang nie an der Nordsee gewesen war, einfach nicht gedacht. Nun war er überrascht, wie viele Kenntnisse es erforderte, des Meers in Deutschland habhaft zu werden.

Am angesteuerten Ausflugsziel, einem kleinen Küstenort, gaben sie sich alle Mühe, ihre Enttäuschung im Blick auf die Krabbenkutter im kanalartig verlängerten Hafen und wenig später beim Betrachten der großäugigen Tiere in der ernüchternd schäbigen Seehundaufzuchtstation hinterm Deich zu zerstäuben, aber es zog sie früher als geplant nach Hause, kein Mensch verweilt gern an Enttäuschungsorten.

Dem zweiten Sonntag auf der Suche nach dem Meer gingen Diskussionen über Ebbe und Flut voraus, Daniel entdeckte den Tidenkalender, sie fuhren immer weiter nach Norden, lange Strecken, durchsetzt mit kleinen Disputen, »das hat doch keinen Sinn, komm, lass uns umkehren«, schließlich landeten sie in Husum, wo das Meer sich aber auch nicht eingefunden hatte. Offenbar erforderte die Deutung des Gezeitenkalenders einige Übung. Statt Robben in gekachelten Becken bot Husum als Meeresersatz die nördliche Variante einer deutschen Kleinstadt, Ines und Daniel erkannten etwas von ihrer Heimat wieder, bescheidene Häuser dicht an dicht, wie in der schlechten Zeit zusammengerückt oder aus der Überzeugung, dass es sich mit Anlehnung stabiler steht, bloß die Ausgestaltung unterschied sich, die Unterschiede im Gleichen machten den Reiz aus, weshalb sie sich beim Fischessen im Freien vor einem Hafenlokal trotz der Abwesenheit des Meeres immerhin angenehm in Urlaubsstimmung fühlten, auch wenn beide insgeheim dachten, dass der Fisch, wie üblich, ein bisschen nach nichts schmeckte, was sie jedoch für sich behielten, denn auch Paare sind bisweilen darauf bedacht, keinen schlechten Eindruck auf Partner oder Partnerin zu machen.

Im Frühjahr des Vorjahres war das gewesen, ein wenig zu kühl noch, um im Freien zu sitzen, das Frösteln schwand während der gesamten Rückfahrt nicht aus dem Mark, was Daniel einen schönen Vorwand bot, daheim den Glaszylinder im Wohnzimmertisch mit frischem Biobrennstoff aufzufüllen und per Fernbedienung zu entzünden. Vielleicht wurde es durch das seltsam rein wirkende Feuerchen wirklich warm, jedenfalls zogen sie sich gegenseitig die Kleider so rasch aus, dass es an Leidenschaft nicht nur erinnerte, und liebten sich auf der Couch, ohne ein Handtuch unterzulegen. Prompt entstanden Flecken auf dem Bezug, den man nicht abziehen und waschen konnte. Ines mochte dennoch nicht heulen, nicht jetzt, jetzt war die Dankbarkeit zu groß, jetzt, spürte sie, konnte es nicht mehr lange dauern, bis sie hier zu Hause wären. Als sie gleich danach aufstand und nackt durch die großen Räume ging, kam ihr das freilich noch ein wenig seltsam und ungehörig vor, unwillkürlich entwickelte sie Verständnis für die Frauen in amerikanischen Filmen, die in der Nacht zwar alles von sich preisgegeben haben, am Morgen danach aber die Bettdecke um sich raffen, wenn sie sich ins Bad begeben.

Mittlerweile ist nichts mehr ungehörig daran, sie sind hier daheim, auch wenn sie sich hin und wieder in Erinnerung rufen, dass in der Wohnung kein Raum als Kinderzimmer vorgesehen ist und überhaupt in der gesamten Gegend kaum Kinder zu leben scheinen, die ganze HafenCity offenbar von Anfang an vor allem als Refugium für Kinderlose oder von ihren Kindern schon Befreite vorgesehen war.

Kundschaft

An diesem Tag, an dem die Vorentscheidung darüber fällt, worauf sie und Daniel in den nächsten Monaten hoffen dürfen, welche Wendung ihr gemeinsames Leben nicht nur in den Folgejahren, sondern bis zum Schluss nehmen oder nicht nehmen kann, ob sie als Familie werden leben dürfen, mit einem Kind, das nie mehr verschwinden, sondern immer da sein wird, oder gar mit mehreren Kindern, oder ob sie sich damit abfinden werden müssen, bis zum Ende ihrer Tage zu zweit zu bleiben – an diesem Tag erträgt Ines das reine Warten, die lähmende Passivität nicht. Sie will wenigstens im Kleinen selbst eine Entscheidung treffen und die Wirklichkeit beeinflussen, weshalb sie sich entschließt, die Weine eines Erzeugers, der sich mittlerweile bevorzugt als *Kultwinzer* bezeichnen lässt, in ihr Sortiment zu nehmen. Und nicht nur das. Sie beschließt, das Programm mit einem *Event* einzuführen, vielleicht sogar als Auftakt für regelmäßig in ihrem Laden stattfindende ähnliche Veranstaltungen. Sie schreibt an den Vertrieb des Winzers eine Mail, in der sie vorschlägt, seine klassischen Rebsortenweine im Rahmen eines *Afterwork Winetastings* zu präsentieren, am besten schon in diesem Jahr, im Spätsommer oder Frühherbst, wenn es noch warm genug ist, dass die Gäste auch im Freien vor dem Laden stehen können. Mutig lädt sie den Kultwinzer ein, zu diesem Anlass nach Hamburg zu kommen und die Weinprobe persönlich zu begleiten. Sie rechnet sich gute Chancen auf eine Zusage aus, denn das Weingut liegt in Daniels Heimatort, die beiden Männer kennen sich von gemeinsamen Zeiten in den Jugendmannschaften des Sportvereins.

Sie trägt die Idee schon eine Weile mit sich herum, hat die Verwirklichung aber vor sich hergeschoben, weil sie weiß, dass sie ein Risiko birgt: Die Weine des Kultwinzers haben das Zeug, den Weinen ihres Vaters den Rang abzulaufen. Schon allein wegen der Flaschen und Etiketten. Der Kultwinzer lässt seinen Auftritt komplett von einer Berliner Agentur gestalten, die sich über jede Pfälzer Tradition hinwegsetzt und rein hauptstädtische Maßstäbe anlegt. Was weckt Sympathie und Vertrauen des urbanen Weißweintrinkers, wenn das Herkunftsland nicht Italien heißt? Das Etikett eines deutschen Weines darf nicht die geringsten Restpartikel deutscher Wirtschaftswunderspießigkeit enthalten, sondern muss modern, entschieden, klar und nach den Kriterien des metropolenkompatiblen Designs gestaltet sein. Das hat Daniels ehemaliger Mitspieler in der Jugendmannschaft verstanden, darum verkauft er den Löwenanteil seiner Erzeugnisse inzwischen in Berlin Mitte und im Prenzlauer Berg. Mit welcher Einstellung ein Berliner Mittdreißiger, der in der Medienbranche tätig ist, zum Riesling greift, hängt davon ab, mit welcher Art von Buchstaben das Wort Riesling auf dem Etikett steht. Mit Lagenbezeichnungen kann der Mann nichts anfangen, auch nichts mit irgendwelchen Nummern und Qualitätsklassifikationen, die ohnehin immer ein bisschen wie Beteuerungen wirken, aber er reagiert auf die Formsprache, die er kennt, mit der er Gestaltung in seinem Sinn verbindet, gutes Design, neuerdings auch Nachhaltigkeit, eben all das, was in seinem Lebenskreis positiv gewertet wird, womit man Anerkennung bei Freunden und Geschäftspartnern erwirbt: Klarheit, die sich schlicht gibt, diese Schlichtheit jedoch zugleich mit einer Aura von moralisch integrem Luxus veredelt, also gebrochen weißes Etikett aus Papier mit Struktur, was Sinn fürs Material verrät, und dieses dann bedruckt mit großen Blockbuchstaben, bloß der Name der Rebe, RIESLING, darunter freie Fläche und am unteren Rand erst, nicht aufdringlich, doch ohne falsche Bescheidenheit und daher gut lesbar der Name des Winzers, Harald Diehl.

Das Selbstbewusstsein, das sich in dieser visuellen Lösung ausdrückt, wird vom Zielgruppenkonsumenten in der gewünschten Weise dechiffriert. Aha, hier traut sich einer, auf die Tradition zu setzen. Warum? Weil er damit umzugehen, sprich sie zu aktualisieren weiß. Das heißt konkret: Hier wird gewiss auf Ertragsreduzierung zugunsten der Qualität gesetzt und überdies umweltbewusst gedacht. Heimisches Erzeugnis heißt kürzere Transportwege. Nach ökologischen Prinzipien gepflegte Weinberge bedeuten Vielfalt in der heimischen Landschaft. Deutschland wird besser, schöner, wenn ich diesen Riesling trinke. Mein gepflegter Hedonismus ist diesem Land bekömmlich, ja tut ihm sogar richtig gut.

Menschen, die so denken, lassen die Flaschen ihres Vaters achtlos liegen, das weiß Ines inzwischen – wenn sie nicht mit allem Nachdruck die persönliche Karte ausspielt: Den Wein hat mein Vater selbst gemacht. Der Nachteil an diesem Trumpf: Er funktioniert im Laden, jedoch nicht auf dem Esstisch des Kunden, an dem sich dessen Gäste später niederlassen. »Den hat der Vater meiner Weinhändlerin gemacht« – das verpufft. Darum werden die Etiketten des Kultwinzers Ines' familiäre Spielfarbe auf Dauer ausstechen. Erst recht, weil die Weine auch noch schmecken, den Käufern also keine Enttäuschungen bereiten. Was wiederum dafür sorgt, dass der Vertrauenswert des Designs weiter wächst und alles andere, als spießig abgetan, der Missachtung anheimfällt.

Mitte dreißig, lässig-urbane Garderobe, in einer Branche tätig, die Arbeit im Trockenen, Warmen garantiert und die Haut der Hände schont – Ines traut ihren Augen nicht, da ein Vertreter exakt dieser Zielgruppe den Laden betritt, als hätte ihn jemand geschickt, damit sie ihre Gedanken am lebenden Objekt verifizieren kann. Sie hat den Mann noch nie gesehen, ein Neukunde, selten an Vormittagen. Er hat ein Kleinkind an der Hand, grüßt schlicht und lässt erste Blicke übers Angebot schweifen. Vor der Tür, oben an der Treppe, sieht Ines einen leeren Buggy stehen. Das Kind mag zwei, zweieinhalb Jahre sein, der Vater lässt es los, aber es bleibt schüchtern auf der Stelle stehen, scheint ganz leicht zu schwanken, die Füße wie festgeschraubt.

Der Vater setzt sich in Bewegung, um das Sortiment in den Regalen zu inspizieren, das Kind sieht ihm nach, mit verdrehtem Kopf, schließlich läuft es hinterher. Ines zuckt zusammen, weil die Kinderhand sich den liegenden Flaschen in einem unteren Regalfach nähert, doch der Vater greift rechtzeitig ein, indem er in freundlichem Ton »nicht anfassen, Emma« sagt und eine zerknautschte Papiertüte mit dem Aufdruck einer Bäckerei aus der Sakkotasche zieht. Sofort reagiert das Kind auf das Knistern des Papiers und streckt die Hand mit gespreizten Fingern aus. Es nimmt die Reste eines Vollkorncroissants in Empfang und fängt an, darauf herumzukauen. Krümel fallen auf den Boden. »Macht nichts«, beeilt sich Ines zu sagen, aber der Mann weiß gar nicht, was sie meint, er steht inzwischen vor dem Tisch mit den Weinen ihres Vaters.

»Sind die was Besonderes?«, will er wissen.

Und dann lässt er sich davon erzählen. Um önologische Informationen geht es ihm augenscheinlich weniger, denn er schaut nicht auf die Flaschen, sondern mustert Ines, die weit ausholt, sehr ausführlich wird, mehr, als sich vielleicht gehören würde, denn was soll ein Fremder mit Informationen über die Hände ihres Vaters anfangen?

Der Mann stellt keine Fragen, das Kind hat sich vor seinen Füßen auf den Fußboden gesetzt und betastet die Holzwolle in einer Kiste. Es ist ein blondes Kind, blond wie sein Vater. Ines hat sich ganz dem Kunden zugewandt, all ihre Aufmerksamkeit gilt ihm, und als sie das merkt, irritiert sie das nicht wenig, denn in Gedanken müsste sie vornehmlich bei Daniel sein, der einen so wichtigen Gang absolviert, jetzt, in dieser Stunde, in der sie sich am Interesse eines Fremden labt, der sich entschließt, von jedem der Weine ihres Vaters eine Flasche zum Probieren mitzunehmen.

Sie packt die Flaschen in einen Karton, verschließt ihn mit braunem Klebeband, steckt die EC-Karte des Mannes ins Lesegerät und dreht es zu ihm hin, damit er seine Geheimzahl eingeben kann. Nachdem er die Karte wieder eingesteckt hat, ruft er das Kind zu sich, wendet sich aber gleich darauf erneut Ines zu, nun seinerseits mit einem Blick voller Aufmerksamkeit.

»Der Laden läuft nicht gut.«

Sie ist perplex, sie lacht hilflos auf, sie kann nichts erwidern.

»Es gibt zu viele solcher Läden in der Stadt. In jedem Viertel mehrere.«

Auch damit hat er recht, Ines hat es in den ersten Wochen gleich bemerkt, als sie durch die Stadtteile fuhr, nach geeigneten Lagen Ausschau hielt und freie Geschäftsräume besichtigte. In allen Vierteln gab es Weinläden, es war vollkommen anders, als sie vermutet hatte, und in nahezu allen Läden sah sie Frauen stehen, allein, Frauen wie sie, nur älter zumeist, es war jedes Mal wie ein Blick in ihre eigene Zukunft, aber sie wollte es nicht wahrhaben, dann eben nicht in Winterhude, hatte sie sich gesagt, dann eben nicht in Harvestehude oder Rotherbaum, dann eben nicht in Barmbek, sondern in Uhlenhorst, da lag der nächste Weinladen mindestens einen Kilometer entfernt, wenn nicht zwei.

»Und diese Straße«, sprach der Mann weiter. »Sie sehen es ja selbst, die ist auf dem absteigenden Ast. Alle Einzelhändler haben zu kämpfen, wird immer mehr zum toten Winkel hier. Anderthalb Kilometer weiter wäre besser, Mühlenkamp zum Beispiel, die Gegend, aber da gibt es dann ja längst solche Läden.«

Das Kind hat sich von seinem Vater gelöst und streckt sich bereits nach der Türklinke, aber der Mann ist noch nicht fertig. »Sie sind hier praktisch überflüssig«, sagt er und lächelt dazu.

Ines ist diese Art von Anrede neu, sie kennt das nicht und weiß nicht, wie man sich dagegen wehrt, doch sie spürt, dass sie es trotzdem gleich tun wird, denn die Wut kocht in ihr hoch. »Hören Sie mal ...«, fängt sie an, aber der Mann lässt sich nicht beirren.

»Ein Jammer, dass Sie auf diese Weise Ihre Tage vergeuden. Das wird Sie unglücklich machen. Falls Sie es nicht schon sind.«

»Ich glaube«, sagt Ines nun, der gerade noch rechtzeitig eingefallen ist, dass jeder Kunde wie ein König behandelt werden muss, besonders wenn man auf jeden einzelnen angewiesen ist, »da gehen Sie jetzt ein bisschen weit. Ich weiß, was ich tue.«

»Was zahlt man für so einen Laden denn an Miete? Mindestens tausend Euro«, fängt der Mann zu rechnen an. Das Kind hängt immer noch an der Türklinke, es scheint ihn nicht zu beunruhigen. »Allein dafür müssten sie mindestens zweitausend Euro erwirtschaften, schließlich muss die Ware eingekauft und transportiert werden. Macht zweihundert Flaschen zu zehn Euro im Monat. Kommen die Betriebskosten hinzu, und verdienen wollen Sie ja auch noch was. Macht sechshundert Flaschen zu zehn Euro im Monat. Zwanzig Flaschen am Tag, mehr sogar, denn sonntags ist geschlossen. Ich habe sechs genommen, alle unter zehn Euro. Werden Sie die fehlenden vierzehn heute schaffen? So, dass auch ein paar teurere mit dabei sind?«

»Bitte gehen Sie jetzt«, sagt Ines. »Ihre Tochter läuft Ihnen sonst davon.«

Das Mädchen hat die Tür geöffnet und will draußen gerade die erste Stufe nehmen.

»Nichts für ungut«, sagt der Mann. »Sie tun mir einfach leid.«

Eine halbe Minute später schiebt er mit dem Buggy ab, das Kind läuft nebenher, der Karton mit dem Wein thront auf dem zusammenklappbaren Kinderwagen. Ines tritt ans Schaufenster und sieht dem Gespann hinterher. Ihre Beine zittern.

Ungewollte Scham

Das Kind lacht, weil der Weinkarton im Buggy fahren darf. »Der kann nicht laufen«, sagt der Vater, »im Gegensatz zu dir.« Sogleich vollführt das Kind demonstrative Stechschritte und verkündet den Entgegenkommenden auf dem Bürgersteig: »Ich kann laufen, die Kiste aber nicht.«

Der Vater lacht, obwohl er sich bereits seit mehreren Schritten schämt. Welcher Teufel hat ihn da gerade geritten? Was hat ihn veranlasst, wie ein Mann fürs Grobe von McKinsey der armen, hübschen Weinhändlerin eine Bilanz auf die Theke zu knallen, die sie womöglich zum Anlass nehmen würde, sich im Hinterzimmer ihres picobello sauberen, geschmackvoll eingerichteten, an Sauberkeit und gutem Geschmack jedoch fast kollabierenden Ladens mithilfe von Ware aus dem eigenen Sortiment noch vor Ladenschluss die Lichter auszuschießen?

Immer gemeiner werden die Fragen an ihn selbst, dem Vater vergeht das Lachen, er bleibt stehen, entschlossen, umzukehren und sich zu entschuldigen, da fängt das Kind zu quengeln an, weil es nicht im Wagen sitzen darf.

»Der Karton kann doch nicht laufen«, wiederholt der Vater, aber das findet jetzt niemand mehr witzig. Also beschließt er, zuerst den Wein in die Wohnung zu bringen und sich dann noch einmal auf den Weg in den Park zu machen.

Schon die Idee, den Laden um diese Zeit zu betreten, am Vormittag, auf dem Weg mit dem Kind zum Sandkasten, hatte ihn selbst überrascht. Er hatte die Frau im Rahmen des Schaufensters gesehen, einige Meter hinter der Scheibe, im

Ladeninneren, wo das Licht sich etwas rembrandthaft schon bräunte. Er hätte das Tableau betrachten und sich genau einprägen mögen, was ihr, hätte sie es bemerkt, unschicklich hätte vorkommen müssen. Um dies zu vermeiden, war er kurz entschlossen selbst ins Bild getreten, ohne weitere Absicht – und hatte sich wesentlich unschicklicher aufgeführt.

Auch wenn er recht hatte, mit allem, was er sagte.

Auf halbem Weg die Treppe hinauf weigert sich das Kind, weiterzugehen. Unten hat es den Aufzug nicht nehmen mögen, jetzt hat es vom Treppensteigen genug und will getragen werden. Dass sein Vater schon eine Kiste Wein zu schleppen hat, lässt es als Argument nicht gelten.

Ich bin ein schlechter Vater, denkt der Mann, als er das Kind wenig später vor der Wohnungstür absetzt, um aufzuschließen, ich kann mich nicht einmal gegen meine zweijährige Tochter behaupten; das denkt er oft, jeden Tag mehrmals, jetzt gleichwohl um einige Grade gnadenloser, weil die Scham über seinen Auftritt bei der Weinhändlerin sich im Unmut über das Kind nicht aufgelöst hat.

Er hat die Frau bis ins Mark getroffen. Sie war verletzlich schon, als er ihr gegenübertrat, und er stieß durch die geschwächte Abwehr ins ungeschützte Herz.

Der leere Kühlschrank erweist sich ausnahmsweise als vorteilhaft, er nimmt den Weinkarton in vollem Umfang auf, nachdem das mittlere Fach zwei Kerben weiter oben eingeschoben worden ist.

Im Nebenzimmer patscht das Kind mit beiden Händen aufs Klavier.

Ohne Fahrkarte
Viel zu früh verlässt Daniel das Haus. Weil er Zeit hat und weil er glaubt, die frische Luft werde ihm und dem bevorstehenden Akt guttun, geht er an der nächstgelegenen U-Bahn-Station vorbei, am Ufer entlang bis zur Haltestelle Landungsbrücken.

Unterwegs kann er seine Betrachtung des Schiffsverkehrs auf der Elbe fortsetzen. Jenseits des Flusses fahren Kräne an den Rändern der Docks entlang und geben dabei weit tragende Signaltöne von sich. Die meisten Kräne stehen indes still, starr und scheinbar planlos recken sie sich in den Dunst, den das Sonnenlicht so früh am Tag schon aufgekocht hat. Die Barkassen haben ihren Betrieb aufgenommen, sie fallen einem zuerst ins Auge, aber wenn man fünf Minuten gegangen ist, nimmt man sie fast nicht mehr wahr. Dafür dringt Schritt für Schritt die Vielfalt der Geräusche ins Bewusstsein, das dunkle Grummeln von Schiffsmotoren in verschiedenen Frequenzen, und auch die Elbe verschweigt ihre Bewegung nicht.

Durch die zahlreichen Wasserfahrzeuge unterschiedlicher Größe, die sich überholen, sich begegnen, teils auch kreuzen, wirkt der Fluss so breit, dass Daniel unwillkürlich kurz ans Meer denken muss, und er fragt sich, ob das auch eingesessenen Bewohnern der Stadt so geht, ob sie so etwas wie ein maritimes Bewusstsein mit sich herum- und immer mal wieder an die Landungsbrücken tragen, um es dort auf den Strom zu projizieren, denn er weiß, dass keineswegs bloß Hafenrundfahrttouristen die Uferpromenade bevölkern, sondern viele Einheimische diesen Ort als kleines Ausflugsziel am Wochenende ansteuern. Sein Blick fällt auf ein Frachtschiff, das schon ein gutes Stück weiter flussabwärts fährt, und da begreift er, worin für viele Menschen der Reiz des Hafenflussabschnitts genau an dieser Stelle besteht: Man hat die Aussicht auf Ausfahrt vor Augen. Von hier aus, auf der Höhe von Docks und Kais, erkennt der Betrachter am Ufer, besteht für den Menschen an Bord eines Schiffes kein Zweifel mehr: Die Fahrt wird aufs Meer hinausgehen, weg von den Sicherheits- und Versorgungseinrichtungen der Ufer, und der Mensch an Bord wird in der gleichen Weise Wind und Seegang ausgesetzt sein wie alle Seefahrer vor ihm. Jede Ausfahrt gleicht einer Heimfahrt zum Ursprung der menschlichen Abenteuerlust. Lässt das Schiff die Flussmündung hinter sich, wird der Mann an Bord zum Wikinger, zum Kolumbus, zu Magellan und Darwin, zu Captain Cook, zu dem eben, der ihm als Seefahrer gerade einfällt.

Fragt sich, wozu die Frau an Bord wird.

Daniel muss kurz stehen bleiben, um nicht über die scheinbar simple Frage zu stolpern. Er lässt sie liegen, weil für den Augenblick zu kompliziert, steigt vorsichtig darüber hinweg und geht etwas unsicher weiter.

Wenig später hört er in seiner Tasche einen dicken Tropfen in ein Wasserbecken fallen. Ines schickt eine SMS: »Ich bin doch eifersüchtig. Versprich mir, dass du mir nicht erzählst, wie es war.«

Noch während er den kurzen Text liest, sieht Daniel seine Hand mit dem Telefon zittern. Ist das Lampenfieber? Angst vor Folgen, die er noch nicht absieht? Er schreibt »Versprochen«, steckt das Handy weg und versucht das Zittern loszuwerden, indem er sich auf die Signaltöne der Dock-Kräne konzentriert. Er sucht nach Vergleichen und kommt nach wenigen Schritten auf die Lösung: Es klingt nach einer Mischung aus Katzen- und Dohlenschreien. Erleichtert lächelt er, dann überquert er die Straße zum U-Bahn-Eingang. Dabei fällt ihm ein, dass seine Jahresnetzkarte zu Hause in der Laptoptasche steckt. Er wird sich einen Fahrschein kaufen müssen.

Vor dem Aufgang zu den Bahnsteigen steht ratlos eine Frau mit dreirädrigem Kinderwagen. Sie fasst den näher kommenden Daniel ins Auge, und noch bevor sie etwas sagen kann, bietet er seine Hilfe an. Er streckt ruckartig beide Arme, damit Jacken- und Hemdsärmel nach oben rutschen, und greift nach dem Vorderradgestänge. Rechts und links des Rads befindet sich keine Vorrichtung zum Tragen, weshalb er alle Mühe hat, auf der ziemlich hohen Treppe die Balance zu halten und gleichzeitig zu vermeiden, dass er seine Ärmel an Reifen oder Radnabe beschmutzt.

Daran müssen wir beim Kauf denken, sagt er sich.

Das Kind im Wagen mustert seinen Träger mit skeptischem Gesichtsausdruck, der einige Stufen weiter in Unmut umschlägt gegenüber dem fremden Mann, der sich so ungeschickt am Wagen zu schaffen macht, das Kind hebt die Hand, in der es eine Art Stofftier hält, ein unidentifizierbares Wesen ohne Fell, holt aus und schleudert es mit lapidarem Schwung Daniel an die Stirn. Dort prallt es ab und kullert ein paar Stufen abwärts, Daniel bückt sich umständlich danach, ohne den Wagen loszulassen. Die Mutter rügt das Kind, wenngleich halbherzig, wie Daniel scheint, worauf das Kleine unverzüglich zu weinen anfängt, doch kurz bevor sie den Bahnsteig erreichen, setzt es zu einem trotzigen zweiten Wurf an, den die Mutter unterbindet, indem sie streng ausruft: »Hagar!«

Beim Einsteigen sagt Daniel das Wort innerlich vor sich hin. Kein Name, der Ines gefallen würde. Er klänge ihr zu kahl und hallend, entscheidet er, obwohl er es nicht wissen kann, denn Ines hat sich in den Monaten der gemeinsamen zyklischen Bemühungen stets geweigert, ihre bevorzugten Namen preiszugeben: Das Kind soll erst einen Namen bekommen, wenn es auch existiert. »Wenn ich auf der Ultraschallaufnahme sehen kann, wie in meinem Bauch sein Herz schlägt.«

Die Türen gehen zu, da fällt Daniel ein, dass er vor lauter Hilfsbereitschaft vergessen hat, eine Fahrkarte zu kaufen.

So bricht die erste Schwarzfahrt seines Lebens an. Er sieht sich hastig nach allen Seiten um, als wären ihm die Geldeintreiber auf den Fersen, vom Gläubiger engagierte Mitglieder einer Rockerbande, denen die tätowierten Flammen aus dem Kragen schlagen, er will schon aufstehen, um an der nächsten Station auszusteigen und dort an den Automaten zu gehen, aber es ist zu spät, nun gibt es kein Entrinnen mehr, weil sich um ihn herum afrikanische Kinder auf die Sitze werfen. Würde er aufstehen und den Waggon verlassen, müssten sie unwillkürlich denken, es geschehe ihretwegen. Also bleibt er sitzen und hofft, dass keine Kontrolleure einsteigen.

Nach ein paar Minuten kommt er sich lächerlich vor. Warum fürchtet sich einer wie er vor Kontrolleuren? Wenn sie kommen, zahlt er eben *das erhöhte Beförderungsentgelt*. Das wird ihn nicht arm machen. Außerdem weiß er, dass er nicht in böser Absicht handelt und ihm das sicherlich nie wieder passieren wird, so wie es ihm bislang noch nicht passiert ist.

Die schwarzen Kinder ziehen seine Aufmerksamkeit auf sich, sie sind laut und zappelig. Müssten sie nicht längst in der Schule sein? Sie greifen in ihre Taschen, ziehen Karten heraus und fangen an zu spielen, wobei sie in einem fort reden und sich bewegen. Sie verwenden keine normalen Spielkarten, ihr Spiel ist selbst gemacht, die einzelnen Karten sind aus Zigarettenschachteln unterschiedlicher Marken ausgeschnitten. Daniel versucht durch genaues Zuschauen herauszufinden, welche Marke den größten Wert hat, aber er kann sich nicht bis zu einem vertretbaren Befund konzentrieren, die Kinder sind zu unruhig.

Er ist mit sich nicht zufrieden. Wo soll das hinführen, wenn er sich von etwas Kindergezappel daran hindern lässt, eine vernünftige Analyse vorzunehmen? Die Geheimnisse und Regeln des Spiels würden ihn wirklich interessieren.

Die schwarzen Jungen unterbrechen ihr Spiel keine Sekunde lang, als Daniel nach wenigen Stationen aufsteht. Er drängt sich zwischen ihnen durch, sofort nehmen sie den frei gewordenen Platz in Beschlag und klatschen mit Geschrei die Karten auf den Kunststoffsitz.

Anweisungen auf laminiertem Zettel

Auf den letzten Metern zu Fuß von der Station zum Ziel kommt Daniel die Stadt laut und hässlich vor, zum Glück gibt es den dunklen Backstein der Kontorhäuser, die Rasterung ihrer Fassaden, er merkt, wie ihr Anblick ihn beruhigt. Das Zittern legt sich, wenn auch zugunsten einer unterschwelligen Übelkeit. So ähnlich hat er sich in den Anfangsmonaten hier gefühlt, vor den ersten Verhandlungen, die er im Namen der Firma führen musste. Dank wachsender Erfolge hat sich das Gefühl verflüchtigt, er geht gewappnet in die Gespräche, und wenn man an den Verhandlungstisch alles mitbringt, was gebraucht wird, muss man sich nicht fürchten.

Dass ihm jetzt flau ist, bedeutet, dass er nicht das Nötige bei sich hat. Er schreitet zu einem Akt, für den ihm in dieser Stunde jede Befähigung zu fehlen scheint. Beim Sex nach Kalender, den sie seit etlichen Monaten praktizieren, ist er das flaue Widerstreben jedes Mal losgeworden, indem er den Blick auf Ines gerichtet hat, doch diese Hilfe wird ihm jetzt nicht zur Verfügung stehen. Noch weniger hilft ihm die kleine scharfe Erinnerung, die sich einstellt, als er bereits den Eingang des angesteuerten Gebäudes sieht, die Erinnerung an das Warten und an den jeden Monat wiederkehrenden Moment, wenn Ines fast unmerklich den Kopf schüttelt, mit einem für diesen Moment reservierten Lächeln, in dem Bedauern und ein Schimmer von Aufmunterung zugleich schwimmen, durchzogen von den Schlieren abklingender Zuversicht.

Das einzig Brauchbare, was Daniel im Gepäck hat, als er durch die automatische Schiebetür tritt, ist strikt eingehaltene Enthaltsamkeit. Drei Tage sind vorgeschrieben, er bringt mehr als die doppelte Menge mit.

Das Entree ist das eines Bürogebäudes von höherem Niveau, polierter Granit, punktgenaue Halogenbeleuchtung; Schilder aus Glas weisen Arztpraxen und Anwaltskanzleien aus, dazu Institutionen, deren Tätigkeitsfelder sich aus den Namen nicht erschließen lassen, auch die Kinderwunschklinik firmiert nur unter einer schwer deutbaren Buchstabenfolge. Man muss wissen, wo man hinwill, mit Laufkundschaft wird hier nicht gerechnet.

Am Klinikempfang im vierten Stock wird er von einer stark geschminkten Frau im weißen Kittel eine Etage nach unten geschickt, wo sich der Labortrakt befindet. Dort sitzt auf einem der Stühle im Gang eine junge Frau. Sie gehört nicht zum Personal, denn sie trägt keinen Kittel, was also tut sie hier? Wartet sie auf ihren Mann? Sie wirkt schmal, fremdländisch und geduckt, als sie Daniel zulächelt. Er grüßt nur knapp zurück und spürt dann ihren Blick im Rücken, während er auf die Uhr sieht. Es ist fünf Minuten über die Zeit, also drückt er schließlich doch den grünen Knopf neben der Tür mit der Aufschrift »Labor«.

Eine blonde Frau öffnet ihm, grüßt kurz und geht um einen kleinen Tresen herum. Sie trägt ein rot-rosa geringeltes T-Shirt unter dem offenen weißen Kittel und gibt sich betont sachlich. Sie legt ihm verschiedene Formulare vor, er muss unterschreiben, dass das Ergebnis per Post nach Hause geschickt werden darf, die Frau schreibt seinen Namen und sein Geburtsdatum sowie einen hausinternen Code auf ein weißes Etikett und klebt es auf ein Plastikdöschen mit Schraubverschluss. Mit dem gekennzeichneten Döschen schickt sie Daniel in Raum 10.

Die junge Frau sitzt immer noch auf ihrem Stuhl. Sie ist gar nicht jung, in Daniels Alter allemal, doch hüllt sie etwas Mädchenhaftes ein, sie lächelt vor sich hin, ein bisschen zart, ein bisschen traurig, wie eine Schauspielerin, die keine Rollen mehr bekommt und darum manchmal zu viel trinkt ... Was bilde ich mir für Sachen ein, denkt Daniel, mein Gehirn scheint sich im Ausnahmezustand zu befinden, solche Sachen träumt man höchstens nachts, denkt er und biegt in den Nebengang ein, wo große Ziffern die Türen markieren.

In Raum 10 ist gegenüber der Tür ein Waschbecken angebracht. Daneben hängt ein laminiertes Blatt Papier mit Anweisungen: »Blase leeren. Glied mit lauwarmem Wasser reinigen. Sorgfältig abtrocknen. Sollte die Probe nicht komplett in den Becher gelangen, teilen Sie es bitte der Laborantin mit.«

Daniel uriniert nach kurzem Zögern ins Waschbecken, wäscht sich mit lauwarmem Wasser und trocknet sich mit einem Papierhandtuch aus dem Metallspender ab.

Vor einem schwarzen Ledersessel stehen Fernsehapparat und DVD-Spieler auf einem niedrigen Möbelstück. Mit den heruntergelassenen Hosen als Fußfesseln schlurft Daniel hin und beugt sich über die Tasten. Beim zweiten Versuch gelingt es ihm, das Abspielgerät zu aktivieren. Der Laserschlitten fährt heraus, er hat Platz für vier Scheiben, zwei sind bereits eingelegt. Daniel lässt den Schlitten ins Gerät gleiten, dreht am Fernseher den Ton ab und setzt die erste DVD in Gang.

Das Bild wirkt ziemlich bleich. Daniel setzt sich in den Sessel und schaut zu. Er sieht einen Mann und eine Frau beim Geschlechtsverkehr. Der Mann hat weiße Haut, ist stark behaart und verfügt über beträchtliche Genitalien. Die Brüste der Frau sind möglicherweise mit Silikon gefüllt, aber da ist sich Daniel nicht sicher. Falls ja, liegt der Eingriff länger zurück, denn Narben sind keine mehr zu erkennen. Die blond gelockte Frau trägt noch Reste von Reizwäsche am Körper und sitzt zunächst rittlings auf dem Mann, eine mehrminütige Naheinstellung erlaubt ein genaues Studieren der Abläufe. Dann wird die Stellung gewechselt. Die Frau liegt nun auf dem Rücken, wobei sie die Beine weit gespreizt in die Luft hält.

Diese Haltung erweist sich als instabil. Die Frau müsste die Fußsohlen auf der Unterlage aufsetzen, um festen Halt zu haben, aber da sie die Füße in die Luft reckt, gerät sie ins Schwanken. Sie droht sogar zur Seite zu kippen, aber bevor dies geschehen kann, erscheint am rechten Bildrand eine Hand. Es ist nicht die Hand des Mannes mit den großen Genitalien, sondern die eines Dritten, vielleicht des Kameramanns oder des Regisseurs. Diese Hand ergreift den linken Fuß der Frau und hält ihn fest, damit sie nicht aus dem Gleichgewicht gerät.

Daniel traut seinen Augen nicht.

Er hat mittlerweile das Plastikdöschen aufgeschraubt und in die linke Hand genommen.

Auf dem Bildschirm erfolgt ein weiterer Stellungswechsel, dann hat der Mann es plötzlich eilig, er gibt der Frau ein Kommando, sie dreht sich hastig und flink zugleich um ihre Achse und nimmt den Penis in die Hand. Die Ejakulation sieht man in Nahaufnahme. Danach agiert plötzlich die Frau. Sie scheint nun keinem Befehl mehr zu gehorchen, sondern einem inneren Impuls; kurz, ganz kurz sieht es so aus, als nähme sie das Glied aus freien Stücken in den Mund, und das ist der Moment, in dem Daniel den Blick auf das Plastikdöschen richtet. Er gibt sich Mühe, die Probe komplett darin unterzubringen, so wie es auf dem laminierten Zettel steht, denn unter keinen Umständen will er die Laborantin im Ringelhemd explizit auf das Gegenteil hinweisen. Die Konsistenz des Ejakulats erschwert den Vorgang, außerdem ist Daniel unsicher, ob mit »komplett« wirklich gemeint ist: bis auf den letzten Tropfen.

Schließlich wischt er sich mit einem Papierhandtuch aus dem Spender ab, wäscht sich die Hände, zieht die Hose hoch, schaltet TV- und DVD-Gerät aus und schraubt zum Schluss den Deckel auf das Döschen.

Er verspürt einen Hustenreiz, der ihm bekannt vorkommt, gibt sich einen Ruck und öffnet die Tür von Raum 10. Auf dem Weg über den Gang hält er das Döschen im Schutz der hohlen Hand dicht an die Hosennaht, obwohl die Wartende mit dem Mädchenlächeln verschwunden ist.

Die blonde Laborantin fordert ihn auf, ihr das Döschen zu geben, und er stellt es auf den Tresen. Es ist durchsichtig. Die Frau sagt, in etwa einer Woche erhalte er Bescheid, er solle nun eine Etage höher zur Kasse gehen. Sie ist jetzt freundlich, nicht mehr so nüchtern wie eben noch, und das tut ihm tatsächlich ein bisschen gut. Nichts Verächtliches über die Dauer seines Aufenthalts in Raum 10, keine Vorwürfe in ihrem Blick, Daniel achtet genau darauf.

Er zahlt mit Kreditkarte, dann fährt er mit dem Lift nach unten und steht kurz darauf im hellen Licht vor dem Gebäude. Der laute Verkehr auf der Straße hat nicht abgenommen, er schmerzt in den Ohren. Unschlüssig, wohin er sich wenden soll, sieht sich Daniel um, er nimmt jedes Gebäude zuerst einzeln wahr und dann im Zusammenhang und die Verkehrsführung dazu. Alles kommt ihm bleich und mechanisch vor. Er denkt Gehässiges, er denkt, das ist die Stadt der weißen, stark behaarten Männer, sie reißen alles an sich, auch unsere Frauen, und sogleich sieht er ein Bild, von dem er sich sofort abwenden würde, doch weil es vor seinem inneren Auge steht, kann er ihm nicht entkommen, es ist ein Bild aus dem Film von eben, doch eine der Rollen ist besetzt mit einem Menschen, den er kennt.

Mittagspause als verstörte Königin
Das Zittern zählt zu ihren Schwächen. Sie wird es nicht los, sosehr sie sich zusammenreißt, sie kennt es; wenn Aufregung sie erfasst oder ein Mensch, mit dem sie keine Gewohnheit teilt, zu nahe an sie heranrückt, überraschend ihre Fluchtdistanz unterschreitet, fängt sie an zu zittern. »Frieren Sie?«, hat der Minister für Landwirtschaft und Weinbau gefragt, als er die frisch geküre Weinkönigin so umfänglich in den Arm nahm, dass seine Hand unter Ines' linker Brust auf die Schärpe drückte, so sehr erzitterte sie unter der anmaßenden Umschlingung und der Geruchsmischung aus Fahne und Rasierwasser. Noch bevor sie antworten konnte, war das Interesse des Ministers jedoch erloschen, er ließ von ihr ab, um landespolitische Prognosen in die Objektive und Mikrofone zu sprechen, und Ines' Zittern durfte abklingen.

Es klingt schnell ab, das ist ein Vorteil, auch jetzt, als sie wieder allein im Laden steht und die anmaßenden Worte des blonden Mannes mit dem Kleinkind verhallen, durch die eintretende Stille allerdings auch bestätigt werden. Es ist so still, Ines kann sich kaum vorstellen, je wieder einen Kunden hier zu sehen. Es ist Montag, sagt sie sich, montags kauft man keine Weine, montags ist es immer ruhig, eigentlich könnte ich montags schließen und mir freinehmen, wie Pfarrer, Friseure und Museumswärter. Montags müsste Herr Mohn kommen und Mohnblumen bringen, denkt sie, und mit dem kleinen Lachen, das ihr diese Kinderbucherinnerung entlockt, übersteht sie die nächste Stunde.

Daniel müsste im Labor längst fertig sein. Sie hat ihn per

SMS gebeten, sich anschließend nicht gleich zu melden, jetzt fängt sie an, es zu bereuen.

Niemand bringt ihr Blumen, aber irgendwann läutet das Telefon.

»Ich wollte nur mal hören, wie es dir geht«, sagt ihre Mutter. »Weil du dich so lange nicht gemeldet hast.«

Ines steht nur ein Mittel zur Verfügung, den Vorwurf zu parieren: ignorieren und versichern, dass es ihr gut gehe, natürlich, es geht ihr immer gut, wenn ihre Mutter danach fragt. Gleich darauf folgt der eigentliche Grund des Anrufs, der alljährliche Besuch im Herbst, zur Traubenlese. Es ist noch Zeit bis dahin, der Sommer hat hier im Norden kaum begonnen, aber die Mutter will frühzeitig Gewissheit.

Natürlich lässt der Vater seit Jahren den Vollernter durch seine Weinberge fahren, aber einen kleinen Wingert spart er aus, darin wird von Hand gelesen, so wie früher. Er hat es zur Tradition erhoben, Familie und Verwandte kommen an einem Wochenende zusammen, fahren gemeinsam auf dem Anhänger hinaus, verteilen sich auf die Zeilen, schneiden die Trauben, erzählen sich durch die Rebstöcke hindurch von früher und heute und essen in der Mittagspause Brot mit Hausmacherwurst, trinken ersten Federweißen dazu und die Männer zusätzlich einen Schnaps. Das ist schön für die Eltern, die Tanten und Onkel, schön auch für Ines, es erinnert sie an die Kindheit, deshalb ist es schön, deshalb aber ist es auch nicht *nur* schön, denn für das Mädchen damals war es mühsam, die verlängerten Herbstferien als Arbeiterin im Weinberg zu verbringen, abgezogen von den Sommerferien, wie in den Weinbauregionen Deutschlands üblich, nicht ausschließlich schön, aber schön eben doch auch, noch immer. Rührend, wie der Vater sich freut an der Tradition, schön auch das, wenngleich ein wenig lächerlich, denn während die Sippschaft im Namen der Tradition die Scheren ansetzt, klopft nebenan der Vollernter die Reben im zügigen Schritttempo ab; aller Sinn der blasenträchtigen Handarbeit liegt in der Reminiszenz, die scherengeschnittenen Weinbeeren werden zwar aus den Eimern in die Hotten, die Vater und Onkel auf dem Rücken tragen, geleert, doch landen sie letztlich bei der Masse aller anderen, maschinell geernteten Trauben.

Ines weiß, es wird sich daran nie etwas ändern, solange die Eltern den Betrieb führen, und das werden sie lange noch tun, denn im Gegensatz zu Daniels Eltern zögern sie, das Regiment abzugeben, da ihnen der Sohn fehlt. Der Schwiegersohn stünde bereit, Ines' Schwager, doch bei Schwiegersöhnen soll man nichts überstürzen, sagt die Mutter, »wer weiß heute schon, ob so eine Ehe hält, am Ende gibt man's dem Falschen«. Sie messen den Schwiegersohn an seinem Ausdauervermögen; indem er ihre Enkel anständig großzieht, verdient er sich das Erbe. Sie sprechen es nicht aus, aber Ines glaubt, dass es sich exakt so verhält, Daniel hat es ihr glasklar voranalysiert.

Die Mutter ruft stets unter Vorwänden an, in Wahrheit will sie den Kontakt zur fernen Tochter halten, deren Besuche in der Heimat ihr zu selten sind. Sie drückt es so aus: »Dein Vater würde sich freuen, dich mal wieder zu sehen.«

In diesem Punkt verhalten sich Daniels Eltern fast identisch. Auch sie sind zufrieden, dass Ines und Daniel sich gefunden haben, beide Parteien haben sich als Sponsoren der Hochzeit ins Zeug gelegt und machen keinen Hehl aus ihrem Stolz über den Werdegang der Kinder, doch die Entfernung passt ihnen nicht. »Geht es nicht näher? Was macht ihr, wenn mal Kinder kommen? Dann sehen wir unsere Enkelchen ja nie.« Ihre unausgesprochene Hoffnung lautet: Wenn sich ein Kind ankündigt, zieht ihr zurück, zu uns, baut bei uns an oder in nächster Nähe neu, lasst euch nieder, wie es eure Freunde samt und sonders schon getan haben oder bald tun werden, all die Lehrer, Ingenieure, Bankangestellten und Erben der elterlichen Betriebe.

Ines versichert am Telefon, es gehe ihr gut, die Mutter sagt ihr übliches Mantra auf, bei ihnen gebe es nichts Neues, alles gehe »immer so weiter«, fügt freilich noch das neueste Ärztedossier zur körperlichen Verfassung des Vaters an, einschließlich einiger zweifelhafter Werte. Ines notiert versehentlich die Angaben zum Blutdruck in ihrem Kalender an der Stelle, wo sie den Herbstbesuch in der Heimat eintragen will.

Als es Mittag vorbei ist, schließt Ines den Laden mit dem Schild »Komme gleich wieder« und spaziert zur Alster. Sie denkt an Daniel, bemüht, die Vorstellung zu umgehen, wie er die unvermeidliche Spermaprobe abgibt. Notwendige und legitime Onanie. Aber trotzdem Onanie. Ob es ihm gefallen hat? Wer sagt eigentlich, dass er es nicht öfter tut, auch ohne fortpflanzungstechnische Notwendigkeit?

Wäre das denn akzeptabel? Bei einem verheirateten Mann?

Ein Gebräu aus Flauheit und leicht schäbiger Erregung schwappt beim Gehen in ihrem Unterbauch hin und her, ein einziges Mal hatte Daniel laut und scherzhaft überlegt, ob im Spermalabor wohl Ehefrauen erlaubt seien, worauf sie ihn Spinner genannt und er das Thema fallen gelassen hatte; jetzt fragt sie sich, ob sie ihn nicht tatsächlich hätte begleiten sollen, dann müsste sie nicht eifersüchtig sein auf einen Akt, beim dem er ihr gewissermaßen den Rücken zukehrt.

Er hingegen hatte keinen Grund zur Eifersucht, als sie die Hormonuntersuchung über sich ergehen ließ. Daran war nichts Sexuelles, weil sie sich nicht auf eine HSG einließ. Man nahm ihr Blut ab, und das war's. Die Untersuchung im Labor dauerte lange, brachte jedoch ein eindeutiges Resultat: Alles in Ordnung. Bloß könne die Wahrscheinlichkeit, ein Kind zu bekommen, trotzdem nicht mehr als sehr hoch eingestuft werden. Aus Altersgründen. Obwohl sie noch nicht vierzig sei. Am höchsten sei die Fertilität mit dreiundzwanzig, hat die Ärztin gesagt. Danach nehme sie sukzessive ab.

Dreiundzwanzig.

Wie jung man ist mit dreiundzwanzig. Wo war ich damals?, überlegt Ines, als sie schon die Parkanlage sieht. Mit dreiundzwanzig war sie Weinkönigin und der Stolz ihres Vaters, ließ sich im Arm von Lokal- und Landespolitikern fotografieren, Weinköniginnenbegrapscher nennt Daniel solche Männer, damals war er noch nicht an ihrer Seite, musste den Anblick nicht aus nächster Nähe ertragen, und damals wäre es für Ines undenkbar gewesen, ihren gerade erst heil ausgereiften Körper der zerstörerischen Tortur einer Geburt auszusetzen.

Schon die Zudringlichkeit der Männer war ihr zu viel gewesen, nicht nur der notorischen Umarmer in den Anzügen, sondern auch der Männer, denen sie sich freiwillig zuwandte. Sie konnte sich nicht an deren drängende Suche nach den Körperöffnungen gewöhnen, sobald man das erste Mal dicht an dicht auf einer Couch oder gar auf einem Bett lag, der reinste invasive Wahn wurde in ihnen freigesetzt, nachdem man ihnen ein paar Küsse gestattet hatte.

Rings um den kleinen Kneipenkiosk sitzen Leute, wie immer drehen sich mehrere Männer nach ihr um, teils taxierend, teils auch gierig, sie kennt das, seit sie denken kann. Was diese Männer nicht wissen: dass Ines gerade an Sexualhormone denkt. Und an Sperma. Ihre Hormone sind laut Befund in Ordnung, durchaus möglich also, dass es an Daniels Samen liegt.

Hundert Meter weiter findet sie eine freie Bank, setzt sich und richtet den Blick auf die Alster, sieht aber wieder unscharf Daniel bei seiner Verrichtung im Labor. Das Bild will nicht weichen, und gleich darauf wird Ines von einem tückischen Tagtraum traktiert, in dem sie Daniels Samen schluckt. In Wirklichkeit hat sie es noch nie getan, nun scheint ihr fast, als müsse sie sich das vorwerfen. Sie klagt sich sogar an deswegen. Warum? Weil sie sich eingestehen muss, dass ihr davor ekelt? Darf das denn sein, Ekel vor dem eigenen Mann? Was für eine riskante Frage. Schon die dritte hintereinander. Sie kehrt zur zweiten zurück und stellt sich ihr entschlossen: Was würde es bedeuten, wenn Daniels Samen die Ursache ist, wenn sich herausstellte, dass sie mit einem unfruchtbaren Mann zusammenlebt?

Sie würde niemandem davon berichten können. Man kann nicht seinen Eltern, Geschwistern, Freunden sagen, übrigens, mein Mann ist unfruchtbar. Man kann bestenfalls sagen, wir können keine Kinder kriegen, oder, noch vager: Gottes Wege sind unerforschlich.

Alle gehen immer davon aus, dass alles in bester Ordnung sei. Daniel und Ines haben die Möglichkeit der Unfruchtbarkeit nie erwogen, die Untersuchung lassen sie vornehmen, weil sie als unausweichliche Voraussetzung zum nächsten Schritt hinführt, zur Insemination, zu der sie sich entschlossen haben, um den natürlichen Vorgang effizienter zu gestalten. Um die Spermien nicht einfach hoffnungsvoll auf die Reise zu schicken, sondern sie direkt am Wirkungsort abzusetzen. Sollte sich nun herausstellen, dass Daniels Samen Mängel hat – was dann?

Ein Paar mit kleinem Kind schiebt sich in das Alsterbild, das Kleine, das offenbar noch nicht lange laufen kann, geht voran, die Eltern, nicht mehr jung, gewiss schon über vierzig, folgen. Im Gänsemarsch gehen sie dem Erpel hinterher, dem das Kind mit Eifer und ausgestreckter Hand nachjagt. Der Vogel wechselt kurzerhand das Element und schwimmt davon, der Vater setzt sich auf eine Schaukel und nimmt das Kind auf den Schoß, es lässt sich nach hinten fallen, gegen die Rückenlehne, die der Oberkörper seines Vaters bildet, es blickt in die Baumkronen und in den Himmel, die Mutter sieht der hin- und herschwingenden Idylle zu, nur wenige Worte fallen, die drei scheinen von einer Überfülle Zeit umhüllt zu sein. Es ist Juni, trotzdem tragen sie geringelte Mützen, alle drei, als wären sie von jemandem verpflichtet worden, sich erkennbar zu markieren.

Ines verlässt ihre Bank, und keine fünf Minuten später trifft sie auf den Mann, der am Vormittag als fremder Kunde in den Laden kam. Er schiebt den Buggy mit dem Kind, es wirkt jetzt schläfrig, liegt eher im Gefährt, als dass es sitzt, den Weinkarton müssen sie inzwischen irgendwo abgeliefert haben, sicherlich wohnen sie in der Nähe. Als sein Vater stehen bleibt, wird das Kind munter, richtet sich auf und fragt mit Blick auf Ines: »Wer bist du?«

»Das ist die Frau aus dem Weinladen«, sagt der Vater.

»Die Unglückliche«, fügt Ines hinzu.

»Sind Sie mir böse?«

»Das fragen Sie? Sie scheinen doch sonst alles zu wissen.«

»Ich bin unausstehlich. Verzeihen Sie. Aber im Laden vorhin, da sah ich alles plötzlich so deutlich. Und Sie taten mir wirklich leid.«

»Dafür gibt es keinen Grund.«

»Ich bitte Sie. Seit wir hier wohnen, gehe ich jeden Tag mindestens zwei Mal an Ihrem Geschäft vorbei, und noch nie habe ich einen Kunden gesehen. Sie sind immer allein.«

»Hätten Sie eben früher schon mal was kaufen müssen, um mir eine Wohltat zu erweisen. Meine Kunden kommen am späten Nachmittag und gegen Abend. Oder in der Mittagspause.«

»So wie jetzt.«

Bevor das Zittern kommt, findet Ines rechtzeitig den Ausweg, sagt: »Ich hoffe, die Weine schmecken Ihnen. Am besten sind sie übrigens, wenn man sie zum Essen trinkt. Noch einen schönen Tag!«

Zornig geht sie davon. Sie hat gelernt, die üblichen Männerblicke zu verkraften, ab und zu wärmt sie sich sogar daran, doch Tag für Tag von einem Fremden durchs Schaufenster als Einsame ertappt zu werden, ist mehr, als sie ertragen kann. Sogleich sucht sie nach Lösungen, überlegt, was zu ändern wäre, und am Ende wirft die Begegnung mit dem unverschämten Mann die Überlegung ab, eine Aushilfe zu engagieren, auch wenn der Umsatz das nicht hergibt. Dennoch scheint ihr die Investition fällig. Niemand soll sie von draußen immer allein im Laden stehen sehen.

Keine Zigarette danach
Der Verkehrslärm und die Wärme überraschen Daniel mit ihrem Druck. Inzwischen flutet die Vormittagssonne auch die Straßen mit Nord-Süd-Ausrichtung, die Stadt ist hellwach und aufgekratzt, alle Bewegung kanalisiert sich auf bestimmte Ziele hin, dabei läuft die Uhr, es eilt.

Daniel hat heute kein Ziel mehr. Nachdem er die Aufgabe, der dieser Tag gewidmet war, schon früh erfüllt hat, liegt ein langer, leerer Zeitraum vor ihm. Das Sinnzentrum des Datums hat er durchschritten, nun weiß er nicht, worauf er zusteuern soll. Ein anderer würde sich erst mal eine anstecken. Daniel blickt mit leeren Händen in den Lichtdunst.

Es ist Montag, er hat sich freigenommen, damit er sich nach verspätetem Eintreffen im Büro nicht fragen lassen muss, warum er jetzt erst komme.

Um ganz sicherzugehen, hat er auch den vergangenen Freitag freigenommen, was im Sekretariat lediglich die Frage provozierte, ob eine Städtereise übers verlängerte Wochenende anstehe, worauf leicht zu antworten gewesen war: »Wir wollen endlich mal wieder ans Meer.« »Sicher Sylt?«, hieß es sofort, und Daniel hörte sich prompt ein von der Realität vollkommen ungedecktes »Klar doch« sagen.

Dieser Tag unterscheidet sich von allen bisherigen Werktagen in Hamburg, denn seit er hier ist, kennt er keine unausgefüllten Stunden. Sobald er morgens das Haus verlässt, fängt sein Terminkalender an zu ticken, was ihn nicht stört, denn üblicherweise wird er von jedem Termin gefordert, seine Arbeit steckt voller Aufgaben, die ihn reizen, inspirieren. Sogar dem aktuellen Stadtbahnprojekt kann er etwas abgewinnen, denn wann hat man schon einmal die Gelegenheit, ursächlich dabei zu sein, wenn in einer Großstadt ein vor Jahrzehnten abgeschafftes Verkehrsmittel wieder eingeführt wird. Vor einigen Jahren in Paris wäre es noch attraktiver gewesen, aber Hamburg ist immerhin auch mehr als Provinz. Überdies kommt es Daniel weniger auf das Betätigungsfeld an als auf das euphorische Gefühl, das sich einstellt, wenn sich in seinem Kopf eine vielversprechende Idee entfaltet.

Blöd nur, wenn man seine Ideen durch intensive Arbeit zu einem vorstellbaren, planbaren Projekt gemacht hat, dann aber mit ansehen muss, wie es von Politik oder Behörden auf Eis gebettet wird. So wie eben auch die Stadtbahn, zu der die Bürgerschaft noch immer keine politische Willenserklärung abgegeben hat, weil ihr verlässliche Kostendaten fehlen. Die wiederum können erst nach Vorliegen des Planfeststellungsbeschlusses ermittelt werden. Welcher seinerseits die Willenserklärung erfordert. Gibt die Bürgerschaft sie nicht ab, kann die Stadtbahn nämlich nicht offiziell in die Verkehrsplanung aufgenommen werden. Wenngleich sie inoffiziell längst drin ist, wie Daniel direkt vom Verhandlungstisch weiß. Auch weiß er, dass Zahlen existieren, denn er selbst hat sie vorgelegt, nur ungefähre Werte zwar, doch immerhin: zehn bis zwanzig Millionen Baukosten pro Kilometer, dazu die Kosten für Planung und Anschaffung der Züge. Bei einer fünfzehn Kilometer langen Strecke von Altona nach Bramfeld könnte sich jeder selbst ausrechnen, wozu sich das summiert. Wahrscheinlich traut sich einfach keiner der Mandats- oder Amtsträger, in konjunkturschwachen Zeiten die Summe laut zu nennen, und darum steckt das ganze Projekt fest. Kein unbeträchtliches Problem für Daniels Firma, denn sie hat längst

Planungsaufwand betrieben und durch Vorvereinbarungen mit Herstellern und ausführenden Unternehmen die Voraussetzungen für einen schnellen Baubeginn geschaffen. Die Zögerlichkeit der Entscheider kann die Firma zwar nicht Kopf und Kragen kosten, denn sie steht, trotz nachgebender Aktie, noch immer stabil auf dem internationalen Markt, doch wirft es auf die mit dem stockenden Projekt betrauten Mitarbeiter kein günstiges Licht, wenn Vorhaben nicht realisiert werden.

Seit in der Presse täglich die Finanzkrise beschworen wird, häufen sich die Fälle. Als erinnerten die öffentlichen Haushalte sich plötzlich an die Defizite, die sie seit Jahrzehnten hegen. Daniel kommt sich manchmal wie ein falsch gepolter Midas vor, der jedes größere Infrastrukturvorhaben, das in seine Verantwortung gelegt wird, ins genaue Gegenteil von Gold verwandelt.

Die Y-Bahnschienentrasse, die von den Seehäfen Hamburg und Bremen aus zusammenlaufen und auf Hannover zuführen soll, droht nämlich ebenfalls auf dem Eisbett zu erstarren und gar endgültig das Leben auszuhauchen. Falls, wie man in Berlin orakelt, der Bundeszuschuss von zwanzig Millionen ausgesetzt wird, weiß keiner, ob dies nach der Wahl von einem neuen Verkehrsminister rückgängig gemacht wird. Der Neue muss nur aus dem Süden der Republik kommen, dann wird es schwierig, ihm die Bedeutung der Hinterlandanbindung im Norden plausibel zu machen. Manchmal ist es tatsächlich so simpel. Daniel hat längst begriffen, wie sehr eine spezifische psychische Disposition in seinem Job gefragt ist: Du musst aushalten können, dass ein komplexer Plan, ein funktionierender Strukturmechanismus, den du aus hunderttausend Elementen zusammengebaut hast, von einem simpel gestrickten und schlecht beratenen Amtsinhaber in den Abgrund des Papierkorbs gestoßen wird. Dann darfst du nicht denken, die viele Arbeit sei vergebens gewesen, sondern musst dich vom Gegenteil überzeugen: Sie hat dich weitergebracht, hat dich geschult, du bist noch besser jetzt, weißt mehr, bei der nächsten Aufgabe wirst du davon profitieren.

Falls es eine nächste Aufgabe gibt.

Zu viele Niederlagen kann sich auch eine große Firma wie Thies Petersen Systemberatung nicht leisten. Und selbst wenn sie es könnte: Sie will es einfach nicht. Zumal ihr Scharen von Headhuntern unablässig hungrige, kompetente Leute anbieten, die vielleicht durchsetzungsstärker sind.

Daniel muss Erfolge bringen, keine toten Pläne, ganz gleich, wie gut sie sind. Er hat sich angewöhnt, effizient zu arbeiten und zügig vorzugehen, und mit der gleichen Dynamik bewegt er sich gewöhnlich durch die Stadt, durchs Land, über die Kontinente, wenn es gilt, eine Strecke von A nach B zurückzulegen. Jetzt hat er A hinter sich, B aber noch nicht definiert, darum beschließt er, sich Zeit zu lassen, langsam zu gehen, zentral gelegene, von ihm dennoch kaum einmal aufgesuchte Winkel der Innenstadt zu erkunden, was einem Stadt- und Verkehrsplaner nicht schadet, damit lässt sich sogar das Schlendern legitimieren, effektiv dosierte Ziellosigkeit kann durchaus eine plausible Maßnahme sein.

Daniel lenkt die Schritte in die nahe Einkaufsstraße und gelangt wenig später auf einen Platz, der aus unsichtbaren historischen Gründen Gertrudenkirchhof heißt. Dort zieht sich an der Ostseite eine mehrfach gefaltete und geknickte Langbank entlang, auf der einige Personen sitzen und sogar liegen. Daniel überlegt kurz, ob er sich ebenfalls einen Platz suchen soll, aber er merkt, dass er sich noch nicht entspannen kann, er spürt noch immer Reste des nervösen Hustenreizes aus

Raum 10, darum geht er weiter durch Straßen, in die er sonst selten kommt, weil sie ihm reizlos erscheinen. Bald durchquert er den Bahnhof, bleibt auf der anderen Seite kurz unter dem Vordach stehen, um der klassischen Musik aus Lautsprechern zu lauschen, die Drogensüchtige vertreiben soll, er kennt das Stück nicht, aber es gefällt ihm, und für einen Moment sieht er sämtliche Passanten als Wiedergänger Mozarts mit Perücken durch die Szene gehen, einer kommt auf ihn zu, fragt nach Kleingeld und verwandelt sich im selben Augenblick in einen Junkie ohne gepudertes Haarteil, seine Augen mit den winzigen Pupillen sehen aus, als hätten sie einen technischen Defekt. Daniel schüttelt unwillig den Kopf, überlegt es sich dann anders und gibt dem Mann doch eine Münze, worauf dieser sich ohne Dank entfernt.

Nach wenigen Hundert Metern trifft Daniel vor einer Kirche auf junge Leute, die Bier aus Flaschen trinken. Seltsamerweise schütten sie die letzten Reste auf das Pflaster, stecken die leeren Flaschen ein, und einer sagt: »Lasst uns essen gehen.« Sie verschwinden in der Flanke des Kirchengebäudes; die Gemeinde St. Georg, ist neben der Tür angeschlagen, biete eine »Tafel für Bedürftige« an, aber die jungen Leute haben nicht so ausgesehen, wie Daniel sich Bedürftige vorstellt. Selbstbewusst und laut, sehr sicher in ihren Bewegungen sind sie ihm vorgekommen. Er merkt, dass er stehen geblieben ist. Jetzt tropft etwas auf seine Hand. Ein kleiner Schreck durchfährt ihn, er blickt nach oben, da fällt ein Tropfen auf seine Stirn: Er steht unter einer großen Linde, deren Blüten Saft absondern. Jetzt nimmt er auch den Duft wahr: honighaft, wie ein riesiger Blumenstrauß. Daniel riecht an dem Tropfen auf der Hand. Dort kommt ihm der Blütensaft ganz geruchlos vor.

Gut möglich, dass die blonde Laborantin jetzt, in diesem Augenblick, an meinem Becher schnuppert, fällt ihm prompt ein. Er erinnert sich an ihren kurzen Blick auf das durchsichtige Plastikgefäß. Mit bloßem Auge allein, weiß Daniel, lässt sich die Spermienqualität auch vom routiniertesten Andrologen nicht beurteilen, doch kommt dem Augenschein trotzdem Bedeutung zu. Die Laborantin wird genau hinsehen und entscheiden, ob die Farbe dem vorgeschriebenen opalen Grau entspricht, anschließend das Präparat zur Nase führen, zur Geruchsbewertung. Kastanienblütenartig? Falls ja, sieht es für Daniel günstig aus.

Womöglich ist die Frau bereits einen Schritt weiter und beugt sich gerade über das Mikroskop, beurteilt Morphologie, Konzentration, Geschwindigkeit der Spermien. Daniel hat sich schlaugemacht, er kennt die Bewertungsstandards der Weltgesundheitsorganisation und die Qualitätskontrolle der Deutschen Gesellschaft für Andrologie, er hat alles gelesen und es Ines in gegliederter Kurzfassung berichtet, unter Ausklammerung einiger Details, von denen er glaubte, sie könnten sie beunruhigen oder unangenehm berühren. So ersparte er ihr die Wortfolge *schlechte Qualität der Spermien*, um den Teufel gar nicht erst an die Wand zu malen. Nur einmal war er nahe daran, die Formulierung doch zu gebrauchen, sie als den Grund zu nennen, warum sich bei vierzig Prozent der Paare mit Kinderwunsch dieser nicht erfüllt: Er hätte es sagen wollen, um Ines zu trösten, als sie sich vorwarf, zu alt zu sein, zu viele Jahre die falsche Einstellung gehabt zu haben, mit ihrer kindischen Weigerung, ein Kind zur Welt zu bringen, Daniel und auch sich ein Leben lang unglücklich zu machen. »Früher wollte ich nicht, jetzt kann ich nicht, das ist die Strafe«, hatte sie gesagt. Solche Sätze führen aus der

Sphäre des Vernünftigen hinaus und tun weh, Daniel wollte weitere Sätze dieser Art verhindern, indem er darlegte, wie hoch die Wahrscheinlichkeit einzuschätzen sei, dass der Fehler bei ihm lag, aber dann sprach er es doch nicht aus, und jetzt weiß er nicht mehr genau, warum er es nicht sagte. Womöglich befürchtete er, dadurch Autorität zu verlieren und ihr erst recht keinen Halt mehr geben zu können.

Auf dem schmalen Bürgersteig in der Langen Reihe tritt er zur Seite, um eine muslimische Frau mit Kinderwagen passieren zu lassen. Ein zweites Kind fährt auf dem kleinen Sitz, der über dem Vorderrad des dreirädrigen Schiebegefährts angebracht ist, mit. Daniel registriert die Vorrichtung, an der man den Kinderwagen auch gut packen könnte, wenn es gälte, ihn zum Beispiel eine Treppe hinaufzutragen, mit Anerkennung. Die Frau lächelt, die Kinder merken das und starren ihn deswegen an, als wäre Daniel durch einen einzigen Blick die Verpflichtung eingegangen, sie zu adoptieren.

Als er weitergehen will, drängt sich schnellen Schrittes ein Mann im dunkelblauen Clubsakko an ihm vorbei, der gar nicht daran denkt, seinen zielorientierten Schritt mit anderen Fußgängern abzustimmen. Mit erhobenem Kinn pflügt er voran. Der Wind schlägt einen der Rockschöße nach oben, worauf man das leuchtend gelbe Innenfutter der Jacke sieht. Ein Hauch von Exzentrik unter betont dezenter Oberfläche, denkt Daniel, Vergleichbares ist ihm schon häufiger in Hamburg aufgefallen; in Neustadt, ja in der gesamten Pfalz trägt garantiert kein Mensch dunkelblaue Sakkos mit kanariengelbem Futter, man könnte so etwas dort nicht mal kaufen.

Wenig später vereinheitlicht sich die Garderobe, denn Daniel erreicht die Alster, an deren Ufer vor allem Menschen in

Sportkleidung durchs Sehfeld laufen. Und hier muss er sich eingestehen, dass sein angeblich zielloser Spaziergang doch auf ein Ziel gerichtet ist.

Kurz vor der Stelle, an der er das Ufer verlassen muss, um die letzte Etappe zu Ines' Laden einzuschlagen, sieht er ein Elternpaar mit Kind an einer Schaukel und wieder eine Kleidungsauffälligkeit. Alle drei tragen geringelte Mützen. Mitten im Juni! Was hat das zu bedeuten? Kurieren sie allesamt eine Hirnhautentzündung aus? Oder proklamieren sie so ihren Zusammenhalt? Die Eltern sind gewiss älter als ich, denkt Daniel, über vierzig. Haben sie sich das Kind lange gewünscht und setzen ihrem Glück nach langem Warten nun ein leuchtturmartiges Signal?

Komme gleich wieder

Unwägbarkeiten sind Daniels Geschäft, Probleme sein täglich Brot, die Suche nach Lösungen seine Passion. Und nun bringt ihn ein simples Schild mit der Handschrift seiner Frau aus dem Konzept. Der Laden ist geschlossen. Wo ist Ines?

Die unvorhergesehene Situation überrascht ihn so sehr, dass er nicht auf die Idee kommt, das Problem durch einen simplen Anruf zu lösen, sondern sich fürs Warten entscheidet. Er schlendert auf dem breiten Bürgersteig hin und her, sieht großen Autos beim Einparken zu und betritt, da Ines auch nach zwanzig Minuten noch nicht zurückgekehrt ist, die Buchhandlung im Haus nebenan. Deren Räumlichkeiten sind mit dem Weinladen fast identisch: zwei Schaufenster, Verkaufsraum und ein Hinterzimmer, bloß dass eben keine Flaschen in den Regalen stehen. Daniel dreht eine Runde, zieht da und dort ein Buch aus dem Regal und wird natürlich von der Buchhändlerin angesprochen. Er ist der einzige Kunde, sie will ihn binden, sie braucht ihn für den Umsatz und gegen die Langeweile, er würde den Laden am liebsten sofort wieder verlassen, denn was hat er hier eigentlich verloren; dann aber fällt sein Blick auf ein Buch, das er als Kind gelesen hat. Es sieht genauso aus wie früher, das ist seltsam, offenbar braucht man in diesem Fall die äußere Erscheinung nicht zu aktualisieren; Daniel fragt sich, was das über die Zeitgebundenheit von Formsprache und Design aussagt, kommt aber nicht weit, weil er das Buch automatisch in die Hand genommen hat und die Buchhändlerin dadurch unwiderruflich zur Kundenberatung animiert. Ob er es kenne. Ja, sagt er, es habe ihm immer sehr gefallen. Das bringt die Buchhändlerin zum Strahlen, sogleich nimmt sie ein anderes Buch vom Tisch, sagt, dann werde er auch das hier mögen, fasst den Inhalt kurz zusammen und drückt es Daniel in die Hand. Da er nichts Rechtes zu sagen weiß, greift sie zum nächsten Buch, referiert auch dessen Inhalt, bis sie sich unterbricht, um Entschuldigung bittet und fragt, ob das Kind ein Junge oder ein Mädchen sei.

»Ein Mädchen«, sagt Daniel schnell.

»Wie alt?«

»Sie wird acht.«

»Ein tolles Lesealter. Wofür interessiert sie sich denn?«

Nun gerät Daniel in die Bredouille, aber er weiß, wie man in heiklen Lagen und bei dürftiger Faktenlage redet, auch das gehört zu seinem Beruf, neulich erst hat er in dieser Hinsicht ein Bravourstück hingelegt, als ein wichtigtuerischer Beamter des schleswig-holsteinischen Wirtschaftsministeriums ihm mit Fragen nach der Option Osmosekraftwerk kam, bei einer großen Sitzung, coram publico. Darüber hatten sie in der Firma praktisch noch nichts, sie kannten lediglich in groben Zügen die Pläne der Norweger, aber nach seinem Statement war der Frager feuerrot und alle anderen nickten zufrieden.

Die Buchhändlerin kann er jedoch nicht so leicht aufs Glatteis führen, jedenfalls nicht ohne Gegenleistung, und so verlässt Daniel mit der einbändigen Gesamtausgabe von *Pippi Langstrumpf* in der Tüte den Laden, leicht beschämt wegen seiner Lüge, aber auch wegen des Vorwurfs der Buchhändlerin, seiner Tochter dieses Buch bislang vorenthalten zu haben.

»Unverzeihlich«, hat die Frau gesagt, dabei aber ein Gesicht gemacht, als wollte sie jeden Moment lächeln oder ihm wenigstens zuzwinkern.

Daniel beschließt, nicht weiter wartend auf dem Bürgersteig auf und ab zu gehen, sondern sich am Alsterufer auf eine Bank zu setzen. Kaum betritt er die Parkanlage, kommt Ines ihm entgegen, auf dem Weg zurück zum Laden. Wie lange sie ihm nicht mehr überraschend begegnet ist! Sie scheint Ähnliches zu denken, denn sie strahlt, wie man es nur dank Unverhofftem kann.

»Was hast du da?«, fragt sie noch aus der Umarmung heraus mit Blick auf die Papiertüte in Daniels Hand.

»*Pippi Langstrumpf.*«

»Du Optimist. Findest du das nicht ein bisschen früh?«

»Ist ja nicht verderblich.«

Ines muss lachen, wie sie immer lacht, wenn etwas Jungenhaftes an ihm zutage tritt.

»Du Spinner«, sagt sie, und das klingt auch diesmal besser als zum Beispiel »Ich liebe dich«. Anschließend ist es schön, den Arm um seine Frau zu legen und der bürgerlichen Welt in Wassernähe zu zeigen, was man für ein Paar ist. Man kann sich gemeinsam an Kinderbücher erinnern, feststellen, wie viele davon aus der Feder ein und derselben Schwedin stammten, und so immer weiter Kreise um den entscheidenden Akt dieses Tages ziehen.

»Könntest du dir Hagar als Namen vorstellen?«, fragt Daniel dann unvermittelt. »Falls es ein Mädchen wird.«

Ines sieht ihn fragend an. »Wo hast du den denn aufgeschnappt? Kommt der in *Pippi Langstrumpf* vor?«

»Weiß ich nicht. Ich hab ihn zufällig an der U-Bahn-Station gehört.«

»Nein«, sagt sie. »Kein Name mit A. Das klingt mir zu hart. Lieber was mit E und weichen Konsonanten.«

»Zum Beispiel?«

»Nele.«

»Das ist nicht dein Ernst?«

»Was hast du dagegen?«

»Das ist doch kein Name! Ich kann das nicht als Namen anerkennen. Konnte ich als Kind schon nicht.«

»Sag bloß, du hast als Kind eine Nele gekannt?«

»Nein, eben nicht, aber im Weihnachtsspiel kam eine vor, in der ersten Klasse, oder war das noch im Kindergarten, *Nele und der Weihnachtsstern*, oder hieß es *Nele sucht den Weihnachtsstern* oder den Weihnachtsmann oder das Christkind, oder nein, *Nele geht nach* ... ach, was weiß ich, jedenfalls spielte ich einen Koch. Aber frag mich nicht, was die Rolle beinhaltete. Ich erinnere mich nur, dass ich bis zum Schluss dachte, ein Kind kann doch nicht Nele heißen.«

»So wird es auch nicht heißen«, beruhigt ihn Ines. »Ansonsten bleibe ich dabei: Bevor ich das Kind nicht in mir habe, gebe ich ihm keinen Namen.«

Damit sind sie beim Thema. Und sagen so lange nichts, bis sie es nicht mehr weit zum Laden haben. Ines wünscht sich Kaffee und Kuchen, sie setzen sich im Nebenraum der benachbarten Bäckerei an einen Fenstertisch, essen die Tarte, für die der Bäcker in der ganzen Stadt bekannt ist, und dann fragt Ines schließlich doch, wie es gewesen sei.

»Unschön ohne dich«, fällt Daniel als Erstes ein.

Damit verdient er sich ein Lächeln.

»Aber es war für einen guten Zweck. Und weshalb bist du nicht in deinem Laden?«

»Ich war nervös, ich musste an die frische Luft.«

»Wieso nervös?«

»Wegen des guten Zwecks.«

Nach langer Zeit betritt Daniel erstmals wieder den Laden seiner Frau, er sieht sich gründlich um, ob sich etwas verändert hat, Ines betrachtet ihn dabei wie den Mann am Vormittag. Sie versucht sich Daniel mit einem Kind vorzustellen. Wie er ein Vollkorncroissant aus der Tasche zieht und dem Kleinen reicht. Wäre er gelassen und geduldig? Hätte er Vertrauen in sein Kind?

Juli

Vor dem Auftritt

Am liebsten ginge die Geschäftsführerin zu Fuß zum Grand Elysée. Der Weg dorthin gehört zum Schönsten, was Hamburg zu bieten hat, durch den Park westlich der Alster, man sieht im Morgenlicht die Innenstadt jenseits des Wassers näher rücken, man hört die Vögel in den alten Bäumen und sieht Menschen, die noch nicht im Arbeitsrhythmus gehen und strampeln.

Leider kann sie vor den Anwälten aus Genf nicht in Hosen und bequemen Loafern auftreten, auf hohen Absätzen und im engen Rock indes macht auch der schönste Spaziergang keinen Spaß.

Im Taxi riecht es nach all dem, was die nächtlichen Fahrgäste ausgeatmet haben, die gute Laune des Morgenradiomoderators quirlt den Mief abscheulich auf; als die Geschäftsführerin das Fenster eine Handbreit öffnet, schaltet der Taxifahrer das Radio aus.

Ihre Verhandlungspartner werden sich inzwischen die Windsorknoten gerichtet und auch sonst gewappnet haben, insbesondere durch das Studium des Wirtschaftsteils. Die Aktie der Thies Petersen Systemberatung gibt Tag für Tag ein wenig nach, jeder weiß, woran das liegt, es hat mit Psychologie zu tun, die Welt redet von einer Krise, und schon halten die öffentlichen Hände Investitionen zurück, worauf eine Firma, die von Großprojekten lebt, von der Planung aufwendiger Energieanlagen und Infrastrukturmaßnahmen, innerhalb kurzer Zeit in gleichem Maße unter den Schwächen der Konjunktur leidet wie die Baubranche.

Die Geschäftsführerin ist keineswegs nervös, nur leicht gereizt, weil sie schon weiß, mit welchen Mienen ihr die Pfauen aus der helvetischen Nobelkanzlei gegenübersitzen werden. Mit sämtlichen Registern ihrer Körpersprache werden sie signalisieren, dass sie wissen, wie gelegen der Firma ein Großauftrag wie der in Masdar City bei der aktuellen Wirtschaftslage käme.

Sie können nicht wissen, dass die Geschäftsführerin längst einen Plan B in petto hat, falls es beim Thema Masdar nicht zur finanziell darstellbaren Einigung kommen sollte. Zwar interessiert sie sich überdurchschnittlich für die kohlendioxidneutrale Ökostadt, die als Musterurbanisation seit gut einem Jahr in der Wüste entsteht, getragen von der Idee, effizienten Energieverbrauch mit den Prinzipien der traditionellen, Schatten spendenden arabischen Gassenbauweise zu verbinden, am liebsten wäre sie für die Verkehrsplanung von Anfang an voll verantwortlich gewesen, andererseits weiß sie, dass man bei der Kooperation mit Arabern mit vielen Variablen rechnen muss. Und was die Rentabilität betrifft, steht auch so manches in den Sternen. Die Unberechenbarkeit der Emire zeigt sich ja gerade in dem Fall, der die Thies Petersen Systemberatung AG für die Wüstenvision jetzt doch noch ins Spiel bringt. Zuerst hätte eine Magnetschwebebahn die neue Stadt mit Abu Dhabi verbinden sollen, dann ein Hochgeschwindigkeitszug, nun soll es plötzlich nur noch eine Metro sein oder gar eine Straßenbahn, wenngleich eine schnelle, moderne Tramway, aber wer weiß, an welchen Stellen im Lauf der nächsten Jahre weiter abgespeckt wird, es ist besser, weiß die Geschäftsführerin, sich an Vorhaben, bei denen das Wort Vision in allzu kurzen Abständen folgt, nur in begrenzter, klar definierter Form zu beteiligen, ansonsten zahlt man am Ende drauf.

Der Taxifahrer will bei Gelb über die Ampel schießen, überlegt es sich kurzfristig anders und bremst abrupt. Natürlich entschuldigt er sich nicht, sieht bloß kurz in den Spiegel, wie um den Effekt seiner unprofessionellen Aktion zu begutachten, die Geschäftsführerin kennt das alles nur zu gut, es ringt ihr nicht mal mehr ein Seufzen ab. Ihr Vater hatte noch einen Dienstwagen mit Chauffeur, sie verzichtet auf solche Insignien der Macht, in einem modernen, börsennotierten Unternehmen hält sie das für das falsche Signal an die Anteilseigner und an die Mitarbeiter sowieso. Theoretisch ist gegen Taxifahren auch nichts einzuwenden. Sie sieht aus dem Fenster und versucht aktiv, nicht mehr an das bevorstehende Meeting zu denken. Das Gehirn soll ruhen, damit es bei Kräften ist, wenn es auf Herausforderungen schnell reagieren muss.

Aller Voraussicht nach wird Daniel Pirrung bestens präpariert zum Termin erscheinen. Die Geschäftsführerin stellt fest, dass dieser Gedanke dem Abschalten vor dem Auftritt zuträglich ist. Deswegen stellt man qualifizierte Mitarbeiter ein, denkt sie, sie sollen einem zu Gelassenheit verhelfen. Der Mann sieht aus wie alle anderen Kollegen seines Alters, er trägt die gleichen Anzüge und Hemden, auch die Frisur, die sie jetzt alle haben, aber in ihm steckt eine altmodische Zuverlässigkeit, für welche die Geschäftsführerin die Provinz, aus der er stammt, verantwortlich macht. Ländliche Loyalität, provinzieller Fleiß, Weinbergssorgfalt – sie lächelt beim Spiel mit solchen Begriffen.

Sie möchte ihren Daniel Pirrung gern belohnen, indem sie die Wüstenbahn komplett in seine Obhut gibt, doch leider sagt ihr der Instinkt, dass sie den Mann möglicherweise enttäuschen muss, in dem Fall nämlich, wenn das Projekt versandet, was keineswegs ausgeschlossen ist, denn erste Gerüchte künden bereits von Zahlungsschwierigkeiten in Dubai. Und wenn der eine Emir klamm ist, warum soll es der Nachbar in Abu Dhabi nicht ebenfalls bald sein?

Die arabische Frage

Die Araber waren nicht angereist, sondern hatten zwei Anwälte aus Genf geschickt, Daniel vermutete, dass es ihr Codex nicht gestattet hätte, mit einer Frau zu verhandeln. So wie er seine Chefin kannte, hatte sie das vorhergesehen, jedoch Flagge zeigen wollen und deswegen darauf bestanden, an dem Meeting teilzunehmen. Sie stand dem Laden nun einmal vor, damit mussten die Scheichs zu leben lernen, allerdings signalisierte sie den Anwälten, die beide ihre Hälse mit überdimensionierten Hemdkragen und Krawattenknoten zu stabilisieren schienen, als wäre es ihnen orthopädisch verordnet worden, dass bei der operativen Zusammenarbeit sämtliche interkulturellen Aspekte berücksichtigt würden, und zwar selbstverständlich im Sinne des Kunden. Dies gelte von dem Augenblick der Vertragsunterzeichnung an.

Einem Menschen wie Tomke Petersen war Daniel vor seinem Bewerbungsgespräch in Hamburg nicht begegnet. Zwar hatte er auch in Kaiserslautern, Mannheim, Ludwigshafen kluge Leute kennengelernt, und natürlich saßen auch in Neustadt und Sankt Lorenz nicht nur sture Winzerschädel, doch keiner im Südwesten hatte eine so perfekt ausbalancierte Dynamik von Energie und Eleganz ausgestrahlt. Es fing schon mit der Sprache an. Dort unten sprach keiner Hochdeutsch, auch dann nicht, wenn er selbst überzeugt war, es zu tun. Die meisten wollten es freilich gar nicht erst versuchen, weil sie glaubten, es käme einer Anmaßung gleich, klänge zu *fein*.

Tomke Petersens Deutsch klingt nicht bemüht oder gar hochgestochen, vielmehr ist die Vornehmheit dabei substanzieller Bestandteil. Es wirkt ein wenig kühl, jedoch nicht kalt, sondern so ähnlich, wie Design mit klaren Formen auf den ersten Blick streng erscheinen mag, dann aber, von Minute zu Minute, den Sinnen immer wohler tut. Man nimmt es wahr und beginnt sich zu entspannen, denn man spürt, diese Formen werden mir auf Dauer angenehm sein.

Mit ihrer Art, die Stimme einzusetzen, überhaupt mit ihren Umgangsformen verhält es sich entsprechend. Sie kennt die Konventionen und weiß sie konsequent und stilsicher zu befolgen, schafft es dabei aber, innerhalb der tadellos gewahrten Form unkonventionell zu werden, wenn das soziale Gefüge in der Firma oder die Kreativität im Dienste einer Problemlösung es erfordert. Daniel hat es schon beim Vorstellungsgespräch gemerkt, das ganz und gar nicht nach Schema F verlaufen ist, obwohl alle äußerlichen Abläufe, die Art, wie man sich gegenübersaß, wie man auf seine Haltung und Gebärden achtete, voll und ganz dem Üblichen entsprachen.

Tomke Petersens Präsenz in geschlossenen Räumen stellt für jeden Mann eine Herausforderung dar. Sie riecht so gut, dass man sich neben ihr stets ungewaschen fühlt, und ihr Aussehen erfüllt einen mit dem Gefühl, öffentlich ausgezeichnet zu werden, da man als gewöhnlicher maskuliner Homo sapiens die Ehre hat, sich in ihrer unmittelbaren Nähe aufhalten zu dürfen. Sie füllt jedes Kleidungsstück vollkommen aus, man könnte meinen, die Konfektionsgröße achtunddreißig sei exakt ihrem Körper nachempfunden worden. Solchen Wahrnehmungen nachzusinnen, blieb während des Bewerbungsgesprächs jedoch keine Zeit, denn Frau Petersen forderte vollkommene Konzentration. In jeder Frage, die sie stellte, verdichtete sich das gesamte branchenspezifische Examenswissen der letzten zehn Jahre, so jedenfalls war Daniel es vorgekommen; dabei waren alle Fragen ganz schlichter Natur. Sie waren bewusst so gestellt, und das verlieh ihnen Autorität. Sie unterhielt sich mit ihm über allerlei Themen aus den Bereichen, in denen ihr international operierendes Planungs- und Systemberatungsbüro tätig war, Verkehr, Energie, Umwelt, Stadt, wechselte dabei fortwährend das Abstraktionsniveau, sprang zwischenzeitlich auf nahezu philosophische Höhen – »Wie beurteilen Sie den Wert ästhetischer Erfahrung für die Identifikation der Leistungselite mit dem urbanen Lebensraum?« –, ließ sich dann aber abrupt auf eine fast schon amüsant konkrete Ebene herab und erkundigte sich bei Daniel nach seinen Ideen zur Effizienzsteigerung bei der Nutzung von Haushaltsabfällen zur Energiegewinnung.

Sie scheute sich auch nicht, sich von dem Bewerber mit der unhörbaren dialektal gefärbten Artikulation Entwürfe für riesige Infrastrukturprojekte aus dem Ärmel schütteln zu lassen, indem sie beispielsweise wissen wollte, wie man die Einbindung der baltischen Staaten in die europäischen Handelsbeziehungen und Reisebewegungen stärken könne. Er solle möglichst spontan antworten, ermunterte sie ihn, also schlug Daniel den Bau einer Schnellbahn vor: Berlin – Warschau – Wilna – Riga – Tallinn. Dazu vielleicht noch einen Tunnel unter dem Finnischen Meerbusen hindurch von Tallinn nach Helsinki, dadurch wären eventuell Nachtzugverbindungen möglich, die gleich sechs europäische Hauptstädte miteinander verbänden. Zusätzlich müsse eruiert werden, auf welchen Sektoren wirtschaftliche Kooperationen zwischen den Nachbarn Finnland und Estland sowie Litauen und Polen nahelägen. Für das in der Mitte situierte Lettland müsse man sich etwas Eigenes einfallen lassen. Geflügelproduktion zum Beispiel. Große Hühnerfarmen. Das Land sei dünn besiedelt, außerdem flach, man könne Freilandhaltung im großen Stil betreiben, mit einem »Freilauf-Siegel« auf ökologischem Terrain wuchern und neben der Eier- und Hühnerfleischproduktion auf einem dritten Standbein Biogas produzieren. Er dachte an die Hühner, die seine Großeltern früher hatten, überschlug, was die an Mist produzierten, und kalkulierte mit fünfundzwanzig Millionen Hühnern für Lettland, die insgesamt circa eine Million Tonnen Mist pro Jahr produzieren könnten. Günstigenfalls solle man die damit zu gewinnende Energie ins Fernwärmenetz einspeisen, welches ja in allen ehemaligen Sowjetstaaten vorhanden sei. Lettland müsse dann deutlich weniger Energie von Russland kaufen, spare Haushaltsmittel und sei politisch weniger unter Druck zu setzen.

Daniel erschrak selbst über seinen kühnen Gedankenflug und registrierte darum mit Erleichterung die Andeutung eines Schmunzelns in Tomke Petersens Mundwinkeln.

»Sind Sie über die aktuellen Eisenbahnpläne im Baltikum informiert?«, wollte sie wissen. Daniel hatte nur von entsprechenden Überlegungen gehört, Frau Petersen wusste auch hier Genaueres: »Der Ausbau der Rail Baltica wurde bereits 2001 in Wismar beschlossen. Allerdings ist seitdem nicht viel passiert, weshalb das Thema auch in der Fachöffentlichkeit kaum kursiert. Nebenbei bemerkt: Die Trasse läuft von Riga aus über Kaunas und nicht über Wilna.«

Schließlich überraschte sie Daniel mit einer Sphäre, die in seinen Gedanken noch nie eine Rolle gespielt hatte. Sie schilderte ihm in groben Zügen einige infrastrukturelle Probleme bei der alljährlichen Pilgerfahrt nach Mekka, spitzte die Aufgabenstellung dann auf einen konkreten Aspekt zu: Zur Wallfahrt, der sogenannten Hadsch, gehöre die symbolische Steinigung des Teufels, bei der Gläubige von einer fünfstöckigen

Brücke aus Steine auf drei fünfundzwanzig Meter hohe Stelen werfen. Derzeit fasse die Brücke bis zu fünfhunderttausend Menschen pro Stunde, und es käme immer wieder zu fatalen Situationen, wenn Menschen von Steinen getroffen oder zerquetscht oder totgetrampelt zu werden drohten. Hier müsse dringend etwas unternommen werden, die saudischen Behörden arbeiteten seit vielen Jahren an dem Problem, hätten es auch bereits merklich eingedämmt, jedoch noch immer nicht ganz gelöst. Ob Daniel sich einen Ansatz zur Chaosvermeidung vorstellen könne? Dieses Thema hat für mich noch nie eine Rolle gespielt, dachte er tatsächlich, und genau das gab ihm eine Idee ein: »Rollbänder«, antwortete er, »beziehungsweise Rollsteige.« So wie ihn die Frage überrumpelt hatte, so überraschend klang seine Antwort auch in den eigenen Ohren. Er glaubte Frau Petersen die Lust zum breiten Grinsen unterdrücken zu sehen, als er nach ihrer Aufforderung zur Erläuterung des Projekts ansetzte und mangels verfügbarer bautechnischer Fakten über das Verhalten von Menschen auf rollenden Treppen und Bändern philosophierte. Nie zuvor hatte er darüber nachgedacht, einige seiner Gedanken fand er selbst durchaus interessant, doch irgendwann hatte Frau Petersen genug gehört. »Sie können auf Knopfdruck denken, und zwar nicht nur nach Schablone«, stellte sie fest, ging aber, bevor Daniel zu viel Lorbeer schnupperte, dazu über, sich die Unterlagen über sein Studium und den beruflichen Werdegang genauer anzusehen.

In dem Moment ahnte Daniel, dass er gute Chancen auf die Stelle hatte. Nicht ahnen konnte er, wie bald danach er mit Arabern zu tun bekommen würde, wenn vorläufig auch indirekt über großspurige Anwälte. Um Rollsteige in Mekka geht es freilich nicht, sondern um *Light Rail Transit* in der

Wüste. Das Emirat Abu Dhabi will für seine im Bau befindliche, komplett autofreie und ausschließlich mit erneuerbarer Energie zu versorgende Modellstadt Masdar ein intelligentes Metro- und Straßenbahnnetz samt schneller Anbindung an die Hauptstadt und den Flughafen haben, am liebsten mit klimatisierten Haltestellen, individuellem Service und perfekt organisierten Umsteigepunkten. Dafür benötigt Scheich Khalifa bin Zayed Al Nahyan schleunigst Konzeptstudien und einen hieb- und stichfesten Masterplan. Daniel sieht eine äußerst reizvolle Aufgabe auf sich zukommen, verbunden mit interessanten Reisen. Schier unglaublich, die reelle Chance zu haben, bei einem Projekt wie Masdar, einzigartig auf der Welt und möglicherweise richtungsweisend nicht nur im arabischen Raum, sondern auch in allen anderen adäquaten Klimazonen, mitzuarbeiten. Seine Chefin scheint ebenfalls Morgenluft zu wittern. Sie hat die Anwälte klar und kompakt mit Angeboten und Kriterien versorgt und nicht im Traum daran gedacht, den Termin übers Meeting hinaus zu verlängern. Die beiden Herren würden schon auf ihre Spesenkosten kommen, auch ohne Einladung zum Lunch, und so verlassen Daniel und seine Chefin zu zweit das Grand Elysée. Petersen macht den Vorschlag, gemeinsam zu Mittag zu essen, worauf sie ein Stück zu Fuß gehen und dann ins Souterrain einer Jugendstilvilla hinabsteigen, wo die Tische festlich eingedeckt sind, aber, wie Frau Petersen versichert, keine Haute Cuisine, sondern Küche typischer Hamburger Prägung serviert werde.

Die Abmessungen des Zweiertischs bewirken, dass sie weit genug auseinandersitzen, um sich mustern zu können, und dicht genug, um sich über die Gläser hinweg Vertrauliches zu sagen, ohne dass es zu den Nachbartischen dringt. Daniel stellt eine leichte Aufregung in sich fest. Vielleicht hat es damit zu tun, dass er seine Chefin so deutlich riechen kann.

»Sie waren schon mal in Ägypten, nicht wahr?«, fragt sie ihn, nachdem sie die Besprechung im Kabinett des Hotels haben Revue passieren lassen.

Daniel erinnert sich nicht, ihr davon erzählt zu haben, sie muss es durch einen seiner Kollegen erfahren haben. Er bejaht, fügt aber sogleich hinzu, das sei nun auch schon wieder eine ganze Weile her, damals habe eisige Kälte in Hamburg geherrscht.

»Wie kamen Sie mit der arabischen Mentalität zurecht?«, macht Frau Petersen den nächsten Schritt. Sie will natürlich auf etwas hinaus, Daniel fällt nicht schwer zu erraten, worauf, er antwortet zurückhaltend, um nicht den Eindruck gieriger Offensive zu erwecken, bittet um Präzisierung der Frage.

»Ich meine vor allem, ob es Situationen gab, in denen Sie sich abgestoßen fühlten von den Menschen dort.«

Seine Chefin sieht es nicht gern, wenn ihre Mitarbeiter zögern, doch Daniel braucht jetzt ein paar Sekunden. Tatsächlich gab es in Ägypten Situationen, in denen ihm Einheimische unangenehm waren, ja in denen er sich tatsächlich von dem ein oder anderen abgestoßen fühlte. Nur kurze Impulse waren das, sie hatten sich rasch wieder verloren, aber sie waren unbestreitbar da gewesen, wenn ein Droschken- oder Taxifahrer sich nicht an den vorab vereinbarten Preis halten wollte oder wenn Händler allzu aufdringlich wurden und jedes Nein ignorierten. Aber Daniel will sich nicht mit einer ungünstigen Antwort eine Chance verbauen, er sucht nach der richtigen Mischung aus Ehrlichkeit und positivem Denken, allerdings eine Spur zu lang für die Geduld seiner Chefin.

»Drucksen Sie nicht herum. Antworten Sie ehrlich!«

»Ja«, sagt er also kurzerhand der Wahrheit entsprechend, »die gab es. Zum Beispiel wenn ...«

»Sie müssen mir keine Einzelheiten berichten. Es genügt mir, dass Sie sich nichts vormachen. Ich sehe darin eine der wesentlichen Grundvoraussetzungen der interkulturellen Kommunikation.«

»Sie meinen, man soll die Angst vorm Fremden anerkennen, um sie zu überwinden?«, fragt Daniel musterschülerhaft.

»Ja, auch das. Aber so feierlich braucht man es gar nicht auszudrücken, zumal es nicht immer um Angst gehen muss. Für uns ist entscheidend, dass es gelingt, in den jeweiligen Kommunikationssituationen die Oberhand zu gewinnen. Schauen Sie, das ist so ähnlich wie in dem Moment, in dem einer vor Ihrer Haustür steht, zum Beispiel so ein Zeitschriftenverkäufer, Sie wissen schon, und Sie fragt, ob Sie Vorurteile gegenüber entlassenen Strafgefangenen haben. Was antworten Sie dem?«

»Na ja, ich sage wahrscheinlich Nein. Ich denke, das kommt mehr oder weniger spontan.«

»Eben. Aber Spontaneität darf nicht unser Maßstab sein. Stellen Sie sich vor, Sie sagen Ja. Dann sagen Sie erstens die Wahrheit, denn selbstverständlich hegen Sie Vorurteile gegenüber entlassenen Strafgefangenen, und zweitens durchkreuzen Sie die Pläne des Drückers, der mit einem Nein rechnet und genau dort ansetzen will, bei Ihrem schlechten Gewissen, indem er Ihre Vorurteilshaltung mit seiner trostlosen Lebenslage kontrastiert.«

»Verzeihen Sie, aber Araber und entlassene Strafgefangene ...«

»Ihr Punkt, Herr Pirrung. Aber was ich sagen will: Wenn Sie sich einreden, nichts gegen Araber zu haben, unterschwellig jedoch trotzdem voller Ressentiments stecken, sind Sie in einer Verhandlungssituation ständig damit befasst, Ihre Ressentiments unter dem Schwellenwert zu halten. Die Energie, die Sie dafür aufwenden müssen, fehlt Ihnen an anderer Stelle. Und das kann nicht Ihr Vorteil sein.«

»Ergo?«

»Ergo soll man innerlich durchaus sagen: Du mieser Scheich. Denn daran lässt sich mühelos etwas anhängen, was einem selbst beziehungsweise der Firma sehr wohl von Vorteil sein kann: Dir werd ich's zeigen!«

An dieser Stelle kommt das Essen und damit eine willkommene Zäsur. Frau Petersen schwört Daniel auf den geheimen Status der bisherigen Vereinbarungen ein und stellt ihm eine baldige *fact finding mission* in Aussicht. Sie selbst werde nicht in die Emirate reisen, weil sie eine Frau sei. Was sie davon halte, tue im Stadium nach dem Vertragsabschluss nichts mehr zur Sache. Da es sich um ein Projekt außergewöhnlich großen Ausmaßes handle, wäre sie gern selbst gefahren, so aber werde sie, wie in anderen Fällen ja schließlich auch, einen Mitarbeiter ihres Vertrauens schicken, der fähig sei, schnell zu reagieren, und bereit, in ihrem Sinne vor Ort Entscheidungen zu treffen. Für reines *fact finding* sei der Zeitplan nämlich mutmaßlich zu knapp.

»Und auf mich kommen Sie nur, weil ich mal eine Woche Urlaub in Ägypten gemacht habe?«

»Warum sagen Sie ›nur‹? Sie waren dort, das wiegt.«

Nachdem sie das gesagt hat, sieht sie ihm lange in die Augen, freundlich, dabei ein bisschen lauernd, Daniel kann sich gut vorstellen, dass an den Nebentischen erste Spekulationen über ihr Verhältnis angestellt werden, jüngerer Mann, ältere Frau, er der übliche Consulting-Typ von Mitte dreißig, leicht aufgekratzt, noch auf dem Weg nach oben, sie unübersehbar wohlhabend und souverän bis in die Fingerspitzen, eine Beziehung, von der beide profitieren könnten, allerdings auf unterschiedlichen Sektoren ... Nein, so würden die Leuten hier nicht denken; wer in der Rothenbaumchaussee in einem Lokal dieser Kategorie zu Mittag isst, verfügt über Taxierungskompetenzen, die solche Irrtümer gar nicht aufkommen lassen.

Im Taxi auf dem Weg zur Firma telefoniert Frau Petersen, so bleibt Daniel Zeit, sich alles durch den Kopf gehen zu lassen und an Ägypten zurückzudenken. Es war eine von den kleinen Zwischenreisen, die er mit Ines unternahm, sie sollte keinen weiteren Zweck erfüllen, als ihnen ein bisschen Ablenkung und neue Eindrücke zu verschaffen, aber dann ist ihr ein ganz unerwarteter, ungeheurer Sinn zugewachsen: das Kind.

Durch Tomke Petersens Entscheidung, Daniel wegen seiner unterschiedlichen Kompetenzen, aber eben auch wegen der einen Woche in Ägypten in das Masdar-City-Projekt einzubeziehen, ist der besondere Sinn, den Ägypten für Ines und Daniel hat, nun auf ergebnisorientierte Zweckhaftigkeit herabgestuft worden. Daniel muss sich eingestehen, dass ihm das nicht gefällt. Nützlichkeit ist die Prämisse seiner Firma und seines Berufs, daran sollte nichts verwerflich sein, und doch sieht er die Maxime nun durch diese kleine, konkrete Vernützlichung des Privaten ins Zwielicht gerückt.

Beim Aussteigen nimmt er die Hitze wie einen Widerstand wahr, dem man nicht nachgeben darf. Die Klimaanlage im Taxi hat einen Kontrast hergestellt, der jetzt spürbar wird. Frau Petersen ist bereits im Gebäude verschwunden; ohne ihr

Telefonat zu beenden, hat sie ihrem jungen Mitarbeiter per Handzeichen bedeutet, die Taxifahrt zu bezahlen. Als die Limousine davonrollt, blickt Daniel an dem Gebäude hinauf, in dem die Firma untergebracht ist; das Glas reflektiert die Sonne, kindisch versucht er der Blendung zu trotzen, und in dem Moment dreht sich das Bild um, er sieht sich von außen als Protagonist in einem Werbespot, für eine Versicherung vielleicht, die Kamera zieht in schneller Fahrt weit nach oben, man sieht den Mann im schwarzen Anzug weit unten auf der geplätteten Fläche vor dem Eingang eines modernen Bürogebäudes stehen und nach oben schauen, der weiße Kragen und die weißen Manschetten leuchten auf, und noch von so weit oben, aus Wolkenkratzerhöhe, meint man, seine blau blitzenden Augen und das Grübchen im Kinn zu sehen. Freilich auch die Stelle am Kopf, wo sich die Haare bereits lichten. Er hebt den Arm und winkt, als wäre die Kamera an einem Fesselballon befestigt, der über ihn hinwegfährt; erschrocken merkt Daniel, dass er tatsächlich gewinkt hat beim Blick nach oben, und er kann nur hoffen, dass nicht gerade Frau Petersen an der gläsernen Wand ihres Büros steht und, noch immer mit dem Blackberry am Ohr, nach unten schaut.

Selbst wenn. Daniel muss lachen über seine plötzliche Anwandlung. Wahrscheinlich ist er alles in allem besserer Stimmung, als er selber glaubt. Vernützlichung des Privaten hin oder her: Tatsache ist, dass es beruflich bald spannend werden könnte.

Der Sommer beginnt mit legitimer Zuversicht, und nicht nur aus diesem Grund. Neben Frau Petersen hat ihm eine weitere Frau elementare Kompetenzen bescheinigt: Augenschein und Urteilsvermögen der geringelten Laborantin haben nach Abgleich der Resultate mit den internationalen Standards noch an einem der letzten Junitage über Daniels Spermaprobe entschieden: nicht ganz ideal, doch alles in allem positiv. Zeugung absolut möglich.

Daniel hatte abschließend noch eine Frage, die er jedoch nur sich selber stellte: Was war eigentlich mit dem Inhalt seines Bechers passiert? Wahrscheinlich gab es im Labor ein großes Waschbecken, extratief, in dem man auch größere Gefäße ausspülen konnte, Nierenschalen, Kolben aller Art, dort wurde ein Schuss Wasser ins Plastikdöschen gegeben, mit einigen kreisenden Bewegungen die Substanz gelöst, und dann sorgte das schwungvolle Kippen eines Laborantinnenhandgelenks dafür, dass die opalgraue Flüssigkeit im Ausguss verschwand.

Für die weiteren Maßnahmen muss ein zweiter Becher mit Inhalt versehen werden, welcher nicht entsorgt werden muss und darf – sofern es Daniel und Ines unterdessen nicht doch noch gelingen sollte, sich ihren Wunsch auf natürlichem Wege zu erfüllen.

Natur und Gesetz

Die Zeugung ist für dreizehn Uhr angesetzt. Daniel muss Stunden früher dort sein, die Aufbereitung braucht ihre Zeit. Ines küsst ihn zum Abschied wie immer, lächelt aber in nächster Nähe wie eine Frau, die er kaum kennt. Den ganzen Morgen hat sie ihre Aufregung in vertrauten und in fremden Gesten gebändigt. Seit sie hier wohnen, verfolgt Daniel täglich ihren Gang vom Schlafzimmer ins Bad, barfuß, aufrecht, immer auf dem gleichen unsichtbaren Pfad, und dann ist plötzlich ein anderer Takt in den Schritt gekommen; seit Jahren sichern sie sich gegenseitig mit Gewohnheiten, und dann köpft seine Frau das Ei nicht mit dem Messer, sondern tippt mit der Rundung des durchsichtigen Löffels Risse in die Schale, als wäre es dadurch zu schonen. Noch einmal schlägt sie vor, ihn hinzufahren, doch er will ein Stück gehen, wenigstens bis zur Bahnstation. Und dann ist auch das Lächeln weg. Sie hält ihn fest, als hätte sie Angst, ihn einen Augenblick später zu verlieren.

Daniel geht zur Hochbahnstation, hört die Signaltöne der Kräne bei den Docks am anderen Ufer, Katzen- und Dohlenschreie, setzt sich in der Bahn rechts ans Fenster und sieht so lange auf die sommerdunstige Elbe, bis der Zug sich in einem Bogen vom Fluss abwendet und in den Schatten der Innenstadtbauten einfährt.

Ines wollte kein Kind, weil sie heil bleiben wollte.

So hatte sie es nicht gesagt, so sagte Daniel es sich später vor, sie hatte gesagt, sie werde keine Kinder haben, weil sie nicht gebären wolle, denn sie könne sich nicht vorstellen, bei der Geburt ... Lieber hätte Daniel das Verb nicht gehört, das sie gebrauchte, das eigentlich harmlose Verb, das man nicht wahrnahm, wenn es für Materialien herhielt, für Hüllen aus Plastik oder Papier, das aber grob und grausam klang, als Ines es auf sich anwendete. Es war ihm unerträglich, nur ein schwerwiegender Gedanke erstickte einen Ausbruch: Es war nicht sein Körper, der reißen würde oder geschnitten und danach genäht.

»Habe ich dich erschreckt?«, fragte Ines in sein Schweigen.

»Nein«, log er.

Man soll eine Ehe nicht mit einer Lüge beginnen, aber darf am Anfang denn Uneinigkeit stehen? Er setzte sich eine Wahrheit zusammen, mit der man einschlafen konnte: »Ich heirate ja kein Konzept von Familie, ich heirate dich.«

Um der Unversehrtheit seiner Frau willen stellte er sich ein ganzes Erwachsenenleben ohne Kinder und Enkelkinder vor. Und was vorstellbar ist, kann auch Form annehmen. Ein Leben, in dem es nicht eng wurde, in dem alles stand, wo man es haben wollte; nichts ging zu Bruch, kein rosa Kinderkitsch brachte die ästhetische Balance ins Wanken.

Sein Bild von sich und Ines als kinderloses Ehepaar, bis dass der Tod sie scheide, nahm viel deutlichere Konturen an als jedes Bild, in dem sie beide als Eltern auftraten. Genau genommen hatte er sich nie mit dem Gedanken befasst, wie es wäre, wenn sie Kinder hätten – man muss eben keine Bilder heraufbeschwören, die im Hinterkopf als Gewissheit wurzeln. Dass Menschen Kinder hatten, war ihm unbedenkenswert normal erschienen, denn immerhin: Ines war auf der Welt, er war auf der Welt, Tochter und Sohn von Töchtern und Söhnen, beide hatten sie Geschwister, und sämtliche befreundeten Paare in der Pfalz kauften sich Häuser oder bauten bei den Eltern an, weil sie Nachwuchs bekamen, als wäre es ein Naturgesetz; es war eines. Die anderen ließen sich davon leiten, Ines hatte Angst, davon zerfleischt zu werden. Warum? Man kann über Jahre eine Frage an seine Frau mit sich herumtragen und sie unausgesprochen lassen.

Und dann wurde die Frage unvermutet irgendwie überflüssig.

Irgendwie, denkt er, so sagt Ines, wenn ihr daran gelegen ist, etwas genau auszudrücken, man sieht, wie sie die Energie in ihrem Körper ballt, um das richtige Wort hervorzubringen, und dann erzeugt ausgerechnet diese innige Bemühung ein vages Irgendwie.

Irgendwie obsolet wurde die Frage, innerhalb weniger Stunden, ausgelöst durch eine winzige Begebenheit in Luxor. Dort waren sie nur gewesen, weil man viel reist, wenn man zu zweit lebt. Verlängerte Wochenenden in Großstädten, Skiurlaub über Silvester, im Sommer ans Mittelmeer oder an den Atlantik, wo die Eltern nie hinfuhren, weil man im Weinberg nicht rasten und nicht ruhen darf, und über Ostern oder Pfingsten nach Vals, um sich in der Therme verwöhnen zu lassen, vor allem aber wegen Zumthors Architektur. Oder eben über Fastnacht nach Ägypten, wo es warm ist wie auf den Kanaren, aber kulturell reizvoller, zwei Tage Luxor, danach auf dem Nil bis Abu Simbel, und dann hatte der Zufall ausgerechnet im Rahmen dieses klassischen Programms eine Karte umgedreht, die gar nicht mehr hätte im Spiel sein sollen.

Auf der steilen Stahlrampe, auf der die Hochbahn dicht bei den Häuserfassaden untertaucht, sich in eine Untergrundbahn verwandelt, damit sie im innersten Stadtzentrum keinen

Platz wegnimmt, denkt Daniel an den Anflug auf Luxor zurück, am späten Abend, er erinnert sich, wie sehr Ines und er sich über die vertikalen Lichtreihen in Weiß und Grün wunderten, verteilt über die ganze Stadt, in europäischen Ballungsräumen sieht man so etwas nicht, Daniel überlegte systematisch, was das sein mochte, und kurz vor der Landung wusste er es: mit Lichterketten versehene Minarette, es musste Dutzende davon geben, vielleicht hundert oder mehr, er war begeistert, es herausgefunden zu haben.

In der nächtlichen Stadt wandelte sich die Begeisterung in eine Erregung, die auch Unsicherheit, ein wenig Angst und eine Spur Abneigung enthielt. Hier herrschten andere Ordnungsprinzipien, das sah er sofort, und es waren welche, die er nicht durchschaute. Vor allem aber herrschte Betrieb. Unausgesetzt durchliefen Bewegungen in allen Geschwindigkeiten und Verlaufskurven das Stadtbild, Menschen gingen längs und quer über die Straße, Mopeds, Autos, Kleinbusse beschleunigten und bremsten, dazwischen ließen Kutscher die Peitschen schnalzen, um die Pferde vor ihren Droschken anzutreiben. An manchen Geschäften ratterten die Blechläden herab, bei anderen standen die Türen offen, und in manchen Werkstätten wurde noch gearbeitet; es war, als liefen mehrere Tageszeiten parallel, jeder konnte sich aussuchen, an welche er sich hielt.

Am nächsten Morgen mieteten sie sich eine der fehl am Platz wirkenden Pferdedroschken. Solche Gefährte gehörten nach Wien oder Warschau, wo man damit, wenn man wollte, eine ironische Runde durch die Altstadt drehen konnte. In Luxor spielte die Frage, ob man wollte, keine Rolle, denn die Zudringlichkeit der Droschkenlenker besaß eine Wucht, der man als Europäer nicht gewachsen war. Daniel handelte den

Preis für eine Stadtrundfahrt etwas herunter, und ab da kam es nur noch darauf an, sich nicht vorzustellen, was man für ein Bild abgab, sondern sich auf die Szenerie zu konzentrieren. Von der Nilpromenade ging es ins orientalische oder afrikanische oder archaische Gewirke der Stadt hinein, Daniel und Ines kamen nicht dazu, die Begriffe zu sortieren, zu rasch wechselten die Eindrücke und lenkten ab, die leuchtenden Berge von Früchten und Gemüse zwischen Lehm, Staub, Stein und Sand, die Dämpfe aus den verbeulten Aluminiumtöpfen der Garküchen, die abgeschlagenen Hammelköpfe, die mancher Händler mit zahnarmem Lachen in die Höhe hob, möglichst dicht vor den Augen der blonden Frau.

Daniel vergaß beim Hinschauen die Kamera in seiner Hand, er legte einen Arm um Ines, die vor Aufregung bebte. Obwohl sie erhöht auf der Kutsche saßen, streiften sie in den engen Gassen die Gewänder der Passanten, irgendwann sprang ein Junge aufs Trittbrett, der Kutscher brüllte und schlug nach ihm, doch der Junge ließ sich nicht vertreiben, sondern wich den Peitschenhieben aus und bettelte um Geld, Daniel gab ihm einen Schein, so abgenutzt, dass er sich aufzulösen drohte, dann noch einen und einen dritten, bis es dem Jungen reichte und er absprang. Dann kamen sie aus den Lehmgassen wieder heraus auf breite Straßen, sahen Schulmädchen in Uniform und mit weißen Kopftüchern in Formation aus dem Palmengarten ihrer Schule kommen, lachend, fröhlich, schulkindhaft, und plötzlich hielt die Kutsche an. Der Kutscher nötigte das Paar aus Deutschland, den Laden eines befreundeten Papyrushändlers zu betreten.

Erst nach geraumer Zeit gelang es ihnen, sich mit einem im alten Stil bemalten Stück Papyrus freizukaufen, was Daniel ärgerte, Ines hingegen nicht, sie eilten zu ihrer Kutsche, das Zugtier kaute Grünfutter, der Kutscher fehlte, machte vielleicht Besorgungen, trank vielleicht Kaffee, sie sahen sich vergebens nach ihm um. Die Papyrushandlung war in einem Betongebäude untergebracht, an das sich eine unbebaute Brachfläche anschloss. Spärlich wuchs dort Unkraut, Ziegen bedienten sich daran, kleine schwarze Ziegen, Ines wollte, dass Daniel ein Bild machte, und die von ferne leicht zu identifizierende Geste des Fotografierens lockte Menschen mit Geschäftsabsichten an. Einer bat darum, eine Handvoll Euromünzen in Scheine gewechselt zu bekommen, ein anderer schlug eine Bootsfahrt auf dem Nil vor, die Übrigen bettelten. Daniel und Ines wussten nicht, wohin sich wenden, vor allem der Werber für die Nilfahrt bedrängte sie hartnäckig, sie mussten ihm rabiat den Rücken zukehren, da fiel ihr Blick auf ein Kind, das sie offenbar schon eine Weile anstarrte.

Es war ein schmutziges Kind ohne Schuhe, etwa drei Jahre alt, mit großen Augen, von denen das eine entzündet wirkte, Augen, die Daniel und Ines nicht bettelnd und nicht flehend, nicht neugierig, nicht fragend, sondern unbewegt anschauten. Vermutlich war es ein Bettlerkind, doch wusste es noch nicht, wie man bettelte, oder die Fähigkeit dazu war ihm bereits erloschen, in seinem Blick fehlte jede Spur von Aufbegehren und Verlangen.

So hatte ein Kind nicht zu schauen, wie dieses Bettlerkind Daniel und Ines ansah. Und während es schaute, krochen ihm Fliegen übers Gesicht.

Ines und Daniel wussten nicht, was zu tun war, oder ob man etwas tun musste.

Eine blonde Familie kam aus dem Papyrusladen, dem Anschein nach Nordeuropäer, groß, gesund und sauber, die Eltern blickten sich suchend um, die beiden Kinder fassten das

Bettlerkind ins Auge. Und dann sahen Daniel und Ines den vielleicht zehnjährigen blonden Jungen ein paar Schritte nach vorn machen und das Kind aus nächster Nähe betrachten. Sie glaubten mittlerweile zu erkennen, dass es ein Mädchen war, das man zum Betteln geschickt hatte und das weiterhin den Mund nicht öffnete, sondern die großen, hellen Menschen aus Europa nur anschaute. Der Junge betrachtete das Bettlerkind mit einer Aufmerksamkeit, die seine ganze Körperhaltung bestimmte; kleine, spitze Schulterblätter wölbten sich am T-Shirt-Rücken, Traurigkeit besetzte sein Gesicht, doch blieb davon nach wenigen Sekunden nur noch konzentrierter Ernst übrig; es war, als stünde er vor einer Aufgabe. Plötzlich machte er einen weiteren Schritt nach vorn, zugleich gezielt und achtsam, streckte die Hand aus, näherte sie dem Gesicht des Mädchens und strich ihm eine Fliege vom entzündeten Auge.

In der Sommerhitze kommt Daniel die Stadt besonders laut vor, er beschleunigt seinen Schritt und eilt vom U-Bahn-Ausgang zu der elektrischen Schiebetür, die in die Granitkühle der Eingangshalle führt. Ihm ist nicht flau, denn er hat keine Zeit gehabt, an den Akt zu denken, den er zu verrichten hat, weil er in Gedanken beim Ursprung des Aktes gewesen ist. Vielleicht gehört dieses Erinnern dazu, vielleicht bildet es eine Voraussetzung fürs Gelingen, so wie die mehrtägige Enthaltsamkeit, die Daniel auch heute wieder mit ins Labor bringt.

Er holt sich seinen Becher ab, muss diesmal ein neues Formular unterschreiben, in dem er versichert, dass die Insemination bei Ines Pirrung, geboren am Soundsovielten in Soundso, vorgenommen werden soll, begibt sich in Raum 10 und hat dort keine Mühe, die Geräte einzuschalten. Der Mensch hat die Eigenschaft, sich von allem Neuen irritieren und in Anspannung versetzen zu lassen, und beim zweiten Mal das, was gerade noch neu gewesen ist, wie ein altbekanntes Phänomen zu behandeln.

Ich will so ein Kind, sagte Ines, und Daniel fragte sich, ob ihre Angst tatsächlich durch die winzige Geste des blonden Jungen entkräftet worden war und nicht vielmehr durch die Erosion vieler Jahre.

Am Nachmittag im Tempel hatten sie den Jungen wieder gesehen. Während der Führung ahmte er halb zum Vergnügen und halb zum Verdruss seiner Eltern die Posen von Pharaonen und diversen Göttern nach, Ines bat Daniel flüsternd um die Kamera und machte heimlich ein Foto von dem fremden Kind, Daniel war unbehaglich zumute, als täte sie etwas Verbotenes, Ines freute sich, ohne darauf zu achten, wie es nach außen wirkte, für eine Sekunde baute sie sich sogar selbst als Göttin mit gekreuzten Armen auf. In den Stunden bis zum Abend aber hüllte sie sich nach und nach in Ernst, in einen Schleier wie aus dem aufsteigenden Nildunst gewebt.

Sie hatten sich auf dem Hotelbalkon die Aufnahmen des Tages auf dem Display der Kamera angeschaut und sahen nun den Formationsverschiebungen der Taxis unten zu, uralten Peugeots, unablässig rangierend, die Fahrer in pausenloser Diskussion.

Im Hintergrund ragte ein Minarett auf; ganz gleich, in welche Richtung man auch schaute, immer sah man in dieser Stadt ein Minarett, man musste nur über die Straße oder um die Ecke gehen, schon stieß man auf ein Gotteshaus. Ines fand, das habe etwas Sympathisches, und Daniel stimmte ihr zu. Dann schwiegen sie, nebeneinander auf die Balkonbrüstung gestützt, bis Ines sich Daniel zuwandte und ihn mit einer Berührung veranlasste, sich aufzurichten. Warum tut ein Kind so etwas?, fragte sie, ohne den Zusammenhang ihrer Frage zu nennen. Daniel fand den Zusammenhang sofort, nicht aber die Antwort. Er spürte, dass Ines wirklich eine brauchte, darum setzte er bei sich etwas zusammen, in dem das unverbildet Gute im Menschen eine Rolle spielte, was er aber sogleich in Zweifel zog, das Denken dehnte sich, und bevor er gültig antworten konnte, waren für Ines alle Erklärungen hinfällig. Ich will so ein Kind, entschied sie.

Reine Routine

Die Gynäkologin steigt mit einem so wütenden Tritt in den Schuh, dass der Absatz bricht. Die neuen Pumps, verdammt, mit stampfenden Fersen läuft sie in die Küche, um ihrem Mann das Malheur zu zeigen, als trüge er mindestens eine Teilschuld. Der Schuster kann das kleben, meint er, was ihre Wut nicht lindert, im Gegenteil. Sie streiten sich, seitdem sie aus dem ersten Stock ihres Hauses, wo sich ihr Schlafzimmer mit dem angeschlossenen Bad befindet, heruntergekommen sind und im Flur, unter der Garderobe, das zierliche Paar Mädchenschuhe erblickt haben, fein säuberlich geparkt neben den achtlos abgeworfenen Sneakers ihres Sohnes.

Am Vorabend hat er auf ihre Anrufversuche nicht reagiert, obwohl er sonst nie länger als zwei Sekunden braucht, um sich nach dem Ausbruch der Rammstein-Kanonade, die er als Klingelton auf sein Handy geladen hat, mit einem einsilbigen Laut zu melden. Auch die Mahnungen auf der Mailbox ignorierte er. Ihr Mann schlief längst, als die Gynäkologin noch auf das Geräusch der Haustür lauerte, doch dann überwältigte der Schlaf auch sie. Der Knabe musste weit nach Mitternacht erst heimgekommen sein, entgegen allen Absprachen, und jetzt stehen weiße Stoffschühchen mit oblatendünnen Sohlen in der Diele. Außerdem riecht es nach einem Parfum, das an enge Tops und weite Ausschnitte denken lässt, und die Tür zum Zimmer des Sohnes sieht so fest verschlossen aus wie nie zuvor.

Ihr Mann hat ihr verboten, gegen die Tür zu hämmern, und dadurch ihre Wut auf sich gezogen, er hat verlangt, sie solle sich zusammenreißen, was hier geschehe, sei normal, und außerdem könne man es als Vertrauensindiz werten, wenn der Junge gleich das erste Mädchen mit nach Haus bringe.

»Woher willst du wissen, dass es das erste ist?« Vor allem aber: »Die müssen doch in die Schule!«

So wie die Gynäkologin zu ihrem Arbeitsplatz in der Fruchtbarkeitsklinik muss und sich deshalb gezwungen sieht, die Reintegration des Sprösslings in die Alltagsroutine ihrem empörend gleichgültigen Mann zu überlassen. Sie könnte die hellbraunen Pumps anziehen, doch die beißen sich mit Rock und Bluse, zum Umziehen fehlt die Zeit, so fährt sie kurz entschlossen in die groben Schwarzen, die ihr Mann als Flamencoschuhe verspottet, tritt trotzig mindestens so heftig auf wie eben, doch der rechte Absatz hält, und auch der linke.

Vor sich hat die Gynäkologin das Übliche: Gespräche und Untersuchungen am Vormittag, nach der Mittagspause dann Inseminationen, reine Routine alles, doch kommt es ihr an diesem Morgen nicht so vor. Während der Fahrt zur Arbeit scheint ihr, als hätte jemand über Nacht sämtliche Verkehrsschilder und Ampeln in der Stadt ausgewechselt, sie biegt zweimal falsch ab und muss sich eine kräftige Ohrfeige verpassen, bevor sie aus dem Mini steigt und mit hallenden Schritten durch die Tiefgarage zum Aufzug eilt.

Wollen wir?

Nach der – wie soll man sagen? – Bereitstellung der zweiten Probe ist Daniel ins Büro gefahren, um der Aufregung mit Routine zu begegnen. Zwar traut er sich nicht zu, an diesem Tag zielführend kreativ zu denken, doch kann er weniger Anspruchsvolles abarbeiten, er kann unliebsame, weil langwierige, zähe Gespräche mit Baufirmen führen, über die Bedingungen der Kooperation bei anvisierten Projekten diskutieren, er kann Vorverhandlungen einleiten, sondieren, sich ein Bild von den Kompetenzen einzelner Firmen im Umgang mit bestimmten Materialien und Verfahren machen. Außerdem kann er sich weiter mit der Vorbereitung seiner Reise auf die Arabische Halbinsel beschäftigen, denn wenn er auf der Riesenbaustelle von Masdar City steht, muss er in der Lage sein, die richtigen Fragen zu stellen. Zuvor ist gründlich zu klären, wie man im Nahen Osten Bauherren und Ingenieuren diese Fragen am besten vorträgt, weshalb Daniel sich mithilfe diverser Leitfäden ins Thema »arabische Business-Kultur« einliest. Material ist vorhanden, denn es besteht Bedarf an Kooperation mit einem Teil der Welt, in dem noch immer in Großprojekte investiert wird, trotz oder gerade wegen der in absehbarer Zeit versiegenden Ölvorräte, und dieses Material wird in kleinen, leichten Büchern aufbereitet, die sich damit brüsten, »kompakt« zu sein. Offenbar wollen die Verleger den Eindruck erwecken, dass sie eine übersichtliche Informationsmenge anbieten, die auch im Rahmen kleiner Zeitfenster verarbeitet werden kann.

Daniel greift das oberste Büchlein vom Stapel, dreht den

Schreibtischsessel in Richtung Fenster und legt die Füße auf den Heizkörper, nimmt sie jedoch nach nur wenigen Minuten erschrocken wieder herunter. »Zeigt man einem Araber die Schuhsohle, bringt man dadurch zum Ausdruck, dass man seinem Gesicht so viel Wert beimisst wie dem Schmutz an den Schuhen.« Auf keinen Fall, heißt es in dem Ratgeber *Business in den Golfstaaten,* dürfe man beim Gespräch mit arabischen Verhandlungspartnern die Beine übereinanderschlagen. Zwar gebe es in Saudi-Arabien inzwischen Firmen, die ihre Verhandlungstische mit bis zum Boden reichenden Tischdecken versähen, um Unstimmigkeiten wegen des fatalen Tabubruchs zu vermeiden, doch stelle das noch immer die Ausnahme dar.

Daniel weiß, dass er jedes Mal die Beine übereinanderschlägt, bevor er ein Gespräch beginnt. Er hat sich genau das eigens antrainiert, um zu verhindern, dass er – beide Sohlen auf dem Boden, den geraden Rücken leicht nach vorn geneigt – wirkt wie ein Musterschüler. Er schlägt ein Bein über das andere, lehnt sich zurück und glaubt sich gleich zwei Zacken souveräner.

Also, Daniel, nicht vergessen: die Schuhe auf dem Boden lassen, sobald dir ein Araber gegenübersitzt.

Was noch?

»Smalltalk ist ein zentraler Bestandteil der arabischen Business-Kultur.« Nicht Daniels Stärke, aber er ist dazu fähig, kein Problem, schließlich stammt er aus einer Weinbauregion, einem Landstrich der gelösten Zungen sozusagen, er hat sein Leben lang Geschwätz gehört, er weiß, wie man vom Hundertsten ins Tausendste kommt, aber vermutlich muss darauf geachtet werden, dass man den Arabern dabei nicht mit verbalen Schuhsohlen auf die Schärpen tritt, denkt Daniel und sucht nach entsprechenden Hinweisen. Eine Tabu-Liste für den Smalltalk bietet das Buch nicht, allerdings legt es nahe, Diskussionen über Religion zu vermeiden und insbesondere auf Belehrungen in Sachen Islam zu verzichten. Empfohlen wird, sich keinesfalls als Atheist auszugeben, denn aus arabischer Sicht wird einer, der Gott nicht fürchtet, kaum die menschlichen Gesetze zu fürchten wissen. Überhaupt gelte es, mit Worten stets ein prächtiges Bild von sich zu zeichnen. Es komme auf die Fassade an, heißt es, und Daniel runzelt unwillkürlich die Stirn. Er schlägt ein Bein über das andere, bemerkt den Automatismus und flucht kurz über seine mangelnde Disziplin.

Man dürfe unter keinen Umständen Probleme privater Art ansprechen, schreibt der Verfasser des Manager-Leitfadens, sondern solle sich positiv präsentieren. Von einem Geschäftsmann oder Ingenieur zwischen dreißig und fünfzig Jahren werde erwartet, dass er eine Frau und mehrere, besser noch: zahlreiche Kinder habe. Singles, in Scheidung Lebende oder Kinderlose sollten sich darauf einstellen und sich nicht scheuen, sich vor dem ersten Geschäftsgespräch ein kleines Geflecht aus Notlügen zu konstruieren, um den Verhandlungen nicht schon im Smalltalk-Stadium die Erfolgschancen zu nehmen. Wer geschieden sei, der solle einfach so tun, als sei er's nicht, wer alleine lebe, solle sich eine Frau seiner Wahl ausmalen, und wer keine Kinder habe, solle sagen, man sehe freudig dem ersten Nachwuchs entgegen.

Mit einer unschönen Mischung aus Missmut und Bedrückung legt Daniel das Buch auf den Stapel zurück und dreht den Stuhl wieder in Richtung Schreibtisch. Die Vorstellung behagt ihm nicht, eine reizvolle berufliche Aufgabe mit Lügen einzuleiten – und gar noch mit *solchen* Lügen. Aber auch als Laie in Sachen interkultureller Kommunikation versteht er intuitiv, dass es nicht ratsam wäre, den Arabern, mit denen er zu verhandeln hätte, beim ersten Gespräch zu erklären, er und seine Frau bekämen trotz höchstem Verkehrsaufkommen keine Kinder, weshalb er neuerdings regelmäßig in ein laboreigenes Döschen onaniere und so weiter. Außerdem, fällt ihm ein, wiche die im arabischen Meeting geforderte Art des Lügens nicht wesentlich von den Ausflüchten ab, die er und Ines seit geraumer Zeit bei Besuchen in der alten Heimat in allerlei Varianten formulieren. Denn kein Abstecher in die Pfalz geht vonstatten, ohne dass von verschiedenen Seiten gefragt wird: »Wann ist es denn bei euch so weit?«

Trotzdem: Das Feld des Fingierten und Fiktiven ist nicht Daniels Biotop, er wendet sich daher lieber den Unterlagen über Masdar City zu. Spekulationen über die Symbolik in Wort und Tat machen nervös; das Sammeln solider Kenntnisse beruhigt die Nerven.

Auch dann, wenn man die Fakten selbst erst schaffen muss. Seit Tagen schon ist Daniel damit befasst, herauszufinden, ob es in Masdar zusätzlich zum unterirdischen Verkehrsnetz mit seinen führerlosen Podcars nun eine Hochbahn über der Fußgänger- und Fahrradebene plus eine Regionalbahn in der zweiten Untergrundebene geben soll oder ob die Planung auf ein einziges System abgespeckt wird, welches dann mit der Straßenbahn, die Masdar auf möglichst direktem Weg durch die Wüste mit dem Zentrum von Abu Dhabi verbindet, kommuniziert. Oder ob alles am Ende dann doch auf eine Variante von Abu Dhabi Metro hinausläuft, welche der fahrerlos gesteuerten Dubai Metro entspricht, die im September dieses Jahres in Betrieb genommen werden soll.

Nie zuvor hat Daniel mit einem Problem zu tun gehabt,

wie es ihn hier beschäftigt: Er muss in mühsamer Kleinarbeit den realen, in anschauliche Animationen umgesetzten Rahmenplan für Stadtentwicklung von den Animationen unterscheiden, die arabischer Fantasie entsprungen sind und nur der Anwerbung von Partnern und der allgemeinen PR dienen sollen. Foster + Partners, das bei der Gesamtplanung federführende Architekturbüro, hält sich mit konkreten, datenhaltigen Auskünften über den aktuellen Stand der Baumaßnahmen bislang zurück; Frau Petersen hat recht, eine *fact finding mission* wäre dringend nötig, und zwar möglichst bald. Faszinierend dabei die Vorstellung, mit einer Berühmtheit wie Norman Foster an ein und demselben Projekt zu arbeiten. Der Stararchitekt steht Daniel als Former und Raumumfasser zwar nicht so nah wie Peter Zumthor, den er seinen persönlichen Säulenheiligen nennt, aber natürlich bewundert er auch den Briten, einen der größten, keine Frage. Das Terminal in Peking, die Banktürme in Frankfurt und Hongkong, die Reichstagskuppel ... Das sind Objekte mit Gestaltungswillen, bloß den Wolkenkratzer, der wie eine zeppelinische Erektion aus dem Londoner Bankenviertel in den Smog ragt, hat Foster für Daniels Geschmack ziemlich vergurkt.

Daniel nimmt ein Dossier zur Hand, das ihm vertrauenswürdig scheint, da vom *Masdar Institute of Science and Technology* erstellt, aber je mehr er über das geplante Solarkraftwerk, die geplanten Windkrafträder, die geplante solarbetriebene Entsalzungsanlage und die geplante Kühlung durch Windtürme liest, umso stärker beschleicht ihn der Verdacht, es lediglich mit einer Werbebroschüre zu tun zu haben, die allerdings nur teilweise mit der reklameüblichen Selbstgewissheit auftrumpft, denn auch wenn die großartigsten geplanten Einrichtungen vollmundig avisiert werden, relativiert erstaunlich oft ein kleiner Einschub die Vision: *Inschallah,* heißt es auf jeder Seite des Dossiers. Manchmal taucht das Wort gar mehrmals in einem Absatz auf. Entweder, denkt Daniel, lässt die Säkularisierung der Wissenschaft in Arabien weiterhin zu wünschen übrig, oder aber die Forschung und Planung in Sachen Masdar stehen noch immer auf tönernen Füßen. Er recherchiert im Netz ein bisschen über die Hochschule, die für das vorliegende Dossier verantwortlich zeichnet, und kommt nach einer Weile zu einem Resultat, das ihn laut auflachen lässt: Wenn ihn nicht alles täuscht, befindet sich das *Masdar Institute of Science and Technology* selbst noch im Planungsstadium. Das Schriftstück über all die schönen geplanten Dinge stammt demnach von Verfassern, die ebenfalls geplant sind.

Als sich Daniel zum zweiten Mal an diesem Tag auf den Weg zur Fruchtbarkeitsklinik macht, jongliert er unterwegs mit dem Wort, das sich in ihm bei der Lektüre festgesetzt hat. Er stellt sich vor, wie es wäre, wenn er es in seine Expertisen und Konzepte einstreuen würde: »Güter, die über den Eisernen Rhein nach Antwerpen transportiert und dort per Container in die USA verschifft werden, können bereits im Inland gescannt werden, um dadurch gefährliche, terrorrelevante Inhalte zu identifizieren. *Inschallah.*«

Er spielt verschiedene Varianten durch, versucht die Lebenshaltung, die sich hinter dem Wort verbirgt, auch auf Großprojekte anzuwenden – »Hamburg bekommt wieder eine Straßenbahn. *Inschallah!*« – und probiert dann aus, welche Wirksamkeit der Begriff in privaten Fragen entfalten würde.

Dafür müsste man freilich irgendwie religiös sein. In schönen Momenten bezeichnet Daniel seine Frau gern als lebenden Gottesbeweis, aber ob er wirklich gläubig ist, weiß er selbst nicht so genau. Und Ines? Glaubt sie an Gott? Davon ist nie die Rede gewesen, nicht einmal vor der Hochzeit, die selbstverständlich in der Kirche stattfand, niemand wäre auf die Idee gekommen, das in Zweifel zu ziehen, in der Heimat finden Hochzeiten immer in der Kirche statt, reine Standesamtstrauungen gibt es nur in Großstädten, und das obligatorische Brautgespräch war schlichtweg ein Monolog des Pfarrers und ohnehin kaum verständlich, da mit starkem polnischen Akzent und, freundlich gesagt, höchst eigenwilliger Grammatik vorgetragen. Weder Ines noch Daniel haben Anlass und Gelegenheit gehabt, ihre Vorstellung von christlicher Ehe zu formulieren. Der Leihpfarrer schien mit dem Vorhandensein solcher Vorstellungen gar nicht zu rechnen, illusionslos nahm er hin, dass in der schönen Kirche nur aus Gewohnheit, wegen des Ambientes und der festlichen Zeremonie geheiratet wurde. Wichtig war den Leuten nicht der Segen durch den Priester, sondern der Kuss am Ende des Rituals.

Seit der Hochzeit sind sie nicht mehr in der Kirche gewesen, und Religion ist zwischen ihnen kein Thema. Müsste ich meine Frau mal fragen, ob sie insgeheim an Gott glaubt, ohne dass ich es weiß?, überlegt Daniel.

Dann wischt er alle Spekulation beiseite und konzentriert sich auf das, was ihnen nun bevorsteht. Er blickt aus dem Hochbahnfenster auf das sich zwischen den Häusern bauschende Sommergrün und stellt sich Ines als Empfangende vor. Kann sein, dass sich ihr Leben heute ändert. *Inschallah.*

Auch Ines hat versucht, in der Normalität ein bisschen Halt zu finden, und den Vormittag im Laden verbracht, doch ist sie frühzeitig von dort aufgebrochen und hat die Fruchtbarkeitsklinik darum lange vor der vereinbarten Zeit erreicht. Daniel sieht sie warten, während er den Gang entlanggeht. Sie sieht schmal und keusch aus auf dem Wartestuhl vor einem der Behandlungszimmer. Ihrer aufrechten Körperhaltung ist anzumerken, dass sie nicht dem Stolz entspringt, sondern dem Bemühen, das Zusammensinken zu verhindern.

Er setzt sich neben sie, ihr Make-up ist das übliche, doch wirkt es, anders als sonst, als müsse es etwas verdecken. Sie greift nach seiner Hand wie eine Blinde und lächelt ihn dann erst an. Neben ihrem Cremegeruch kommt Daniel sich ein bisschen schäbig vor; trotz der im Büro mit arabischen Ablenkungen verbrachten Stunden glaubt er jetzt wieder, ihm hafte noch etwas von der Atmosphäre in Raum 10 an, auch wenn er sich diesmal nicht der Fantasie erwehren muss, es mit der blond Gelockten zu treiben, während der stark Behaarte an seiner Stelle den Becher füllt. Er legt den Arm um Ines. Sie zittert, leicht genug, dass man es nicht sieht, stark genug, dass er es spürt.

Nach einer Weile hört man laute Schritte, dann kommt eine große Frau in Zivil den Flur entlang, es klingt nach der Schwere eines Kaltblutpferdes und doch nicht plump, sie geht auf kräftigen Schuhen mit relativ hohen, aber massiven Absätzen, Flamencoschuhe, denkt Daniel, die hat Flamencoschuhe an den Füßen. Die Frau trägt eine Aktenmappe unter dem Arm, aus der ein Stück von einem strohhalmdicken Schlauch herausragt. Ines blickt vor sich auf den Boden, aber Daniel sieht im flächigen Gesicht der Frau das professionelle Lächeln angehen, er kann es nicht erwidern, sein Blick hängt an dem Schlauch, denn er begreift: Das ist der Katheter mit dem aufbereiteten Inhalt seines Bechers, die Frau hat ihn auf dem Rückweg von der Kaffeepause unten abgeholt und durchs Treppenhaus getragen. Tatsächlich bleibt sie vor ihnen stehen, fasst zwischen die Aktendeckel und zieht effektvoll wie in der Manege die flexible, silikonfarbene Röhre hervor. Daniel rechnet mit einem schelmischen Zwinkern oder einem Scherz und wünscht sich, Ines das ersparen zu können, aber die Frau nickt nur kurz, schließt die Tür zum Behandlungszimmer auf und sagt: »Wollen wir?«

Wollen Sie?

Was die Ärztin nicht weiß: Sie stellt eine Frage, die versehentlich ungestellt geblieben und nur einseitig beantwortet ist. »Ich will keine Kinder« und »Ich will so ein Kind« – das waren die entscheidenden Ines-Sätze gewesen, getrennt von mehreren Jahren. Daniel hat beiden sofort zugestimmt, dabei ist versäumt worden, das Ganze auch in Wir-Form auszusprechen. Jetzt hört Daniel die Frage der fremden Frau dafür umso lauter, sie kommt ihm ungehörig vor, da von der falschen Person geäußert.

Im Behandlungsraum verständigen sie sich an einem kleinen runden Tisch zu dritt über die Formalitäten, dann nimmt jeder eine andere Rolle ein und geht in seine Ecke. Daniel steht tatenlos am zugewiesenen Platz, Ines entledigt sich hinter einem Vorhang so weit wie nötig ihrer Kleider, die Ärztin hantiert mit Gerätschaften. Am Behandlungsstuhl finden sie wieder zusammen. So liegen Frauen also beim Gynäkologen auf dem Stuhl, denkt Daniel, als Ines Platz genommen hat. Er setzt sich am Kopfende auf einen Hocker, er sieht nicht, was die Ärztin bei Ines sieht, dafür sieht er die Ärztin. Sie macht sich unverzüglich ans Werk, kündigt dabei jeden Schritt mit Worten an. Als Erstes führt sie die Sonde des Ultraschallgerätes ein und sucht auf diese Weise nach dem günstigsten Zielort für das aufbereitete Sperma. Daniel kann zusammen mit Ines den Weg der Sonde auf einem oben an der Wand angebrachten Bildschirm verfolgen, die Ärztin blickt konzentriert auf ihren eigenen Monitor. Sie erklärt, was sie sieht, aber Daniel sieht nicht, was sie beschreibt, Ines greift mit der Hand nach ihm, lässt gleich wieder los, legt beide Arme auf die Lehnen, Daniel sieht, dass sie versucht, sich zu entspannen.

Nach der Sondierung greift die Ärztin zu der Spritze mit dem Katheter, führt diesen konzentriert und sichtlich mit Routine ein und wartet dann mit einer Überraschung auf: Daniel darf die Spritze betätigen.

»Wollen Sie?«

Daniel schaut Ines an, sie dreht den Kopf und strahlt, Daniel sagt Ja und nimmt die Position der Ärztin ein. Jetzt sieht er Ines so, wie die Gynäkologin sie gesehen hat, er übernimmt die Spritze, spürt seinen Puls im ganzen Körper schlagen, die Hände zittern, das ist vermutlich ganz natürlich, er gibt sich Mühe, keine falsche, womöglich Schmerz auslösende Bewegung zu machen.

»Langsam oder schnell?«, fragt er.

»Besser langsam«, rät die Ärztin. Ines hebt den Kopf, um besser zu sehen, gespannt presst sie die Lippen aufeinander, Daniel sieht kurz zu ihr hin, er muss sie ansehen, bevor er die erforderliche Bewegung ausführt, sie hat das Gesicht eines Kindes, das versucht, auf einem umgestürzten Baumstamm einen Bach zu überqueren.

Schreck und Glück

Am Abend lassen sie das Fenster offen und hören die Schiffe auf dem Fluss. Auch Möwen schreien.

»Fast wie am Meer«, sagt Ines. Sie fährt Daniel wie zerstreut mit der Hand über die Brust, dann rückt sie näher und setzt die Bewegung konzentriert fort. Ein wenig zaghaft erwidert Daniel die Berührung, doch bald finden sie eine Strömung, in der sie Fahrt aufnehmen, Daniel stößt die Bettdecke mit einem Tritt zu Boden, richtet sich auf und hört sich plötzlich sagen: »Nimm ihn.«

Ines erschrickt, die Strömung stockt.

Daniel gerät in Panik, ein Fluchtinstinkt wird wach, es drängt ihn aus dem Bett, denn er begreift, dass die zwei Worte, die sein Mund gerade ausgesprochen hat, aus dem Film stammen, den er am Morgen in Raum 10 so lange wie nötig angesehen hat.

Der männliche Akteur präsentierte sich gleich am Anfang der Sequenz seiner Gespielin mit vorgeschobenem Becken und sagte das, was in Daniels Gedächtnis haften geblieben ist. Seine Worte musste er nicht wiederholen, denn die weibliche Hauptdarstellerin kam der Aufforderung sofort mit Inbrunst nach.

Es waren die einzigen Worte, die Daniel hörte, bevor er den Ton abdrehte, aber sie waren kleben geblieben, und jetzt kommt es ihm vor, als würde er sie nie mehr los. Er weiß nicht, was er tun soll, endlich sieht er wieder Ines an, die den Blick trotz des kleinen Schrecks nicht von ihm abgewendet hat. Sie lässt ihn nicht fort, zögert ein wenig, tut aber dann, worum er sie gebeten hat, und lässt sich nicht mehr abbringen davon.

Es dauert lange, weil es für Daniel nicht das erste Mal an diesem Tag ist, und dann geschieht das Unerhörte. Ines lässt eine Zeugungschance aus, indem sie den Samen schluckt.

Daniel spürt sein Rückenmark auf voller Länge, als Ines ihn danach anschaut. Er muss husten und weiß nicht, was sie jetzt von ihm erwartet. Im Intimen liegen das Schöne und der Schrecken manchmal so dicht beieinander, dass man die Grenze nicht erkennen kann. Als Ines ihn küsst, schmeckt er etwas Fremdes, es regt sich ein kleiner Ekel, dann aber fällt ihm ein, was er sagen muss, um zwischen sich und seiner Frau die Reinheit wiederherzustellen. Und er sagt es.

Zuversicht

Obwohl er am Abend zufrieden neben Ines eingeschlafen ist, wacht Daniel am nächsten Morgen mit leichtem Schamgefühl neben ihr auf. Sie hat ihm beim Aufwachen zugesehen, sie lächelt, richtet sich über ihm auf, zeigt ihre Brüste und sagt: »Nimm sie.«

So sind sie quitt, allerdings will sie jetzt keinen Samen mehr vergeuden und lenkt Daniel in sich. Er lässt es sich gefallen, an diesem Morgen wie an den folgenden Tagen, der Juli ist ein guter Monat für die Liebe, abends weht Luft durch die offenen Balkontüren, man trägt nicht mehr als zwei, drei Kleidungsstücke, das führt zur schönsten der Verführungen, zur absichtslosen, der Fernseher bleibt aus, die Zeit im Liegen dehnt sich, auf einmal ist genügend davon da zwischen Heimkehr von der Arbeit und dem Einschlafen, das Atmen allein macht Freude. Und es fällt leicht zu reden, wenn man es leise und aus der Armbeuge des anderen tun kann.

»Wollen wir uns weiterhin nach Kalender lieben?«

»Hauptsache, wir wollen uns lieben.«

»Wie sieht unser Plan aus, wenn es bei der ersten Hilfsmaßnahme nicht geklappt hat?«

»Vielleicht hat es ja geklappt. *Inschallah*.«

»Vergiss nicht, was die Gynäkologin gesagt hat. Mehrere Versuche können durchaus nötig sein. Also was machen wir?«

Sie beschließen, vorerst auf Inseminationen zu setzen, was natürliche Begleitmaßnahmen nicht ausschließt und den Kalender erforderlich macht, wegen der Enthaltsamkeitsfristen, aber auch damit rechtzeitig Termine in der Fruchtbarkeitsklinik vereinbart werden können, am jeweils idealen Tag.

Falls es beim ersten Mal nicht geklappt hat. Denn vielleicht hat es ja geklappt. Stell dir vor, es hat geklappt!

Sei lieber nicht zu optimistisch.

Ich will aber optimistisch sein! Bist du es etwa nicht? Ich kann gar nicht anders, sonst wäre ich nicht fähig, die Prozedur über mich ergehen zu lassen.

Ich bin zuversichtlich.

Folgen zwei Wochen des Wartens, und Ines merkt, wie das Warten sich mit dem voranschreitenden Zyklus allmählich wandelt. Sie ist weit davon entfernt, zu sagen, *es kommt, wie es kommt,* ihre Zuversicht verengt sich auf eine simple, sture Hoffnung hin. Bald weigert sie sich, über weitere Maßnahmen nachzudenken, sie ist nicht einmal bereit, mit Daniel zu vereinbaren, wie viele Inseminationen sie vornehmen lassen wollen, sie wehrt sich jetzt gegen genaue, einschränkende Pläne, von Tag zu Tag zieht es sie stärker hinaus ins Freie, am ersten Sonntag *danach* gehen sie zu Fuß den ganzen Weg um die Alster herum, am zweiten Sonntag fahren sie nach St. Peter-Ording, wo sie inzwischen das Meer entdeckt haben, legen sich zwischen Urlauber aus allen Teilen Deutschlands an den Strand und zwinkern sich zu, als sie eine ungefiltert Pfälzisch redende Familie lautstark ihr Ballspiel am Wassersaum kommentieren hören.

Am zweiten Montag nach der Insemination tritt der blonde Mann, der seine kleine Tochter Emma nannte, in Ines' Laden, doch diesmal ohne Kind. Ines fragt nicht, wo er es gelassen hat, ihr Instinkt hält sie davon ab, im Gegenzug verzichtet der

Mann auf weitere Standortanalysen ihres Ladens, sondern kauft einfach sechs Flaschen Wein und scheint nicht recht zu wissen, worüber er mit Ines reden soll. Er mustert sie, und Ines scheint, als sehe er ihr etwas an, das ihn vom ungehemmten Sprechen abhält. Schließlich erklärt er wenigstens, warum er ausgerechnet an einem Montagvormittag einkauft: weil da sonst keine Kunden kommen.

Das kann man so und so deuten.

Ines sagt es laut. Der Mann scheint es nicht auf Anhieb zu verstehen, er lacht erst mit Verzögerung. Die Frau strahlt etwas aus, das sie das letzte Mal nicht hatte, es schützt sie vor Angriffen wie vor vertraulicher Plauderei, enttäuscht nimmt der Kunde den Karton vom Tisch und verabschiedet sich mit den Worten, er habe es nicht weit, bloß über die Straße. Er sieht Ines noch eine Weile an, wie um zu kontrollieren, ob seine Mitteilung auch angekommen ist, und seine Augen füllt dabei ein zwiespältiger Blick, den Ines den ganzen Vormittag nicht vergisst: wie von einem zielbewussten Mann und einem orientierungslosen Kind zugleich.

Am Nachmittag trifft per E-Mail die Zusage des Kultwinzers ein, seine Weine bei Ines zu präsentieren, der Abend muss daher zwangsläufig einem Geständnis gewidmet werden.

»Ich muss dir etwas sagen.«

Sie trinken kalten Silvaner auf dem Balkon, als Ines Daniel mitteilt, dass sie einen Belebungsversuch ihres Ladens starten will. Daniel hat keine Illusionen, was die Rentabilität des Weinhandels betrifft, er weiß, wie hoch die Miete ist und was die Weine kosten, er kann rechnen, aber er findet, es genügt, wenn Ines bei einer sinnvollen Tätigkeit, die sie mag, keine Schulden auftürmt, denn er verdient genug für beide. Doch als sie ihm nun, den Blick über die Elbe hinweg aufs andere Ufer gerichtet, auf die schwarzen Rechtecke der Lagerhallen und Containerstapel vor dem Restlicht des Abendhimmels, gesteht, dass ihr Laden mittlerweile überhaupt nicht mehr läuft, weiß er nicht, wie er reagieren soll. Er hört widersprüchliche Stimmen in seinem Kopf, Wut und Enttäuschung über das Versagen seiner Frau, die Aufforderung zum Trösten, die Einflüsterungen des schlechten Gewissens, weil er sie, um seiner Karriere willen, in einen Laden abgeschoben hat wie eine Fünfzigjährige, die, nachdem die Kinder aus dem Haus sind, sich als Weinhändlerin ein bisschen Würde wahren und die Zeit vertreiben will.

Ihr Plan zur Belebung des Geschäfts kann ihn nicht überzeugen, außerdem mag er sich nicht mit dem Gedanken abfinden, dass ausgerechnet ein Kerl von früher, einer, der schon immer der Lauteste von allen gewesen ist und der neuerdings, wie Daniel gehört hat, mit einem Cayenne in den Weinberg fährt, den Laden seiner Frau für den großstädtischen Auftritt missbraucht.

Sehr zaghaft nur wendet er sich ihr zu. Sie sieht weiterhin übers Wasser, reicht ihm aber die Hand über den Beistelltisch herüber. Daniel bringt sich peu à peu dazu, seine Skepsis in konstruktives Denken umzumünzen, er will erste Vorschläge äußern, wie man versuchen könnte, die Brücke vom attraktiven, aber einmaligen Event zur nachhaltigen Umsatzsteigerung zu schlagen, da setzt sich am Himmel ein letzter Purpurschein durch, der sich im Wasser spiegelt; für eine Weile kreuzt keine Barkasse und auch sonst kein Schiff die Aussicht, nicht mal einer der vielen Schlepper; ein stilles, stabil scheinendes Bild entsteht, und Ines sagt: »Diese Aussicht wird unser Kind vielleicht nie kennenlernen.«

Daniel ahnt, was sie meint, doch fragt er trotzdem: »Warum nicht? Willst du, dass wir, wenn alles gut geht, ausziehen?«

»Die Gegend hier ist nichts für Kinder. Die ist gemacht für anspruchsvolle Singles und für kinderlose Paare mit doppeltem Einkommen und kompromisslosem Geschmack.«

Die Kunst des Gestehens

»Ich muss dir etwas sagen.«

Nach diesem Satz kann alles kommen. Er ist für jeden, der ihn hören muss, eine Zumutung. Wird mir gleich ein Mord gebeichtet werden, ein Seitensprung oder nur der Verlust des Autoschlüssels?

Nach diesem Satz eine realistische Bilanz ihres Geschäfts zu ziehen, ist Ines leichter gefallen als gedacht. Wohl weil sie weiterhin von Zuversicht getragen ist: Weder in Bauch noch Seele mucksen sich prämenstruelle Wellenschläge, bald wird sie sich ohnehin Gedanken machen müssen, was mit dem Laden wird.

Als sie den Satz das letzte Mal vor Daniel aussprach, war es schwerer gewesen; sie hatte den Moment immer weiter aufgeschoben, bis zum Anschlag, bis zum Tag vor der Hochzeit.

»Ich muss dir etwas sagen. Ich will keine Kinder. Ist das schlimm?«

So. So und nicht anders drückte sie es damals aus. Folgte noch eine kurze Begründung, und das war's. Sie schämt sich, daran zurückzudenken.

Sie hatte gewusst, dass sie es sagen musste, aber nicht, wie, vielfältige Varianten hatte sie im Geiste inszeniert und durchgespielt, behutsame Einleitungen, Kernaussagen ohne Schärfe, einleuchtende Erklärungen – doch konnte sie sich für keinen Text entscheiden, weil ihr ein jeder vorgekommen war wie ein Verrat an ihrer Sache. Was sie in sich so dringlich hörte, klang ausgesprochen verzerrt oder gefälscht. Gesagt werden aber musste es, und so flog Daniel schließlich die grobe Kurzfassung um die Ohren.

Wie es für ihn klingen musste, hatte sie sich vorab nicht überlegt. *Nicht wirklich. Irgendwie.*

Ein Grund zum Schämen. Oder? Nein.

Es durfte sie nicht interessieren, da es für sie ums Ganze ging. Ums Ganze, ja, genau darum, es ging ihr darum, heil zu bleiben, also um die Existenz, da darf man nicht fahrlässig Ansichten an sich heranlassen, die einen ins Schwanken bringen könnten. Allerdings weiß sie noch immer, wie sie zögerte, was ja nichts anderes heißen kann, als dass sie ahnte, was für eine dicke Kröte sie ihm zu servieren hatte. Die einen küssen Frösche, weil es sie nach Prinzen verlangt, die anderen nehmen eine schlanke Prinzessin zur Frau und werden dann gezwungen, ein adipöses Amphibium zu schlucken, an dem sie fast ersticken, denkt Ines, die ehemalige Weinkönigin, die in der Öffentlichkeit stets so freundlich zu Kindern war, dass niemand auf die Idee gekommen wäre, sie der Nachwuchsverweigerung zu verdächtigen.

Ihren Eltern wäre die Wahrheit nicht zumutbar gewesen, sie weicht bis heute verhohlenen Anspielungen und unverhohlenen Fragen aus. Sie muss die Eltern schonen und sich selbst vor deren Reaktionen schützen.

Daniel musste die Wahrheit freilich zugemutet werden, und sei es in letzter Minute. Sie wolle keine Kinder, sagte sie, weil ihr davor graue, aufzureißen, weil sie die Vorstellung nicht ertrage, ihr Körper werde deformiert durch Schwangerschaft, Geburt und Stillen. Was sie Daniel nicht sagte: dass es sie viel Mühe gekostet hatte, ihren Körper als etwas Unversehrtes, Geschlossenes, in dem sie zu Hause war, zu begreifen, nachdem sie jahrelang eigennützigen Männern erlaubt hatte, ihm zuzusetzen. Daniel weiß nichts von den Haarrissen, die sie plagten, als sie sich kennenlernten, auch wenn er merkte, wie schwer sie sich anfangs tat, die Schutzhülle zu öffnen. Er konnte nicht vorsichtig genug sein, ganz behutsam ging er vor, sehr langsam in all seinen Bewegungen, er hielt an sich, bis an den Rand des Selbstverrats, jedoch, zum Glück, nicht darüber hinaus. Es war nicht leicht gewesen zu Beginn, doch ungeheuer warm, und wurde immer inniger, je mehr Ines' Vertrauen wuchs.

Bevor sie Daniel den Entschluss, kinderlos zu bleiben, beichtete, hatte sie sich ihrer alten Freundin Sonja mit einer geschönten Version anvertraut; die hatte damals schon zwei Kinder, und ihr Befremden war enorm. Sie ließ ihre feindselige Reaktion in der Empfehlung gipfeln: »Dann lass dir halt einen Kaiserschnitt machen, wie ein Hollywood-Star!« Damit war diese Freundschaft erledigt, auch wenn Sonja mit Mann und Kindern zur Hochzeit kam und als Geschenk einen Pürierstab von Alessi überreichte.

Daniel hingegen reagierte besser als erhofft. Erschrocken zwar, doch auch gerührt. Dass Ines sich ihm anvertraute, blies Sauerstoff in seine ohnehin glühende Zuneigung. Zwar ließ ihn die Endgültigkeit ihres Entschlusses kurz schaudern, doch er nahm ihn hin und analysierte die Substanz seines eigenen Kinderwunsches nur flüchtig; er hatte keine Pläne, war einfach davon ausgegangen, dass nach der Hochzeit irgendwann Kinder kämen. Ergriffen von Ines' bangem Geständnis, glaubte er, ihr leicht das Opfer der gewollten Kinderlosigkeit bringen zu können; er sagte, er nehme sie, wie sie jetzt sei, mit allem, was sie wolle und nicht wolle. »Wenn du keine Kinder willst, stellt sich für mich die Frage nach dem Kinderwunsch nicht mehr. Ich kann mir doch gegen deinen Willen keinen Nachwuchs wünschen.« All das sagte er aus der tiefsten Überzeugung des intimen Augenblicks heraus.

Es gibt nicht viele solcher Augenblicke in einem Menschenleben. Es sind so wenige, dass man sich im Alter mühelos an jeden einzelnen zurückerinnern kann. Es sind Herzschlagmomente, in denen andere Regeln gelten als in profanen Stunden, darum muss man Verständnis für die Entscheidungen aufbringen, die man in solchen Momenten trifft, und Respekt für die Worte, die man wählt. Auch dann noch, wenn man seinen Irrtum längst eingesehen hat.

Dann war das kompakte Geständnis vom Hochzeitsvortag unvermutet durch einen simplen Satz in der ägyptischen Nacht entmachtet worden: »Ich will so ein Kind.«

Und inzwischen bereitet Ines schon innerlich die Bühne für den nächsten intimen Augenblick, in dem sie sagen wird, »ich muss dir etwas sagen«. Sie wird, stellt sie sich vor, wie beiläufig die rechte Hand auf ihren Bauch legen und eine gute Nachricht folgen lassen, die alle Scham über sämtliche kargen Sätze für immer tilgt. Sie wird die Nachricht in einer Weise aussprechen, die Daniel unweigerlich an den Moment erinnern wird, in dem sie sich, von großen Gefühlen überwältigt, ihm erstmals als Empfangende hingab.

Die Pille muss damals noch wirksam gewesen sein, doch der Entschluss, sie fortan wegzulassen, schien den Hormonen bereits jedwede Wirksamkeit zu entziehen. Es war eine Form von Empfängnis, die sich im Hotelbett von Luxor vollzog; durch einen Film von Feuchtigkeit sah Ines anschließend auch Daniels Augen glänzen. Sie hatte etwas richtig gemacht. Sie fühlte sich von ihrer Haut umschlossen und doch nicht abgesperrt von ihrem Mann.

Gelbes Leuchten

Daniel wacht auf, als seine Frau noch vor dem Klingeln des Weckers das Bett verlässt. Etwas hat sie geweckt. Er hört im Bad das Wasser laufen, dann lange nichts. Sein Herz beginnt zu pochen.

Er hat die Zyklustage mitgezählt, dabei versucht, nicht voreilig zu hoffen, aber die Hoffnung trotzdem in sich gären und dann immer heftiger rumoren gespürt. Die Hoffnung ist wie Löwenzahn. Unausrottbares Unkraut, das alles dominiert, dem man jedoch nicht böse sein kann, wegen des gelben Leuchtens und weil ohne ihn das Kleinkindpusten aus der Welt verschwände. Auch Ines ist Morgen für Morgen hoffnungsvoll aufgewacht und nach kurzem, gespanntem Horchen auf ihren Unterbauch jedes Mal heiter geworden.

Jetzt kommt sie mit Tränenresten in den Augen aus dem Bad zurück. Sie hat einen Slip angezogen, Daniel versteht, was das bedeutet, und sie verkriecht sich, ohne ein Wort zu sagen, dicht neben ihm im Bett. Sie drückt die harte Stirn an seine Schulter, als hätte sie eine Dosis Schmerz auf ihn zu übertragen.

Wenig später tönt der Wecker.

Ines rührt sich nicht, Daniel kann nicht bei ihr bleiben, denn er hat einen frühen Termin.

Ines liegt lange reglos auf der Seite und betrachtet aus der Nähe die Faltenlandschaft, die Daniel im Bett hinterlassen hat. Erst gegen Mittag fährt sie in den Laden.

August

Marienkäfer flieg

Die Sonntagmorgenfrage: Was sollen wir heute tun?

Daniel hat als Antwort ein »Komm mit« parat. Wohin? »Komm einfach mit.«

Es geht nicht weit, nur mit dem Aufzug in die Tiefgarage, dort steht neben dem weißen Wagen ein schwarzer der gleichen Marke, allerdings ein anderes Fabrikat, niedriger und mit Verdeck.

Daniel hat das Cabrio am Vortag gemietet und, um die Überraschung perfekt zu machen, am frühen Morgen von einem Mitarbeiter der Firma bringen lassen. Tatsächlich, der Schlüssel steckt, und der Schlüssel für die Tiefgarage liegt im Handschuhfach.

»Nordsee oder Ostsee?«

»Ost«, entscheidet Ines nach kurzem Überlegen. Wer weiß, was sie für Gründe hat, Daniel weiß es nicht, ihm genügt, dass sie sich ihrer Sache sicher ist. Außerdem, und das ist das Wichtigste, sieht er ihr an, dass sie ihn verstanden hat: Er schenkt ihr die Fahrt ans Meer als Trost und sieht dabei über die Prinzipien der Vernunft hinweg.

Sie fährt nach oben, macht sich reisefertig, er wartet mit dem Wagen vor dem Haus auf sie, hält ihr die Tür auf, und sie lässt sich mit großer Sonnenbrille und gekonnt um Kopf und Hals geschlungenem Tuch auf dem hellen Leder nieder wie eine kapriziöse Schönheit aus frühen Farbfilmjahren. Auch die über dem Knöchel endende enge Hose mit den akzentuierten Bügelfalten und die fast ärmellose Bluse lassen an den Fundus von Paramount Pictures denken. Während der Fahrt hält sie die Knie geschlossen und im Winkel von circa dreißig Grad vom Fahrer abgewandt, Daniel sieht immer wieder zu ihr hinüber, spielt sie die Rolle nun ernsthaft oder mit Ironie? Die Sonnenbrille verdeckt mehr als nur die Augen, sie reicht bis auf die Wangenknochen und maskiert dadurch die Miene.

Wenn sie sonst am Wochenende aus der Stadt hinausfahren, achtet Daniel nicht auf die Sitzhaltung seiner Frau, häufig sitzt sie selbst am Steuer, und er schaut in die Landschaft und auf die Windkraftwerke. Jetzt überlegt er, wann sie zum ersten Mal zusammen in einem Auto fuhren – damals, fällt ihm schnell ein, saß sie auf seinem Schoß, auf der Rückbank eines tiefergelegten GTI, eingekeilt zwischen zwei anderen Paaren, die sich beim Dürkheimer Wurstmarkt im Lauf des Abends gebildet hatten. Damals wurde in dem Wagen, in dem acht nicht angeschnallte junge Menschen saßen, bei überhöhter Geschwindigkeit auf nächtlicher Landstraße und lauter Musik von – ja, tatsächlich – Marius Müller-Westernhagen sogar noch geraucht!

Daniel muss bei dem Gedanken lachen und leicht den Kopf schütteln. Ines reagiert nicht darauf, sie will auch nicht wissen, wohin man sie chauffiert, doch als sie Kiel hinter sich haben, nimmt sie die Brille ab und sieht Daniel genauso dankbar an, wie er es sich und ihr gewünscht hat. An den Bülker Leuchtturm und an den Weg oben entlang der Steilküste hat sie gute Erinnerungen, auch an den Sand des Seebads Strande, das hat Daniel natürlich nicht vergessen, und ab Dänischenhagen spielen sie auf der Landstraße beide voller Vorfreude nichts anderes als sich selbst.

Beim ersten Besuch dort oben, im ersten Sommer an der See, füllte sich der Blick über die Kieler Bucht mit Wasser- und Himmelblau, die in der Mitte auf horizontaler Dunstlinie verschwammen. Es war der Inbegriff von Fernsicht, obgleich man in der Ferne ja nichts sah, von hier konnte es überall hingehen, die Welt stand sichtbar offen, so ähnlich jedenfalls drückte Ines sich aus, und Daniel begriff, dass von den tausend Möglichkeiten, die hinter dem Horizont liegen, keine genutzt werden muss; es tut schon gut, dass sie dort hinten warten, denn es festigt die Vorstellung, man halte aus freien Stücken an seinem Lebensort und seiner Lebensform fest. Die nicht gewählten Möglichkeiten verleihen der Variante, die sich im Leben bislang ergeben hat, den Glanz der Freiheit.

Später lagen sie im Strandkorb und zogen eine Bilanz des ersten halben Jahres in der großen Stadt: Bist du zufrieden? Bist du glücklich? Eigentlich ist doch alles bislang gut gelaufen. Die Wohnung ist ein Traum. Ich finde meinen Job sogar noch interessanter, als ich es erwartet habe. Wenn der Laden sich erst mal etabliert hat, stelle ich eine Aushilfe ein und habe dann mehr frei. Wir haben es gut getroffen, findest du nicht?

Wie glatt sich ihre Haut anfühlte, als seine Hände vom Oberschenkel übers Knie strichen und wieder hinauf, während sie sich gegenseitig das Gute ihres Daseins vorsagten. »Ich wollte, sie wären schon braun«, sagte Ines und meinte ihre Beine. »Sie sind schön genug.« So redet es sich im Strandkorb leicht dahin, leicht schwimmt dabei ganz unvermutet eine gewichtige Frage mit. »Findest du? Findest du mich schön?«, fragte Ines unvermittelt und zum ersten Mal. »Wirklich schön?« Daniel taxierte zwei, drei Sekunden den Ernsthaftigkeitsgrad der Frage, der für seine Antwort jedoch nicht maßgeblich war: »Ja«, sagte er, »aber das hat nicht den Ausschlag gegeben.« Besonders poetisch war das nicht formuliert, doch der Satz machte Ines sofort ernst. Sie rückte ein Stück von Daniel ab. »Das glaube ich dir nicht«, behauptete sie. »Es stimmt trotzdem«, sagte er, in einem Tonfall, der Ehrlichkeit bewies, worauf Ines sogleich den kleinen Abstand zwischen ihnen wieder aufhob. Dass es ein Wort gibt, das Geborgenheit heißt, vergisst der Mensch grundsätzlich. Es kommt ihm erst in den Sinn, wenn er dem Phänomen, das von dem Wort bezeichnet wird, begegnet. Wer das erlebt, hat Glück, es kommt nicht oft im Leben vor, und wenn es vorkommt, verliert man es nicht mehr aus dem Gedächtnis. Darum, wegen der plötzlichen Umhüllung in dem Strandkorb in Strande, war Ines der Ort ein für alle Mal lieb.

Sie rollen zum Parkplatz, sehen das Badeleben am Strand, leicht gezügelt, wie es scheint, so ist es immer an Stränden in Stadtnähe, seltsamerweise, und umgekehrt: Je weniger Bebauung man vom Strand aus sieht, desto ausgelassener die Menschen, desto mehr Ballspiel und Planschen.

Kaum geht der Motor aus, landet ein Marienkäfer auf Ines' Knie, gleich darauf noch einer und dann ein dritter. Es sieht putzig aus, ein bisschen kitschig, Ines lässt alle drei Tierchen über den Handrücken krabbeln, als wäre sie das kleine Mädchen im rosa Kleid, an das sie sich in diesem Augenblick verblüffend genau erinnern kann, sie zählt die Punkte, spricht laut aus, für wie alt sie die Käfer hält, und pustet sie zum Abschied an, bis sie die Flügel spreizen und davonschweben.

Auf dem Fußweg zum Leuchtturm landen weitere Marienkäfer auf Ines' weißer Bluse, sie fragen sich, ob Stoff oder Farbe etwas an sich haben, was Insekten anzieht, dann stellen sie fest, dass auf Daniels Polohemd ebenfalls Käfer krabbeln und auch andere Passanten von ihnen befallen sind. So viele Käfer sind auf einmal nicht mehr putzig, sie kommen von irgendwoher, ihre Zahl wächst rapide, unwillkürlich beschleunigt man den Schritt, man will dem Niederschlag, denn etwas in der Art scheint es zu sein, rasch entkommen, man glaubt, so der Störung entfliehen zu können, ein Irrtum, denn bald werden die Käfer nicht nur in der Luft zu viel, sondern auch auf der Erde, der Weg ist erst gesprenkelt, nach einigen Hundert Metern jedoch übersät von roten Käfern mit schwarzen Punkten, in der Masse ergibt das Schwarz und Rot zusammen einen täuschend echten Ketchup-Ton, bald ist nicht mehr zu vermeiden, dass man mit jedem Schritt knirschend ein Dutzend Marienkäfer zermalmt, denn dickflüssig ergießt sich die Insektenmasse auf dem Weg, man kann das gar nicht fassen, man hat bislang ja auch noch nicht gewusst, dass es in Deutschland solche Plagen geben kann, biblisch beinahe, Daniel und Ines dringen nicht bis zum Leuchtturm vor, von wo der Weg weiter zum Rand der Steilküste führt, es graut ihnen davor, so viele Käfer totzutreten, obwohl die Tierchen inzwischen überhaupt kein Mitleid mehr in ihnen wecken. Sie kehren um, die Köpfe eingezogen wie bei Hagel, die Gesichter verzogen wie im schlimmsten Gestank, innerlich angespannt vor Ekel und mit gebremstem Fluchtinstinkt, weil man nicht rennen mag, wenn unter den Füßen eine Masse von Lebewesen wallt.

Am Strand ist mittlerweile ebenfalls Panik ausgebrochen, Familien raffen Badetücher und Sandschaufeln zusammen, packen Kühltasche und Sonnenschirm und türmen, Kinder heulen vor Entsetzen, denn allenthalben strömt die rote Marienkäferlava über Strandkörbe und Luftmatratzen, andere Kinder freilich trampeln wild auf dem Getier herum, wozu mehrere Mütter hysterisch kreischen. Ines hält sich den Mund zu, um nicht versehentlich eines von den fliegenden Wesen zu verschlucken, am Auto dann bedeckt sie das ganze Gesicht mit beiden Händen, um sich bei dem Anblick nicht übergeben zu müssen, denn die cremefarbenen Ledersitze des Cabrios werden von einer quirligen Insektenpaste überzogen. Sie kann nicht hinsehen, wie Daniel die Sitze von der Plage befreit, sie hört ihn in ihrem Rücken ächzen und hektisch hantieren, sie erkennt an den Geräuschen, wie sehr er an sich halten muss, um nicht in Panik auszubrechen, dann springt der Motor an und Daniel ruft: »Steig ein.« Sie gehorcht umgehend, der Leihwagen schießt los, und alle Käfer, die sich gerade auf Ines niederlassen wollen, werden vom Fahrtwind weggeblasen.

Schwarz und Rot

Nachdem sie Zeugen der beklemmenden Verwandlung des Niedlichen ins Widerliche geworden sind, erleben Ines und Daniel binnen Wochenfrist zum Ausgleich einen erhebenden Moment. Für Anblicke wie diesen zahlen sie ihre Miete: Vor ihren Augen läuft die *Queen Mary 2*, aus New York kommend, in den Hamburger Hafen ein.

Sie verfolgen die Einfahrt des Schiffes vom Balkon aus, aus der Privatloge gewissermaßen. Am Kai unten haben sich Schaulustige versammelt, ab und zu blickt jemand nach oben, missgünstig, feindselig, Ines und Daniel finden das ein wenig störend, aber sie sehen darüber hinweg, so gut sie können, sie schauen auf das Schiff, an dessen Reling sich winkende Passagiere reihen.

Unwahrscheinlich groß erscheint ihnen der legendäre Luxusliner, sie staunen ernsthaft, obwohl sie täglich stattliche Frachter vor dem Fenster sehen. Das Schiff hat einen schwarzen Rumpf mit roter Kiellinie: die Farben des Marienkäferchitins. Ines und Daniel lachen, sie haben die Plage gut verdaut, trotz des verdorbenen Sonntags.

Nachdem die *Queen Mary* festgemacht hat, verlassen Daniel und Ines das Haus, beim Auslaufen in Richtung norwegische Fjorde sind sie noch nicht wieder zurück, da spiegelt sich die Silhouette des Schiffes in den leeren Fenstern ihrer Wohnung.

Eine weitere Woche später, am Samstagmorgen um halb zehn, als Ines schon auf dem Weg zum Laden ist, wird Daniel allein Zeuge der erneuten Königinnenankunft. Damit er drei Stunden später das Auslaufen des Schiffes mit Kurs auf New York beobachten kann, hat er sich für den Vormittag nichts vorgenommen. Er ist in seinem Leben ganz selten erst auf Wasserfahrzeugen gewesen, doch sein Interesse für Schiffe wächst und wächst, allein wegen der logistischen Komplexität, in die sie eingebunden sind, ganz gleich ob Fracht- oder Personenschiffe oder, im Falle der Fähren, eine Kombination aus beidem. Aber trotz aller Faszination merkt er, dass große, ozeantaugliche Schiffe ihm nach wie vor ein bisschen fremd sind, ja fast einen Hauch von Unheimlichkeit mit sich führen.

Er weiß um die Sehnsucht, aufzubrechen, die Menschen überkommt, wenn sie die Ausfahrt eines Schiffes sehen, er selbst kennt diese Art des Sehnens jedoch nicht. Ihn drängt es nicht in die unbegrenzte Weite, und das hält er für gesund. Eine Brücke betritt man ja auch nur ohne Furcht, wenn sie über stabile Geländer verfügt.

Was hat die Brücke mit dem Meer zu tun?, würde Ines einwenden, das ist ihm klar, sie träumt bisweilen gar vom Segeln, weit draußen, wo keine Wegweiser Vorschriften machen, keine Erwartungen ihre strengen Schilder aufstellen, wo man sich ohne Leitlinien bewegt.

Es hat was zu bedeuten, dass sie so denkt und spricht, Daniel weiß das und stört sich darum nicht daran, auch wenn ihm unweigerlich der Gedanke kommt, dass man sich auch auf dem offenen Meer nie ohne Hilfsmittel, also Leitlinien bewegt, und erst recht nicht ohne die Regeln der Technik. Unendlich viele physikalische Gesetzmäßigkeiten müssen befolgt werden, bevor die Reise überhaupt losgehen kann.

An Reling und Geländer

Zwei Wochen lang hat die Witwe auf dem Schiff so viel gesprochen wie zuvor seit Jahresanfang nicht, es war reizend, insbesondere bei den Mahlzeiten, sie hat Glück gehabt mit ihren fünf Tischnachbarn, alle freuten sich auf die Konversation, und es gab ja auch allerhand zu erzählen; wenn sie nur an die abenteuerlichen Erlebnisse im Bagdad der Sechzigerjahre zurückdenkt, von denen die Diplomatengattin zu berichten wusste, oder an das Schicksal des Herrn Popp, der erst nach einer Woche verriet, welcher Fabrik er jahrzehntelang vorgestanden hatte, bevor dann seine Frau und ... Es war schwer zu ertragen, bestätigte allerdings die Beobachtung, die sie bereits bei der ersten gemeinsamen Mahlzeit gemacht hatte: Der große, schmale Mann trug einen eingekerbten Zug von Trauer um den Mund.

Er sollte jetzt neben ihr an der Reling stehen, die neu erbauten Häuser betrachten, die Baustelle der Philharmonie, dazu hätte er sicherlich ein Wort zu sagen, als Musikfreund und Mann der Wirtschaft gleichermaßen, doch rechts und links von ihr stehen Menschen, mit denen sie nichts zu schaffen hat, Emporkömmlinge, denen es an Kultiviertheit mangelt; man sehe nur, wie sie dem Volk am Ufer winken und sich gegenseitig die Kameras hinhalten und zeigen, was sie gerade fotografiert haben. In der Tat: Man muss auch auf so einem Flaggschiff Fortune mit den Mitreisenden haben, speziell was den Esstisch betrifft. Die Witwe hat dieses Glück gehabt, es hätte nicht anregender und amüsanter sein können, doch schon vor dem Festmachen des Schiffes ist der Gesprächsfaden gerissen. Wegen der frühen Ankunft beeilten sich die anderen beim Frühstück, sie hat nach einer Viertelstunde allein am Tisch gesessen und steht nun allein an der Reling. Am Kai winken Menschen, Tausende sicher, sie überschlägt kurzerhand, zehn, zwanzig, hundert, ja, mehrere Tausend müssen es sein, herbeigepilgert, diesen Anblick zu sehen, die Einfahrt einer Legende; jeder von ihnen kann mich sehen, denkt die Witwe, und keiner von ihnen nimmt mich wahr.

Über der Menge, auf den Balkonen der Häuser in privilegierter Lage, stehen Paare; tatsächlich, auf keinem Balkon erkennt man einen einzelnen Menschen. Und bei all den Paaren winken die Frauen zuerst, Sekunden vergehen, bevor die Männer es ihnen gleichtun, aber nur kurz. Die Witwe kann sich erinnern: Frauen müssen den Männern immer erst zum Mut verhelfen, im Großen wie im Kleinen. Und dann sieht sie an einem Haus mit ungleichmäßiger Fassade doch einen einzelnen Mann auf dem Balkon stehen und sich auf das Geländer stützen. Am Samstagvormittag allein – die Witwe weiß, was das bedeutet, sie hebt unwillkürlich die Hand, doch der Einzelne erwidert ihr Winken nicht.

Ein langer Samstag für die Tapferkeit
Echte Post ist selten geworden, der private Austausch findet im Netz statt, im Briefkasten landen Werbesendungen und Rechnungen, mehr nicht, für den Kasten am Inneren der Ladentür gilt das erst recht. Da Ines an diesem Vormittag die Tür offen stehen lässt, ignoriert der Postbote die Briefklappe, er eilt ins Geschäft und legt den flachen Stoß flugs auf die Theke. »Tschüs«, ruft er mit langem Ü und huscht davon.

Ines zieht ein großes, glattes, himmelblaues Kuvert aus der Post-Ration des Tages. Die Adresse ist von Hand geschrieben, es kann sich kaum um einen Geschäftsbrief und keinesfalls um eine Rechnung handeln, die Spannung steigt, der schwere Brieföffner aus Barcelona erfüllt mit routinierter Konsequenz seinen Zweck, und siehe da, das himmelblaue Kuvert enthält eine stabile Doppelkarte mit einer aufgedruckten Meldung: Heike hat ihr erstes Kind bekommen.

Auch schon ziemlich spät, denkt Ines; Heike ist in ihrem Alter, sie haben gemeinsam in Geisenheim studiert, wohin sie aus verschiedenen Richtungen kamen, Heike aus dem Nahetal, Ines aus der Pfalz, und von wo sie sich nach vier Jahren mit weit auseinanderliegenden Zielen verabschiedeten. Vor gut einem Jahr erst fanden sie sich wieder, in der fünften Himmelsrichtung namens Facebook, wo sich nach und nach sämtliche Akteure aus Ines' bisherigem Leben treffen.

Die Nachricht von der Geburt ihres Sohnes schickt Heike dennoch per Brief. Ines fühlt die Festigkeit des Papiers, die Erhabenheit der gestanzten Schrift, die glatte Oberfläche der Fotografie. Lange betrachtet sie den Namen des Kindes.

Die drei Namen. Das Datum. Die Geburtsstunde. Das Gewicht. Die Größe.

Wie ungeheuer geschmackvoll die Klappkarte gestaltet ist. Wie perfekt das Farbfoto vom schlafenden Kind. Sein Haar verblüffend voll und schwarz, der Strampelanzug hellblau mit einem wohldosierten Hauch Türkis. Ines zwingt sich zur genauen Betrachtung. Der Säugling liegt auf dem Bauch, die rechte Wange auf der linken Hand, er schläft und sieht ernst aus. Als müsste er sich auf das Schlafen konzentrieren.

Was tut die Mutter, während der Säugling schläft?

Ines fragt sich, wie es wäre, so ein Kind zu lieben. So ein Kind, das seiner Mutter gar nicht anders als liebend begegnen kann, weil es sie braucht. Ein solches Kind, bildet Ines sich ein, würde niemals ihren Wert infrage stellen, einem solchen Kind, meint sie, würde sie sich nie beweisen müssen. Und später, wenn es größer wäre, wenn es mit krummen Beinchen und ausgestreckten Ärmchen auf sie zuliefe, würde es all sein Vertrauen mitbringen, und wenn sie es dann in die Arme schlösse, würde das unbedingte Vertrauen jedes Mal aufs Neue bestätigt und bestärkt.

Ines verstaut die Karte in der Schublade und macht ein paar Schritte vor die Tür. Samstags herrscht in der Straße mehr Bewegung als an den anderen Wochentagen, eigentlich ist der Samstag auch der Tag mit den meisten Kunden, doch heute will keiner kommen, obwohl die Ladentür offen steht und davor mehr als nur die üblichen Alltagsweine locken. Ines hat ihr halbes Sortiment im Freien platziert, wohl wissend, dass es den Weinen nicht bekommt, wenn sie so lange in der Sonne stehen, doch heiligt der Zweck an diesem Tag die Mittel. Wenn in den nächsten Wochen auch an den Samstagen die Nachfrage ausbleibt, wird es nicht mehr lange dauern, bis sie die Ladenmiete nicht mehr vom Geschäftskonto begleichen kann. Dann muss sie Daniel um eine Anleihe von seinem Gehaltskonto bitten, was so viel bedeutet wie ein notdürftiges Kaschieren der Insolvenz.

Sicher, die Leute sind in Urlaub oder übers Wochenende an die Küste gefahren, doch zählt Ines trotzdem ein halbes Dutzend Besucher der Buchhandlung nebenan innerhalb von zehn Minuten. Warum schaut nicht wenigstens die Hälfte davon anschließend bei ihr vorbei? Es fehlt nicht viel, dass sie die Frage den Leuten laut hinterherruft, sie würde es so gerne wissen, doch sie verkneift es sich, verdrückt sich in ihr Hinterzimmer, zieht sich die Lippen nach und überprüft die Wimperntusche, sieht danach unbarmherzig gerade in den Spiegel und reißt sich schließlich entschlossen los.

Sie sperrt den Laden ab, geht ein paar Häuser weiter zum Bäckerei-Café, setzt sich an einen Fenstertisch und isst vollkommen ruhig eine Quittentarte, während draußen gut gebräunte Menschen mit Einkaufsbehältern aus Segeltuch und Aluminium vorübergehen. Und Frauen, die Kinderwagen schieben, sichtlich leicht bewegliche, mit Raffinesse konstruierte Kinderwagen, teils mit vier, teils mit drei Rädern. Plötzlich kommen Ines all die Frauen mit Kinderwagen auffällig jung vor, fast wie Teenager. Mütter haben erwachsene, große Wesen zu sein, Bewohnerinnen eines anderen Planeten. Solange man selbst noch ein Mädchen ist, hat man das Gefühl, niemals so werden zu können. Und dann kommt plötzlich doch ein Moment, in dem man erkennt: Die Frau, die mühsam den Kinderwagen in den Bus bugsiert und vor Ärger das Gesicht verzieht, weil die stehenden, mit Ohrhörern versiegelten Fahrgäste die Kinderwagenbucht nicht räumen wollen, die sieht mir ähnlich, die ist, genau betrachtet, so wie ich.

Jetzt aber meint Ines zu sehen, dass diese Frauen nicht so sind, wie sie ist, sondern so, wie sie war.

Sie nimmt ein Exemplar der Gattung in den Blick, eine, die nicht sonderlich auf die Menschen ringsherum zu achten scheint, ihr Gesicht wirkt gelangweilt zwischen den Kopfhörern, sie trägt Kleider, wie Ines sie nur innerhalb der eigenen vier Wände tragen würde, das macht vielleicht das Mütterliche aus, denkt Ines, der Hang zu bequemen Klamotten.

Nur wenige Meter vor Ines' Augen hält die junge Frau an, nimmt den Kopfhörer ab und arretiert die Kinderwagenbremse. Im Nu verfliegt ihre blasierte Großstadtmiene. Ines wird Zeugin, wie die Frau, die mindestens zehn Jahre jünger ist als sie, das Kind aus dem Wagen hebt, es einen Augenblick lang musternd von sich weghält und dann in die Arme schließt.

Genau in dem Moment, in dem der Körper des Kindes auf den der Mutter trifft, in der Sekunde der Berührung, wird Ines von einem faustgroßen Insekt mitten in den Oberleib gestochen. Der Stuhl, auf dem sie sitzt, schrammt auf den Fliesen, so abrupt wendet sie sich vom Fenster ab.

Wie ist dieser ewig lange Samstag zu bewältigen? Soll sie nach Hause fahren? Soll sie Daniel anrufen und bitten, ihr Gesellschaft zu leisten? Warum kommt er nie auf die Idee, sie samstags im Laden mit einem Blumenstrauß zu überraschen? Wahrscheinlich aus Respekt. Verdammter Respekt!

Vorsichtig dreht sie sich wieder zum Fenster um. Die junge Frau mit dem Kinderwagen ist weg, es gehen keineswegs nur Eltern-Kind-Gespanne und Paare vorbei, mindestens die Hälfte der Passanten ist allein, und irgendwie entlastet das Daniel in Ines' Augen. Schon kehrt die Tapferkeit zurück, sie ist bereit, die letzten paar Stunden bis Geschäftsschluss durchzustehen, da sieht sie im ersten Stock des Altbaus gegenüber zwei Köpfe am Fenster auftauchen: der blonde Standortanalytiker und seine Tochter. Wie hieß sie noch? Ines muss nicht lange überlegen. Emma.

Die beiden schauen dem Verkehr zu, gewiss hat das Kind sich das gewünscht. Er habe es nicht weit, bloß über die Straße, hat er bei seinem letzten Besuch, der schon eine Weile zurückliegt, gesagt, nun weiß Ines genau, wo die beiden wohnen. Sie sieht, dass sie keine Gardinen an den Fenstern haben, und denkt wie von selbst, dass sie abends, wenn in der Wohnung Licht brennt, wird hineinschauen können, wenn auch aus ungünstigem Winkel.

Sie sieht den beiden zu, dem großen und dem kleinen Kopf, der Mund des kleineren bewegt sich unablässig, der Mund des größeren nur ab und zu. Das Fensterrechteck rahmt das Bild, das Ines als Idylle deutet.

Sie labt sich so lange daran, bis es sie quält.

Dann aber schiebt sich etwas vor die Aussicht. Ein schwarzes Auto, hoch, wuchtig und mit großen Rädern, rollt unmittelbar vor dem Fenster des Cafés auf den Bürgersteig und verstellt Ines die Sicht. Am Steuer sitzt eine blonde Frau mit großer Sonnenbrille. Bevor sie aussteigt, dreht sie sich kurz nach hinten um und sagt etwas zu den zwei Kindern auf der Rückbank, die aber nicht erkennbar reagieren. Sie starren unverwandt auf die Digital-Bildschirme, die an den Nackenstützen der Vordersitze angebracht sind. Die Wagentür fällt zu, die Mutter verschwindet in Ines' totem Winkel, der Nachwuchs starrt auf die Monitore.

Wenig später macht sich Ines auf den Weg zurück zu ihrem Laden. Auf der anderen Straßenseite ist das Fenster im ersten Stock inzwischen leer.

Blumen, Kaffee, Kirschen

Ines nimmt die drei Stufen nach oben, um die Lockangebote hereinzuholen, doch bevor sie nach dem ersten Korb greifen kann, kommt ihr jemand zuvor. Daniel, in Polohemd und Jeans, packt an. Er ist ohne Blumen gekommen, doch immerhin auf den Gedanken, Ines an diesem Samstag vom Laden abzuholen. Sie freut sich, auch wenn sie sich zugleich ein wenig schämt, denn bis zum offiziellen Ladenschluss dauert es noch gut eine halbe Stunde.

»Wolltest du schon schließen?«, fragt Daniel dann auch.

»Nein, nur schon mal alles einräumen, damit ich zeitig loskomme.«

Und dann sieht Daniel sich im Laden um, während Ines vorgibt, die Tagesabrechnung zu erledigen. Zwischen den Weinen ihres Vaters auf dem Tisch in der Raummitte ragen mehrere Stängel mit tellergroßen Sonnenblumenblüten auf, Daniel denkt unwillkürlich an Erntedank, nur Ähren und Kürbis fehlen, die Weine seines Bruders findet er auf Anhieb nicht. Erst auf den zweiten Blick erspäht er die für sie reservierten vier Regalquadrate, eines für jede Rebsorte, in der Abteilung Weinstraße, unter all den anderen aus Neustadt, Deidesheim, Bad Dürkheim und Umgebung, also auch aus Edenweiler und Sankt Lorenz, wo sein Bruder als der Älteste das Gut vom Vater übernommen hat, weshalb Daniel und seine Schwester im Gegenzug elterliche Unterstützung während des Studiums in Anspruch nehmen durften; ob das gerecht ist, darüber lohnt sich nicht zu spekulieren, auf Dauer muss man es wohl eher als ungerecht einstufen, und womöglich steht das Sortiment genau deswegen unter ferner liefen im Regal. Daniel würde seine Frau gern danach fragen, doch sie sitzt konzentriert im Hinterzimmer am Computer, er will nicht stören.

Eine Minute später steht sie gleichwohl auf, da jemand den Laden betritt. Daniel sieht zu, wie sie den Kunden begrüßt, einen Mann in seinem Alter, groß gewachsen, blond, für Daniels Geschmack tritt er einige Zentimeter zu dicht an seine Frau heran, lächelt eine Spur zu unsicher, gibt seine Bestellung mit einigen Worten zu wenig auf, gerade so, als genierte er sich für etwas; Daniel missachtet er vollkommen, hält ihn für einen Mitkunden. Warum nur dreht er sich, während er den Kauf von lediglich zwei Flaschen Weißburgunder von Ines' Vater abwickelt, auffallend oft zur Ladentür um? Daniel geht, vorgeblich die Ware im Wandregal musternd, zum Schaufenster und erkennt, wohin der Mann die Blicke richtet: auf einen Buggy mit einem schlafenden Kind, dessen Wangen vor Sonne und, wie Daniel vermutet, auch vor Müdigkeit gerötet sind.

Erleichtert dreht er sich zu Ines und dem Kunden um, er sieht genau, dass sie sich eine Spur zu kühl verhält, so bindet man keine Kunden, aber er sieht auch, dass diese Kühle den Mann verwirrt, es hat den Anschein, als tappe sein verlegenes Lächeln bei Ines in eine gnadenlose Radarfalle. Und doch: Daniel scheint, die beiden sehen sich in dieser Stunde nicht zum ersten Mal. Ob der Mann einen Ehering trägt, kann er nicht erkennen, doch immerhin: Das Kind da draußen gehört zu ihm.

»Du hättest ein bisschen freundlicher sein können«, meint Daniel, als der Mann draußen mit einer Hand den Buggy in Bewegung setzt, und kommt sich dabei vor wie ein Masochist.

Ines schluckt den Ärger über die Einmischung. »Keine Sorge, der kommt wieder«, sagt sie bloß und eilt ins Hinterzimmer, mit dem Versprechen, in wenigen Minuten zum Aufbruch bereit zu sein.

»Magst du mir nicht mal die Bilanz zeigen?«, fragt Daniel zaghaft, das abendliche Balkongespräch von neulich noch im Ohr. Ines wehrt ab, nicht jetzt, nicht heute, beim nächsten Mal, ich drucke sie dir bei Gelegenheit aus und bringe sie nach Hause mit, dann sehen wir sie uns in Ruhe an, und wenig später hört Daniel, wie der Computer sich für diesen Tag verabschiedet und das Licht am Schreibtisch ausgeknipst wird.

»Ich bin heute ohne Auto hier, gehen wir zu Fuß?«, fragt Ines und schiebt sich ein Pfefferminzbonbon in den Mund.

Leute betrachten, Schwäne sehen, Möwen und Segelboote, den Schweiß eines Rollschuhläufers beim Warten an der Fußgängerampel riechen, einer bettelnden Zigeunerin, die um einen Euro bittet, zwei geben, worauf sie nicht Danke sagt, sondern fünf verlangt, den Ärger schlucken, vor allem aber die Verlegenheit ob der Scheine, die man im Portemonnaie stecken hat, ohne sie erbettelt haben zu müssen, nach mehreren schnellen Schritten dann wieder ins Schlendern verfallen und sich an der Hand nehmen, beim Türken Obst kaufen, drei gängige Sorten, zwei exotische und dazu saisongerecht Kirschen, flüchtige Blicke auf Schaufenster werfen, Baustellen ausweichen, auf den Brücken der Speicherstadt stehen und Barkassen zwischen den Beinen hindurchfahren lassen, ein schmales Haus mit spektakulärem Schnitt entdecken, Neubau im altbaulichen Umfeld, raffiniert eingefügt, asymmetrische Fenster, von einer Dachterrasse gekrönt, den Blick übers erste Becken der HafenCity schweifen lassen, dann zwischen

Schiffsmasten hindurch gerade auf die Kräne der Philharmonie-Baustelle schauen, kurz überlegen, ob es für einen Latte im Café an der Ecke der richtige Augenblick wäre, nein, lass uns lieber nach Hause gehen, gut.

Seine Begabung, genau hinsehen zu können, beschert Daniel viele Momente des Entzückens, wie jetzt, da Ines die Schuhe von den Füßen schnickt und die nackten Sohlen aufs Parkett setzt. Wie sie den Armreif abstreift, die Sonnenbrille aus den Haaren nimmt und beides auf das Garderobentischchen legt. Wie sie die Haare packt und forsch am Hinterkopf nach oben steckt. All diese Handlungen sind für niemanden bestimmt. Sie dienen schlichten privaten Zwecken, das macht sie schön; die Handgelenke offenbaren ihre Beweglichkeit, die Mittelfußknochen ihre stabil-elastische Struktur. Daniel kennt nichts, was betörender wäre als eine Frau, die sich zu Hause fühlt und demgemäß bewegt.

Mit einem Stoß Zeitschriften lässt sie sich draußen im Liegestuhl nieder, Daniel schaltet das Radio mit der Übertragung aus den Fußballstadien ein und wendet sich der Espressomaschine zu. Sie ist fest in der Küchenwand installiert, bereits bei der Planung des Hauses hat man die Nische für den Kaffeevollautomaten eingezeichnet. Praktisch, denn dadurch nimmt das Gerät keinen Platz auf der Arbeitsfläche weg. Und ergonomisch, denn die Platzierung der Nische garantiert Menschen von durchschnittlicher Körpergröße die Kaffeezubereitung mit entspannten Schultern.

Daniel genießt es, alle nötigen Handgriffe sorgfältig auszuführen. Für die Sekunden, die es dauert, die Bohnen zu mahlen, dreht er das Radio lauter; sobald der Elektromotor stillsteht, will Daniel wieder leiser stellen, doch da fällt ein Tor in

Hamburg, er lauscht, wer der Schütze war, nimmt es mit anerkennendem Nicken zur Kenntnis, legt die Fernbedienung aus der Hand, wendet sich erneut der Kaffeeproduktion zu, füllt Milch in die Edelstahlkanne, lässt den Espresso rinnen und zischend die Milch schäumen, hört Ines auf dem Balkon etwas rufen, versteht es nicht, greift nach der Fernbedienung, stößt mit dem Ellenbogen die Milchflasche um, springt vor dem aufspritzenden Glas zurück, fegt mit dem anderen Ellenbogen die Edelstahlkanne vom Kaffeeautomaten und die beiden Tässchen noch dazu, der Milchschaum schießt in den freien Raum, die konzentrierte Kaffeeflüssigkeit rinnt über den Rand der Maschine in zwei schwarzen Streifen die Küchenwand hinab.

Ines' entsetzter Blick von der Balkontür aus löst abrupten Reinigungsdrang bei Daniel aus, er nimmt sich den Lappen aus der Spüle, um die schwarzen Rinnsale von der Wand zu wischen, verreibt sie dabei zuerst zu dunkelbraunen breiten Streifen und schließlich zu hellbraunen Wellen.

Am Abend riecht es trotz offener Balkontüren nach frischer Farbe. Die langen Samstagsöffnungszeiten haben absolut ihren Sinn, dachte Daniel im Baumarkt von St. Pauli, der ihm von der HafenCity aus am nächsten zu liegen schien. Die Konferenzschaltung während der letzten fünfzehn Spielminuten konnte er im Auto hören, anschließend war die Wand schnell gestrichen. Sorgfältiges Abkleben, die Ränder mit einem Pinsel ziehen, der nicht haart, die Fläche dann mit einer gleichmäßig aufdrückenden Rolle streichen, und das Resultat lässt sich sehen. Man muss im Leben lernen, in der Farbenabteilung nicht unwillkürlich nach den in Folie eingeschweißten billigen Malersets zu greifen.

Die Lust, am Sommerabend auszugehen, war Ines durch das Malheur vergangen, sie ist vom Liegestuhl auf die Couch gewechselt, schlägt die Beine unter und greift nach den Früchten, die Daniel ihr in Reichweite hinstellt. Der flache Fernseher hängt gegenüber an der Wand wie ein Gemälde, dessen Sujet sich selbstständig gemacht hat.

Ines schält keine Bananen und beißt nicht in geschlossene Äpfel, Vitamine braucht sie trotzdem. In der Empfängnisphase umso mehr, meint Daniel, also schält er das Obst, schneidet es in Spalten und Stücke, richtet es bunt auf einem Teller an, ein Schälchen für die Kirschkerne daneben, so wie es ihr Vater immer getan hat, das weiß er, der ganzen Familie hat der Vater abends Obstschnitze auf den Couchtisch gestellt, das war sein Beitrag zum Haushalt, nicht viel, könnte man meinen, doch genug, um damit eine angenehme Kindheitserinnerung zu füllen. Daniel isst nur von den Kirschen; sobald sich ihr Geschmack gelegt hat, macht er sich ein Brot und holt sich aus dem Kühlschrank eine Flasche Bier. Draußen tutet gelegentlich ein Schiff, vereinzelt tuckern Boote und Schlepper, es klingelt kein Telefon, es läutet keiner an der Tür, niemand versucht unter Berufung auf Wochentag und Tageszeit das Paar zu überreden, zu geselligen Zwecken die Wohnung zu verlassen. Das Penthouse oben steht noch immer leer, darum sind von dort auch keine Schritte zu hören, in der Nachbarwohnung herrscht wie immer Schweigen.

Ines drückt ein Stück Banane mit der Zunge gegen den Gaumen, dann schmeckt sie, wie das Aroma austritt und sich im Rachenraum auszubreiten scheint bis hinauf zu den Ohren, sie lässt die Frucht zergehen, schluckt so bewusst, dass sie glaubt, man müsse die Kontraktion der Speiseröhre außerhalb ihres Körpers hören, und von da an meint sie zu spüren, wie in ihr die Vitamine absorbiert und vom Blut in die Körpermitte befördert werden, wo besonderer Bedarf für sie besteht. Sie greift zu einem Apfelschnitz, schiebt ihn um fünfundvierzig Grad gekippt zwischen die Zähne, sodass sie auf die Schnittkanten beißt, die Gewebeporen des Apfelfleischs platzen auf, natürlich aromatisiertes Wasser spritzt auf die Schleimhäute, und schon machen die Kiefer sich ans Werk. Der Apfel hinterlässt milde Frische. Dazu passt eine Kirsche. Ines schiebt sie sich am Stiel in den Mund, arretiert sie mit dem oberen Zahndamm, reißt den Stiel mit einem zarten Ruck aus der Mulde und setzt die Zähne vorsichtig auf die Frucht. Sie beißt behutsam zu, wohl wissend um den Kern, schürft mit den Zähnen dicht daran vorbei, damit kein Fruchtfleisch am Stein hängen bleibt; was sich mechanisch nicht lösen lässt, weicht sie durch Lutschen auf, und dann erst spuckt sie eine feuchte, federleichte Kugel in die hohle Hand.

»Woraus bestehen eigentlich Kirschkerne?«, fragt sie den Fernseher.

»Aus Sklerenchym, glaub ich«, sagt Daniel, ohne damit weitere Fragen auszulösen.

Ines horcht weiter in sich hinein, in den Organismus, auf dem ihr Kopf sitzt und der ihren Namen trägt, der versorgt werden muss, gut versorgt, besser denn je, sie spürt, wie ihr Blut zirkuliert, sie hört die Arbeit der Enzyme, verfolgt zufrieden die Zerlegung der vitaminreichen Nahrung in Bestandteile, die ihr Körper braucht und nutzt, und als sie den Teller leer gegessen hat und sicher ist, dass jedes Enzym seine Tätigkeit verrichtet hat, schaltet sie den Fernseher aus, lässt Kirschenstiel und Kirschkern ins bereitgestellte Schälchen fallen und küsst Daniel auf den Mund.

Chronische Wundgefahr

Aussichtslos, am Werktagvormittag einen Parkplatz in der Innenstadt zu finden, sogar für so einen winzigen Dienstwagen, wie ihn die Pflegekraft fährt, sie muss mit eingeschalteter Warnblinkanlage in der zweiten Reihe parken, denn ihren Mann bloß absetzen mag sie nicht, wenigstens bis zum Aufzug will sie ihn begleiten, wenn sie diesmal schon nicht während der Prozedur auf ihn warten kann wie in den Monaten zuvor, ihn noch einmal so umarmen, dass er es bis ins Mark hinein spürt, damit er es anschließend leichter hat in seiner trostlosen Kabine, doch kaum küsst sie ihn, geht die Automatiktür auf, und ein Mann, den sie schon mal gesehen hat, betritt das Foyer.

Seit halb fünf ist die Pflegekraft auf den Beinen, denn um halb sechs beginnt der Frühdienst, zwölf Kunden hat sie versorgt, dann ihren Mann zu Hause abgeholt und in die Innenstadt gefahren, gleich muss sie weiter, die restlichen Patienten ihrer Schicht abklappern, damit sie rechtzeitig fertig wird und pünktlich zum Termin mit ihrem Mann und der Gynäkologin erscheint, ihr ist ein wenig bange, denn die hohen Temperaturen machen vielen alten Leuten zu schaffen, vor allem denen, die in schlecht isolierten Wohnungen leben, in der Vorwoche hätte sie es um ein Haar mit einem Todesfall zu tun gehabt, sie musste den Krankenwagen rufen, auch dauert ihre Runde bei der Hitze länger, es muss gründlicher gewaschen werden, die Dekubitus-Wahrscheinlichkeit steigt, die Gefahr der chronischen Wunde, und daran, ob sich bei ihren Kunden Druckbrand bemerkbar macht, wird ihre Arbeitsleistung gemessen. Kollege Wolli, der schon dabei war, als sie noch in Sarajewo Medizin studierte und die Firma noch keine einheitlichen Dienstwagen mit Logos auf den Flanken hatte, sondern die Pflegekräfte mit ihren Privatautos fahren mussten, spricht immer vom Dekubitus-Index und rät beharrlich der gesamten Flottenbesatzung zu, diesen zum Maß aller Dinge zu erheben. »Du kannst beim Waschen und beim Füttern ruhig mal husch, husch machen, wenn die Situation es erfordert oder wenn du an einem Morgen schwache Nerven hast, aber in Sachen Liegen darf es keine Kompromisse geben. Dekubitalulkus? Never! Sonst haben dich am Ende die sogenannten Angehörigen am Arsch.«

Sie verabschiedet sich von ihrem Mann, und wie immer, wenn sie sich aus seinen Armen dreht, kommt es ihr kurz so vor, als sei inzwischen Wind aufgekommen, kein Wind, der die Wipfel zum Schwanken bringt, sondern ein unsichtbarer, hinterhältiger kalter Zug.

Auf der Straße aber herrscht noch immer die hellsonnige Vormittagswärme von vorhin, die Pflegekraft sieht durch das getönte Glas ihren Mann und den Fremden schattenhaft in den Aufzug steigen, dann richtet sie den Blick auf ihren blinkenden Dienstwagen. Was kommt als Nächstes? Zweimal Insulin, das dauert nicht länger als jeweils fünf Minuten, danach dann aber zum dicken Wulff im fünften Stock, dem Überraschungsei. Da kann dir alles begegnen. Wenn du Pech hast, liegt er in seiner Scheiße und sagt dir trotzdem: »Mädchen, als Erstes musst du dich um meinen Bevölkerungslümmel kümmern.«

Parallele Zyklen

Im Licht der Halogenspots vor dem Aufzug löst sich ein Paar aus der Umarmung. Daniel erkennt die Frau, die bei seinem ersten Besuch in diesem Haus klein und geduckt auf dem Laborgang wartete. Sie wirkt ungeheuer schmal, die Arme des Mannes, die sie entlassen, scheinen kräftiger zu sein als ihre Beine, sie geht ganz leicht und leise auf dem polierten Granit davon, und ihr Mann lässt Daniel mit einer Handbewegung den Vortritt, als sich die Aufzugtür öffnet.

»Welche Etage?«, fragt der Mann.

»Die dritte.«

»Dann haben wir denselben Weg.«

Daniel lächelt verlegen und verrenkt dazu Hals und Schultern. Beim Ausstieg räumt ihm der Mann erneut den Vortritt ein, und auch vor der Labortür sagt er: »Nach dir«, was Daniel stutzen lässt. Er dreht sich zu dem Fremden um, der ihn geduzt hat und ihm nun aufmunternd zunickt.

Als Daniel wenige Minuten später mit dem Becher in der Hand auf den Gang tritt, zwinkert ihm der andere zu und geht zur Tür hinein, bevor sie sich schließt.

Eine knappe halbe Stunde später öffnet Daniel vorsichtig die Tür von Raum 10. Im Gang herrscht Stille, was ihn erleichtert. Auf leisen Sohlen begibt er sich zum Labor, doch nach wenigen Schritten nur hört er hinter sich eine andere Tür aufgehen, von Raum 8 oder 9, denkt er unwillkürlich, und gleich darauf hat ihn der Mann von vorhin eingeholt.

»Grauenhafte Filme, nicht wahr?«, sagt der Mann. »Zum Glück dauert es nach der Enthaltsamkeit nicht so lang.«

Daniel hält seinen Becher in der hohlen Hand dicht an die Hosennaht, der andere trägt sein durchsichtiges Gefäß wie einen Kaffee zum Mitnehmen in zwanzig Zentimeter Abstand vor dem Bauch: Daumen auf dem Deckel, Zeige- und Mittelfinger unter der Bodenkante.

Wieder bringt Daniel als Antwort nur eine verzerrte Gebärde und ein gequältes Lachen zustande, zum Ausgleich will er nun dem anderen den Vortritt ins Labor lassen, doch der lehnt ab: »Du warst vorhin der Erste, da musst du auch jetzt als Erster rein. Sonst kommt die Laborantin durcheinander. Ordnung muss sein.«

Am liebsten hätte Daniel »psst« gesagt, denn für seinen Geschmack redet der andere viel zu laut; so laut, dass man sich automatisch vorstellt, wie diverse Klinikmitarbeiter hinter den Türen die Ohren spitzen und sich sagen, aha, die Samenspender sind unterwegs.

»Wir scheinen den gleichen Zyklus zu haben«, spricht der Mann in unverminderter Lautstärke weiter und lacht darauf sogar noch mit ein paar Dezibel mehr. »Gut möglich, dass wir uns nächsten Monat wieder sehen.« Dann legt er eine kurze Pause ein und fügt hinzu: »Falls es nicht geklappt haben sollte.« Dieser Bemerkung lässt er freilich kein Lachen folgen, sondern einen Blick, der Daniel fast übertrieben erwachsen vorkommt, durch den Kontrast zu dem jungenhaften Gebaren zuvor und zur Kleidung, die fröhliche Sommerferien signalisiert, nicht Berufsernst. Sandalen, Shorts und ein T-Shirt mit Aufdruck – so würde Daniel an einem Werktag nie durch die Großstadt gehen.

»Rico«, sagt der andere. »Mit c.«

Daniel nimmt den Becher in die linke Hand und gibt sich alle Mühe, den kräftigen Händedruck des anderen zu erwidern und dabei deutlich hörbar, jedoch nicht zu laut, seinen Namen zu nennen.

»Bis zum nächsten Mal«, sagt er noch, bevor er auf den Knopf neben der Labortür drückt.

»Hoffentlich nicht«, lacht Rico mit c, versetzt ihm einen kameradschaftlichen Schlag auf die Schulter und begibt sich zu einem der Wartestühle.

Hitze

Wieder hat Daniel die Spritze betätigen dürfen, begleitet vom Lächeln der Gynäkologin, ermuntert von Ines' gespanntem Blick, dem er auch ein kleines Quantum Stolz auf den Ehemann unterstellt hat. Von der Ärztin ist er sogar für seine ruhige Hand gelobt worden. Wiederholung macht den Menschen reif und friedlich, und als Daniel und Ines die Klinik verlassen, kommt ihnen die Luft ideal temperiert vor. Ihre Zufriedenheit klimatisiert von innen, und das an einem Nachmittag, an dem die Hitze in der Stadt sich staubig staut und die Passanten mit glasigen Blicken die schattenlosen Straßenabschnitte schnellstmöglich hinter sich bringen.

Ines und Daniel lassen die Klimaanlage in der Wohnung aus und geben sich der unklimatisierten Atmosphäre hin: offene Balkontüren, die leichte Luftbewegung von der Elbe her, zart angewehte Vorhänge, dazu die Töne von Vögeln, Kränen, Schiffen und gelegentlich ein Rumpeln von der nahen Philharmonie-Baustelle, und immer wieder die Stimmen der Paare und kleinen Touristengruppen, die unten am Kai entlangspazieren oder für eine Weile auf den weißen Betonmäuerchen ausruhen. Wenn man zufrieden ist, genügt es völlig, auf dem Bett zu liegen und sich als Bestandteil dieser Gesamtkulisse zu begreifen. Wenn man so einvernehmlich zuversichtlich daliegt, bildet sich wie von selbst der Gedanke, was für ein Glück es ist, ein Paar zu sein. Das langsame Hinübergleiten in die allerinnigste Zweisamkeit wird jedoch durch das Telefon unterbrochen.

Ines' Mutter ruft an, berichtet, die Weinlese habe begonnen, man ernte in einigen Nachbarorten bereits Trauben für den Federweißen, die Wetterbedingungen seien ideal, der Vater meine, alles spreche für einen guten bis sehr guten Jahrgang. Ihre Sätze klingen nach einer offiziellen Verlautbarung, doch das ändert sich, sobald sie zu ihrem eigentlichen Anliegen kommt: Nach Sichtung der Reben und sorgfältigem Studium der Wetterprognosen steht der Termin für die Familienlese fest: das Wochenende vor der Bundestagswahl. »Nehmt euch rechtzeitig die Tage darum herum frei!«, befiehlt die Mutter, wohl wissend, dass Widerrede nicht zu erwarten ist.

Ines hat den größten Teil des Gesprächs im Freien geführt, sie legt das Telefon auf dem Balkontisch ab und meint sogleich die Möwen lauter schreien zu hören als zuvor, außerdem fragt sie sich, wieso die Signaltöne der Barkassen den Balkon nun mit einer Breitseite nach der anderen anwehen. Es muss mit dem Kontrast zwischen Hafen- und Rieslinglage zu tun haben – oder aber mit ihrer Stimmlage am Telefon. Und tatsächlich: Daniel grinst, weil Ines beim Sprechen mit ihrer Mutter nach wenigen Wörtern schon vom mühsam erarbeiteten Hochdeutsch in den Pfälzer Singsang ihrer Kindheit gefallen ist.

»Lass uns essen gehen«, sagt er, denn was Elzbieta im Kühlschrank bereitgestellt hat, weckt seinen Appetit nicht. Bisweilen meint sie es allzu gut, versucht sich vorzustellen, was ein deutsches Paar dieser Kategorie am liebsten isst, und landet dabei viel zu oft bei Mozzarella und dergleichen. Das nehmen Ines und Daniel ihr nicht krumm, im Gegenteil, sie sind ihr dankbar für die Fähigkeit, selbstständig zu entscheiden, da sich nur selten die Gelegenheit ergibt, mit ihr zu reden. In der Regel legen sie ihr Zettel hin, auf denen steht, was sie tun soll, was an Basislebensmitteln einzukaufen wäre. Die besonderen Sachen besorgen sie am Wochenende selbst, im Untergeschoss von Karstadt oder auf dem Markt, oder Ines bringt etwas aus dem Hofladen in Uhlenhorst mit. Manchmal, wenn ihr der Sinn danach steht, wenn ihr die sonstige Hausarbeit Zeit lässt oder sie per Zettel ausdrücklich darum gebeten wird, kocht Elzbieta vor und friert die Mahlzeiten portioniert und genau beschriftet ein. Die Anweisungen, die sie vorfindet, wenn sie alle paar Tage die leere Wohnung betritt, sind nicht immer eindeutig formuliert, am frühen Morgen fällt Ines nicht leicht ein, was sie in der zweiten Wochenhälfte essen will, mitunter schreibt sie bloß: »Was für die nächsten drei Tage zum Abendessen einkaufen.« Dann entscheidet Elzbieta und schreibt ihrerseits eine Nachricht: »Wurstplatte mit Gurke. Käseomelette (selber machen). Nudeln mit Gorgonzolasoße (auch selber).«

Polnische Hausmannskost verordnet sie nie, dabei haben sich Ines und Daniel nicht zufällig für eine Polin als Zugehfrau entschieden. Beide sind sie mit polnischen Saisonarbeitern aufgewachsen, die alljährlich für die gesamte Weinlese in eigens dafür hergerichteten Zimmern einquartiert und von den Eltern und Verwandten stets als ehrlich, zuverlässig, fleißig gepriesen wurden.

Da sie als Kinder gesehen haben, wie bereitwillig die Polen ihre Arbeit taten, genieren sie sich kein bisschen dafür, Elzbietas Dienste in Anspruch zu nehmen. Sie zahlen fair und entsprechen ihrer Bitte, das Geld ohne bürokratischen Aufwand einfach bar auf den Tisch zu legen. Natürlich ist Daniel gegen Schwarzarbeit, aber er beugt sich den Argumenten beider Frauen, die unisono sagen, man werde vom Steuersystem zu diesem einfachen Modus praktisch gezwungen, von dem beide Parteien freilich profitieren. Dass der Staat dabei außen vor bleibt, sei dessen eigene Schuld.

Touristen tragen ihren Schweiß mit Stolz zur Schau, als Beweis der erfolgreichen Bewältigung ihrer Aufgabe, unermüdlich schreiten sie trotz der Hitze die Sehenswürdigkeiten ab, man sieht sie noch am frühen Abend zu den Landungsbrücken ziehen, meist in sommerlicher Expeditionsausrüstung, mit Trinkflaschen bestückt; von einer Hafenrundfahrt versprechen sie sich Abkühlung. Die Stadt, das Land, der ganze Kontinent duckt sich unter einer Hitzeglocke, Brände verheeren Griechenland, auf Athen rollt gar eine Feuerlawine zu, melden die Zeitungskästen im Vorübergehen. Gleichzeitig erklimmt der Dax das Jahreshoch.

Auffallend oft gelangen während dieser Hitzetage Schwangerschaftsmeldungen auf die Titelseiten der Boulevardblätter, Tennisspieler, Fernsehmoderatoren und ähnliche Figuren werden als Väter angekündigt, Teleobjektivfotos ohne Tiefenschärfe zeigen prominente Frauen mit »Baby-Bäuchlein« in sonnigen Gefilden. Es scheint sich um einen Sommertrend zu handeln, seit einigen Jahren schon, die Präsentation der Fotos von internationalen Stars mit Nachwuchs; manchmal sieht man gar eine bunte Schar, einen Mix aus leiblichen und adoptierten Kindern, die prominenten Eltern mittendrin im Schlabberlook und ausnahmslos mit Sonnenbrille, immer mindestens eines der Kinder auf dem Arm tragend, einen Kinderwagen schiebend und einen Gesichtsausdruck präsentierend, als wären sie mit der Bewältigung der Alltagslogistik geistig und physisch völlig ausgelastet, doch auf ernsthafte, projektspezifische Weise damit profund zufrieden.

Solche Fotos entstehen nicht zufällig, denkt Daniel vor

dem Kiosk, an dem Ines sich eine Cola kauft. Er fragt sich bloß, ob die imagefördernde Kooperation von Stars und Paparazzi auf Absprachen oder unausgesprochenem Zusammenspiel basiert. Und weshalb erscheinen diese Fotos immer nur im Sommer? Weil man dann die Körper besser sieht?

»Sommerlochgeschichten«, meint Ines betont verächtlich und hält die Flasche beim Öffnen so weit wie möglich vom Körper weg. Die Hitze bringt auch sie auf ungewöhnliche Ideen. Normale Cola ohne Zucker- und Kalorienreduktion trinkt sie sonst nie.

Ob man in Masdar gegen die Hitze Cola trinken wird?, fragt sich Daniel. Wahrscheinlich, so wie überall auf der Welt. In der Wüste, eine halbe Autostunde von Abu Dhabi, herrscht tagsüber immer Hitze. Hamburg stöhnt seit Tagen über dreißig Grad, in den Emiraten können es wochenlang fünfzig sein, was Architektur und Stadtplanung gravierend beeinflusst. Daniel hat inzwischen alle zugänglichen Pläne vor Augen gehabt und zum Beispiel gesehen, wie das Stuttgarter Architekturbüro, das von Foster + Partners mit der Planung des Kongresszentrums samt umliegenden Freiflächen beauftragt worden ist, dem Hitzeproblem bei der Gestaltung der zentralen Piazza begegnen will: mit einem Wald aus silbern glänzenden, natürlich mit Solarzellen versehenen Schirmen. Die Fotovoltaik soll an dieser Stelle mindestens so viel Energie gewinnen, wie benötigt wird, um den gesamten weitläufigen Platz auf circa fünfundzwanzig, sechsundzwanzig Grad herunterzukühlen.

Auf seinem eigenen potenziellen Aufgabenfeld hat Daniel sich bereits mit der Frage befasst, wie kohlendioxidneutrale klimatisierte Haltestellen zu konstruieren wären. Gerade erst hat man in Dubai Bushaltestellen mit Klimaanlage eingeführt, an der Front verglaste Viertelröhren für vierzehn Personen, von denen acht sitzen können, Temperaturen von knapp über zwanzig Grad, Schiebetüren, an der Stirnseite darüber große Werbeflächen, mit denen der komfortable Spaß finanziert werden soll. Jede Haltestelle spielt ihre Kosten selbst ein. Gute Idee, dezentral gedacht, so wie es häufig sinnvoll ist, doch andererseits wird dadurch weiterer öffentlicher Raum an die kommerzielle Nutzung veräußert. Mit diesem Thema beschäftigt sich Daniel schon lange, über das Stadium der komplizierten Fragen ist er jedoch noch immer nicht hinausgekommen. Er fragt sich beispielsweise, was von einer dreißig Meter großen Frau in Unterwäsche an der Fassade eines Einkaufszentrums zu halten ist, wo die unzulässige Beeinflussung des sozialen Raums beginnt, wann die Grenze überschritten ist. Müsste es motivische Einschränkungen geben? Wäre eine dreißig Meter hohe Flasche Klosterfrau Melissengeist weniger schädlich? – Falsche Frage, denn niemand käme auf die Idee, sprich: brächte die Finanzierung auf, sie dort zu platzieren. Großleinwandreklame richtet sich an die jungen Leute, die sich in der Stadt aufhalten wie daheim und sich in ihrem launischen Driften auch von Werbebotschaften leiten lassen. Ihre Landmarken sind Shops und Passagen, sie haben das Auge entwickelt, die Werbung ihrer Zeit in der gewünschten Form zu lesen, und da sie intuitiv erkennen, dass diese Werbung für sie bestimmt ist, eigens und mit Aufwand nur für sie gemacht, sehen sie die Reklame nicht mit Argwohn und wehren sie nicht ab. Eher fühlen sie sich in ihrer Zielgruppenidentität bestätigt.

Weil sie, die Jungen und Elastischen, die Zielgruppe sind, heißt auffällige Werbung immer sexy Werbung. Schließlich dreht sich das gesamte Leben der Zielgruppe letztlich um Sex.

Bin ich schön? Werde ich ausgewählt? Sexy sein, Sex genießen, und sei es als Zeitvertreib – Daniel wundert sich selbst ein wenig über die Kurve seiner philosophischen Abschweifung beim Blick auf das Flimmern über der Elbe, während Ines eine ungesunde Cola trinkt. Vielleicht zum letzten Mal für viele Monate.

Man müsste, hat sich Daniel in den letzten Tagen überlegt, a priori darauf einwirken, die Reklame in Masdar City grundsätzlich zu minimieren, und den Einzug der gelben Werbeschilder, die billig-billig signalisieren, und der sattsam bekannten Markennamen, die alle Fußgängerzonen Europas kolonialisieren, von Beginn an unterbinden.

Die Abwesenheit fast aller überflüssigen Schriftzüge gehört zu den Phänomenen, von denen sich Daniel in der HafenCity sofort angezogen fühlte. Der skulpturale Aspekt der Bauten wird nicht von aufgeklebter Vulgarität gestört. Wo gibt es so etwas denn sonst? Wenn es nach ihm ginge, bliebe ganz Masdar reklamefrei. Dann würde die Architektur in ihrer gedachten Form sichtbar bleiben, was ja zugleich auch hieße, dass man für immer das Denken, dem sie entsprungen ist, an Kubatur, an Materialien und Gestaltung würde ablesen können. Zudem behielte das Gemeinwesen die Kontrolle über den öffentlichen Raum. Allerdings weiß er nicht, wie die Hauptverantwortlichen von Foster + Partners das sehen beziehungsweise sehen dürfen. Womöglich käme ihnen ein komplettes Werbeverbot wie eine Maßnahme à la Nordkorea vor.

Für Daniels Arbeit ist das Thema von Bedeutung, weil bestimmte Lösungen erst möglich werden, wenn keine Werbeflächen eingeplant werden müssen. Dann wären zum Beispiel keine platten Reklamestirnen wie an den Bushaltestellen in

Dubai nötig. Werbefreie klimatisierte Haltestellen könnten vollkommen anders aussehen: schöner. Sie könnten sich an Ecken schmiegen und in Nischen drücken, sie könnten unauffällige, organische Bestandteile der Bebauung sein, versehen mit Zugängen von Häusern oder Hausdurchgängen aus oder mit Serviceleistungen ausgestattet, Geldautomaten, Internet-Terminals, Handyladestationen, Handwaschbecken, Erfrischungstuchspendern.

Im Portugiesenviertel setzen sie sich vor einem Restaurant an einen quadratischen Tisch. Er wackelt, Daniel faltet einen Bierdeckel und schiebt ihn unter, Ines stützt die Ellenbogen auf und erklärt, sie werde auf keinen Fall Fisch essen. Daniels Einwand, frischer Seefisch enthalte wichtige Nährstoffe, wehrt sie mit dem Argument ab, die Gefahr einer zu hohen Schadstoffbelastung sei ihr zu groß. Sie hat im Laden Zeit, sich in Sachen Ernährung und Schwangerschaft zu informieren, sie weiß, wie hoch die Wahrscheinlichkeit einer Belastung durch Dioxin, Schwermetalle und dergleichen sein kann, sie will Toxoplasmen und Listerien meiden, jedenfalls immer dann, wenn sie gerade daran denkt. Eigentlich ist Essen für sie noch nie ein wichtiger Gegenstand des Nachdenkens gewesen, auch beim Restaurantbesuch geht es ihr weniger ums Essen als ums Sitzen an bestimmten Orten, ums Benehmen auf bestimmte Art und ums Reden über Sachen, die einem daheim nicht in den Sinn kommen. Außerdem sitzt man sich im Restaurant in einer Entfernung gegenüber, die Intimität begünstigt, zwischen Fremden ebenso wie zwischen Ehepaaren. Man muss sich lediglich ein wenig länger als nur flüchtig in die Augen sehen.

Schließlich wählt Ines doch Fisch, gegrillt und aus dem

Mittelmeer, denn eigentlich wird das ja auch empfohlen, und während sie noch mit der Rechtfertigung ihrer Meinungsänderung beschäftigt ist, legt Daniel ein Geschenk auf den Tisch. Ein kleines Päckchen, kaum größer und schwerer als eine Zigarettenschachtel, Ines sagt »Für mich?«, so wie es jede Frau tut, die sich über ein Päckchen freut, sie öffnet Schleife und Geschenkpapier, und gleich darauf lacht sie wie über eine bissige Formulierung von Carrie Bradshaw, viel zu albern angesichts des Ortes, auf dem Bürgersteig vorm Restaurant, und sie hat wieder einmal Anlass, »du Spinner« zu sagen, denn vor ihr liegt eine Packung mit der Aufschrift »Femibion«. Untertitel: »Ab Kinderwunsch bis zum Ende der 12. Schwangerschaftswoche«.

»Folsäure«, sagt Daniel trocken, aber schon mit aufkommendem Grinsen. »Höchste Zeit, dass du das endlich nimmst.« Wie sehr sie ihn liebt für solche Worte! Sie könnte heulen; mit ausgestrecktem Arm greift sie nach seiner Hand. Fast krampfhaft drückt sie zu, als wäre der Tränenfluss dadurch zu stoppen.

Der Italiener von gegenüber steht mit verschränkten Armen vor der Tür seines Lokals. Gerade noch hat er sich damit befasst, Ines mit geübten unauffälligen Seitenblicken in aller Ausführlichkeit zu begutachten, jetzt zündet er sich eine Zigarette an und blickt in einem Anfall von Diskretion übertrieben deutlich in die andere Richtung, von wo er ein Musikantenduo mit weißen Schuhen zielstrebig auf das ergriffene Paar am Tisch zugehen sieht.

Der feuchte Film in Ines' Augen hält den Akkordeonspieler und den Geiger nicht davon ab, dicht an den Tisch zu treten, im Gegenteil, die beiden wittern Beute, daran ist nichts verwerflich, denn das gehört zu ihrem Job. Der Akkordeonspieler entschließt sich sogar, zu singen, und der Geiger biegt den Oberkörper immer näher an Ines' Schulter heran, an den Nebentischen werden Hälse gedreht, und Daniel und Ines wissen nicht, wie sie sich verhalten sollen. Als Erstes lässt Ines Daniels Hand los, intuitiv, wie um nicht zu verliebt zu wirken, doch die Musikanten lassen sich nicht täuschen, das erste Lied geht nahtlos ins zweite über. Daniel erkennt, dass die beiden auch noch ein drittes spielen werden, sofern der Kellner sie nicht vertreibt, denn mit jedem Lied steigt die moralische Verpflichtung, die Geldspende nicht allzu mickrig ausfallen zu lassen. Er fühlt sich erpresst, zieht aber trotzdem das Portemonnaie aus der Hosentasche, in der Absicht, die Prozedur dadurch zu beschleunigen.

Am liebsten möchte Ines vor der Nähe der musizierenden Männer auf die Toilette fliehen, aber andererseits muss sie zugeben, dass die beiden spielen können und der Sänger eine angenehme Stimme hat, es könnte Freude machen, ihnen zuzuhören, wenn es freiwillig geschähe, wiederum andererseits fragt sie sich, warum sie es sich so schwer macht, sich Hilfe suchend nach dem Kellner umdreht und sich wünscht, Daniel möge endlich etwas unternehmen, um die Belagerung zu beenden, sie erinnert sich, wie bei ihrer Reise nach Istanbul, wann war das, vor zwei, drei Jahren, sich viele Restaurantgäste kein bisschen von den dortigen Zigeunermusikern stören ließen, sie hörten ihrem Spiel zu, lachten, gaben ihnen Geld, dann kam der nächste Tisch an die Reihe, überhaupt kein Problem, warum dann jetzt die Verkrampfung bei ihr und ihrem Mann?

Daniel öffnet das Portemonnaie, stellt mit einem Schreck fest, dass er an Münzen nur zwei Euro und im Fach für die Scheine keinen Fünfer hat, gibt sich einen Ruck, legt einen

Zehner auf den Tisch und klopft mit flacher Hand darauf, doch lassen sich die Musikanten davon nicht beeindrucken, sie scheinen das Geld nicht einmal wahrzunehmen, sie gehen zum dritten Stück über, und als man schon glauben könnte, dass sie nie mehr aufhören, bricht die Musik plötzlich ab, die Männer verneigen und bedanken sich, und im Zuge der zweiten Verbeugung greift der Akkordeonspieler rasch nach Daniels Geldschein.

Dann sind die beiden weg, als wären sie niemals da gewesen, Daniel und Ines schämen sich wortlos ein wenig voreinander, der Italiener gegenüber bekommt Kundschaft und muss in sein Lokal, eine Stimme sagt »zweimal Dorada«, worauf im Nu zwei Teller auf dem Tisch stehen, auf denen zwei viel zu große Fische liegen, in ihre Flanken vom Grillrost tief eingebrannt dicke schwarze Streifen.

In weißen Schuhen

Zieh beim Spielen immer weiße Schuhe an, lautet ein Rat des Onkels, egal ob alt, zerschlissen oder schmutzig, Hauptsache, weiß. Der Onkel selbst hält sich strikt daran; wenn er am frühen Abend in Sveti Konstantin zusammen mit ein paar Neffen aus dem Taxi steigt und das Lokal betritt, in dem er wenig später für Urlauber den Schneewalzer und *Tulpen aus Amsterdam* spielt, sieht ihm zwar jeder an, dass er Zigeuner ist, aber sein Gang in den weißen Schuhen gebietet auch Respekt.

Dem Akkordeonspieler fallen tagtäglich Ratschläge des Onkels ein, immerhin hat der ihm das Spielen, das Auftreten und noch manches mehr, was nichts mit Musik zu tun hat, beigebracht, schon als der Akkordeonspieler noch ein kleiner schmutziger Junge war, der mit anderen Kindern auf den Müllbergen der Stadt Varna herumkletterte, aber er hat feststellen müssen, dass die Fingerzeige des weißhaarigen Onkels hier im Norden oft ins Leere weisen.

Die weißen Schuhe sollen aufs Publikum wirken, doch mehr noch auf den Musiker selbst, ihm helfen, Haltung zu wahren, damit er nicht Gefahr läuft, sich für einen Bettler zu halten. In den deutschen Städten wirkt der Zauber nicht. Sobald sie sehen, dass du ein Rom bist, und sie sehen es immer, sehen sie dich als Bettler oder Dieb, ganz gleich, wie gut du spielst. Und je öfter du das feststellst, umso peinlicher werden dir deine weißen Schuhe, denkt der Akkordeonspieler, während er spielt und singt und seinem Cousin beim Geigespielen zusieht, biegsam und elastisch der Cousin, ganz wie sein Vater einst; der Akkordeonspieler erinnert sich an die

Hochzeiten, von denen es jedes Jahr mindestens eine gab und bei denen der Onkel mal zur Geige, mal zum Akkordeon, mal zur Gitarre griff; woher er das alles konnte, wusste keiner. Ich muss ihn unbedingt danach fragen, denkt der Akkordeonspieler und mustert das Paar am kleinen Tisch, dem sie gerade ihre Spezialversion von *La Paloma* vorspielen. Verächtlichkeit, gar Verachtung kann der Akkordeonspieler in den gewaschenen, eingecremten Gesichtern der beiden nicht erkennen, aber lästig, denkt er, sind wir ihnen. Allen sind wir lästig, die Bösen bellen uns deswegen an, die Guten wissen nicht, wohin sie gucken sollen, vor Unmut und Verlegenheit und weil sie das schlechte Gewissen drückt.

Sie hassen Bettler, weil sie durch sie daran erinnert werden, dass sie auf Erden selbst nichts anderes als Bettler sind, hat der Onkel am Telefon gesagt. Und Musiker, die sie für Bettler halten, hassen sie erst recht, weil die etwas können.

An der Goldküste bist du für sie kein Bettler, sondern Unterhaltungskünstler, denkt der Akkordeonspieler, während der frisch geduschte Deutsche einen Zehn-Euro-Schein auf den Tisch legt, was seine Gefährtin sichtlich erschreckt. Sie versetzt ihm sogar einen Tritt gegen den weißen Turnschuh, den ein kleiner blauer Lorbeerkranz ziert, und tut sich dabei sicher weh, denn sie trägt nur ein Geflecht aus weißen Riemchen um die Füße, das ihre Zehen nicht schützt. Ein paar Takte noch, dann können sie weiterziehen, der Cousin tritt bereits einen Schritt von der duftenden Blonden zurück, das ist das Zeichen, Schlussakkord, Verneigung, noch eine Verneigung, und weiter geht's in weißen Schuhen.

Analyse eines Unglücks

Am nächsten Morgen hinterlässt Ines, wie immer samstags, wenn sie zur Arbeit geht, eine großräumige Stille in der Wohnung, die Daniel fast sofort mit dem kleinen Geräusch bricht, das beim Aufklappen des Computers entsteht.

Ines war missmutig geworden, als er ihr am Vorabend beim Fisch die möglicherweise bevorstehende Dienstreise nach Abu Dhabi ankündigte, dann hatte sie ihn geradezu angefleht, dafür zu sorgen, nicht fahren zu müssen, wenn die erste Weinprobe in ihrem Laden stattfinde, und schon gar nicht über die entscheidenden Tage des nächsten Monatszyklus. Er versprach es, ohne Genaueres zu wissen, denn er glaubte, keine andere Wahl zu haben. Prompt brachte sein Versprechen das Lächeln zurück in ihr Gesicht.

Mit Masdar City befasst er sich an diesem Samstagvormittag nur kurz, indem er prüft, ob neue Meldungen zu dem Projekt herausgekommen sind, seine Konzentration muss aus Termingründen der geplanten Stadtbahn in Hamburg gelten. Er arbeitet an einem Dossier, das er dem Verkehrssenator und den Mitgliedern der Bürgerschaft, die Ende des Monats nach Straßburg fahren werden, um sich dort über das modernste Tramway-System Europas zu informieren, vorlegen soll. In diesen Stunden merkt er nicht, dass er alleine ist, und auch nicht, wie die Zeit vergeht, obwohl auf dem Bildschirm oben rechts im Minutentakt die Uhr umspringt. Alle Fenster sind geschlossen, die Läden zu wie in einem südlichen Land während der Mittagszeit, damit die Hitze die Konzentration nicht stört. Erst der Ton, mit dem der Computer den

Eingang einer Mail mitteilt, klingelt Daniel aus der Arbeit, er stellt fest, dass er unbemerkt bis in die Siesta-Stunden hinein prognostiziert, berechnet und verglichen hat; nicht mehr lange, bis Ines ihren Laden zusperrt, weshalb er die Arbeitsdokumente schließt und im Mailprogramm nachsieht. Eingetroffen ist der Newsletter des Reiseveranstalters, den sie für Ägypten in Anspruch genommen hatten, und wieder bestellt Daniel den Newsletter nicht ab, aus Gründen der Pietät, sozusagen. Bevor er den Computer zuklappt, wirft er einen Blick auf die Nachrichten. Eine Zeitung kommt nicht ins Haus, Daniel liest die Meldungen am Bildschirm, ohne darauf achten zu müssen, dass die Druckerschwärze, die beim Zeitunglesen unweigerlich die Fingerkuppen färbt, keine Spuren auf dem weißen Hemd hinterlässt. Er überfliegt auf einer Seite das übliche Politische und registriert auf einer anderen ein paar wirtschaftliche Basiswerte, dann wird sein Blick auf eine Eilmeldung gelenkt, die ihn sogleich aufmerken lässt. Vor einer halben Stunde, heißt es da, sei ein Wasserflugzeug am Versmannkai verunglückt, nun treibe die betroffene Cessna in der HafenCity im Wasser, und zwar kieloben.

Kaum hat er die knappe Meldung gelesen und das merkwürdige Foto, das er ohne den Text nie und nimmer hätte verstehen können, gesehen, wird Daniel von starker Aufregung erfasst. Er klickt sich auf den Stadtplan, sieht nach, wo sich der Versmannkai befindet, dann steht er auf, öffnet die Läden und schaut auf dem Balkon nach links, obwohl die Karte ihm deutlich gezeigt hat, dass die Unfallstelle im Baakenhafen von hier aus nicht einsehbar sein kann. Draußen ist alles wie sonst, und als wolle er das nicht wahrhaben, schnappt sich Daniel Portemonnaie, Telefon und Schlüssel und eilt aus der Wohnung. Nicht mal zehn Minuten muss er laufen, dann sieht er schon die Absturzstelle, leicht zu erkennen an den Polizei- und Feuerwehrfahrzeugen am Kai und dem Bergungsschiff im Hafenbecken. Man sieht die Schwimmer des Flugzeugs aus dem Wasser ragen, die ausgefahrenen Räder stehen nach oben und sehen lächerlich klein und dürftig aus, der ganze Rest der Maschine, Rumpf und Tragflächen, sind unter dem silbrigen Wasserspiegel nicht zu erkennen. Absperrbänder halten die Schaulustigen auf Abstand, und Daniel schämt sich kurz, als er sich bewusst wird, selbst einer zu sein, doch wird er hochmagnetisch von der Vorstellung angezogen, dass dort, einige Hundert Meter von seiner Wohnung entfernt, Menschen verunglückt sind. Eine seltsame Faszination fegt seine Hemmschwelle hinweg, er fängt an, sich nach Neuigkeiten zu erkundigen, und erfährt bald, dass ein Ehepaar ertrunken sei, Touristen, die einen Rundflug über den Hafen gebucht hätten; der Pilot habe sich retten können, Polizei und Feuerwehr hätten auch die Passagiere aus der gefluteten Kabine befreit, sie zunächst sogar erfolgreich reanimiert, am Ende aber sei ihr Leben doch nicht mehr zu retten gewesen.

»Wie kann so etwas passieren?«, fragt ein Zuschauer laut in die Runde, und wie selbstverständlich gibt Daniel, der gar nicht gezielt angesprochen worden ist, die Antwort.

»Das Fahrgestell«, sagt er. »Schauen Sie, das Fahrgestell ist ausgefahren. Das darf nur der Fall sein, wenn man auf festem Boden landen will, für die Wasserlandung sind die Schwimmer da.«

Ein Chor von Blicken richtet sich auf ihn, was ihn erschreckt, aber auch zwingt, den Gedanken, den er selbst noch gar nicht fertig gedacht hat, bis zum Ende auszuführen.

»Wenn bei der Wasserlandung das Fahrgestell ausgefahren

ist, treffen die Räder vor dem Schwimmer auf das Wasser, und durch den Widerstand des Wassers überschlägt sich das Flugzeug zwangsläufig.«

Kaum ist der Satz gesagt, wendet sich der Chor geschlossen von Daniel ab, ihm ist, als kehrten ihm alle demonstrativ den Rücken zu, wie einem, der gerade etwas vollkommen Beschämendes von sich preisgegeben hat.

Ines kommt am frühen Nachmittag direkt von der Tiefgarage nach oben, umgeben von einem Hauch gekühlter Luft steigt sie aus den Schuhen und weiß schon Bescheid. »Gleich hier um die Ecke, stell dir vor!« Sie fragt sich ebenfalls, wie das hat passieren können, und zögernd wagt Daniel, erneut seine Erklärung anzubringen. Sie hört keinen zynischen Rationalismus heraus, reagiert darum nicht mit Empörung, sondern schaut auf das Bild, das Daniels Beschreibung vor ihrem inneren Auge zeichnet.

»Willst du hingehen?«, fragt Daniel abschließend.

Sie schüttelt entschieden den Kopf wie jemand, in dessen Nähe sich noch nie ein Todesfall ereignet hat und der nicht wahrhaben will, dass der schützende Ring nun durchbrochen worden ist.

Bevor sie etwas sagen kann, meldet sich Daniels Handy. »Geh mal auf deinen Balkon, Alter!«, sagt eine unerwartete Stimme so laut, dass sogar Ines jedes Wort versteht. Sie öffnet Laden und Balkontür und wird sogleich von unten angewinkt: Vater, Mutter, Kind und Kind, eine komplette Familie aus der Pfalz, Daniels Sandkastenfreund Holger und seine Lieben in Urlaubskleidung richten die Sonnenbrillenblicke nach oben.

Als sie wenig später durch die Tür treten, strotzen sie vor

Freizeitlaune, die Wohnung wirkt mit einem Mal übervölkert, es riecht nach Rasierwasser, Parfum und Schweiß, nach Kindershampoo und rosa Kaugummi. Holgers Stimme hallt unverhältnismäßig laut aus allen Ecken wider, »wir wollten bloß mal sehen, wie ihr hier so lebt«. Auf der Durchreise nach Sylt bei alten Freunden eine Pause machen, das ist der Plan gewesen.

»Wo habt ihr geparkt?«, will Daniel wissen.

»Direkt vor der Haustür«, kommt es zurück, »am Wochenende stört das doch keinen.«

Die Freunde sehen sich ungefragt in der Wohnung um, als hätten sie durch Lösen einer Eintrittskarte das Recht dazu erworben, »schick, schick«, lauten die Kommentare, »Design oder nicht sein, wie«, und schließlich: »Wieso habt ihr eigentlich eine Couch im Bad?«

Niemand will die Antwort wissen, es wird gelacht, dann schiebt Susanne, die Frau des Freundes, endlich die Sonnenbrille in die Haare und hat auch noch eine Frage: »Warum sind die Vitrinen noch fast leer?«

»Ines' Steine- und Muschelsammlung wächst so langsam, weil ihr nichts schön genug ist, was sie am Strand findet«, erklärt Daniel mit einem scherzhaften Unterton, der Ines nicht behagt. Er will sich an seinen Freund anbiedern, fällt ins alte Cliquenverhalten zurück, wahrscheinlich bricht auch gleich der Dialekt durch und sie reden über Fußball.

»Meistens findet man am Strand gar nichts«, sagt Ines. »Außerdem kommen wir viel zu selten ans Meer.«

»Wir können ja auf Sylt für dich was suchen und auf der Rückfahrt vorbeibringen«, schlägt Susanne vor, aber Ines lehnt strikt ab: »Da kommen nur selbst gefundene Sachen rein.«

Holger zieht übertrieben deutlich den Kopf ein und zwinkert Daniel zu. Ines sieht genau hin, ob er zurückzwinkert – nein, zum Glück.

Inzwischen erkunden auch die Kinder die Wohnung, sie können jedoch nichts Interessantes finden, eigentlich sind die Räume ziemlich leer, nirgendwo steht Nippes, nach dem Kinder gerne greifen, eine Miniaturgondel aus Venedig oder ein Marienkäfer mit Magnet, die glatten Schiebetüren der Schränke verraten nichts von dem, was sie verbergen, sogar die Fernbedienungen muss man lange suchen, sie stecken in einer eigens für sie vorgesehenen Tasche an der Armlehne eines Couchmoduls, der Junge zieht eine heraus, zielt auf den Fernseher und drückt, doch anstatt eines Bildes flammt ein Feuer auf, nicht auf der Mattscheibe, sondern in dem durchsichtigen Zylinder, der aus dem Couchtisch ragt.

Kurzer Schreck unter den Erwachsenen, wieder reflexartige Kommentare, in denen die Feuermetapher variiert wird – »bei euch geht's ja heiß her«, »hier ist aber gewaltig Feuer unterm Dach« –, wieder Gelächter, worauf der Junge die Fernbedienung einfach fallen lässt und halb liegend auf der Couch Platz nimmt. Aus der Seitentasche seiner bis ans Knie reichenden Shorts zieht er eine mobile Spielkonsole und befindet sich von dem Moment an überall und nirgends. »Stell den Ton ab«, fährt die Mutter ihn noch an, um die Jahrmarktsgeräusche aus dem Gerät zu unterbinden, anschließend kann man ihn vergessen.

Das Mädchen kriecht zu seinem Bruder auf die Couch, die rosa Flipflops rutschen ihm dabei von den Füßen, wie Ines aus der Entfernung feststellt, während sie an der Kühlschranktür Gläser mit Eiswürfeln füllt; die Kleine kniet sich dicht neben den Jungen, um ebenfalls aufs Display schauen zu können, aber der Bruder versetzt dem Mädchen einen groben Stoß, worauf es umkippt und sich dann weinend von der Couch auf den Fußboden rutschen lässt.

Natürlich weist die Mutter den Jungen daraufhin zurecht, aber ebenso natürlich spielt dieser ungerührt weiter. Der Vater lacht. »So ist das, wenn du Kinder hast, da kannst du solche kleinen Kabbeleien nicht vermeiden«, meint er. »Die sind auch müde von der Fahrt und haben Hunger.«

Ines stellt allen eiskalte Apfelschorle hin, sie weiß, dass sie den Gästen einen Imbiss anbieten müsste, aber stattdessen fragt sie etwas anderes: »Habt ihr im Auto auch solche kleinen DVD-Bildschirme an den Nackenstützen? Für die Kinder?«

»Na klar. Die waren schon ab Werk drin. Zwar nicht serienmäßig, aber insgesamt doch noch relativ günstig, weil ich mich für das komplette Ausstattungspaket entschieden hab«, tönt Holger umgehend. »Wir haben sogar vorne einen Bildschirm.«

»Damit du beim Fahren fernsehen kannst?«

»Nee, aber wenn man mal steht oder so. Oder jetzt dann, auf dem Shuttle-Zug nach Sylt. Da bist du froh, dass du's hast.«

»Ich glaube, wir haben gar nichts im Kühlschrank«, wendet sich Ines an Daniel und hofft, er weiß die Botschaft zu deuten. Holger ist jedoch schneller und entscheidet, Pizza zu bestellen. Im Nu macht er mithilfe seines intelligenten Telefons den nächstgelegenen Pizza-Service ausfindig und wickelt effektiv eine Bestellung für sechs Personen ab, ohne Ines und Daniel nach ihren Wünschen zu fragen.

Bis die Lieferung eintrifft, reicht das Interesse der Gäste für die Aussicht vom Balkon. Leider kreuzt gerade kein Frachter das Panorama, mit dem man Eindruck schinden könnte, doch immerhin sieht Holger sich alles genau an und schlägt für die Rückreise sogar eine Hafenrundfahrt vor.

Wenig später macht sich in der Wohnung der Mief von heißer, feucht beatmeter Pappe und geschmolzenem Analogkäse breit. Daniel und Ines essen von Tellern, die Gastfamilie direkt aus den Kartons, um keine Umstände zu machen, wie Susanne sagt, Holger erkundigt sich nach dem Freizeitwert, aber auch nach den Lebenshaltungskosten in der Großstadt, er äußert sich angetan von der Hafenszenerie, schwingt sich sogar zu einem Lob der Wohnlage auf und fragt dann beiläufig: »Gehört die Wohnung eigentlich euch?«

Daniel Pirrung arbeitet als gut bezahlter Projektmanager bei einer der wichtigsten Unternehmensberatungen der westlichen Hemisphäre, man hat ihn eingestellt, weil er in der Lage ist, ebenso treffende wie transparente Analysen zu erstellen, einleuchtende, bedarfsgerechte und finanziell darstellbare Pläne zu entwickeln und komplexe Zusammenhänge zu koordinieren. Er kalkuliert mit zwei- bis dreistelligen Millionenbeträgen pro Projekt, er hätte durchaus Anlass, ein bisschen Selbstbewusstsein und sogar Stolz auf seine Fähigkeiten zu kultivieren; auch könnte man meinen, dass sich ein so klar denkender Mensch von den banalen Fragen eines Emporkömmlings und Weinguterben nicht aus der Fassung bringen lässt, doch löst die Frage nach dem Wohneigentum bei Daniel unwillkürlich eine unschöne Mischung von Minderwertigkeitsgefühl und schlechtem Gewissen aus. Als würde ein Bereich berührt, in dem er versagt hat. Was, aus Pfälzer Perspektive betrachtet, ja auch stimmt. Der Erwerb von Wohneigentum gehört so selbstverständlich zur Lebensplanung, dass er von der Vorstellung eines Erwachsenenlebens eigentlich überhaupt nicht zu trennen ist, wie auch das Heiraten und Kinderkriegen nicht, jemand, der lebt, der heiratet auch, der kriegt auch Kinder, der baut auch oder kauft ein Haus, der arbeitet und fährt ein Auto. Sobald ein Bestandteil dieser Gleichung ausfällt, gerät das gesamte Vorstellungsgebäude von menschlicher Existenz ins Wanken.

»Die Wohnung ist nur gemietet«, gesteht Daniel.

»Seid ihr wahnsinnig? Da schmeißt ihr doch jeden Monat dem Vermieter euer schönes Geld in den Rachen. Was kostet so was in der Lage?«

Verweigert er die Auskunft, wird aus der Sache ein Geheimnis und dadurch erst recht ein Thema, also antwortet Daniel wahrheitsgemäß, nuschelt den Wert jedoch möglichst undeutlich, damit die Kinder ihn nicht hören.

Der Freund lässt darauf von seiner Pizza ab. Er lacht schallend. Seine Frau kichert dazu, als hätte sie gerade einen unanständigen Witz gehört.

»Da musst du ja ordentlich was verdienen. Wie viel kommt denn so rum bei deinem Job?«

Nun richtet Ines einen zügelnden Blick auf Daniel. Sie will nicht, dass er sich ausfragen lässt wie ein Kind vom ungehobelten Patenonkel.

Daniel registriert im Augenwinkel den Blick seiner Frau.

»Ich kann nicht klagen«, sagt er.

»Nun komm schon, stell dich nicht so an. Wir sind doch Freunde«, ruft Holger aus.

»Lass ihn halt«, sagt seine Frau.

»Wieso? Ich bin beleidigt, wenn er es mir nicht sagt. Was soll die Geheimniskrämerei? Ich kann dir sofort sagen, was ich verdiene.«

»Jetzt hör schon auf«, versucht Susanne ihn zu stoppen.

»Dieses Jahr gibt's gute Qualität bei etwas weniger Ertrag, das garantiert gute Preise, da komm ich leicht auf ...«

»Nein!«, schreit Susanne, wobei sie auf den Tisch haut wie ein Mann.

An der Stille, die daraufhin entsteht, beteiligen sich nur die Erwachsenen, die Kinder führen ihre Verhandlungen über die Bedingungen eines partiellen Pizzatauschs fort. Daniel sucht fieberhaft nach einem unverfänglichen Gesprächsthema, findet keines und fragt darum nach etwas, das er wirklich wissen will: »Wieso kannst du eigentlich jetzt in Urlaub fahren, so kurz vorm Herbst?«

»Wir haben vorgestern zum letzten Mal gespritzt. Bis es bei uns mit der Lese losgeht, dauert es noch gut und gern drei Wochen. Inzwischen kümmern sich die Eltern um den Betrieb, und meine Polen natürlich. Obwohl es ja eigentlich keine Polen mehr sind, sondern Ukrainer, aber ich sag immer Polen, aus alter Gewohnheit.«

»Sind dir die echten Polen zu teuer geworden?«, mischt Ines sich ein. »Was kann man bei dir denn so verdienen? Uns kannst du es doch sagen, wir sind ja schließlich Freunde.«

Holger weiß nicht auf Anhieb, wie er die Bemerkung einordnen soll. Seine Frau schaltet schneller als er und ist sofort beleidigt.

»Ich glaube, wir müssen langsam los«, sagt sie. »Ich will noch im Hellen ankommen.«

»Im Hafen ist heute ein Flugzeug abgestürzt«, sagt Ines. »Gut fünfhundert Meter von hier. Ein Ehepaar ist dabei umgekommen.«

Nun hebt zum ersten Mal der Junge seinen Kopf, um seine Aufmerksamkeit einem Erwachsenen zu schenken. »Echt?«, fragt er.

»Ihr könnt ja mal gucken gehen, vielleicht treibt das Flugzeug noch im Wasser.«

»Oh ja!«, ruft der Junge.

»Nein«, sagt seine Mutter.

»Doch!«, erwidert der Junge, jetzt bereits mit aggressivem Nachdruck, was sogleich eine autoritäre Reaktion der Mutter zur Folge hat, worauf der Junge von seinem Vater in Schutz genommen wird, was die Mutter veranlasst, dem Vater Vorwürfe zu machen, wogegen dieser sich mit unverkennbarem Behauptungswillen wehrt und mit seiner zur Schau getragenen Autorität den Sprössling animiert, lautstark auf seinem Willen zu bestehen, worauf bei der Mutter die blanke Wut ausbricht, die sie nicht zu kanalisieren weiß, weshalb sie zu grob zupackt, als sie die Tochter vom Stuhl zieht, um mit ihr nach den Flipflops und der Kindersonnenbrille zu suchen, worauf das Mädchen zu weinen beginnt.

Daniel sieht, wie Ines sich zurücklehnt und zufrieden ihr Werk betrachtet. Das lenkt ihn von seiner Verlegenheit ab, doch ist er sich ganz und gar nicht sicher, ob ihm seine Frau in diesem Augenblick gefällt.

Termine

Vor dem Dienstantritt in der Firma war Daniel ein wenig bange vor den neuen Kollegen gewesen, Großstadtmenschen – was waren das für welche? Hoch qualifizierte Leute, die international operierten – wie nahmen die einen auf, dessen Laufbahn bislang durch Kaiserslautern, Mannheim, Ludwigshafen geführt hatte? Mit Tomke Petersen, der Chefin, ist ihm dann als Erstes ein Mensch begegnet, der ihn so beeindruckte, dass er ganz vergaß, sich einschüchtern zu lassen. Überdies hat sie ihn gleich fachlich gefordert, und wenn Daniel bei der Sache ist, spürt er festen Boden unter den Füßen.

Mit den Kollegen kam er ähnlich gut aus, von Anfang an staunte er darüber, wie einfach alles mit ihnen war. Entweder besaß Tomke Petersen ein Händchen für teamfähige Mitarbeiter, oder die hohen Anforderungen der Projekte sorgten automatisch für Disziplin und die vergleichsweise hoch angesetzten Gehälter für ein stabiles Zufriedenheitsfundament. Nicht einmal Projektneid hat Daniel bislang diagnostizieren können, außer vielleicht bei sich selbst, in schwach ausgeprägter Form; jeder Kollege, jede Kollegin wird mit einer Vielzahl von Projekten betraut, sodass sich immer attraktive mit weniger angenehmen mischen. Stehen heikle Entscheidungen an, klärt Frau Petersen vor der Teambesprechung mit den betroffenen Mitarbeitern die konfliktträchtigen Punkte, woraufhin es im Plenum hauptsächlich noch darum geht, sich vor den Augen der anderen einvernehmlich zuzunicken.

Da sämtliche Kollegen in der ersten Liga spielen, verlaufen Sitzungen grundsätzlich flott: Die vorbereiteten Präsentationen bringen nur die situationsrelevanten Aspekte auf den Punkt, für Daniel heißt das zum Beispiel, dass niemand von ihm eine ausführliche Erzählung über das Ideengeflecht diverser Scheichs, das sich um die ideale Wüstenstadt Masdar rankt, erwartet. Wer will, kann sich im Intranet der Firma schlaumachen, denn dort wird die Entwicklung jedes einzelnen Vorhabens dokumentiert, ansonsten genügen gezielte Angaben zu Volumen, Projektprofil und Kernproblemen.

Im August finden die Sitzungen im kleinen Kreis oder überhaupt nicht statt, die Urlaubswochen leeren die Büros, am Montag der letzten Schulferienwoche hat Daniel sogar das gruselig-reizvolle Gefühl, vollkommen allein im Haus zu sein – bis er Schritte im Gang hört, weibliche Schritte, und es wenig später an der offenen Tür seines Büros klopft.

Man sieht Tomke Petersens Gesichtsausdruck an, dass jetzt nicht der Moment für Smalltalk ist. Sie legt ein Konvolut auf Daniels Tisch, das den Titel »Greater Abu Dhabi City« trägt. Daniel weiß, worum es geht, um die geplante Stadtentwicklung in den kommenden zwanzig Jahren, um künstliche Inseln und die Erschließung von Wüstengebieten, Masdar eingeschlossen, um all das, was den Großraum Abu Dhabi auf drei Millionen Einwohner wachsen lassen soll; womit er aber nicht gerechnet hat, das steht in dem Kapitel, welches Frau Petersen nun vor seinen Augen aufschlägt: Es kommt ein Schienen-Masterplan zum Vorschein, der offenbar beschreibt, wie im Zeitraum bis 2030 der schienengebundene öffentliche Nahverkehr in der betreffenden Region aussehen soll.

Frau Petersen hat höchstpersönlich Merkzettel eingeklebt und Anstreichungen vorgenommen, sie nimmt Platz und sieht Daniel beim Lesen zu. Sie trägt keine Strümpfe, kann Daniel noch feststellen, bevor er sich auf den Text konzentriert, in dem, entgegen dem bisherigen Kenntnisstand, die Metro als zentrales, bestimmendes System genannt wird, das von Tramwaylinien mit der Funktion von Zubringern und Verteilern ergänzt werden soll. Eigentlich hätte diese Entscheidung bis zur Fertigstellung der endgültigen Machbarkeitsstudie offenbleiben sollen. Die Liste der in einzelnen Konzeptstudien noch zu klärenden Details fällt nicht sonderlich lang aus, hat es aber, wie Daniel auf den ersten Blick sieht, in sich: Die gesamte Streckenführung, die Frage, ob ober- oder unterirdisch, ob oberirdisch auf Oberflächenniveau oder auf Viadukten, die Frage, ob fahrerlos gesteuertes oder bemanntes Metrosystem – alles ungeklärt.

Daniel nickt nur, nachdem er sich ins Bild gesetzt hat. Tomke Petersen erklärt ihm, was sie von den Genfer Anwälten zusätzlich erfahren hat: »Die Machbarkeitsstudie soll bis August 2011 vorliegen.«

»In genau zwei Jahren.«

»Sie wissen, was das heißt?«

»Ich kann's mir vorstellen.«

»Am 10. September wird die Dubai Metro eingeweiht. Da fliegen Sie hin. Sie nehmen Wimmer und Schenk mit, sehen sich alles an, reden mit den Verantwortlichen und fahren direkt im Anschluss nach Abu Dhabi weiter. Ein deutscher Vertreter von Foster wird Sie nach Masdar bringen und Ihnen alles zeigen. Das ist bereits vereinbart. Danach sprechen wir den gesamten Komplex hier gründlich durch, und wenn es sein muss, fliegen Sie anschließend einmal im Monat hin, so lange, bis wir sicher sein können, dass wir das Projekt im Griff haben. Um Sie nicht unnötig zu belasten, nenne ich Ihnen bis dahin nicht die Summe, um die es für die Firma bei diesem Auftrag geht. Einverstanden?«

Sie lächelt ernst und vertrauensvoll, Daniel enttäuscht sie nicht, er willigt ebenfalls lächelnd ein und lässt sich nicht anmerken, dass er innerlich Berechnungen anstellt, die mit diesem Projekt nichts zu tun haben, sondern mit dem Monatszyklus seiner Frau. Wenn er sich nicht täuscht, liegt der 10. September in der Zyklusmitte.

Gezielt bodenständig

Seit es die direkte Zugverbindung zum Frankfurter Flughafen gibt, hat es der Kultwinzer leichter, sein Herbstprogramm zu planen. Im Prinzip kann er jeden Tag in einer anderen Stadt eine Weinprobe veranstalten, ohne riesige Flaschenvorräte im Lieferwagen durch die Republik gondeln zu müssen. Bloß mit der Spedition muss vorab genau geplant werden, was wann wohin kommt, aber wofür hat man schließlich seine Leute im Büro.

Für die vierzig Kilometer von der Weinstraße bis Mannheim braucht er keine halbe Stunde, parken kann er gleich neben dem Bahnhof, der ICE fährt in einunddreißig Minuten zum Flughafen, und dank SMS-Check-in, Goldkarte und Handgepäck spaziert er ohne nennenswerte Verzögerung zum Gate. Sein Rekord für die Strecke von der Haustür seines Weinguts bis zum Lizenzhändler im Prenzlauer Berg beträgt zwei Stunden, achtundvierzig Minuten. Wie es der Zufall wollte, saß er gerade auf diesem Flug neben Lothar Matthäus. Und der war von der Toplogistikleistung natürlich beeindruckt. Gab sich außerdem als Weinliebhaber zu erkennen. Ein Tasting im größeren Rahmen wurde ins Auge gefasst, vielleicht in München, vielleicht in Kitzbühel, Lothar schien es jedenfalls ernst zu meinen, denn er bat den Kultwinzer ungefragt um die Visitenkarte.

Der Flug nach Hamburg ist nicht so voll, wie Flüge nach Berlin es mittlerweile immer sind, der Kultwinzer macht sich auf zwei Sitzen breit und gibt seiner Strategie für den Abend den letzten Schliff. Er hat Weine vom Feinsten ausgewählt, denn er rechnet in Hamburg mit mehr sensorischer Erfahrung als in Berlin, wo eigentlich niemand so richtig Ahnung hat, aber alle so tun, als ob. Große Weine also wird er bieten, in der Präsentation aber nicht nobel auftreten, sondern gezielt bodenständig. Keine opportunistische Anpassung ans Publikum. Im Gegenteil. Was er zu bieten hat, bezieht seine überragende Qualität ja gerade aus den Vorzügen der provinziellen Randlage. Also wird er dies unterstreichen, indem er seinen Dialekt durchklingen lässt.

In Berlin tut er das inzwischen nicht mehr. Dort leben lauter Menschen, die alles dafür tun, die Spuren ihrer Herkunft zu verwischen, was der Kultwinzer komisch findet: Wie Wüstenwanderer kommen sie ihm manchmal vor, die sich nach jedem Schritt umdrehen und mit einem Reisigbündel Sand über ihre Fußabdrücke fegen, damit niemand den Weg zu ihrer Urheimat zurückverfolgen kann.

Den Hamburgern wird er gezielt sein provinzielles Profil zeigen. Sollen sie nur schmunzeln, er weiß, das gibt sich nach einigen Minuten, und anschließend wird er ihnen umso länger im Gedächtnis bleiben. Sie werden ihn nicht vergessen, dank seinem rosa Hemd und dem Pfälzer Singsang – freilich auch dank dem Newsletter, den sie fortan jeden Monat in der Mailbox ihres Rechners vorfinden werden, vorausgesetzt, es gelingt der schönen Ines, ihnen die Visitenkarten abzuluchsen.

Rosenmuster

Den ganzen Sommer hindurch hat Ines ihr Vorhaben überdacht, meist in den stillen Vormittagsstunden, bei offener Ladentür, unter den schrillen Rufen der Mauersegler, die dafür sorgen, dass man auch im tiefer gelegten Erdgeschoss nicht vergisst, dass draußen Sommer herrscht. Sie will nichts dem Zufall überlassen, darum findet das erste *Afterwork Winetasting* drei Tage nach dem Ende der Sommerferien statt, als alle wieder in der Stadt, aber trotzdem noch in Urlaubsstimmung sind. Ines setzt auf Weißwein, denn der passt zum Sommer. Harald Diehl, der Kultwinzer, hat ihr zugeraten, er hat gesagt, kalter Weißwein und Urbanität wären im Zuge des italophilen neuen deutschen Hedonismus, welcher den niveauvollen Genuss mit Nachhaltigkeitsbewusstsein kombiniere, zu einer unauflöslichen Legierung verschmolzen. Die laue Sommernacht an sich wecke praktisch reflexartig das Bedürfnis nach Weißwein, man müsse in dieser Hinsicht also keinerlei Überzeugungsarbeit leisten, vielmehr komme es darauf an, der Zielgruppe zu zeigen, wie viel man gewinnt, wenn man nicht immer stur beim Pinot grigio bleibt.

Seine Weine hat Diehl mehrere Tage im Voraus von einer Spedition liefern lassen, damit sie ruhen können, so wie Ines es vorgeschlagen hat, obwohl sie wusste, was das kosten würde. Diehl ist von Frankfurt aus geflogen, sein Hotel liegt günstig, nur etwas mehr als einen Kilometer entfernt, dabei mit Alsterblick, trotzdem fährt er mit dem Taxi vor. Er trägt ein rosa Polohemd und wirkt enttäuscht, als er das Ambiente sieht, in dem Ines ihn begrüßt.

»Klein, aber fein«, sagt er, doch Ines glaubt zu hören, was er in Wahrheit denkt: schäbig, winzig, ganz und gar nicht meine Liga.

»Weißt du eigentlich, dass ich im Dritten bald meine eigene Sendung habe?«, fragt er, dann widmet er sich seinen Weinen und drapiert sie in der Dekoration, die Ines mit Elzbietas Hilfe und der fürs Catering engagierten Frau vom Hofladen vorbereitet hat. Auch hat Ines anlässlich dieses Abends ihr *Non-Wine-Sortiment* erweitert.

Weinkühler aus Stoff werben um Aufmerksamkeit, die einen aus gewachster ägyptischer Baumwolle, die anderen aus sechzig Jahre altem Segelleinen, beide Varianten von einem schwedischen Designer für Weinliebhaber mit einem Faible fürs Maritime kreiert, und das, so hat sich Ines gedacht, müsste in einer Stadt wie Hamburg doch auf Gegenliebe stoßen. Das Spektrum an spektakulären Dekantierkaraffen hat sie ebenfalls vergrößert, allerdings auch eine Auswahl atmender Gläser, die durch ein neuartiges Verfahren der Sauerstoffbindung das Dekantieren überflüssig machen, ins Angebot genommen. Manche Leute dekantieren nämlich nicht gern, weil sie wollen, dass ihre Gäste die Etiketten der teuren Flaschen sehen.

Die Weine ihres Vaters haben für diesen Abend aus der Raummitte weichen müssen, denn dort richtet der Kultwinzer sich seine Bühne ein. Sein anfänglicher Missmut legt sich, als er das Publikum pünktlich eintreffen sieht. Auch Daniel ist darunter, Diehl erkennt ihn selbstverständlich, denn Menschen verändern sich ja nicht zwangsläufig, bloß weil sie erwachsen werden; er gibt ihm kurz die Hand und sagt: »Wir reden später.«

Daniel freut sich für Ines: so viel Zuspruch, so viele Leute.

Schon jetzt, noch bevor es richtig angefangen hat, kann sie einen Erfolg für sich verbuchen, sie begrüßt jeden Gast einzeln und ist sichtlich in ihrem Element, als sie das Programm graziös eröffnet und alle Aufmerksamkeit auf sich zieht.

Diehl übernimmt und sagt als Erstes, er sei glücklich. »Sie sehen einen glücklichen Menschen vor sich«, sagt er, wobei er seinen pfälzischen Tonfall besonders singend hervorkehrt. Daniel und Ines kämpfen täglich gegen die Osmose des Dialekts ins Hochdeutsche an, doch der Mann im rosa Hemd verfolgt die gegenteilige Strategie. Das Publikum reagiert amüsiert, jedoch mit Wohlwollen, und noch während der Winzer sein Glück mit den Aussichten auf einen Jahrhundertjahrgang begründet, mit dem erfreulichen Gesundheitszustand der Trauben, die dank der Witterung bequem reif werden durften, und als weiteren Glücksgrund die Einladung durch eine so schöne Frau wie Ines nennt, dazu manche Schmeichelei anfügt und auch die Weinköniginvergangenheit der Gastgeberin nicht ausspart, hat er die Aufmerksamkeit aller Anwesenden bei sich. Ines muss unwillkürlich an all die Politiker zurückdenken, von denen sie im Lauf ihres Amtsjahres ungebeten angefasst wurde, als sei das Krönchen in ihrer Frisur ein Freibrief dafür gewesen, weil nämlich auch Diehl, während er ihr schmeichelt, den Arm um sie legt, so wie es die Honoratioren damals in unfehlbarer Gleichförmigkeit taten.

Ines vermeidet es, in Daniels Richtung zu schauen, aber sie glaubt, seinen Blick zu spüren. Gegen ein wenig Eifersucht hätte sie nichts einzuwenden, oder gegen einen kleinen Anfall von Ritterlichkeit, doch bitte erst nach der Veranstaltung, denn jetzt heißt es durchhalten zugunsten einer wichtigen Angelegenheit. Heute entscheidet sich womöglich, ob ihr Laden überleben wird oder nicht.

Harald benimmt sich, als wäre er mit Ines verheiratet, denkt Daniel, solange der Körper seiner Frau von der Hand des ehemaligen Sportkameraden berührt wird, doch dann sieht er mit an, wie der Kultwinzer das Interesse sogar an der schönen Frau verliert und bald nur noch den eigenen Auftritt im Sinn hat.

Die Gäste, allesamt gut situierte, amüsierbereite Menschen über vierzig, lassen sich bereitwillig von ihm lenken, sie lachen punktgenau über seine Scherze, sie heben die Gläser, wenn er sie dazu auffordert, während Ines und Elzbieta herumgehen und aus wechselnden Flaschen eingießen. Und nach jedem geräuschvollen Kosten sehen sich die Menschen an den Stehtischen an, wechseln Blicke und Worte, setzen ihre Lesebrillen auf und studieren die Verkostungsliste mit den Preisen. Manche markieren einen Wein dann mit einem Kugelschreiberkreuzchen.

Für Daniel birgt die Dramaturgie dieser Veranstaltung wahrlich keine Geheimnisse, er hat in seinem Leben Dutzende Weinproben erlebt, sogar einige von Harald Diehls Scherzen glaubt er schon als Kind im Gewölbekeller des elterlichen Guts gehört zu haben, wo sein Vater sich alle Mühe gab, die Gäste in gute Laune zu versetzen, und sich dabei nicht scheute, auch Requisiten einzusetzen, wie zum Beispiel Landknechtshelm und Hellebarde.

Bei der Gestaltung seiner Etiketten, beim Internet-Auftritt, beim gesamten Corporate Design legt Harald Diehl höchsten Wert auf zeitgemäße urbane *Credibility,* doch bei der Weinprobe, auch wenn diese sich *Tasting* nennt, gibt er sich durch und durch als bodenständiger Kerl aus der Pfalz, stellt Daniel fest. Warum? Die Souveränität seiner Präsentation schließt Unsicherheit als Motiv aus. Es muss Kalkül sein. Hier wuchert einer mit dem Pfund der provinziellen Lauterkeit.

Kaum ist Daniel sich dessen sicher, zaubert Diehl einen Clou aus dem Hut, nämlich Weine, die anderswo Grands Crus genannt werden. Damit aber bringt er die Lauterkeit aus der Provinz an den Rand des Gleichgewichts. Die Großen Gewächse, wie sie in Deutschland heißen, dürfen nämlich offiziell erst ab dem 1. September verkostet werden. Wenn Diehl nun trotzdem ein paar Riesling-Crus, die er bewusst in schwerere Flaschen abgefüllt hat, herumreicht, gibt er den hanseatischen Kunden das Gefühl, an einer kleinen, exklusiven Ordnungswidrigkeit beteiligt zu sein. Was umso mehr Spaß macht, als ein durch und durch ehrlicher, bodenständiger Pfälzer sie dazu verleitet.

»Zwölf Komma sieben Volumenprozent Alkohol, fünf Gramm Restzucker, sechsundneunzig Grad Oechsle.« Diehl nennt die Werte, wohl wissend, dass kaum einer der Anwesenden ihre Bedeutung einzuordnen weiß, doch Zahlen signalisieren Kompetenz. Glaubwürdigkeit und ökologisches Bewusstsein vermittelt er zusätzlich durch Exkurse zum Thema Ertragsreduzierung und umweltfreundliche Weinbergspflege, sogar das Thema Klimaerwärmung lässt er nicht aus, sondern erklärt, wie ein geschickter Winzer auf die Veränderung des Mikroklimas in den Weinbergen reagiert.

Aber das sind nur Exkurse, sie veranlassen das Publikum zu ernsten Mienen; Leben kommt in die Gesichtszüge erst, wenn am Glas genippt wird und Harald Diehl, der Vorkoster, den Gästen erklärt, was sie gerade schmecken: »Die Magie eines großen Rieslings, auf Basaltstein gereift, filigran und doch ein Monument wunderschöner mineralischer Aromatik mit edlen reifen Noten und einer Spur von Rauch und Salz.« Oder beim goldgelben Großen Gewächs von 2007: »Welch unnachahmliche Mischung der Aromen von reifen Äpfeln und Feuerstein, welch herrliche Fülle im Mund, welch feine, delikate Würze, wie finessenreich!«

Es verstummen die Gespräche, man schnuppert, nippt, man schlürft und gluckert, schmatzt und sieht einander an, in sich hineinhorchend, dann zustimmend nickend, und meint tatsächlich, Feuerstein zu schmecken, während man nach einem Attribut sucht, das der Vorkoster noch nicht verwendet hat, und einem Herrn fällt tatsächlich eines ein: »Schön im Abgang.« Diehl schnappt die Bemerkung sogleich auf, lobt den Kenner und bestätigt ihn, ja, ungemein langlebig sei dieser Riesling, der lasse einen nicht so schnell im Stich.

Der Auftritt endet mit Applaus für Diehl und seine Weine, von Glas zu Glas ist die Stimmung im Raum gestiegen, von den Spuckgefäßen hat keiner Gebrauch gemacht, alle haben alles geschluckt, auch Daniel, denn er wollte nicht aus dem Rahmen fallen. Ein Teil der Gäste begibt sich nach dem offiziellen Teil nach draußen, wo ebenfalls Stehtische warten, man nimmt die Gläser mit und raucht, Elzbieta und die Frau vom Hofladen verteilen Teller mit Häppchen auf den Tischen, Daniel spürt den natürlichen Impuls, zu helfen, aber Ines hat ihm vorab schon untersagt, dies zu tun. So wie sie ihn prophylaktisch auch gebeten hat, ihr nicht übel zu nehmen, wenn sie sich ihm eventuell nicht widmen könne oder nicht dazu käme, ihn überall als ihren Ehemann vorzustellen.

Er sieht ihr zu, wie sie die Rolle der Gastgeberin ausfüllt. Ihre Erscheinung kommt ihr dabei so sehr zugute wie die Schulung, die sie als Weinkönigin einst erhalten hat. Sie trägt ein kleines Schwarzes, darunter zarte Strümpfe mit Rosenmuster und spitze Schuhe.

Das Kleid folgt den Linien ihres Körpers, man sieht, dass

es ohne Druck auf der Haut ruht. Warum betont Ines ihre Figur?, fragt Daniel sich. Ist sie stolz darauf? Will sie sich zeigen? Und wenn ja – wem? Mir? Anderen Männern? Der ganzen Welt? Oder am Ende nur sich selbst? Ja, warum nicht. Sie kauft sich schließlich auch ihre Wäsche nicht bloß, um ihn, Daniel, zu verführen. Es hat etwas mit dem Wert zu tun, den sie sich selbst zumisst.

Daniel sieht, wie Ines mit einem Gast nach dem anderen redet, wie ihre Hand auf dem Oberarm eines Mannes verweilt, noch Sekunden nach den absolvierten Wangenküssen, und dann gleitet die Hand vollkommen nonchalant und selbstverständlich den Arm hinab, jedoch ohne dass der Auflagedruck dabei sichtbar nachlässt. Das muss sich gut anfühlen, denkt Daniel. Und er denkt, dass Ines diesen Mann kennen muss. Im selben Moment fällt ihm ein, dass er ihn auch schon einmal gesehen hat. An dem Samstag vor einigen Wochen, an dem er Ines abholte. Damals wurde der Keim der Eifersucht von dem Kind im Buggy erstickt, das vor der Ladentür wartete, jetzt aber explodiert der gleiche Keim beinahe. Daniel muss sich am Riemen reißen. Das hier ist Ines' Fest. Es hat für sie Bedeutung, er muss ihr das charmante Verhalten einfach zugestehen, und sieht es etwa nicht schön aus, wie sie in ihrer Rolle aufgeht, strahlt, die Augen blitzen lässt, kurz auflacht oder etwas sagt, was eine Stehtischrunde zum Lachen bringt, wie sie im unprätentiösen Tanz von einem Grüppchen zum anderen wechselt und sich auch mit den weiblichen Kunden bestens versteht?

Daniel wird von zwei Paaren ins Gespräch verstrickt, die unangezündete Zigaretten in den Händen halten. Nachdem er sich als Ehemann der Ladeninhaberin zu erkennen gegeben hat, lassen sie ihn nicht mehr los, sondern ziehen ihn mit sich nach draußen, damit er sie in Sachen Wein berät. Auch Ines schaut vorbei, sagt, an diesem Tisch sei man ja in kompetenten Händen, wobei sie Daniel die Hand auf den Oberarm legt. Danach widmet sie sich anderen Gästen. Einige haben die Veranstaltung bereits verlassen, durch das Schaufenster sieht Daniel, wie Diehl drinnen mit dem Handy telefoniert und anschließend Anstalten macht, die ungeöffneten Flaschen zu verpacken, weil sich nun alle Anwesenden in den lauen Augustabend hinausbegeben.

Ines fragt ringsum nach Getränkewünschen, sie geht hinein, erteilt Elzbieta Anweisungen, welche daraufhin drei Flaschen nimmt und zum Nachschenken nach draußen geht, während Ines im Hinterzimmer verschwindet. Es vergehen mehrere Minuten, bis sie zurückkommt. Daniel sieht sofort, dass sie die Strümpfe mit dem Rosenmuster nicht mehr trägt. Ihre Beine sind nackt, sicher wegen der Wärme, will er gerade denken, da fällt sein Blick auf ihr Gesicht. Er sieht, dass etwas vorgefallen ist, und hat sogleich eine Vermutung. Flüchtig entschuldigt er sich bei seinen Tischnachbarn, ignoriert einen Zuruf von Harald Diehl und geht auf die Toilette. Dort tritt er aufs Pedal des Edelstahlmülleimers. Verknüllt liegt Ines' Strumpfhose obenauf, Daniel nimmt sie heraus, drückt sie leicht auf Mund und Nase und nimmt den metallischen Geruch von Menstruationsblut wahr.

Bis auf die Strumpfhose ist alles an Ines wie zuvor. Niemand sieht ihr an, was sie jetzt aushält, nur Daniel weiß es und glaubt daher, es an ihrem Gesicht und ihrer Haltung ablesen zu können. Er beobachtet sie mit Bewunderung bei der Erfüllung ihrer Pflichten, beim Servieren, beim Verkaufen, beim Smalltalk, und all dem, was sie sonst noch investiert, damit dieses Ereignis der Beginn des Aufschwungs werde. Gleichzeitig wird ihm unheimlich zumute ob der verblüffenden Vertuschungsfähigkeiten seiner Frau. Ihr ist zum Heulen, das weiß er, doch strahlt sie gleichzeitig fremde Menschen an.

Nachdem die letzten Gäste und auch Elzbieta und die Frau vom Hofladen sich verabschiedet haben, sperrt Ines die Tür ab. Sie dreht sich zu Daniel um, und das strahlende Lächeln ist dahin. Im nächsten Moment schon sieht ihr Gesicht derart verwüstet aus, dass sie es selbst spürt und sofort das Licht löscht, damit Daniel sie nicht so sieht. Er tröstet sie im Dunkeln, obgleich er selbst verzweifeln möchte. Noch immer hat er ihr nicht gesagt, dass er beim nächsten Eisprung auf Dienstreise in Dubai und Abu Dhabi sein wird. Er ist zu feige gewesen, hat insgeheim gehofft, es könnte diesmal geklappt haben, wodurch die September-Insemination überflüssig geworden wäre.

Nun aber muss wieder neue Hoffnung aufgebaut werden, und diese Hoffnung wird sich auf den 10. September konzentrieren, das kann Daniel, da der erste Zyklustag jetzt feststeht, punktgenau errechnen. Er wird die Pflicht haben, Ines seine Abwesenheit zu beichten, bevor die neuerliche Monatshoffnung sich verfestigt hat.

Plötzlich hört er ein zartes Stimmchen an seinem Ohr. Es dringt kaum durch den Lärm seiner Gedanken. Ines sagt etwas, er lockert die Umarmung und schaut sie im Dunkeln fragend an.

»Wieder nichts«, flüstert sie. Dann weint sie weiter.

Man fährt Karussell

Mit dem auslaufenden Sommer gehen die Uhren für Daniel wieder schneller, er muss sich dringend um Masdar kümmern, den Schienen-Masterplan studieren, über die Machbarkeitsstudie nachdenken, einen Fragenkatalog für den nahenden Besuch vor Ort zusammenstellen. Zugleich erwachen nach den Ferien Politik und Verwaltung aus ihrer wochenlangen Hitzestarre. Ein zweitägiger Kurzbesuch in Straßburg lenkt Daniel ab, er fliegt mit der Stadtentwicklungssenatorin und einer Handvoll Beamter hin, um die dortige Straßenbahn zu besichtigen, die als Vorbild für das Hamburger Stadtbahnprojekt dienen soll. Frankreich nämlich verkörpert derzeit die Avantgarde der modernen Stadtverkehrstechnik, man versucht sich dort an ganzheitlichen Revitalisierungsmaßnahmen im urbanen Raum, bei denen die zeitgemäße Straßenbahn eine zentrale Rolle spielt, und in Straßburg gibt es nun mal die schönste Tramway Europas, weshalb nur sie als Maßstab für die ehrwürdige Hansestadt Hamburg taugt, meinen der Bürgermeister und seine Senatoren.

Die Abordnung aus Deutschland zeigt sich schwer beeindruckt von den schicken Bahnen, die geräuscharm über die Rasengleise gleiten, sie bestaunt elegante, von erstrangigen Architekten entworfene Haltestellen, futuristische Züge mit riesigen Fenstern und Türen, sensationellem Design, ergonomischen Sitzen und spürbar funktionierenden Klimaanlagen, man ist begeistert, als habe man von alldem nichts gewusst, dabei könnte man alles längst von Daniels Präsentationen her kennen.

Trotz unübersehbarer Perfektion und nachweisbarer Funktionalität des Straßburger Systems kommen die deutschen Beamten mit allen möglichen Verbesserungswünschen daher, Daniel begreift sofort, dass sämtliche Ideen ad hoc entstehen und keineswegs sorgfältigen Vorüberlegungen entspringen. Einer verlangt, die Hamburger Stadtbahn dürfe zwar durchaus so futuristisch anmuten wie das französische Pendant, doch solle sie ein unverkennbar »hanseatisches Gesicht« bekommen. Daniel zeigt daraufhin auf seinem Laptop Fotos der Marseiller Tramway. Durch die schwungvoll nach oben gezogene Vorderseite sehen die Bahnen in der südfranzösischen Hafenstadt wie lange, schmale Schiffe auf Geleisen aus, das spricht die Hamburger durchaus an, doch scheinen sie zugleich zu bedauern, dass ihnen die Idee von den Südfranzosen vor der Nase weggeschnappt worden ist. »Da müssen Hamburger Designer ran«, beschließt man unisono, und einer sorgt für einen abschließenden Lacher, indem er die Marseiller Züge mit Badewannenschiffchen vergleicht und ruft: »Wir wollen keine Spielzeugeisenbahn. Bei uns muss das kesseln!«

Für die Frage, welchen Hersteller man für die Stadtbahn bevorzugen sollte, interessiert sich kaum jemand, und nicht einer ist fähig nachzuvollziehen, was Daniel meint, wenn er über die Höhe der Bahnsteige spricht, obwohl er ausführlich schildert, wie viel gerade davon abhängt. Die Höhe muss stadtbildverträglich sein, sollte also 35 Zentimeter nicht überschreiten. Zugleich wäre es sinnvoll, nicht zu weit nach unten zu gehen, denn das würde eine extreme Niederflurtechnik nötig machen, die allerhand Probleme mit sich bringen kann, wie man durch die Erfahrungen, die man zum Beispiel in Wien hat machen müssen, weiß.

Der ganze Ausflug erinnert Daniel an einen Jahrmarktbesuch. Man fährt Straßenbahn und redet und macht Scherze, kein Mensch schreibt anständig mit, es ist im Grunde so, als führe man Karussell. Immerhin scheint die Senatorin für Stadtentwicklung während des dreieinhalbstündigen Rückflugs, auf dem sie neben Daniel sitzt, zu begreifen, was er meint, als er sagt, es dürfe bei der Stadtbahn nicht nur darum gehen, Schienen zu verlegen. Man müsse in größeren Zusammenhängen denken, Verkehrsplanung sei Stadtplanung, man solle die Gelegenheit beim Schopfe packen und die betroffenen Straßen, ja womöglich ganze Viertel neu gestalten.

»Mithilfe der Tram kann man Teile der Stadt für die Menschen zurückgewinnen«, hört er sich sagen und sieht im selben Augenblick, dass er mit dieser Formulierung die Sensoren der grünen Senatorin voll getroffen hat.

»Richtig«, stimmt sie zu. »Damit die Menschen sich in ihrem Stadtviertel wohlfühlen, braucht es mehr als begrünte Gleisbetten.«

Das gehört zu den Dingen, die Daniel bei seiner Arbeit in der Großstadt schnell gelernt hat: Beim Umgang mit Entscheidern, die sich alle vier Jahre dem Wählervotum stellen, kommt es darauf an, wie man das Wort »Menschen« ausspricht. Man muss ihm einen leicht raunenden Unterton mitgeben, dann wirkt es argumentativ.

Nach der Rückkehr aus Straßburg, da er endlich Zeit hat, sich dem Masdar-Projekt zu widmen, und Tag für Tag mit Schenk und Wimmer konferiert, kommt er ganz ohne geraunten Begriffsmaterial aus. Sie treffen sich jeden Morgen in seinem Büro, verteilen die Aufgaben des Tages, gehen am Mittag gemeinsam essen, wobei sie sich gegenseitig informieren, wie weit sie gekommen sind, und setzen sich am Nachmittag noch einmal zusammen, um den Fortschritt des Tages in die entstehende Studie einzubringen. Am Spätnachmittag und Abend setzt jeder für sich die Arbeit fort, und am nächsten Morgen sehen sie sich wieder. So geht das mehrere Tage lang, und wenn sich drei fähige Leute zielorientiert und mit drei, vier Überstunden täglich auf eine Sache konzentrieren, kommt eben etwas dabei heraus.

Daniel merkt, wie seine Gedanken zusehends eine Richtung finden, er verfügt nun über eine Vorstellung von Masdar City, er kennt dank Wimmers Zuarbeit ziemlich genau die geologischen Verhältnisse, er weiß, dass die Gefahr schwefelverseuchter Böden, die gerade erst den gesamten Immobilienmarkt in Dubai ins Wanken gebracht haben, in Abu Dhabi nicht gegeben ist, und dank Schenks unermüdlicher Kommunikation mit den maßgeblichen Architekten kennt er auch den stadtplanerischen Technologie-Cluster. Ihm ist bewusst, dass die Bauherren unter keinen Umständen auf die spektakuläre Personal-Rapid-Transit-Technik verzichten wollen, und darum hat er sich seine guten Kontakte zu Ultraport, von der die PRT-Anlage in Heathrow stammt, zunutze gemacht. Er kniet sich voll in seine Aufgabe hinein, er muss das tun, die Zeit drängt, denn die Metro-Einweihung in Dubai und die Weiterreise nach Abu Dhabi und Masdar nahen; er muss nicht nur, er will es auch, es interessiert ihn ungeheuer, Faszination erfasst ihn sowie dieser spezifische Erkenntnis- und Planungsrausch, den er so liebt.

An dem Tag, an dem er endlich in klaren Farben vor Augen hat, wie die perfekte Mischung aus Metro-, Tram- und PRT-Verkehr in Masdar aussehen könnte, springt er spät am Nachmittag auf und ballt die Faust wie ein Fußballer nach einem Tor. Jetzt freut er sich auf den Flug. Ein Flug ist der Inbegriff des Zielstrebens. Allein Start- und Zielpunkt gelten, alles dazwischen ist nur unbequeme Überbrückung. Daniel freut sich außerdem darauf, an einem Ort zu landen, den er nicht kennt. Am meisten aber freut er sich auf den Moment, in dem er, ohne die Beine übereinanderzuschlagen, den zuständigen Arabern die ersten Fragen stellt. Dann geht es los, dann wird es interessant.

Daniel gerät in beschwingte Rotation in diesem Augenblick, beim Übergang vom Nachmittag in den Abend, doch dann bremst das Kettenkarussell, er verliert an Höhe und pendelt aus. In der Firma hat er seine Zeit effektiv genutzt, daheim hat er sie ebenso effektiv vertan. Noch immer weiß Ines nicht, dass er schon bald für mehrere Tage auf die Arabische Halbinsel fliegen wird.

September

Doch, wir haben es gut

Anstatt auf dem direkten Weg nach Hause zu gehen, steigt Daniel die Treppe zum Elbufer hinunter und nimmt die HADAG-Fähre aus der Stadt hinaus. Er steht zwischen Touristen auf dem Außendeck, betrachtet die Hafenkräne, die ihre Hälse in den Himmel recken wie Wesen mit unergründlichen Absichten, er richtet den Blick nach Steuerbord auf die wartenden Schleppkähne, denen man anzusehen glaubt, wie sie Kraft tanken, damit sie Schiffe ziehen können, die ein Vielfaches größer und schwerer sind als sie, und als die Villenbebauung bis fast ans Ufer reicht, steigt er aus und fährt mit der nächsten Fähre in die Stadt zurück.

An der Haltestelle Sandtorhöft liegt ein grellorange gestrichenes Wassergefährt mit der Aufschrift »Prahm 7«, daneben ist ein Ruderboot am Anlegesteg festgebunden, herrenlose gelbe Kisten stehen darin, und Daniel fragt sich, was sie enthalten mögen. Ihm ist jede Einzelheit recht, die ihm erlaubt, den Heimweg zu verzögern, er trödelt den Steg hinauf, blickt an der Philharmonie-Fassade nach oben, überlegt, mit welcher Technik die blauen Platten an der Oberkante wohl befestigt werden, und fragt sich, ob Tomke Petersen ihm einen Baustellenbesuch vermitteln könnte.

Es gelingt ihm, den Heimweg so weit in die Länge zu ziehen, dass Ines ihn schon erwartet, als er die Wohnungstür öffnet. Sie hat Sushi mitgebracht und legt gerade die Stäbchen auf die Bänkchen. Die Teekanne steht auf dem Stövchen, die Schälchen mit eingelegtem Ingwer, Sojasoße und Wasabi gleich daneben.

Wie jedes Mal befürchtet Daniel, die Stäbchen könnten beim Essen brechen, sie fühlen sich an wie Porzellan. Er weiß, dass er jetzt etwas sagen muss, doch findet er den Anfang nicht, stattdessen lässt er Ines reden, und es dauert gar nicht lange, bis zum ersten Mal das Wort »Termine« fällt. Es müssen Zugfahrkarten gekauft werden für das Weinlesewochenende in der Pfalz, Ines muss dann auch eine Vertretung für den Laden organisieren, und wer ruft in der Kinderwunschklinik an und vereinbart den nächsten Inseminationstermin?

»Ich dachte, ich könnte es diesmal mit einer Eisprungspritze versuchen«, bringt Ines tastend vor.

»Warum?«

»Einfach um sicherzugehen, dass die Ovulation punktgenau kommt.«

»Dein Zyklus ist regelmäßig und du kennst ihn ganz genau, warum dann eine Spritze?«

»Warum denn nicht? Auf die paar Euro kommt es doch nicht an.«

»Es geht mir nicht ums Geld.«

»Worum denn? Was hast du dagegen? Ich verstehe dich nicht.«

Er sieht, wie sie missmutig wird, schon jetzt, als ahnte sie, was er ihr noch verschweigt. »Ich muss am 10. September in Dubai sein«, sagt er endlich.

Ines sieht ihn an, als benötigte sie Zeit, um die Tragweite seiner Botschaft zu begreifen.

Dann legt sie behutsam die Stäbchen auf das Bänkchen und lehnt sich langsam zurück.

Daniel hebt die Schultern. »Ich kann nichts dafür«, sagt er.

In dem Moment nimmt Ines die Stäbchen wieder vom

Bänkchen, wie ein Raubvogel schnappt sie danach, und wirft sie mit aller Wucht gegen die Wand. Sie zerbrechen nicht, stellt Daniel fest, gleich darauf reißt Ines ihm seine Stäbchen aus der Hand und wirft sie ebenfalls quer durch den Raum. Dann fängt sie an zu schreien. Sie schreit, wie sie noch nie geschrien hat, ob er eigentlich wisse, was er da gerade sage, ob ihm eine Scheißdienstreise wichtiger sei als ihre Ehe und ihr Glück, ob er nicht die Eier habe, seiner Chefin zu gestehen, dass er am 10. September verdammt noch mal in Hamburg zu sein habe, und ob er eigentlich wisse, in welcher Scheiße sie sowieso schon stecke, mit ihrem gottverdammten Laden, in dem sie auch nicht weniger Kunden hätte, wenn sie lauwarme Pisse verkaufen würde, ob ihm klar sei, dass auch das großkotzige Tasting nichts gebracht habe als Verluste, weil Diehl, die hinterhältige, geldgierige Ratte, ihr eine abartige Honorar- und Spesenrechnung auf den Tisch geknallt habe. Sie mache den Scheißladen in dem beschissenen Uhlenhorst dicht, schreit sie. Sie werde aufhören. Jawohl, aufhören. Ein für alle Mal, sie halte es nicht mehr aus, sich jeden Tag die Beine in den Bauch zu stehen und nichts anderes zu tun, als zu warten, bis irgendwann einer von den arroganten Hamburger Schnöseln so gnädig ist, ihr eine lächerliche Italo-Pfütze in der Flasche für vier fünfundneunzig abzukaufen, sie könne nicht mehr, sie traue sich schon kaum noch, einen Blick auf die Bilanz zu werfen, geschweige denn auf den Kontoauszug, sie höre auf, das habe alles keinen Sinn, es sei ein Fehler gewesen, den Laden aufzumachen, kein Schwein brauche so einen Laden, sie habe ihre Zeit vertan und Geld vergeudet, das könne sie jetzt nicht mehr reinholen, sie könne bestenfalls versuchen, irgendeinen Langweilerjob zu finden, bloß wolle sie ja niemand hier in dieser Scheißstadt haben, es sei überhaupt ein Fehler gewesen, in diese verfluchte Schnöselmetropole zu kommen, wo alle mit dem Meer angeben, obwohl das Meer ganz woanders sei, am besten gehe sie putzen, ja, putzen, warum nicht, Daniel solle nicht so blöd gucken, sie sei sich dafür nicht zu schade, außerdem könne sie ja auch nichts anderes, und was sie einmal gekonnt habe, habe sie in den anderthalb Jahren in dem kranken Laden sowieso verlernt, putzen gehe sie, putzen, oder gleich in St. Pauli auf den Strich, da gehöre sie sowieso hin, weil sie nichts anderes könne als gut aussehen, und wer nichts könne außer schön sein, der lasse sich am besten gegen Geld ficken, schreit sie, das sei doch logisch, da brauche er, Daniel, gar nicht zu widersprechen, sie sei es sowie gewohnt, von Männern begrapscht zu werden, außerdem habe sie auch gar keine Lust, in dieser Stadt etwas anderes zu tun, sie gehe ihr auf den Geist, die ganze Scheißstadt mit ihrem Scheißhafen und ihren Scheißtouristen; sie kenne keine Sau in dieser Stadt, weil sie von morgens bis abends in dem verdammten Laden stehe, und anschließend komme sie in dieses sterile Viertel, in dem man nicht mal anständig essen gehen könne und durchs Fenster auf den öden Hafen und ein Wasser glotze, das nicht mal das Meer sei, sondern bestenfalls ein Fluss, aber eigentlich bloß so ein dreckiger Verkehrsweg für abartig große Schiffe voller verrosteter Container. All das schreit sie in die Wohnung hinein, und natürlich bleibt sie dabei nicht auf dem Stuhl sitzen, sondern schnellt umher, macht Sätze in ungeahnte Richtungen, landet in Arealen des Ahornparketts, die weder sie noch Daniel je betreten haben, sie stößt an Möbelstücke und beschimpft sie dann für ihre Kanten, sie packt die Teekanne, um sie an die Wand zu werfen, sie holt aus, da fällt der Deckel, er zerschellt auf dem Parkett, und gleichzeitig läuft heißer grüner Tee Ines den

Arm hinab. Die ganze Zeit hat sie geschrien, und trotzdem gelingt es ihr, jetzt einen noch schrilleren Schrei auszustoßen.

Sie hat den grünen Tee vorschriftsmäßig gekocht, das Wasser also vor dem Aufgießen auf unter achtzig Grad abkühlen lassen, zum Glück, denkt Daniel, machen wir es immer so, dabei zieht er sie schon ins Bad, wo er sogleich die Dusche aufdreht und Ines den Arm unters kalte Wasser hält. Sie werden beide nass, sie fangen beide an zu heulen und bald darauf zu schlottern, und als sie sich triefend auf dem Lederdiwan niederlassen, ist Ines die Erste, die es wagt aufzublicken, worauf ihr Blick den Spiegel trifft und sie nicht anders kann, als zu lachen. Ein bisschen nur, ganz leise, doch ein Lachen ist es immerhin.

»Ich bin so blöd«, sagt sie.

»Du bist nicht blöd.«

»So ungerecht.«

»Wieso ungerecht?«

»Weil wir es doch eigentlich gut haben. Also hier, meine ich, in der Wohnung. Auch wenn das Viertel schon irgendwie komisch ist. Und essen gehen kann man wirklich nirgendwo.«

Das stimmt, und sie müssen beide deswegen lachen. Anhand dieses Stadtteils kann man die Bedeutung des Wörtchens »exklusiv« erklären: Man kommt sich wie ausgeschlossen vor; immer wenn man am Leben teilhaben möchte, muss man sich in nichtexklusive Gegenden begeben.

Sie betrachten beide ihr Spiegelbild, ein Paar, das sich umarmt, auf einem Lederdiwan mitten in einem perfekt ausgeleuchteten Bad, Mann und Frau, klatschnass, weil sie in Kleidern unter der Dusche waren, warum, ist nicht mehr zu erkennen, sie lachen sich im Spiegel an, so lange, bis sie gerührt sind von dem Bild, das sie gemeinsam abgeben.

Daniel fasst einen Entschluss, er streckt den Rücken durch und verspricht seiner Frau, nicht nach Dubai und Abu Dhabi zu fliegen. Da sie es nicht wolle und dafür die bestmöglichen Gründe habe, werde er es auch nicht tun.

»Bist du verrückt?«, sagt Ines. »Du setzt womöglich deinen Job aufs Spiel.«

Einfach nur: kleinere Brötchen

»*Sag mir, dass dieser Ort hier sicher ist ... und dass das Wort, das du mir heute gibst, morgen noch genauso gilt ...*

Gib mir 'n kleines bisschen Sicherheit in einer Welt, in der nichts sicher scheint ... Gib mir einfach nur 'n bisschen Halt.

Und wieg mich einfach nur in Sicherheit. Gib mir was ... irgendwas, das bleibt ...«

Was für ein Kitsch, hat Daniel jedes Mal gedacht, wenn das Lied im Radio kam. Was für ein schönes Lied, dachte er am Vorabend, als Ines vom Lederdiwan aufstand, die nassen Kleider auszog und, ohne sich abzutrocknen, ins Wohnzimmer tappte, um ihr Telefon ins Dock zu stecken und ebendieses Lied spielen zu lassen.

Beim Aufwachen war die Stimme der Sängerin sofort wieder da, in einer Endlosschleife hat sie Daniels Kopf auf dem gesamten Weg zur Arbeit von innen her beschallt und lässt auch jetzt nicht von ihm ab, im Aufzug, im Gang, Stefanie Kloß, denkt er, eine Frau, die Stefanie Kloß heißt, hält mein Gehirn besetzt, weil ihr Lied wie ein Nest aus weichen Kissen ist, in das sich meine Frau hineinschmiegt. *Wieg mich einfach nur in Sicherheit.* Daniel hat die Botschaft verstanden, auch wenn er nicht weiß, ob er die Formulierung niedlich oder höhnisch finden soll. *Einfach nur,* als wäre es so simpel, dann steht er auch schon vor der Tür zum Chefbüro, sie ist wie immer offen, die Sekretärin von Frau Petersen fasst ihn bereits ins Auge, er tritt ein, und nach einem schnellen Fadeout herrscht in seinem Kopf klimatisierte Chefetagenstille.

Er hat keinen Termin, aber Frau Petersen ist da, und ihre

Sekretärin verfügt über sensible Fühler, »in Ordnung«, sagt sie, »gehen Sie rein«.

Die Sitzgruppe lässt Besucher nicht kleinlaut in die Polster sinken, das ist kein Zufall, denkt Daniel. Er sitzt Tomke Petersen auf Augenhöhe gegenüber, er sieht ihr an, dass sie weiß, in welchen Situationen man die Arme nicht verschränken darf, sie beugt sich leicht nach vorn, umfasst mit gefalteten Händen ihr rechtes Knie und wirkt so aufmerksam, als hätte sie ihren nächsten Termin erst am folgenden Tag.

Daniel erzählt ihr alles. Schlicht und einfach alles. Er kann nicht anders, ihm sind die Filter- und Beschönigungsmechanismen abhandengekommen, *nur 'n bisschen Halt* würde ihm auch nicht schaden, nicht dass er ihn ausgerechnet bei seiner Chefin suchte, doch immerhin hält ihn die Vermutung aufrecht, von ihr nicht ausgelacht zu werden.

Er kann in ihrem Gesicht nicht das geringste Schmunzeln ausmachen, während er von den bislang vergeblichen zyklischen Bemühungen um ein Kind berichtet, von dem Gezeitenwechsel der Hoffnung und der Enttäuschung, von idealen Zeitfenstern, vom 10. September, dem nächsten Fixpunkt; er spricht vom Zustand seiner Frau, bemüht, in seiner Schilderung nicht unnötig drastisch zu werden.

Tomke Petersen hört ihm genau zu, gibt sich mit einer Light-Version der Geschichte nicht zufrieden, fragt gezielt nach, so lange, bis der gesamte Sachverhalt auf dem Tisch liegt und Daniel sich auch nicht mehr scheut, Wörter wie »Eisprungspritze« und »Insemination« zu benutzen.

Solange er redet, sieht sie ihn an; sobald er aufhört, lockert sie den Blick, um ihn nicht zu beschämen, während sie nachdenkt. Denn das tut sie. Sie nimmt sich dafür Zeit. Steht sogar auf und stellt sich vor die verglaste Wand, dreht sich jedoch sogleich wieder um und sagt: »Warum schaut man eigentlich jedes Mal aus dem Fenster, wenn man über etwas nachdenkt? Als hätte draußen jemand die Antwort auf alle Fragen an eine Brandmauer gemalt. Warum benehmen wir uns automatisch wie Figuren in einem Film, wenn wir eine Nuss zu knacken haben?«

Daniel antwortet, er wisse es nicht. Er wisse noch nicht einmal, an welcher Filmfigur er sich jetzt gerade orientiere.

Darauf lacht sie ihn an wie einen Jugendlichen, der gerade etwas verblüffend Erwachsenes von sich gegeben hat, dann sagt sie: »Gut. Ich verstehe Ihre Situation. Sie fliegen nicht nach Dubai.«

»Und nach Abu Dhabi? Zwei, drei Tage später?«

Nun verschränkt sie doch die Arme, sieht Daniel mit zur Seite geneigtem Kopf an und sagt: »Nein.«

»Das heißt?«

»Das heißt, ganz oder gar nicht. Schenk und Wimmer fahren wie geplant, aber ich will nicht, dass die beiden alleine sind, denn ihnen fehlt, bei aller Kompetenz im Detail, der Sinn fürs große Ganze. Ich werde dafür sorgen, dass Fuschelberger aus dem Salzburger Büro mitfliegt. Der besitzt die nötige Erfahrung. Alle drei werden sich von Ihnen briefen lassen, sorgen Sie also für brauchbare, übersichtliche Unterlagen. Fragenkatalog, Checkliste und so weiter, Sie wissen schon.«

Daniel weiß es, denn wie jeder andere Mitarbeiter hat auch er die Verfahrensbeschreibungen und Arbeitsanweisungen im firmeninternen QM-Handbuch gründlich gelesen.

»Da ich Sie ungern in der Luft hängen lasse«, fährt Tomke Petersen fort, »sage ich Ihnen schon jetzt ganz offen, dass ich Sie anschließend komplett aus dem Masdar-City-Projekt herausnehmen werde. Ich muss natürlich auch an die Firma denken. Womöglich stehen Sie noch eine ganze Weile jeden Monat für ein paar Tage unter Reisesperre.«

Daniel nickt. Er hat es vorausgesehen. Er hat es nicht glauben wollen, aber gewusst hat er es trotzdem. Klar, es kann nicht anders sein, er wird kleinere Brötchen backen müssen. Sie nimmt ihm Masdar ab, das ist verständlich. Aus Sicht der Firma. Er nickt und nickt, damit sie ihm nichts anmerkt.

»Ich habe aber einen schönen Ersatz für Sie«, sagt sie, nachdem sie ihm eine Weile beim Nicken zugeschaut hat.

»Nämlich?«

»Lassen Sie sich überraschen. Arbeiten Sie zunächst mit Schenk und Wimmer intensiv weiter an den Vorlagen und weihen Sie Fuschelberger sukzessive ein. Sobald die drei weg sind, kümmern Sie sich um alles andere, was liegen geblieben ist, und wir beide reden dann über das neue Projekt, das ich für Sie in petto habe.«

Damit steht sie auf und öffnet ihm die Tür. »Ich nenne Ihnen nur ein Stichwort: Rail Baltica.« Dann zwinkert sie ihm, ohne zu lächeln, zu und begibt sich an ihren Schreibtisch.

Petersens Sekretärin löst nur für ein kurzes Nicken den Blick vom Bildschirm, sie wirkt so übertrieben diskret, dass man meinen könnte, sie hätte das Gespräch im Chefzimmer belauscht.

Auf dem Weg nach unten fragt Daniel sich zum ersten Mal, ob Tomke Petersen eigentlich Familie hat.

Strandgut

Sobald sie an einem Strand im Wind steht und aufs Meer hinausblickt, will sie anfangen zu singen. So ist es immer, aus den hintersten Winkeln der Erinnerung schlängeln sich die Melodien in den akuten Aufmerksamkeitsbereich und wollen gesungen werden; so auch jetzt, es drängt sie dazu, als müsse sie dem Meer eine Morgengabe darbringen. Und da sich niemand in unmittelbarer Nähe befindet, singt sie wirklich. *»Sag mir, dass dieser Ort hier sicher ist ... und dass das Wort, das du mir heute gibst, morgen noch genauso gilt ...*

Gib mir 'n kleines bisschen Sicherheit in einer Welt, in der nichts sicher scheint ... Gib mir einfach nur 'n bisschen Halt.

Und wieg mich einfach nur in Sicherheit. Gib mir was ... irgendwas, das bleibt ...«

Nur ein paar ältere Leute halten sich an diesem Werktagmorgen, mehrere Tage nach Ferienende, am Strand auf, marschieren vorbei oder sitzen in Strandkörben oder auf Handtüchern, auch sieht man vereinzelt Kinder, die noch nicht zur Schule gehen, aber es ist Platz, viel Platz für alle, Ines nimmt die Schuhe in die Hand und geht dicht am Wasser entlang, ohne den harmlosen Wellen auszuweichen; es kitzelt an den Füßen, wenn der Schaum sie überspült. Sie geht und singt mit dem Wind im Rücken, der Rhythmus ihrer Schritte löst ein Lied aus, das zu ihm passt. *»Die Sonne blendet, alles fliegt vorbei. Und die Welt hinter mir wird langsam klein ... Doch die Welt vor mir ist für mich gemacht. Ich weiß, sie wartet und ich hol sie ab. Ich hab den Tag auf meiner Seite, ich hab Rückenwind. Ein Frauenchor am Straßenrand, der für mich* *singt. Ich lehne mich zurück und guck ins tiefe Blau, schließ die Augen und lauf einfach geradeaus...«*

Anderthalb Stunden zuvor ist sie, anstatt links abzubiegen in die Straße, in der ihr Laden liegt, auf dem Mundsburger Damm kurz entschlossen weitergefahren bis zur nächsten großen Kreuzung, dort auf gut Glück rechts ab und so lange geradeaus, bis ein Autobahnschild kam. Dem ist sie gefolgt, unsicher zunächst, bis sie weiß auf blau das Wort »Kiel« las. Von da an ging es wie von selbst.

Keine Marienkäfer mehr, der helle Strand von Strande ist der alte, das Meer trägt Vormittagsblau, der Wind bläst selbstbewusst, doch milde gestimmt vom langen Sommer. Ines muss immer wieder stehen bleiben, um die Weite zu erfassen, unwillkürlich breitet sie dabei die Arme aus. *»Wenn wir uns jetzt auflösen, sind wir mehr, als wir jemals waren. So wollen wir uns bleiben, nach diesem Tag.«*

Nachdem sie eine Weile gegangen ist, entdeckt sie die ersten Muscheln, stabil, geriffelt, perfekte Vorbilder für Leckmuscheln, dazwischen findet sie eine andere Sorte, kleiner und innen rosa. Etwas später tauchen die ersten länglichen auf, bei denen man an altmodische Rasiermesser und deren Griffe denken muss, und schließlich auch weißlich ovale, von deren Oberfläche sich der Kalkstaub löst, sobald man sie in die Hand nimmt. Ines steckt sich so lange die schönsten Exemplare in die Taschen ihrer dünnen Jacke, bis nichts mehr hineinpasst.

Inzwischen ist sie so weit gegangen, dass links von ihr das Ufer bereits steil ansteigt und keine Menschen mehr zu sehen sind. Das verstärkt den Eindruck der Weite über dem Meer, sorgt jedoch auch für einen Hauch von Einsamkeit. Die Lieder, die gesungen werden wollen, wechseln, Ines weiß nicht, wieso, jetzt will es auf Englisch aus ihr heraus. »*I don't know what's right and what's real anymore, and I don't know how I'm meant to feel anymore, and when do you think it will all become clear? Cause I'm being taken over by the fear ...*«

Ines bricht erschrocken ab, als ihr einfällt, wer das Lied singt und warum sie den Text auswendig kann. Sie hat sich den Song immer wieder auf YouTube angehört, nachdem sie gelesen hatte, Lily Allen, die junge Sängerin, habe eine Fehlgeburt erlitten. Sie hörte das Lied und versuchte sich vorzustellen, was eine Frau empfindet, wenn ein totes Kind aus ihrem Leib kommt. Weit reichte ihre Vorstellung nicht, die Einzelheiten gingen in schmerzhaftem Rauschen unter.

Sie schickt der Sängerin mit den großen Kinderaugen einen Gruß von Frau zu Frau, dann geht sie am Wassersaum weiter in den Vormittag hinein. Sie hat ihren Laden an diesem Morgen einfach im Stich gelassen; er ist geschlossen, während sie am Strand entlanggeht und in den Wind singt. Bereits im Juni glaubte sie den Entschluss gefasst zu haben, eine Aushilfe zu engagieren, bis heute hat sie noch immer niemanden gesucht. Falls Kundschaft kommt, wird sie sich wundern, es hängt nicht einmal ein Zettel an der Tür. Ines wird von Übermut erfasst, als sie sich das vorstellt, denn sie setzt sich gerade zum ersten Mal, seit sie erwachsen ist, über ihr Pflichtgefühl hinweg. Sie kommt sich groß und stark vor deswegen, wie für das Meer vor ihr dimensioniert, sie schüttelt das zartstimmige Liedchen über die Angst ab und schraubt sich in einen Größenwahnsinnshit mit Glockengeläut im Hintergrund hinein, in einen atemlosen, gut gelaunten Pop-Bolero ohne Punkt und Komma, »*I hear Jerusalem bells a ringing ... Roman Cavalry choirs are singing ... be my mirror, my sword and shield ... my missionaries in a foreign field ... For some reason I can't explain ... I know Saint Peter won't call my name ...«*, aber irgendwann bleibt sie trotzdem stehen, blickt ein letztes Mal ins Weite und macht dann kurz entschlossen kehrt. Sie will es auch nicht übertreiben. Am Nachmittag kann sie den Laden wieder öffnen, warum auch nicht. Vielleicht, überlegt sie auf dem Rückweg gegen den Wind, wäre es möglich, sich auch ohne Aushilfe in Zukunft jeden Montagvormittag freizunehmen, zumal da ohnehin so gut wie niemals jemand kommt.

»Ich war heute Vormittag schon einmal hier«, sagt der Mann, den Ines nach wie vor bei sich den Standortanalytiker nennt. »Aber da stand ich vor verschlossener Tür.«

Er kommt zielstrebig von der Ladentür her auf sie zu wie einer, der sich Wangenküsse abholen will, die ihm gesetzlich zustehen.

»Sie Ärmster«, erwidert Ines und streckt die rechte Hand aus, um ihn mit der förmlicheren Variante der persönlichen Begrüßung auf Abstand zu halten. Sie schämt sich ein bisschen, bei der Weinprobe so vertraulich mit ihm gewesen zu sein, sie weiß selbst nicht, woher das kam, vielleicht wollte sie den anderen zeigen, dass sie gute Kunden hat, die fast schon Freunde sind.

»Ich werde es überleben«, sagt er und nutzt die Gelegenheit, endlich seinen Namen anzubringen. »Uwe Bernstein.«

Anstatt sich ebenfalls vorzustellen, fragt Ines, wo seine Tochter geblieben sei.

»Bei ihrer Mutter«, lautet die Antwort. Dabei sieht er Ines forschend an, als warte er auf eine Reaktion. Ines fragt, ob sie ihm heute etwas empfehlen dürfe. Er braucht einige Sekunden, bis er begreift, dass sie versucht, über Wein zu reden, doch er lässt sich nicht ablenken. »Was ist eigentlich bei der Degustation neulich mit Ihnen passiert?«, will er wissen. »Sie waren plötzlich so anders, und die schöne Strumpfhose mit dem Rosenmuster hatte sich in Luft aufgelöst.«

»Sie schauen mir auf die Beine«, stellt Ines unwirsch fest.

»Ich schaue Sie an. Dabei sehe ich eben auch Ihre Beine.«

Plötzlich nimmt Ines die Augen, die sie damals angeschaut haben und die auch jetzt auf sie gerichtet sind, überdeutlich wahr, die Maserung der Iris, den Schimmer der Pupillen, und fühlt sich wie in warmes Licht gestellt.

Der Mann bemerkt es, er hakt nicht nach, sondern hebt nur leicht die Augenbrauen. Freundlich.

Verlegen senkt Ines den Blick und schiebt mit beiden Händen die am Vormittag gesammelten Muscheln auf dem Verkaufstisch hin und her, als suche sie nach der richtigen Anordnung. »Mir war auf einmal so warm«, sagt sie schließlich. »Wahrscheinlich wegen der Aufregung.«

Nun lächelt er ungläubig, es gleicht fast einem verständnisvoll-verschwörerischen Grinsen, dann wechselt er das Thema. »Der Winzer war entsetzlich«, sagt er. »Allein dieses rosa Hemd!«

Ines muss lachen, was Uwe Bernstein anspornt, Harald Diehl mitsamt dialektalem Akzent nachzuahmen: »Dieser große Riesling glänzt durch eine aromatische Obernote von Katzenpisse im positiven Sinn.«

Wieder lacht Ines, lauter noch als zuvor.

»Was war wirklich mit Ihnen los?«, sticht Bernstein in ihr Lachen hinein.

Sie ordnet weiterhin die Muscheln, er sieht ihren Händen zu. Nach einer Weile deutet er auf einzelne Exemplare und benennt sie: »Herzmuschel, Schwertmuschel, Sandklaffmuschel, Baltische Plattmuschel. Die stammen aus der Ostsee.«

»Sie kennen sich aus.«

»Wenn Sie an die Nordsee fahren, finden Sie noch mehr. Andere Arten, Venusmuscheln zum Beispiel. Auch Schnecken, Röhrenwurmgehäuse, vielleicht Sandkorallen.«

»Fahren Sie oft an die Nordsee?«

»Regelmäßig«, antwortet Uwe Bernstein, und es klingt nicht, als spräche er über ein Freizeitvergnügen.

»Ihr Name würde besser zur Ostsee passen«, meint Ines. »Wohin an die Nordsee?«

»Sylt.«

»Oho. Gehören Sie zum Jetset? Sansibar und so?«

»Da muss ich Sie enttäuschen. Ich fahre nicht mal einen Cayenne.«

»Warum dann nicht Amrum? Soll doch auch sehr schön sein.«

»Das hat private Gründe.«

»Tatsächlich? Stellen Sie sich vor, in meiner Naivität bin ich bis jetzt davon ausgegangen, dass Besuche auf Ferieninseln immer und grundsätzlich private Gründe haben.«

Mit diesem Satz und diesem Tonfall glaubt Ines endlich wieder fest auf dem Boden zu stehen und mit dem Kunden auf Augenhöhe zu sprechen. »Also. Was darf es heute für Sie sein?«, fragt sie, um endgültig auf gewohntes Terrain zu gelangen.

»Darf ich Sie zu einer Tasse Kaffee einladen?«, kommt es zurück, nicht als Frage, sondern wie eine Bitte.

Ines lächelt gütig und hebt etwas die Hand, damit er ihren Ring sehen kann. Uwe Bernstein ergreift sie und tupft flink einen Handkuss darauf.

Zwei Tassen Milchkaffee und eine Quittentarte lässt sie sich von Bernstein bezahlen, doch was es mit der Rosenmusterstrumpfhose auf sich hatte, erzählt sie ihm nicht. Er wiederum lässt sich nichts über die privaten Gründe auf Sylt entlocken, gibt über vieles andere jedoch bereitwillig Auskunft. Grafiker, erfährt Ines, freiberuflich, »Webdesign und so, nichts Besonderes, was man da heutzutage halt so macht«.

Über Ines' Privatadresse schüttelt er nur den Kopf, obwohl in der HafenCity Design das Maß der Dinge ist, ein Designer daher eigentlich anerkennende Pfiffe ausstoßen müsste. »Das ist doch totes Areal«, ereifert er sich. »Das ist Abstellgleis pur!«

»Und warum wohnen Sie dann selbst nicht in einem Multikulti-Viertel, wenn Sie es gern bunt und lebendig haben?«, gibt Ines spitz zurück.

»Weil ich nicht bei der Gentrifizierung dieser Stadtteile mitmachen will.«

Ines nickt kommentarlos. Sie muss Daniel fragen, was mit dem Begriff genau gemeint ist, sie kennt ihn nur ungefähr.

»Sind Sie so etwas wie ein guter Mensch?«, fragt sie.

»Nein, im Gegenteil«, antwortet Bernstein so kokett, dass Ines ihm nicht glaubt.

Mit beiden Händen bündelt sie ihre Haare und befestigt die Spange neu. Dabei rutschen ihr die Ärmel in die Armbeugen. Bernstein berührt mit den Fingerspitzen die Spuren der Verbrühung durch den grünen Tee. »Sie sind verletzt«, sagt er. »Was ist passiert?«

Fleisch und Blut

Nach seinem Verzicht auf die Dienstreise hat Daniel eine Bitte um Gegenleistung riskiert: Ines möge keine Hormone nehmen. Die Vorstellung, sie könne sich HCG spritzen, um damit den Eisprung auszulösen, kommt ihm unheimlich vor, fast abstoßend sogar, »du bist doch gesund«, hat er sie beschworen, »du brauchst das überhaupt nicht«. Am Ende hat sie versprochen, zu verzichten, aber wieder eine Woche Enthaltsamkeit verlangt und mit der Kinderwunschklinik einen Inseminationstermin am 10. September vereinbart.

Bin gespannt, ob es wieder Raum 10 ist, denkt Daniel im Aufzug. Am 10. September in Raum 10. Vielleicht ein gutes Omen.

Es ist Raum 10. Die Filme sind die alten, die lange Enthaltsamkeit erweist sich als sinnvolle Maßnahme, Daniel glaubt, nach einer Zeitspanne, für die er sich nicht schämen muss, sein Becherchen abgeben zu können. Auf dem Weg zur Labortür stoppt ihn allerdings eine Stimme, die er schon einmal gehört hat.

»Sag ich doch, dass wir den gleichen Zyklus haben!«

Rico holt ihn ein, noch immer im T-Shirt, doch inzwischen mit langen Hosen. Obwohl er in der einen Hand die Probe und in der anderen einige DVDs hält, besteht er darauf, Daniel die Hand zu geben. Er klemmt dafür die Filme unter den Arm, wo sie beim umständlichen Händeschütteln jedoch ins Rutschen kommen. Sie fallen zu Boden, Rico sagt mit gesenkter Stimme »Scheiße«, dann sagt er »Halt mal!« und drückt Daniel den Becher in die Hand.

Daniel greift automatisch zu, würde im nächsten Moment aber am liebsten loslassen, als er das körperwarme Plastik an den Fingerkuppen spürt.

Nachdem Rico die Kassetten aufgesammelt hat, blickt er auf die beiden gleich aussehenden transparenten Becher in Daniels Händen und fragt mit ratlosem Gesichtsausdruck: »Welcher war jetzt meiner?«

Daniel erschrickt.

Rico lacht. »War nur ein Scherz. Gehst du anschließend noch mit was trinken? Oder musst du gleich wieder auf Arbeit?«

Diesmal verschwindet er als Erster im Labor, wartet dann auf Daniel und nimmt ihn, der sich nicht energisch genug wehrt, einfach mit, führt ihn aus dem Innenstadtbetrieb hinaus, vorbei an Baustellen und Brachen, es geht in Richtung Hafen, Oberhafen, Wasser muss überquert werden, hier wurde mal richtig geladen und gelöscht, denkt Daniel, aber das war einmal, oben sieht man einen Güterzug auf der Brücke den Deichtorhallen und dem Hauptbahnhof entgegenfahren, und unter der Brücke, die Traufe nur wenige Zentimeter von der Brückenunterkante entfernt, kauert schief ein Backsteinhäuschen auf der Kaimauer, von dem Daniel schon mal gehört, das er aber noch nie zu Gesicht bekommen hat. »Oberhafenkantine« steht über den spitz zulaufenden Fensterkapitellen auf der Fassade.

»Kennst du, oder?«, fragt Rico, dem der Weg hierher sichtlich vertraut ist. »Ist die letzte Kaffeeklappe im Hamburger Hafen. Bloß dass hier keine Schuten mehr anlegen.«

Sie setzen sich draußen auf die Klappmöbel, Rico bestellt Kaffee und Frikadellen, Daniel nur einen Latte macchiato.

»Haben wir nicht«, stellt die Bedienung fest, keineswegs unfreundlich, sondern sachlich.

»Für ihn dasselbe wie für mich«, hilft Rico aus. Er hat die Filme neben sich auf den Tisch gelegt, ein kleiner Stapel von vier Kassetten, die Hüllen transparent, in die oberste ist ein linierter Notizzettel eingelegt worden, mit der Hand beschriftet: »Private Choice«.

»Ich kann das Zeug da drin nicht ab«, erläutert Rico ungefragt mit einem Daumenzeig über die Schulter in Richtung Kinderwunschklinik. »Drum hab ich diesmal ein paar eigene Sachen mitgebracht. Verstehst du?«

»Und nächstes Mal bringst du dann deine Frau mit«, meint Daniel im Versuch, sich dem Duktus seines Gefährten anzupassen.

»Du wirst lachen, da hätte ich nichts gegen. Aber das kann ich ihr nicht zumuten. Für die ist das Ganze auch so schon nicht leicht.«

Der Kaffee wird gebracht, Daniel nimmt einen Schluck und überlegt, wann er zum letzten Mal Filterkaffee zu sich genommen hat, das muss an Weihnachten gewesen sein, als er bei seinen Eltern war.

»Der Kaffee hier ist astrein«, klärt Rico ihn auf. Es stimmt, das heiße Getränk schmeckt gar nicht schlecht und erinnert außerdem an früher. Offenbar verfügen sie in der Küche über eine Maschine, die das Wasser zum Aufbrühen bis nahe an die hundert Grad erhitzt. Daniels Großmutter hatte handelsübliche Kaffeemaschinen stets abgelehnt, weil sie ihr nicht stark genug erhitzten, die Hitze aber das Aroma mache, wie sie sagte. Sie hantierte bis zum Schluss beharrlich mit Porzellanfilter und pfeifendem Wasserkessel.

Rico zündet sich eine Zigarette an, Daniel wundert sich nur eine halbe Sekunde lang, warum ihm keine angeboten wird, prompt blickt Rico auf, zeigt fragend die Schachtel vor und sagt »Dachte ich mir doch«, als Daniel den Kopf schüttelt.

»Und wie lange probiert ihr's schon?«, fragt er.

Daniel weiß nicht genau, nach welchem Maßstab er antworten soll. »Meinst du, wie lange insgesamt? Oder mit ärztlicher Hilfe?«

»Du musst schon selber wissen, wie du antworten willst.«

»Insgesamt sind es jetzt knapp anderthalb Jahre.«

»Da seid ihr ja noch ganz am Anfang. Bestimmt habt ihr noch nicht mal über Adoption nachgedacht.«

»Nein«, bestätigt Daniel. »Das ist für uns auch gar kein Thema. Ich möchte das jedenfalls nicht.«

»Es soll dein Fleisch und Blut sein, richtig?«, fragt Rico rhetorisch.

»Ja, so in der Art. Kennst du das nicht?«

»Doch, das kenne ich. So hab ich auch mal gedacht. Was glaubst du, weswegen ich mein Geld in dieses sauteure Labor trage. Aber jetzt denk ich nicht mehr so. In der Zeit, in der wir das jetzt schon machen, hätten wir längst irgendwo einen kleinen Chinesen oder so was aufgetrieben. Ich hätte nix dagegen.«

Daniel überlegt einen Moment, dann sagt er: »Das glaube ich dir nicht.«

»Aha. Und warum nicht, wenn ich fragen darf?«

Daniel wartet ab, bis die Teller mit den Frikadellen vor ihnen stehen und die Bedienung Mahlzeit gewünscht hat, bevor er sich an einer Erklärung versucht. »Der Mensch will seine Gene vererben«, behauptet er. »Wenn man es genau bedenkt, ist es zwar ziemlich narzisstisch, sich zu wünschen, dass ein Teil von einem über Generationen hinweg weitergereicht und durch die Welt getragen wird, aber ich glaube, es ist natürlich.«

»Natürlich ist auch die Fortpflanzung, mein Junge. Und trotzdem klappt sie bei uns nicht.«

»Ja, gut, aber dafür gibt es halt dann auch natürliche Gründe. Trotzdem noch mal zu den Genen. Ich beziehungsweise der Mensch will sie weitergeben, denn wenn ich mich nicht fortpflanze, bleibt nicht die geringste Spur von mir auf der Welt zurück. Dann ist es so, als hätte es mich nie gegeben.«

»So ein Blödsinn«, grunzt Rico. »Was sollen dann diejenigen sagen, die gar nicht erst auf die Welt kommen?«

Verdutzt von dieser Logik weiß Daniel nicht zu antworten und fängt erst einmal an zu essen. Auch die Frikadelle schmeckt ihm. Der Senf sieht aus, als hätte man ihn nicht aus einer engen Tube befreien müssen; Daniel gibt unwillkürlich einen zufriedenen Laut von sich.

»Alles hausgemacht«, sagt Rico mit vollem Mund. »Aber noch mal zum Thema. Weißt du, was ich mittlerweile denke?«

»Was denn?«

»Ich denke: Scheiß auf die Gene! Von deiner genetischen Zukunft kriegst du null mit. Und wenn dich die Vorstellung frustriert, dass nach deinem Tod dein genetisches Erbe nicht mehr weiterlebt, dann kann ich nur sagen, dass du im Hier und Jetzt nicht genug Probleme hast.«

Er beißt von der Frikadelle ab, nimmt direkt danach einen Zug von der Zigarette, zieht die Nase hoch und bestellt sich per Zuruf ein Bier. Man sieht, wie ihm die gerade noch zur Schau gestellte Lockerheit abhandenkommt, er schüttelt den Kopf, schaut in verschiedene Richtungen, zieht erneut an der Zigarette und holt dabei tief Atem, stößt ihn samt Qualm dann wieder aus, beugt sich ein Stück zu Daniel herüber und nimmt ihn fest in den Blick. »Weißt du, was mich fix und fertig macht?«, fragt er.

»Na?«

»Dass ich vielleicht nie in meinem ganzen Leben mit einem Kind schmusen werde.«

Er lehnt sich zurück, als wolle er die Wirkung seiner Worte begutachten. Aber nicht lange, denn sogleich redet er weiter. »Dass ich keinem Menschen je das Fahrradfahren beibringen werde. Oder das Schwimmen. Dass kein Kleines auf wackligen Beinchen vor mir hertappt, die Arme in die Höhe gestreckt und in jeder Faust einen Zeigefinger von mir. Und dann einen Zeigefinger loslässt, und dann den zweiten – und alleine läuft, nach ein paar Schritten hinfällt, erschrickt und sich wundert und kurz zögert und dann anfängt zu weinen und sich zu mir umdreht. Und ich gehe zu ihm hin und nehme es auf den Arm und tröste es mit meinem ganzen großen Körper.«

Beim letzten Satz hat Rico die Arme ausgebreitet und auf seinen Bauch geblickt.

Daniel sagt nichts. Er starrt den großen, kräftigen Mann, der jetzt seine Zigarette ausdrückt, nur an.

»So etwas vielleicht nie zu erleben – das tut mir weh. Ich kann dir gar nicht sagen, wie weh. Das tut so weh, dass ich das Gefühl habe, ich spüre die Ausmaße meines ganzen Körpers, und zwar deswegen, weil in jeder Faser, ach was, in jeder verdammten Zelle ein brüllender Schmerz steckt.«

Er hat inzwischen die rechte Faust geballt und lässt sie zittern wie im Krampf. Es ist ein mit hohem Kraftaufwand gebremstes Schütteln der Faust, das Daniel vor sich sieht, die Illustration des brüllenden Schmerzes soll das sein.

Dann geht die Faust auf und fällt als schlaffe Hand auf den Oberschenkel. »Was interessieren mich da die Gene«, sagt Rico. »Ich scheiß auf meine Gene! Ich will kein Kind, das mein Erbgut transportiert, ich will ein Kind, das mich braucht!«

Daniel ist es heiß geworden. Er hat dem Mann zugehört, wie man einer verstörenden Aufführung beiwohnt, nun spürt er eine Aggression in sich aufflackern, deren Ursprung er nicht kennt.

»Was tust du dir dann diese Laborprozedur an?«, sagt er ungehalten. »Adoptier doch eins, wenn dir die Gene gleichgültig sind!«

»Das würde ich auch tun, mein Lieber. Aber ich bin nun mal nicht allein. Meine Frau will schwanger werden. Was für dich die Gene sind, ist für sie der dicke Bauch. *Ich will Leben in mir wachsen spüren.* Solche Sätze darf ich mir anhören.«

»Was ist daran verkehrt?«

»Daran ist nichts verkehrt, bloß: Denkt sie auch mal an mich? Ich kann sowieso nie *Leben in mir wachsen spüren,* weil ich ein Mann bin. Aber beschwere ich mich deswegen?«

Die Bedienung kommt und stellt Rico das Bier hin. Mit Blick auf Daniel sagt sie: »Ich hab vorsichtshalber gleich ein zweites mitgebracht.«

Daniel nimmt es gerne an, er hat durch die Erhitzung Durst bekommen.

»So ist das hier«, sagt Rico. »Hier haben sie ein Auge für die Gäste.«

Eine Weile trinken sie schweigend. Unter der Eisenbahnbrücke verläuft eine Fußgängerbrücke, die wenig benutzt wird. Es dauert ziemlich lange, bis jemand vom anderen Ufer herüberkommt, es ist ein glatzköpfiger junger Mann mit Plastiktüte, vor der Hafenkantine bleibt er stehen und sieht sich orientierungslos um, die Pupillen in seinen Augen sind fast nicht zu erkennen. Es scheint ihn Mühe zu kosten, einen Punkt zu fixieren, schließlich steuert er Rico an, murmelt etwas und bewegt dabei die zum V gespreizten Zeige- und Mittelfinger seiner rechten Hand vor dem Mund hin und her. Rico gibt ihm eine Zigarette und Feuer, dann macht der Glatzkopf kehrt und trottet über die Brücke zurück.

Wenig später taucht erneut ein Mann mit Glatze auf, ein sichtlich gesünderer Mitbürger diesmal, der von einem Kompagnon mit ziemlich langen Haaren eskortiert wird: Die Männer tragen enge T-Shirts und Jeans, und jeder von ihnen schiebt einen Kinderwagen.

Daniel taxiert die beiden, sie sind vermutlich ein paar Jahre jünger als er.

Routiniert parken sie die Kinderwagen nebeneinander an der Stirnseite eines Tisches, setzen sich dann so einander gegenüber, dass jeder leichten Zugriff auf sein Kind hat, und bestellen Weizenbier. Die Kinder scheinen abzuwarten, blinzeln in den Himmel, drehen suchend die Köpfe, als über ihnen geräuschvoll ein Zug mit Tankwaggons über die Brücke fährt.

Die großen taillierten Gläser werden gebracht, es sieht aus, als leuchteten sie von innen.

Die Männer trinken einen Schluck, dann lösen sie je eine großformatige Tasche von den Kinderwagen. Daniel sieht, dass die Behältnisse mit stabilen Kreppverschlüssen an den Lenkstangen angebracht sind; man kann sie auch als Umhängetasche benutzen.

Beinahe synchron holen die Männer Lätzchen, Baby-Gläschen und Löffel hervor und fangen an, die Kinder zu füttern. Daniel kann nicht erkennen, ob die beiden Gläschen Nahrung der gleichen Geschmacksrichtung enthalten, die Farbe der Löffel immerhin ist unterschiedlich. Während des gesamten Vorgangs unterbrechen die beiden Männer ihre Unterhaltung nicht. Ohne Hast, doch eben auch ohne längere Pausen wechseln sie Satz um Satz. Sie scheinen Zeit zu haben und zu wissen, wie man sie nutzt.

Während der Fütterung bleiben die Kleinen im Wagen sitzen. Ab und zu nehmen sie Kontakt miteinander auf, sehen sich an, strecken die Händchen aus, greifen unkoordiniert hinüber. Sie sind vielleicht sechs, sieben Monate alt, Daniel kann das schwer schätzen, vielleicht auch acht, sie essen mit gesundem Appetit, sperren weit die Münder auf und deuten fordernd auf die Gläschen, wenn die Väter, ins Gespräch vertieft, die leeren Löffel zu lange in der Luft verweilen lassen.

Da es gegen Mittag geht, mehren sich die Gäste. Vier Frauen, offenbar Kolleginnen aus demselben Amt oder Büro, hängen am Nebentisch ihre Handtaschen über die Stuhllehnen und nehmen Platz. Man sieht, wie entzückt sie von der doppelten Vater-Kind-Idylle sind, es scheint, als müssten sie eine Menge Selbstbeherrschung aufbringen, um nicht auffällig laut in Begeisterung, Bewunderung, Vergötterung zu verfallen.

Rico und Daniel registrieren das sehr wohl. »Noch zwei Bier«, ruft Daniel der Bedienung zu.

»Für mich auch zwei«, ergänzt Rico.

Kein Grund zum Lachen – oder doch?

Daniel muss lachen über die gigantische Hässlichkeit der Stadtbrache, die sie auf dem Rückweg durchwandern. Vielleicht muss er auch über die Situation lachen, in die er unverhofft geraten ist. Er weiß nicht einmal genau, wo er sich gerade befindet, denn für den Rückweg hat Rico eine neue Route gewählt. Fragt sich nur, ob mit Absicht oder aus Versehen. Da sieht man mal, von welchem Unsinn einen die Arbeit Tag für Tag abhält, denkt Daniel und lacht schon wieder. Von einem fremden Mann hat er sich verleiten lassen, am helllichten Tag vier Gläser Bier zu trinken. Oder waren es fünf? Durch die Männer mit den Babys und die hingerissenen Sekretärinnen ist ihre Unterhaltung versiegt. Sie wussten einfach nichts mehr zu sagen, also haben sie den anderen bloß zugeschaut und ab und zu ein Bier bestellt. Und nun schwanken die Baukräne vor seinen Augen hin und her wie riesenhafte Scheibenwischer.

»Dabei regnet's doch gar nicht«, lacht Daniel.

»Was redest du da?«

»Nichts, schon gut. Hatte ich eigentlich vier oder fünf Bier?«

»Meiner Zählung nach waren es sechs.«

»Ach du Scheiße.«

»Ist doch halb so wild. Der Tag ist eh fast rum, und auf Arbeit musst du auch nicht mehr. Also. Brust raus und weiter geht's.«

Daniel will noch einen Augenblick stehen bleiben, um den Schwindel zu fesseln. Wenn man richtig atmet, kann das durchaus gelingen, das weiß er noch von früher, aus den Zeiten, als er fast jedes Wochenende zu viel intus hatte. Außerdem weiß er jetzt, wo er ist. Vor ihnen liegt die HafenCity, logisch, er hätte es gar nicht weit nach Hause, und links geht es zu dem Kai, vor dem neulich das Flugzeug abstürzte.

»Ich zeig dir was«, sagt Daniel und zieht Rico mit nach links.

»Das ist die falsche Richtung, Mann«, protestiert Rico, »was willst du da?«

»Gleich da drüben«, sagt Daniel, »da ist neulich das Wasserflugzeug abgestürzt.«

»Na und?«

»Zwei Tote: ein Ehepaar. Ich zeig's dir.«

»Wir haben keine Zeit, wir müssen weiter. Außerdem will ich an solche Sachen jetzt nicht denken, sonst krieg ich gleich wieder Durst«, sagt Rico.

»Wieso das denn?«

»Kennst du das nicht: trockener Mund, weil dir bestimmte Sachen hochkommen?«

»Was für Sachen? Die Frikadelle von vorhin?«

»Quatsch!«

»Was dann?«

»Erinnerungen, Mann. Schlimme Erinnerungen.«

Daniel weiß nicht, was er darauf entgegnen soll. Vom Vorhaben, die Absturzstelle zu besichtigen, nimmt er trotzdem Abstand, sie gehen weiter geradeaus, und er versucht sich vorzustellen, was das für Erinnerungen sein können, von denen man einen trockenen Mund bekommt. Er hat solche nicht.

Sie gehen eine Weile schweigend nebeneinanderher. Daniel würde zu gerne wissen, worauf Rico gerade angespielt hat, traut sich aber nicht, nachzufragen.

»Jetzt würdest du gerne wissen, was das für Erinnerungen sind, traust dich aber nicht, zu fragen, stimmt's?«, fragt Rico, als sie das Areal erreichen, in dem die Häuser schon fertig sind.

»Na ja.«

»Ich sag's dir aber nicht.«

Daniel sieht Rico ins Gesicht und lacht, weil ihm vor Unsicherheit nichts anderes einfällt. Mehrere Sekunden lang sieht er dem Mann, an dem alles groß ist, auch der Kopf und sämtliche Bestandteile des Gesichts, in die Augen. Der Mann scheint keinerlei Schwierigkeiten zu haben, dem Blick standzuhalten, trotz der sechs Bier, trotz der drohenden Erinnerungen.

Dann zwinkert er.

Daniel lacht. »Tust du mir einen Gefallen?«, fragt er.

»Schon wieder?«

»Wieso schon wieder?«

»War nur ein Scherz. Worum geht's?«

»Lass uns einen kleinen Umweg machen«, sagt Daniel und deutet dorthin, wo er wohnt. Keine fünf Minuten später stehen sie vor dem Haus, oder besser: unterhalb des Hauses am Kai, dort, wo sonst die Touristen und die Nachwuchsmanager sitzen und Kaffee aus der Mitnahme-Schnabeltasse trinken.

»Wie findest du das?«, fragt Daniel und schaut nicht lange nach oben, weil dann das Schwindelgefühl sofort wieder das Korsett sprengt, in das er es gerade erst gezwängt hat.

Rico lässt den Blick systematisch von unten nach oben über die Fassade schweifen, er scheint jede Etage, alle Nischen, sämtliche überstehenden Kanten, die Fenster, die Balkone, die wechselnden Materialien zu mustern. Seine Blickbewegung erinnert an eine ferngesteuerte Kamera.

»Nicht gerade akkurat gebaut«, stellt er fest. »Eher nicht so mein Fall. Aber gegen die Lage kann man nichts sagen. Man fragt sich, wer sich so was leisten kann. Ich jedenfalls nicht. Wäre mir aber sowieso zu steril. Außerdem sieht es so aus, als gäbe es hier weit und breit keinen vernünftigen Laden und schon gar keine anständige Kneipe. Und dann überall dieser weiße Beton. Da traust du dich mit dreckigen Schuhen ja nicht mal auf die Straße.«

»Ich kann mir das leisten.«

»Wie jetzt?«

»Hier wohne ich. Also wir.«

»Nee, oder?«

»Doch.«

»Und warum zeigst du mir das?«

Daniel blickt noch einmal kurz an der Hauswand empor, dreht den Kopf zur Elbe, sieht schließlich Rico an und sagt: »Keine Ahnung, ehrlich.«

Obwohl es ihnen beim besten Willen nicht gelingt, die Schritte zu beschleunigen, erreichen sie pünktlich die Fruchtbarkeitsklinik. Rico findet sogar noch Zeit, um vor dem Eingang eine zu rauchen. Beide haben den Termin zur selben Zeit, jedoch bei verschiedenen Gynäkologinnen.

»Spritzt du eigentlich selbst?«, will Rico wissen, nachdem er die Kippe in hohem Bogen auf die Straße geschnippt hat.

»Im Prinzip ja. Warum?«

»Nur so.«

Rico verabschiedet sich mit einem Händedruck von Daniel, als die Aufzugtür aufgeht. »Bis nächsten Monat«, sagt er und setzt sich im Gang neben seine schmale Frau. Daniel geht mit einem kurzen Gruß vorbei, denn zehn, fünfzehn Meter weiter sitzt Ines vor einem anderen Behandlungszimmer auf dem Stuhl. Anstatt ihn zu begrüßen, schaut sie auf die Uhr.

Daniel beugt sich zum üblichen Kuss hinab, doch Ines zuckt zurück. »Du hast eine Fahne«, sagt sie.

»Tut mir leid. War keine Absicht. Ich glaube, heute muss die Ärztin spritzen. Schlimm?«

Ines fällt auf, dass Daniel lange nicht nach Alkohol gerochen hat. Seit sie in Hamburg leben, ist er nicht mehr betrunken gewesen. Früher war das anders; wenn sie mit ihren Freunden die Weinfeste, von denen immer irgendwo eines in der Nähe stattfand, besuchten, hatten sie kaum Gelegenheit, den Rausch zu umgehen. Nur die Autofahrer tranken Cola oder Apfelschorle, es waren immer dieselben, es schien ihnen nichts auszumachen. Das Gefühl, gebraucht zu werden, kompensierte ihren Verzicht auf Alkohol.

Ines schnuppert noch einmal zu Daniel hinüber. »Hast du auch geraucht?«

»Ich nicht, aber er«, sagt Daniel und deutet den Gang hinunter, wo Rico neben seiner Frau sitzt.

»Woher kennst du den?«

»Na, von hier.«

»Von hier?«

»Vom Samenspenden«, flüstert Daniel.

Ines sieht ihn mit großen Augen an. »Das ist nicht dein Ernst.«

Sie muss ein bisschen lachen, aber nicht, weil sie das komisch findet, sondern im Gegenteil. Daniel zuckt nur mit den Schultern, schielt vorsichtig in Richtung Rico, weiß nicht, wohin mit seinen Händen, und kommt schließlich auf die Idee, sein Handy aus der Tasche zu nehmen und auf lautlos zu stellen. Es steht bereits auf lautlos, er hat nach der Prozedur vom

Vormittag vergessen, es umzustellen. Sechs Anrufe und vierzehn Mitteilungen. Schnell steckt er das Gerät wieder ein.

Ines sieht wieder auf die Uhr. Sie schweigt jetzt, und es scheint, als werde ihr Schweigen so schnell nicht weichen, dann aber dreht sie sich doch zu Daniel um und fragt ihn, was eigentlich Gentrifizierung genau bedeutet.

Willkommen in der Heimat

Der Zug fährt 10:01 ab Hauptbahnhof, Daniel hat am frühen Morgen einen Kilometer in der Schwimmhalle absolviert, jetzt geht er, bereits in Schuhen und Jacke, durch die Wohnung, den Schlüssel in der einen Hand, das Telefon in der anderen, er wartet auf Ines, die sich noch schminkt; erst wenn sie fertig ist, wird er ein Taxi rufen. Er geht durch alle Räume, ähnlich wie man durch ein Museum geht, und bleibt tatsächlich vor der Vitrine stehen. Er glaubt darin mehr Exponate als sonst zu sehen. Zwei Fachböden werden von einem Muschelmosaik bedeckt.

»Wo sind die her?«, ruft er in Richtung Bad.

Statt einer Antwort kommen Schritte.

»Was?«

»Die Muscheln. Wo kommen die plötzlich her?«

»Die liegen schon ein paar Tage hier. Aus Strande.«

Da Daniel sich fragend zu ihr umdreht, fügt Ines hinzu, sie habe sich neulich einen halben Tag freigenommen und sei ans Meer gefahren. »Das will ich jetzt öfter tun«, ergänzt sie. »Vielleicht sogar regelmäßig. Es tut gut.«

Daniel wartet so lange ab, bis sein diffuser Unmut sich lichtet, das dauert drei, vier Sekunden, dann wählt er den Weg der Ermutigung. »Du hast recht«, sagt er. »Wenn es dir guttut, warum nicht? Aber was ist dann mit dem Laden?«

»Der bleibt dann zu.«

»Zu?«

»Zu.«

Wieder muss Daniel einige Sekunden Pause machen, bis

ihm etwas Konstruktives einfällt. »Wir könnten Elzbieta fragen, ob sie hin und wieder aushelfen möchte.«

Anstatt zu antworten, sieht Ines ihren Mann mit leichtem Lächeln und angedeutetem Kopfschütteln an. »Du bist unverbesserlich«, sagt sie.

Er weiß nicht, wie sie das meint, wertet es aber schließlich zu seinen Gunsten.

»Bist du fertig?«, fragt er. Gleich darauf bestellt er ein Taxi, und auf der Fahrt zum Bahnhof schickt er Elzbieta bereits eine SMS.

»Was denkst du?«
»Nichts. Und du?«
»Nichts Besonderes.«

Lüneburg bleibt rechts und links liegen, Hannover sieht unspezifisch aus, das Land dazwischen und danach ist flach, durch Hecken und Baumgruppen gegliedert, Pferde hier und da, dann auch mal Vögel, groß und grau, fast wie im Zoo, »Was sind das für welche?«, niemand weiß die Antwort, auch die Umsitzenden nicht, über die Ines einen fragenden Blick schweifen lässt, Daniel, der, wie immer, wenn es möglich ist, einen Platz mit Tisch und Steckdose reserviert hat, geht ins Internet, stochert hier und da im vogelkundlichen Bestand, stellt ein paar Vergleiche an und sagt dann: »Kraniche. Das müssen Kraniche gewesen sein«, worauf Ines sich ihrem Zeitschriftenstapel zuwendet, was ihm erlaubt, im Intranet der Firma nachzusehen, was Schenk und Wimmer machen und ob Fuschelberger sich inzwischen auf den neuesten Stand der Dinge gebracht hat.

Kurz hinter Göttingen schlägt Daniel vor, einen Film anzuschauen. Er hat zwei Kopfhörer dabei und eine Steckverbindung, die es erlaubt, beide am Laptop anzuschließen. Ines muss lachen, als sie sieht, was Daniel auf den Bildschirm holt. *Sideways* sehen sie nicht zum ersten Mal. Der Film hält bis hinter Frankfurt vor, bis Mannheim sind es dann nur noch zwanzig Minuten, und nach dem Umsteigen vertreiben sie sich in der S-Bahn die Zeit mit der stationsweisen Begrüßung der vertrauten Gegend, Ludwigshafen, Schifferstadt, Böhl-Iggelheim und Hassloch. Nach Neustadt-Böbig begeben sie sich zur Tür, und als die Bahn im Hauptbahnhof von Neustadt einrollt, sehen sie bereits Ines' Vater angestrengt Ausschau halten. Solange dieser Mann lebt, wird er ihnen nicht gestatten, mit dem Taxi nach Edenweiler zu fahren, diese Verschwendung erträgt er einfach nicht.

»Willkommen in der Heimat«, sagt er, und man weiß nicht, ob er die Arme vom Körper abspreizt, um seine Tochter zu umarmen oder um nach dem Gepäck der Ankömmlinge zu greifen. Daniel gibt ihm die Hand, Ines ihren Koffer und dazu einen kurzen Kuss auf die Wange, kurz genug, dass es sie nicht zum Zittern bringt. »Seid ihr gut angekommen, ja?«, »Wie war die Fahrt?«, »War's voll im Zug?«, »Wie ist bei euch das Wetter?« und so weiter und so fort, nichts, worauf man substanziell zu antworten hätte. Sie wären auch nicht dazu gekommen, denn nun, da sich der Bahnsteig leert, sehen sie, dass noch jemand auf sie gewartet hat: Daniels Vater ist ebenfalls zum Abholen gekommen, er hat am Bahnsteigende Position bezogen, um nach Einfahrt der S-Bahn beim Ausschauhalten nicht ständig den Kopf nach beiden Seiten drehen zu müssen.

Die beiden Väter geben sich die Hand, überlassen die Regelung der Abläufe jedoch den Kindern; während Daniel noch damit befasst ist, Peinlichkeit und Missmut auseinanderzudividieren, trifft Ines die Entscheidungen: Sie fahren gemeinsam bei ihrem Vater mit nach Edenweiler, Daniel trägt das Gepäck ins Zimmer, begrüßt ihre Mutter und steigt dann in den Wagen seines Vaters, der ihnen vom Bahnhof aus gefolgt ist, und lässt sich nach Sankt Lorenz bringen, wo seine Eltern wohnen, soll aber zum Essen wieder zurück in Edenweiler sein. Niemand ist mit dieser Regelung zufrieden, die Daniels Vater durch sein unangekündigtes Erscheinen provoziert hat, in Ines gärt der hilflose Zorn ob der unerschütterlichen Macht der Eltern, die Kinder zur Selbstverleugnung zu nötigen, auch dann noch, wenn sie fast vierzig sind und nicht mehr vierzehn oder vier.

Im Auto herrscht zunächst Schweigen, bis am Stadtrand vom Fahrersitz die Frage kommt: »Und sonst?«

Daniel und Ines müssen sich anschauen, um zu klären, wer antwortet, und womöglich lässt diese kleine Pause den Vater argwöhnen, die Antwort könnte anspruchsvoller als gewünscht ausfallen, denn noch bevor Tochter oder Schwiegersohn etwas sagen können, wechselt er zu dem Thema, das ihn in diesen Wochen schon von Berufs wegen interessiert: »Sie haben schönes Wetter angesagt.«

»Wer, sie?«, fragt Ines vom Rücksitz aus, wo sie neben Daniel wie im Taxi sitzt.

Ihr Vater stutzt, weil er nicht weiß, wie sie es meint, dann lacht er kurz, als Überleitung zu einem ersten Bericht von der bisherigen Lese. Beim Sprechen blickt er immer wieder in den Spiegel, wie um zu überprüfen, ob man ihm auch zuhört. Ines hört zu, durchaus aufmerksam, vor allem aber sieht sie hin, betrachtet ihren Vater am Steuer seines alten, fast schon antiken Kombis, wie er aus der Windschutzscheibe heraus spricht, ab und zu die rechte Hand vom Lenkrad löst, um zu zeigen, wie groß die Spätburgundertrauben sind, oder um mit einer Geste zu unterstreichen, dass mit einem kapitalen Jahrgang zur rechnen ist. Im Gegenlicht sieht Ines die weißen Härchen an seiner rechten Ohrmuschel flimmern. Die Hände auf dem Lenkrad kommen ihr so groß und holzig vor wie immer, aber etwas an der Erscheinung ihres Vaters irritiert sie, vielleicht an seiner Haltung; als wäre er fast, aber eben nur fast ein wenig eingesackt, als versänke der Hals tiefer zwischen den Schultern und als krümmte sich die obere Wirbelsäule etwas stärker als gewohnt. Hat er seit dem letzten Besuch abgenommen? Vielleicht ein bisschen, nicht viel, trotzdem bildet sich in Ines die Vorstellung, ihr Vater habe ein minimales Leck, das jedoch umgekehrt funktioniert wie das Leck in einem Boot, nichts läuft hinein, stattdessen sickert etwas heraus, so langsam, dass man von außen lange gar nichts merkt, bis irgendwann der Aderlass so stark geworden ist, dass er sichtbar zu Buche schlägt.

Aus wie vielen Sekunden besteht ein Menschenleben?

Was soll man davon halten, wenn man nicht mehr weiß, wie man die eigene Tochter anfassen soll, denkt der Winzer, wenn man sich nicht traut, sie zur Begrüßung auch nur kurz an sich zu drücken, so wie früher. Obwohl. Früher ist auch schon lange her. Früher ist vor dem einen Mal, bei dem die Hand versehentlich die falsche Richtung eingeschlagen hat. Ausgerutscht ist. Aber nicht im üblichen Sinn, sondern im Gegenteil. Auf der Küchenbank, am Samstagabend nach dem Bad. Zu seiner eigenen Überraschung, nie hätte er gedacht, dass ihm so was passieren könnte. Eine Sekunde lang war das Kind kein Kind mehr, sondern wie das Trugbild einer fremden Frau. Eine Sekunde, in der die Hand wissen wollte, wie sich die Verheißung anfühlt, verdarb alles. Anschließend war es, als hätte er die Tochter eigenhändig weggeschickt für immer. Wo er doch das Gegenteil gewollt hat. Aus wie vielen Sekunden besteht das Leben? Eine Minute hat sechzig, eine Stunde dreitausendsechshundert, ein Tag zigtausend, aufs ganze Leben gerechnet, denkt der Winzer, macht das Millionen Sekunden, und eine einzige falsch genutzte ruiniert für immer das Verhältnis zu deiner jüngsten Tochter. Man wird meschugge, wenn man es sich vor Augen führt; man darf nicht daran denken. Aber wenn sie vor mir steht, kann ich nicht anders, weil ich sehe, dass sie auch daran denkt.

Er fährt den Wagen in den Hof, den rostigen Kombi, für den er sich fast schämt, aber was soll er machen. Die Bank würde ihm durchaus entgegenkommen, das weiß er genau, die warten nur darauf, denen ist bis jetzt noch jedes Mal was eingefallen, Umschuldung, Versicherungen, Hypotheken, ein Wust an Krediten und Verträgen, einer an den anderen gehängt, kein Mensch blickt da noch durch, außer wenn's jeden Monat ans Bezahlen geht, da sieht man, was man aufbringen muss, es wird nicht weniger, es wird ums Verrecken nicht weniger, ganz egal, was der Herbst bringt; bringt er viel Ertrag, ergibt das niedrige Preise, und wenn in einem Jahr die Preise steigen, dann nur, weil der Ertrag geringer ist, am Ende bleibt sich alles gleich und die Schulden schrumpfen nicht. Man muss sich schämen vor dem Schwiegersohn und der eigenen Tochter, denkt der Winzer, trägt der Tochter das Gepäck ins Haus und sagt dem Schwiegersohn, er müsse sich später unbedingt die Rieslingreben ansehen, die seien nach diesem Sommer so prächtig wie selten zuvor: gesunde Trauben, direkt fotogen.

Bei der Tochter dagegen könnte man meinen, denkt der Winzer, sie wäre nicht ganz gesund. Er hat sich nicht getraut, genauer hinzuschauen, aber er meint, neue Furchen in ihrem Gesicht bemerkt zu haben.

Im Spannungsfeld

»Schön, gell?«, sagt Daniels Vater und lässt die Hand entlang der Windschutzscheibe von links nach rechts schweifen. Er meint die Hänge mit den Reben, die Ebene und Hügelwald verbinden. Mehr sagt er nicht, doch Daniel hört das nicht Gesagte trotzdem deutlich, sogar das Lob der Landschaft kommt bei ihm als Vorwurf an: Warum bist du von hier in den Norden, in die Großstadt desertiert?

Seine Mutter empfängt ihn ebenfalls mit einem Vorwurf, spricht ihn aber, wie es ihre Art ist, unverhohlen aus. Daniel muss sich rechtfertigen, weil er alleine kommt, weil er bald wieder wegwill, weil er nicht bei den eigenen Eltern übernachtet, sondern bei den Schwiegereltern, weil er in Edenweiler im Weinberg hilft. Seit Ines und Daniel ein Paar sind, halten sie es so, gleichwohl ist es seiner Mutter alljährlich ein Lamento wert.

Daniel verspricht, zum Ausgleich über Weihnachten in seinem Elternhaus zu übernachten, womit der Friede hergestellt ist, den er nicht gleich wieder zu brechen wagt, als er zum Kaffeetisch genötigt wird. Er hat keinen Hunger und weiß überdies, dass es nachher bei den Schwiegereltern etwas Warmes geben wird, doch er verschweigt es, lässt sich Kuchen auf den Teller geben, zwei Sorten stehen auf dem Tisch, da darf er es natürlich nicht bei einem Stück belassen, sondern muss von jeder Sorte eines nehmen, was der Mutter freilich immer noch zu wenig ist, doch beim dritten Stück bleibt Daniel hart, er hat auch so schon seine liebe Mühe und mag gar nicht daran denken, wie es ihm eine Stunde später am anderen Esstisch ergehen wird, wenn man ihm dort mutmaßlich Frikadellen aufdrängen wird.

Zu Kaffee und Kuchen ergeht man sich kleinschrittig auf Plauderarealen ohne Brisanz. Daniels Eltern besitzen die Gabe, ein Gespräch auf so kleiner Flamme köcheln zu lassen, dass es für die Dauer der gesamten Esstischsitzung ausreicht, ohne dass ungebührliche Pausen entstehen. Bevorzugt wird Belangloses serviert, denn es geht ihnen nicht so sehr um den Gehalt des Gesprochenen, sondern darum, per Lautäußerung Kontakt zu halten, so wie Stockenten es beim gemeinsamen Ausschwimmen mit ihren Jungen tun, damit die Verbindung nicht abreißt.

Früher war Daniel organischer Bestandteil des Systems, jetzt muss er feststellen, dass er sekundenweise aus dem Plauderfeld hinausdriftet und das Geplänkel vom Spielfeldrand verfolgt. Was seine Eltern da an Konversation mit ihm und miteinander betreiben, scheint bloß das Vorspiel zum eigentlichen Meinungsaustausch zu sein. Dieser aber findet nie statt, das heißt: Man kommt zu dritt ohne die Hauptsache aus.

Der Charakter der Konversation ändert sich sofort, als Daniels Bruder Dirk den Raum betritt. Er ist der Ältere, der Stammhalter, er macht mit mehreren Gesten deutlich, dass er geradewegs von der Arbeit kommt, lehnt die offerierten Gaben von der Kaffeetafel ab und bietet stattdessen selbstlos an, Daniel nach Edenweiler zu fahren.

Ein außenstehender Beobachter, sagen wir ein Völkerkundler vom asiatischen Kontinent mit Forschungsschwerpunkt Mitteleuropa, hätte wohl schwer entscheiden können, ob hier der Platzhirsch den potenziellen Konkurrenten möglichst schnell aus der Machtsphäre expedieren will – oder ob ein Weinguterbe das ungestörte Gespräch mit seinem jüngeren Bruder im Auto sucht. Falls Letzteres der Fall sein sollte, weiß Dirk es wirksam zu tarnen, indem er in jedem Wort einen Hauch Unwillen und Gereiztheit mitschwingen lässt. Daniel kennt es nicht anders, seit er nach Hamburg gezogen ist; zuvor hat es das, soweit er sich erinnert, nicht gegeben. Auch haben die Gespräche seitdem einen monothematischen Charakter angenommen. Wenn Daniel mit seinem Bruder reden will, muss er mit ihm über Weinbau reden. Andere Themen kennt der Bruder nicht, oder nicht mehr. Er blockt damit die Gefahr ab, dass Daniel von einer anderen Daseinsform erzählt.

Dirk führt mit seiner Frau ein Leben wie aus den Fünfzigerjahren, nur dass die Frau nicht bloß für den Haushalt und die drei Kinder zuständig ist, sondern auch auf allen Ebenen im Betrieb aushilft, sogar in der Geschäftsführung. Auch die Weinproduktion unterliegt einem konservativen Muster. Niemals ginge Dirk das Wagnis ein, eigene Premiumweine auszubauen oder dem Gut individuelle Kontur zu geben. Nein, alles, was seine Rebstöcke hergeben, wird Massenware – vorausgesetzt, die Masse kauft es ihm ab.

Aus diesem Grund nun ist ihr einziges Gesprächsthema zugleich das heikelste Terrain. Wagt Daniel es, Vorschläge zu machen, bringt er Ertragsreduzierung zur Sprache, nimmt er Begriffe wie Qualitätssteigerung, Profilierung, moderne Trinkgewohnheiten in den Mund, schneidet ihm der Bruder unwirsch das Wort ab. Dabei will Daniel nur helfen, weil er ahnt, das elterliche Gut sei auf die alte Weise dauerhaft nur schwer zu halten. Wer für das untere und mittlere Preissegment produziert, tritt auf der Stelle und ist Marktmechanismen ausgeliefert, auf die er keinen Einfluss nehmen kann. Je konkreter Daniel mit seinen Anregungen wird, umso mehr

Ablehnung und Häme fängt er sich ein. Glaubst wohl, du bist was Besseres, mag der Bruder denken, bist nicht vom Fach und doch ein Besserwisser. Daniel spürt die Ressentiments des Älteren gegenüber dem gut verdienenden kleinen Bruder, der in vornehmer Lage in einer Großstadt lebt, wo die Leute übersteuertes Hochdeutsch reden. Er fühlt die Mischung aus Bewunderung, Neid und Verachtung, die er mit seinen Lebensumständen auslöst: Karriere, hohes Einkommen, keine Familie. Und er wittert schwelende Unzufriedenheit mit der Erbschaftsregelung, als wenn die Übernahme eines kompletten Weinguts samt Grund und Gebäuden weniger wert wäre als die Studienunterstützung, die Daniel und die jüngere Schwester Dorothee erhalten haben.

Auch jetzt ist die Stimmung im Wagen gereizt, obwohl Daniel sich erkundigt hat, wie die Lese sich in diesem Herbst anlasse, und Dirk durchaus Erfreuliches aufzählen kann.

»Die Voraussetzungen für einen guten bis sehr guten Jahrgang sind da«, murmelt er annähernd druckreif, »der Sommer war ja super, der Mix aus Sonne und Regen optimal.« Die Einschränkung folgt allerdings auf dem Fuße: »Die Erntemenge ist halt geringer als im Vorjahr, wahrscheinlich an die zwanzig Prozent.«

Aus Daniels Sicht wäre sogar dies positiv wertbar, denn wenn er sich richtig erinnert, hat der Export im Vorjahr nachgegeben, weshalb niedrigere Erträge der Auslandsnachfrage besser gerecht werden, doch seine entsprechende Einlassung löst beim Bruder lediglich einen sarkastischen Seitenblick ohne Worte aus.

Am Vorabend haben Daniel und Ines die Seiten diverser Fachorgane durchgeklickt und lesen dürfen, dass der Jahrgang 2009 allgemein als optimal klassifiziert wird. »Wer in diesem Jahr nicht zufrieden ist, dem kann man nicht helfen«, hat es in einem Kommentar subsumierend geheißen, doch Daniel hütet sich, dem Bruder das Zitat zu Gehör zu bringen. Dem Bruder ist nicht zu helfen, und Daniel erfährt auf den fünf Kilometern von Sankt Lorenz nach Edenweiler überraschend deutlich, woran das liegt. Auf einmal nämlich packt der Bruder aus und formuliert, was Daniel sich bislang nur insgeheim vorgestellt hat: Der Vater hat sich nach der Überschreibung des Besitzes zwar aus dem operativen Geschäft zurückgezogen, doch seine Präsenz strahlt weiterhin in alle Winkel. Wie ein Monument steht er im Hof, wenn etwas geliefert oder abtransportiert wird, er kommt in den Keller, er guckt, sagt wenig, aber das Wenige sitzt.

Dirk beschreibt die Lage skizzenhaft, doch eindrucksvoll, und als sie das Ortsschild von Edenweiler passieren, schließt er den Abriss mit den Worten: »Ich könnt ihn manchmal umbringen, das sag ich dir.«

Bevor Daniel sich entschieden hat, wie er auf das Bekenntnis seines Bruders reagieren soll, erreichen sie ihr Ziel, das offene Hoftor unter dem roten Sandsteinbogen, wo noch immer ein poliertes Messingschild das Anwesen als die Heimat von Weinkönigin Ines ausweist.

»Soll ich mal mit dem Vater reden?«, fragt Daniel, die Hand bereits am Türgriff.

»Vergiss es«, kommt es sofort zurück. »Da ist Hopfen und Malz verloren.«

Daniel muss grinsen. »Zum Glück seid ihr Winzer und keine Bierbrauer.«

Dirk braucht einen Moment, bis er verstanden hat, dann kann auch er sich ein Grinsen nicht verkneifen.

Geschwisterliebe wird überbewertet

Als Ältester, denkt der große Bruder und wendet den Wagen, aus dem der jüngere gerade ausgestiegen ist, sieht man seine Geschwister jahrelang mehr im Rückspiegel als auf gleicher Höhe. Man räumt ihnen den Weg frei und holt sich dabei Schrammen, sie spazieren bequem hinter einem her, und irgendwann, wenn man schon müde ist, wird man von ihnen überholt und sieht sie wenig später hinterm Horizont verschwinden.

Geschwisterliebe wird überbewertet, denkt der große Bruder. Die gibt es womöglich gar nicht, die bildet man sich vielleicht nur ein, und solange alle so tun, als wäre sie selbstverständlich da, funktioniert die Illusion wie Kitt.

Bis einer nicht mehr mitmacht.

Ich, denkt der große Bruder, mache bald nicht mehr mit. Die tanzen hier an und werden hofiert, nachdem sie jahrelang auf Kosten der Eltern und dadurch, wenn man es genau nimmt, auch auf meine Kosten studiert haben. Schon immer hat man ihnen Zucker in den Arsch geblasen. So etwas macht blind, darum haben sie keinen Blick für das, was unsereiner hier tagtäglich leisten muss. Bloß kritisieren kann er, der Herr Unternehmensberater, der sogar am Wochenende nach Parfüm riecht.

Wenn der und seine Schwester wüssten, was ich mitmache, denkt der große Bruder und lässt das Seitenfenster herunter. Sein Vater wird, wie er ihn kennt, noch zwanzig Jahre leben. Bis der Nachfolger schalten und walten darf, wie er will, kann er selbst Rente beantragen. Dann wird er sein gesamtes Arbeitsleben lang der Gesellen-Sohn gewesen sein, der seinem Vater und Meister nicht das Wasser reichen kann.

Während andere sich in Hamburg ein schönes Leben machen und die Taschen mit Geld füllen, ohne dass ihnen einer reinredet. Er hat seine Geschwister zwar nicht ausbezahlen müssen, weil sie dafür die ewig lange Ausbildung finanziert bekommen haben, aber es wäre nur gerecht, wenn zumindest Daniel ihm ab und an was zuschießen würde, als Entschädigung.

Von sich aus käme der jüngere Bruder allerdings nie auf die Idee, weiß der ältere, und darum bitten kann er ihn natürlich nicht. Eines aber nimmt er sich vor: Wenn die Eltern mal nicht mehr können, wird er seine Geschwister in die Pflicht nehmen, dann sollen die schön wieder in die Pfalz ziehen und mithelfen. Wenn nicht, müssen sie zahlen. Ich, beschließt der große Bruder, als er in Sankt Lorenz durchs Hoftor fährt, werde fürs Altersheim nicht einen Euro springen lassen.

Zufall oder Instinkt

»Der Harald war bei dir im Laden«, sagt die Mutter. »Hab ich gehört.«

Immer hört sie alles, denn sie kennt sämtliche Leute im Umkreis von zwanzig Kilometern, sofern sie nicht innerhalb der letzten zehn Jahre zugezogen sind. Sie schält Kartoffeln, setzt sie auf, nimmt die gekochten Wirsingblätter aus dem Wasser und dreht sie durch den Wolf, brät Zwiebeln an, gibt den gemahlenen Wirsing hinzu, bindet mit Mehl ab, würzt und lässt das Gemüse auf kleiner Flamme köcheln. Für die Frikadellen hat sie so lange Zeit, bis die Kartoffeln gar sind, Ines kann gar nicht so schnell schauen, wie ihre Mutter erneut Zwiebeln hackt, sie in die Schüssel zum Hackfleisch wirft, Ei dazu, noch ein Ei, ein drittes Ei, Ines zuckt zusammen, Weckmehl, Senf, Salz, Pfeffer, Majoran, dann mit beiden Händen in die Schüssel und kneten. Keine zwei Minuten später liegt die erste geformte Frikadelle auf dem Brett, und Ines hat den Themenvorschlag ihrer Mutter noch immer nicht angenommen. Ihr fehlt die Lust, über Harald Diehls selbstverliebten Auftritt in ihrem Laden zu reden, geschweige denn von der unverschämten Rechnung danach. Sie mag absolut nicht an jenen Abend denken, an dem sie strahlte, obwohl ihr zum Heulen war.

Ines betrachtet ihre Mutter und staunt über deren Treffsicherheit: Das erste Thema, das sie beim Besuch der Tochter anschneidet, trifft voll ins Herz. Ist das noch Zufall oder schon Instinkt? Prompt erinnert sie sich an all das, woran sie nicht denken mag, an das Gefühl in der Toilette ihres Ladens, als sie das Blut auf dem Rosenmuster vordringen sah, die Strumpfhose auszog und kurzerhand in den Mülleimer warf und dabei durch die Tür die weinseligen Stimmen hörte; ihre Hast mit der Binde, weil sie doch zurück zu ihren Gästen musste; die Anstrengung, die es sie kostete, die Traurigkeit in Schach zu halten. Um nicht aus Versehen ihr Gesicht im Spiegel sehen zu müssen, öffnete sie geduckt die Tür, steuerte entschlossen in die Menge, mit einem Teil ihrer Aufmerksamkeit bei dem blutdurchtränkten Slip unter dem Kleid.

»Ausgerechnet der Harald. Wo der sowieso schon dermaßen von sich eingenommen ist.« Die Mutter hat während Ines' Schweigen das Unmutsventil ein Stück weiter geöffnet, und Ines ahnt, dass es nichts mit Abneigung gegenüber dem Kultwinzer zu tun hat. Es geht um etwas anderes, und die Bestätigung folgt auf dem Fuße: »Ich hab mich gefragt, warum du fremde Leut ins Haus holst, wo wir doch unsere eigenen Weine haben.«

Wenn sie sich jetzt mit der Wahrheit rechtfertigt, weiß Ines, macht sie alles noch schlimmer. Allerdings kommt sie nicht dazu, sich einen diplomatischen Satz zurechtzulegen, denn die Mutter begnügt sich nicht mit dem Stich ins Herz, sondern dreht das Messer nun noch in der Wunde.

»Deinem Vater hab ich das gar nicht erst erzählt. Der hätt das nicht verkraftet.«

Ich habe nichts verbrochen, stellt Ines fest, und doch sitze ich hier auf der Eckbank meiner Eltern und fühle mich schuldig. Wie ist das möglich?

Noch immer hat sie kein Wort gesagt, die Mutter inzwischen aber einen Berg Frikadellen geformt. Die ersten davon legt sie nun ins erhitzte Fett, es zischt, und schlagartig riecht es nach Kindheitsmittagen.

Ines sitzt auf ihrem alten Platz. Die Eckbank ist mit demselben Kunststoff bezogen wie eh und je. Was ist das eigentlich für ein Material? Ines fährt mit der flachen Hand darüber, fragt sich, ob für die Formgebung dieses Möbelstücks ein bestimmter Gestalter mit seinem Namen verantwortlich zeichnete, irgendwann in den Sechziger- oder Fünfzigerjahren. Bei der Vorstellung muss sie unwillkürlich lachen. Andererseits. Sieht man sich in der Küche um, muss man einräumen, dass alles hier perfekt zusammenpasst. Die Bank zum Tisch, der Tisch zu den Schränken, die Schränke zur Tapete mit dem hundertfach wiederholten Motiv aus Obst, Gemüse und Kaffeemühle. Und die gemusterte Schürze der Mutter passt zu allem.

Alles ist auf Praktikabilität hin durchdacht, die mit Kunststoff bespannte Eckbank abwaschbar ... ein Malheur wie bei der Weinprobe im Laden würde keine bleibenden Spuren hinterlassen. Es möge mir trotzdem erspart bleiben, denkt Ines, zufrieden, dass keine akute Gefahr besteht, denn vor acht Tagen erst hatte sie ihren Eisprung, bis zum Ende des Zyklus dauert es nach aller Wahrscheinlichkeit und gewohnten Regelmäßigkeit noch mehrere Tage. Die Wartephase, die Zeit der Anspannung, setzt erst allmählich ein.

Unangenehm, in der Küche seines Elternhauses an die Monatsblutung zu denken, aber die Bank ist eben vorbelastet, das begünstigt unschöne Gedanken, denn hier, auf dieser abwaschbaren Bank, wurde der Körper des Mädchens, das gerade erst von der Mutter mit der Informationsbroschüre eines Tamponherstellers ausgestattet worden war, am Samstagabend nach dem Bad unvermutet von einem ungekannten Blick des Vaters getroffen und gleich darauf von dessen Hand; eine Sekunde nur berührte die Hand die Brust, doch diese Sekunde will einfach nicht vergehen; sie dauert an: als Schreck und Rätsel. Ein falscher Impuls schien den Vater durchzuckt zu haben, ein irregeleiteter Strom, von dem die Mutter nichts weiß und niemals wissen wird. Er selbst erschrak damals vielleicht kaum weniger als seine zarte Tochter, so jedenfalls deutet Ines seine Flucht aus der Küche, es sah aus, als eilte er hinaus, um sich die Hände abnehmen und gegen neue, reine austauschen zu lassen. Sie blieb zurück und brauchte lange, bis sie das Zittern abgeschüttelt hatte.

Durch jene herzschlagkurze Episode sprang der Keim des Ekels vor sich selbst in Ines auf. Niemand, nicht einmal Daniel, würde glauben, dass ein Mensch wie Ines Abscheu vor sich empfinden kann, wo sie doch alle anderen Menschen anzieht. Wie ist das möglich?

Gerade wegen der Anziehung ist es möglich, würde Ines antworten, die als Kind auf den Schößen der Onkel saß, als Jugendliche mit taxierenden Blicken bedacht wurde, als Weinkönigin in die Schwitzkasten fremder Arme geriet und mit Wangenküssen traktiert wurde, die oft ganz dicht neben den Mundwinkeln landeten. Während des Studiums und der ersten Berufsjahre gab sie dann immer wieder dem Werben verheirateter Männer nach, weil es sich vom Werben gleichaltriger Singles unterschied, scheinbar mehr Niveau, mehr Souveränität verriet, die Bereitschaft auch zur Zärtlichkeit, bei dennoch unverhohlenem Hunger. Doch auch wenn die Flirts mit Professoren, Bereichsleitern und Geschäftsführern sich oft reizvoll entwickelten, so verbrannte bei den Männern meist in der ersten Nacht schon alle Geduld, und es brach bei ihnen der invasive Wahn aus. Plötzlich hatten sie es eilig, weil sie noch vor Tagesanbruch nach Hause mussten. Woraufhin Ines sich in ihrem Apartment vor den Fernseher hockte, die

Menschen auf dem Bildschirm anschaute wie Angehörige einer anderen Spezies und nebenbei auf sich herumhackte, weil sie schon wieder schwach geworden war.

»Ist dir an deinem Vater nichts aufgefallen?«, fragt die Mutter nun, während sie den Tisch deckt.

Ines verschweigt, dass sie geglaubt hat, ihn etwas eingesunkener als üblich am Steuer seines Kombis sitzen zu sehen. »Nein«, sagt sie. »Warum fragst du?«

»Er hat sich untersuchen lassen.«

Ihre Mutter sieht nicht einmal her, sondern nimmt Gläser aus dem Schrank, ehemalige Senfgläser allesamt, muss Ines unwillkürlich denken; die Mutter zögert die Antwort weiter hinaus, greift in die Schublade mit dem Besteck, drückt neben jedem Teller ein Messer und eine Gabel auf den Tisch und erklärt mit schwer definierbarem Unterton: »Der Doktor sagt, er hat die Männerkrankheit.«

Bis Ines begreift, was gemeint ist, hat die Mutter sich schon wieder abgewandt, sie nimmt die Kartoffeln vom Herd, schüttet sie ab und füllt sie in eine Schüssel um, auch das Gemüse darf nicht im Kochtopf auf den Tisch.

»Aber jetzt essen wir erst mal. Sag den anderen Bescheid.«

Ines geht in den Hof, ruft dort nach ihrer Schwester im Anbau. Eine Pforte führt vom Hof zu den Weinbergen hinter dem Haus, Ines hält nach dem Vater Ausschau, sieht ihn nicht, sie wählt Daniels Nummer, erfährt, dass ihn sein Bruder in wenigen Augenblicken vor dem Haus absetzen wird.

Kurz darauf begeben sich alle zum verfrühten Abendessen an den Tisch. Ines' Schwester Birgit benimmt sich auf ihre verblüffend unverkrampfte Art wie immer, man könnte glauben, sie sähe Ines jeden Tag, das macht es leicht, andererseits bedeutet es, dass keinerlei Fragen nach dem Leben der kleinen Schwester in Hamburg formuliert werden. Birgits Kinder imitieren in diesem Sinn die Mutter, auch ihre Begrüßung fällt freundlich, aber beiläufig aus. Birgits Mann sitzt nicht am Tisch, er muss bis in den späten Abend hinein den Vollernter der Winzergemeinschaft fahren.

Der Vater betritt als Letzter die Küche, Ines sieht genau hin, wie er sich am Spülstein die Hände wäscht, einen kurzen Blick in den Rasierspiegel knapp oberhalb seines Gesichts wirft, wie er die Hände sorgfältig trocknet und dann am Küchentisch Platz nimmt.

Die Männerkrankheit. Falls die Mutter auch Birgit eingeweiht hat, sitzen als Unkundige nur Daniel und die Kinder am Tisch, alle anderen wissen, dass bei Vater Prostatakrebs diagnostiziert worden ist.

»Gibt's nichts zu trinken?«, fragt der Vater, obwohl Flaschen mit Sprudel und Traubensaft auf dem Tisch stehen.

Die Mutter steht auf, nimmt eine grüne Literflasche ohne Etikett aus dem Kühlschrank, Ines sieht den Schraubverschluss, er ist schwarz, das heißt, dass der Wein in der Flasche ein trockener ist, was wiederum bedeutet, dass die Eltern an ihre Tochter und an den Schwiegersohn gedacht haben, als sie den Kühlschrank füllten, wo üblicherweise grüne und rote Schraubverschlüsse dominieren, weil ältere Menschen, auch wenn sie Winzer sind, ihren Riesling lieber halbtrocken oder lieblich trinken.

Beim Essen geht es um die Weinernte, die kurz und bündig »Herbst« genannt wird, und um die Kinder. Ines beobachtet ihren Vater, er beschäftigt sich hauptsächlich mit dem Essen; was an Aufmerksamkeit übrig bleibt, widmet er den beiden rosa gekleideten Mädchen. Was immer sie auch sagen, es scheint ihn zu interessieren, Ines erkennt, dass man hier oft zusammen am Esstisch sitzt. Und auf einmal kommt es ihr so vor, als wäre sie gar nicht da. Am liebsten möchte sie die Probe aufs Exempel machen und mit dem Stuhl Stück für Stück vom Tisch abrücken, um zu sehen, ob es jemandem auffiele, wenn sie im Rückwärtsgang zur Küchentür hinausrutschte.

Der fröhliche Weinberg

Am Tag darauf trägt der Vater im Weinberg selbstverständlich die Hotte durch die Rebzeilen, die Leser leeren ihre Eimer hinein, der Vater ruckelt mit dem Behälter, damit sich die Trauben besser setzen, und wenn die Hotte voll ist, geht er zum Traktor und kippt sie mit geübter Körperbewegung in den Bottich. Jedes Mal, wenn er zu Ines kommt, sagt er etwas; im Weinberg, das weiß sie noch von früher, fällt ihm das Reden leicht. Auch pfeift er oft im Gehen, und Ines erinnert sich, ihn als Kind sogar singen gehört zu haben, irgendein uraltes Liedchen, das er von seinen Eltern oder Großeltern gelernt hat, ein Trällerstück, das schon vor hundert Jahren im selben Weinberg ertönte.

An diesem Tag singt keiner, aber das hat nichts zu bedeuten, dafür hört man im ganzen Weinberg die Stimmen der Verwandten; Onkel und Tanten, Cousins und Cousinen teilen sich die Zeilen ein, Ines hört Daniels Stimme ein paar Reihen hinter sich, jemand interessiert sich für seine Arbeit, sein Leben in der Großstadt, und er gibt bereitwillig Auskunft.

Ines hat eine Tante neben sich, auf der anderen Seite der Rebzeile arbeiten eine weitere Tante und die Mutter, das Schneiden geht ihnen fast furchterregend schnell von der Hand, Ines muss sich anstrengen, damit sie nicht zurückfällt. Am Morgen sind die Finger klamm gewesen, doch bald schon hat die Sonne angefangen zu wärmen, es riecht nach Laub und Erde, der Himmel ist so blau, wie es nur im Herbst möglich ist, und nach und nach färben sich die Hände vom Traubensaft, schwarze Ränder bilden sich an den Nagelbetten.

Im Weinberg nebenan klopft der Vollernter die Rebstöcke ab. Sein Motorengeräusch dringt laut herüber und bricht nicht mal für eine Minute ab, auch nicht in der Mittagspause, wenn die Leser sich am Traktor treffen und Brot mit grober Wurst verzehren. Es ist ein bisschen so, als führten alle nur den fröhlichen Weinberg auf, ohne es aus dem eigenen Herzen heraus zu wollen; nur, um den anderen einen Gefallen zu tun. Wären alle schlagartig ehrlich zueinander, fände die Tradition womöglich auf der Stelle ihr Ende.

Durch die Müdigkeit nach dem Essen geht das Schneiden langsamer von der Hand, Ines lässt sich von dem unablässigen Gespräch ihrer Mutter mit den Tanten einlullen, plötzlich fährt sie jedoch auf, weil sie meint, angesprochen worden zu sein. Sie blickt durch den Rebstock hindurch ins Gesicht ihrer Tante und blendet sich in deren Erzählung ein, die von den Enkelkindern handelt und mit der Frage schließt, ob so etwas Kleines denn nichts für Ines wäre.

»Doch, sicher«, erwidert Ines.

»Aber?«, fragt die Tante.

»Nichts aber.«

Ines' Eimer ist voll, sie nimmt ihn auf, geht damit die Zeile hinunter, an deren Ende ihr Vater mit der Hotte steht. Als sie zurückkommt, sieht sie, dass die Tante sie verstanden hat und nun ihren letzten Besuch beim Arzt schildert.

Am Spätnachmittag leert Ines den letzten Eimer in Vaters Hotte. Sie schlägt Daniel vor, zu Fuß ins Dorf zurückzugehen. Die anderen bleiben noch, bis Sonnenuntergang, so wie es sich traditionsgemäß gehört, was Daniel zögern lässt. Seine Gewissenhaftigkeit ruht auch am Wochenende nicht, Ines muss ihm gut zureden, schließlich willigt er ein, und sie gehen durch die Weinberge nach Hause. Je näher sie dem Dorf kommen, umso stärker wird der Duft der Gärung. Alle Ortschaften in der Umgebung werden an den Herbstabenden von diesem Geruch eingehüllt, der süß und herb zugleich ist, ein bisschen faulig auch, doch so, dass er keinen Abscheu hervorruft. Ines möchte stehen bleiben und auf diesen Geruch deuten, so wie man auf eine schöne Aussicht zeigt, doch es ist nicht nötig, denn Daniel liebt das gärende Aroma des Septemberabends genauso wie sie, er sagt es ihr sogar, zärtlich und vernehmbar, und in diesem Augenblick sind Zeit und Ort vollkommen richtig, bis zu den Rändern.

Gekippte Bilder

Sie liegen in Ines' altem Mädchenzimmer auf dem Bett und dämmern mit dem Abend ein. Durch den Nebel ihrer Frischluftmüdigkeit hören sie jemanden das Haus betreten, die Mutter, ein, zwei Tanten, vielleicht die Schwester, der Vater ist nicht dabei, er muss im Keller tätig werden. Dann hört man Kinderstimmen, und Daniel schlägt die Augen auf. Die Dunkelheit ist inzwischen da, obwohl sich am Himmel noch ein Abglanz der Tageshelligkeit behauptet. Ines liegt in farbenlosem Zauberlicht und scheint zu schlafen. Daniel betrachtet sie, es kommt ihm vor, als würde sie mit jedem Atemzug jünger, als bestünde die Gefahr, in einer Stunde ein Kind neben sich liegen zu haben.

Er will, dass sie aufwacht, möchte sie aber nicht wecken, also erhebt er sich, ohne die Geräusche zu dämpfen, schaltet die Tischlampe ein und geht im Zimmer umher. Es gibt hier nicht mehr viel zu sehen, nur die Fotos auf dem Bord, die nicht Ines dort aufgestellt hat. Es muss ihre Mutter gewesen sein oder ihr Vater, Fotos von der Tochter als Weinkönigin, Kleid mit Ausschnitt, doch nicht zu tief, Krönchen auf der beinahe schon barocken Frisur, in der Hand ein Glas mit Wein; unterschiedliche Perspektiven und Hintergründe, außerdem einige Gruppenbilder, darauf die Weinkönigin stets in der Mitte, zwischen ihren Prinzessinnen, zwischen Honoratioren.

Daniel sind diese Bilder peinlich. So will er seine Frau nicht sehen, er kippt sie der Reihe nach um, legt eines nach dem andern auf den Bauch.

Ines wacht von den Klappgeräuschen auf, sie sieht, was Daniel tut, erfasst es aber in ihrer Schlaftrunkenheit nicht gleich.

»Soll ich sie wieder hinstellen?«, fragt Daniel und deutet auf das Bord, wo die Stützen der Bilderrahmen in die Höhe stehen wie Haifischflossen.

»Später«, sagt Ines, »komm her!«

In unmittelbarer Nähe seines Ohrs erinnert sie sich mit Kissenstimme an die Anstrengung des Lächelns für die Fotografen, an den Krampf im Arm vom Weinglashalten, an die Indoktrinationen beim Seminar für Weinköniginnenkandidatinnen im Deutschen Weininstitut, an das Gefühl, als sie gewählt wurde, an ihre Scheu, den unterlegenen Konkurrentinnen in die Augen zu sehen, nachdem sie die anderen mit selbstbewusstem Auftritt ausgestochen hatte, an ihr Erstaunen darüber, dass die ihr den Sieg offenbar gar nicht übel nahmen, worauf sie sich so freute, dass sie ihre Prinzessinnen vermutlich herzlicher umarmte, als es sich für die höchste Hoheit geziemte.

Da die Prinzessinnen inzwischen ihre Facebook-Freundinnen und durchweg Mütter sind, darf sie alle naselang neue Fotos des Nachwuchses begutachten, an manchen Tagen kommt ihr das soziale Leitmedium vor wie ein riesiger Mütter-Kreis mit Asylrecht für einzelne Kinderlose.

»Was guckst du dir das Zeug auch ständig an?«, fragt Daniel, der seinerseits zwar einen beträchtlichen Anteil der Wachstunden seines Lebens online verbringt, jedoch nie auf die Idee käme, Zeit mit den privaten Aufschneidereien anderer Leute zu vergeuden.

Ines schweigt über die Last der Langeweile an den langen Tagen in ihrem Laden, stattdessen schlägt sie vor, auf der

Stelle ein Kind zu zeugen, damit sie selbst demnächst einen Schwung süßer Fotos ins Netz stellen könne, doch unten hört man die Mutter rumoren, was Daniel befangen macht, weshalb Ines auf die sofortige Erfüllung ihres Wunsches verzichtet, stattdessen nur Daniels Ohrgegend mit Küssen sprenkelt und zwischendurch fragt, wie lange sie es, seiner Meinung nach, mit Inseminationen versuchen sollen.

Er dreht ihr das Gesicht zu, worauf die Küsse seine Lippen treffen, kleine Küsschen, wie Punkte zwischen den Sätzen. Bis Ende des Jahres, beschließen sie, im Gärgeruch, der mit der Dämmerung durchs Fenster sickert, wollen sie es weiter probieren wie bisher, drei Inseminationen noch, sollte es dann nicht klappen, entscheiden sie einvernehmlich, punktiert von Ines' Küssen, werden sie auf In-vitro-Fertilisation erhöhen. Sodann kreist ihr Bettgespräch um Hormone, Formen verfeinerter Diagnostik und medizinische Therapieoptionen, beide steuern bei, was sie zusammengetragen haben, aus Büchern, Zeitschriften, Internet-Foren und den Homepages verschiedener Pharmaunternehmen. Alles klingt halb so schlimm, wenn man im Flüsterton darüber spricht, es ist, als tausche man Zärtlichkeiten aus. Im Anbau hört man den Wutausbruch von Ines' kleiner Nichte und wenig später den Wutausbruch von Ines' Schwester, unten poltert der Vater ins Haus und die Mutter ruft etwas aus der Küche. Plötzlich riecht es nach warmem Essen, weshalb es den Anschein hat, als verströmten die Worte der Mutter den Geruch.

»Sei so lieb und stell die Fotos wieder hin«, bittet Ines. Sie steht auf und bürstet sich vorm Mädchenspiegel die Haare.

Daniel tritt hinter sie, ganz dicht, und legt beide Hände auf ihren Bauch. Ines hält mit dem Bürsten inne, schiebt das Becken etwas vor und schließt die Augen.

Kastanien

Jeder hier hat seine Stelle, wo er im Herbst Kastanien sammelt, man muss sie nicht geheim halten, denn vielerorts biegen sich am Westrand des Pfälzerwaldes die Esskastanienbäume mit den langen spitzen Blättern über Weg und Waldsaum.

Hernach wird in allen Haushalten dasselbe mit den aufgelesenen Kastanien angestellt: Man kocht sie in Salzwasser, stellt sie dampfend auf den Tisch, worauf sich jeder in der Runde bedient, die Schale löst und den essbaren Kern zum Wein verzehrt.

Kastanien isst man nicht gegen den Hunger, sondern zur Geselligkeit. Daniels Mutter hat gleich mehrere Schüsseln vorbereitet, im Degustationsraum ihres Guts, wo die Weinproben stattfinden, den man auch für Feierlichkeiten mieten kann und den Daniel und Ines nun für sich gebucht haben, um dort die alten Freunde zu begrüßen. Natürlich zahlen sie keine Miete, aber Daniel ist es gelungen, seinem Bruder das Geld für Wein und sonstige Getränke aufzudrängen.

»Ist der Wein für die Gäste eigentlich umsonst?«, fragt Holger, der erst seit wenigen Wochen wieder aus dem Sylt-Urlaub zurück ist, hörbar in die Runde, und als Daniel es ihm bestätigt, äußert er, der Winzer vom konkurrierenden Weingut, ein scherzhaftes »Gott sei Dank«, in dem Genugtuung über die Ersparnis und Vorbehalte gegenüber dem Erzeugnis des Nachbarn mitschwingen. Holger ist einer der wenigen im Freundeskreis, die den elterlichen Betrieb übernommen haben, die meisten anderen sind Lehrer, Lehrerinnen, Ingenieure, Hausfrauen, Angestellte oder Beamte in Behörden, auch der ein oder andere Aniliner ist dabei, denn noch immer bietet die Anilin- und Sodafabrik in Ludwigshafen weit und breit die meisten Arbeitsplätze, inzwischen allerdings dank der Herstellung anderer Produkte.

Obwohl sie unterschiedliche Berufe ausüben, geben die Anwesenden als Gruppe ein homogenes Bild ab, man könnte meinen, man habe den Betriebsausflug einer Zunft mit Anhang vor sich. Die Lehrer sehen exakt wie die Ingenieure aus und die Lehrerinnen wie die Hausfrauen. Vermutlich wirken die übrigen Lebensumstände als nivellierende Faktoren, wie das Wohnen, das es in genau drei Varianten gibt: im neu gebauten Einfamilienhaus in der näheren Umgebung, in der Doppelhaushälfte im Heimatort, im Anbau ans elterliche Haus.

Bei den Männern sorgen karierte Hemden und gebügelte Jeans für die Einheitlichkeit des Bildes, bei den Frauen wirkt das erkennbare Bemühen um akzentuierte Garderobe als verbindendes Element. Man sieht den einzelnen Kleidungsstücken an, dass die Trägerinnen sich bewusst dafür entschieden haben, jedoch ohne dabei bedacht zu haben, ob sie zu ihnen und zum bereits vorhandenen Sortiment passen.

Alle Frauen tragen zudem neue Schuhe, die den Eindruck machen, als klebte noch das Preisschild an der Sohle, und keine scheint sich darin richtig wohlzufühlen, sie wirken eine Nummer zu groß und dadurch wie Fremdkörper. Ines kann sich denken, woher das Schuhwerk stammt, nämlich aus Hauenstein, anlässlich einer gezielten Einkaufsfahrt erworben, so machen es nahezu alle Bewohner der Region; früher fuhr man nach Pirmasens zu den Fabriken, heute nach Hauenstein, wo man auf der Schuhmeile und in der sogenannten *ShoeCity* bequemer vom Fabrikverkauf zum Lagerverkauf und von dort zum Fachhandel kommt, Schnäppchen garantiert. Man kauft immer gleich mehrere Paar, ein schwarzes und ein braunes für den Mann, dazu vielleicht noch einen legeren Freizeitschuh mit atmenden Sohlen, und für die Frau dies und das, zwei, drei Paar, die wirklich gebraucht werden, und das ein oder andere, bei dem man einfach nicht Nein sagen kann. In Hauenstein bekommt man die Schuhe oft so günstig, dass man sich auch mal ein paar mehr leisten kann.

Auf einmal sind Ines ihre Tod's aus dem geschmackvoll dekorierten Laden am Hamburger Neuen Wall ein bisschen peinlich; sie hofft, nicht darauf angesprochen zu werden, denn in diesem Kreis scheut man sich nicht, unumwunden nach Kaufpreisen zu fragen, aber es gibt noch einen weiteren Grund, weshalb sie sich in ihren Loafern etwas unwohl fühlt: Sie ist die einzige Frau im Raum, die keine hohen Absätze trägt.

Wie früher führen die Männer in der Runde das große Wort, und jeder zweite Satz ist dafür ausgelegt, den Vorredner an Witz zu überbieten, es soll gelacht werden, egal bei welchem Thema. Doch auch die Frauen schweigen nicht, sondern entwickeln Parallelkonversationen zur Lauthalsigkeit ihrer Männer, dabei wirken sie übermäßig offensiv beim Reden über ihr Leben, jedes Detail deklarieren sie als interessant, besonders, auch als besonders anstrengend, zum Beispiel den Kinderkleiderkauf in Straßburg, wo es Marken gibt, die diesseits der Grenze nicht zu haben sind; sie fahren tagsüber, zur Arbeitszeit des Mannes, mit den Kindern über die Grenze und kaufen ein, anstrengend ist das, du glaubst es nicht. Aber warum tun sie es dann? Sie tun es, damit ihr Leben gefüllt ist oder damit sie sagen können, es sei ausgefüllt; so drücken sie es nicht aus, sie würden nie *ausgefüllt* sagen, *erfüllt* schon gar nicht, sie sagen: »Ich bin voll und ganz ausgelastet«, und es klingt wie eine Rechtfertigung ihres Status als Hausfrau oder Halbtagslehrerin.

Ines hört zu und schiebt dabei innerlich die Begriffe hin und her, versucht sie auf sich anzuwenden, ausgelastet, ausgefüllt, erfüllt – wie füllt man denn sein Leben, wenn es sich nicht selber füllt, so wie es zumindest bei den Freundinnen von früher grundsätzlich der Fall zu sein scheint? Sind die zufrieden? Die noch immer jungen Frauen, die da neben ihren Männern sitzen und vom Besuch beim Kinderarzt berichten, vom Personalwechsel im Kindergarten, von hochwertiger Kinderkleidung, die man lieber in Straßburg als in Mannheim kauft?

Die Frauen tauschen sich lebhaft aus, und wenn sie sich an Ines wenden, dringt etwas Trotziges in ihren Ton, als ahnten sie, dass die ehemalige Weinkönigin und jetzige Geschäftsfrau, die Kinderlose aus der Großstadt, auf die Provinzmütter mit ihren Kindersorgen herabschaue; sie unterstellen, Ines halte sich für etwas Besseres, und je mehr Ines das klar wird, umso mehr fühlt sie sich den Kastanien schälenden Frauen tatsächlich überlegen. Sie meint zu spüren, wie sie aus der Mitte der Gleichaltrigen herauswächst, obwohl sie keinen Grund dazu hätte, sie, die sich mit wachsenden roten Zahlen ihre tägliche Einsamkeit im Tiefparterre-Laden finanziert und trotz aller Bemühungen kein Kind bekommt.

Kein Mensch zeigt unumwunden seinen Neid, trotzdem tritt er zutage, und dies nicht einmal ungewollt, er schwingt im Tonfall mit, erzeugt einen stumpfen Nachdruck in der Intonation, Ines bleibt das keineswegs verborgen, sie ist darauf geeicht, weiß um ihre Neidfaktoren, das Weinköniginjahr, das zügige Studium in Geisenheim, anschließend gleich der Job bei der Pfalzweinwerbung, wo sie ihren Königinnenstatus mit erweiterten Kompetenzen fortsetzen durfte, einschließlich Reisen nach Singapur zur Fachmesse *Wine for Asia* und solche Sachen. Gerade auf die Reisen waren die Daheimgebliebenen neidisch, da sie nicht um die Nebenwirkungen von Messeaufenthalten wussten und daher keinen Gedanken verschwendeten an Blasen an den Füßen und Schmerzen in den Waden vom langen Stehen auf hohen Absätzen. Sie dachten nicht an die Austrocknung der Schleimhäute in der klimatisierten Luft von Hotelzimmern und Messehallen, nicht an die vom unablässigen Lächeln verkrampfte Gesichtsmuskulatur, nicht an die kurzen Nächte mit zu wenig Schlaf und nicht an das Übermaß an Alkohol bei Geschäftsessen mit anschließendem Besuch in der Hotelbar und dem Abwehren von Annäherungsversuchen weinseliger Geschäftsführer.

Seit Daniel die Pfalz verlassen hat, geht es, wenn er mit Männern am Tisch sitzt, um Großprojekte: Masdar, Stadtbahn, Y-Trasse, Hochspannungsnetze für dezentral erzeugten Strom. Finden die Besprechungen unter Mitarbeitern der Firma statt, wird dabei nicht einmal aufgetrumpft, denn Tomke Petersen duldet das nicht, sie achtet strikt auf die Kommunikationsstruktur in ihrem Laden.

Hier nun, ausgerechnet auf quasi heimischem Terrain, weil immerhin auf dem Grundstück seiner Eltern, geht es um Eigenschaften von Kommunikationselektronik, um Ausstattungen von Produkten aus dem Bereich der Mobilität, um die Qualität von Konsumgütern und um die sozialen Interaktionen in der Sphäre Kernfamilie. Hat man sich lange nicht in solcher Runde aufgehalten, traut man seinen Ohren nicht, wenn diese Themen allen Ernstes angeschlagen werden – und zwar mit dem latenten Drang, die anderen am Tisch zu überbieten. Oder durch den Kakao zu ziehen. So muss Daniel Auskunft über die Ausstattung der Hamburger Wohnung geben, weil Holger die Sprache darauf gebracht und überaus pointenorientiert Einzelheiten des Mobiliars wie Tischkamin und Badezimmercouch geschildert hat. Es wird laut gelacht, und Daniel lauert auf die Gelegenheit, das Gespräch auf Fußball zu lenken, was nicht weiter schwerfällt, denn passenderweise wird am nächsten Tag der Pfalzvertreter Kaiserslautern in Hamburg bei St. Pauli antreten, und dazu hat natürlich jeder etwas zu sagen, wobei sie Daniel nicht aus dem Visier des Freizeitspotts entlassen, sondern in Sachen Reeperbahn und Rotlicht in die Mangel nehmen, der Übergang ist einfach: Hast du eine Dauerkarte für St. Pauli? Oder ein Abo für die Reeperbahn?

Gelächter.

»Apropos Reeperbahn«, sagt einer. »Lenkt Rotlicht eigentlich von den ehelichen Pflichten ab? Oder wie sieht's bei euch mit Nachwuchs aus?«

Erneut Gelächter, in dessen Schutz Daniel einen raschen Blick auf Ines wirft, die offenbar nichts gehört hat, sondern zu verfolgen scheint, wie sich die Frauen das Plauderwollknäuel zuwerfen und dabei ein Netz knüpfen, in das sie selbst nicht eingesponnen ist.

Zum Glück will gar keiner die Antwort hören, denn auch bei dieser Frage geht es nicht darum, etwas zu erfahren, sondern Lacher zu erzeugen. Daniel darf vorläufig ungestört abtauchen, weil Holger prompt ein Witz zum Thema Reeperbahn einfällt, aber Daniel ist in diesem Moment bewusst geworden, dass er versäumt hat, sich für feuchtfröhliche

Freundesrunden ein Erklärungsmuster in Sachen Kinderlosigkeit zurechtzulegen. Die Eltern und Verwandten haben sich bislang mit einem lächelnd ausgesprochenen *Kommt Zeit, kommt Rat* vertrösten lassen, die alten Freunde aber setzen sich spielend über jede Diskretion hinweg. Daniel muss an den Business-Leitfaden für die Arabischen Emirate denken, in dem es hieß, man solle sich nicht scheuen, den dortigen Gesprächspartnern in Sachen Familiensituation weiße Lügen zu präsentieren. Er schmunzelt, weil die Pfalz den Emiraten diesbezüglich in nichts nachsteht. In beiden Sphären taugt derselbe Satz: *Wir sehen freudig unserem ersten Nachwuchs entgegen.*

Dann geht die Tür auf, und die Heilige Familie betritt den Raum. Jedenfalls schießt Daniel dieser Gedanke durch den Kopf, denn die verspäteten Ankömmlinge umglänzt der Glorienschein ihrer noch jungen Elternschaft. Alle anderen haben ihre Kinder der Obhut der Großeltern anvertraut, aber Heike und ihr Mann kommen mit Baby und mit Stolz. Beides verbindet sie, ansonsten bleiben die Unterschiede zwischen Frau und Mann nicht verborgen. Ihr sieht man an, dass sie noch mit Rückbildung und Regeneration zu tun hat, wohingegen er nicht die geringste Spur von Deformation aufweist. Sie trägt ihren Erschöpfungszustand vor sich her, er das Kind in einem Tragetuch am Bauch.

Das Kind ist seit vier Wochen auf der Welt und gleicht einem Wurm mit blaugrau glänzenden Murmelaugen. Es wird sofort von allen angestarrt, die Frauen geben Töne von sich, mit der Körperhaltung von alten Weibern auf Karikaturen.

Auch Ines reckt den Hals und schaut aufs Baby, doch eigentlich hält sie den Anblick für viel zu intim. Dieses Kind gehört nicht all den Blicken ausgesetzt, dieses Kind gehört geschützt, zu Hause, in seinem Nest, wo kein Luftzug geht, wo nur die Stimmen der Eltern die Luft zum Schwingen bringen und am Abend vielleicht die Spieluhr über dem Babykorb.

Kerzen für den Thronfolger

Am Sonntagmorgen nutzt Ines' Mutter beim Frühstück die vorübergehende Abwesenheit ihres Mannes, um im Flüsterton zu fragen, ob der Vater es wohl noch erleben wird, ein Enkelchen von Ines zu Gesicht zu bekommen. Nichts wünsche er sich mehr.

Trotz aller Theatralik der Schwiegermutter wäre jetzt die Gelegenheit, ihr etwas über den Stand der Bemühungen zu erzählen, denkt Daniel. Er überlässt Ines das Wort, doch sie ergreift es nicht. Es hindert sie das irritierende Gefühl, dass jenes Enkelkind, auf das die Mutter im Namen des Vaters zu warten vorgibt, ein völlig anderes Wesen ist als das Kind, das Ines sich wünscht. Hilfe suchend sieht sie Daniel an, und dieser übernimmt die Verantwortung. »So Gott will«, sagt er zu seiner Schwiegermutter, die sich gleich zum Sonntagsgottesdienst verabschieden wird.

Wenig später steht sie, wie vorausgesehen, im Übergangsmantel in der Tür. Ihr Mann wartet bereits im Hof, doch statt sofort hinauszueilen, holt sie lautstark Luft, als würde sie allen Mut zusammennehmen, macht zwei Schritte in die Küche und legt Ines ein Heiligenbildchen neben den Frühstücksteller. Dann erst bricht sie zur Kirche auf.

Das Bildchen zeigt Philipp von Zell, den für Kinderlosigkeit zuständigen Heiligen. Ines hat als Kind von ihm reden hören. In ihrem Laden verkauft sie Weine der Lage »Zeller Schwarzer Herrgott«, auch weiß sie noch von der Weinköniginschulung her, dass Zell als die älteste Weinbaugemeinde der Pfalz gilt, und jetzt fällt ihr auch wieder ein, warum: weil der Heilige dort noch vor dem Mittelalter eine Einsiedelei gegründet hat, aus welcher später der Ort hervorgegangen ist.

Nach dem Frühstück spazieren sie durch die Weinberge nach Sankt Lorenz zu Daniels Eltern, auf dem Weg lässt sich Daniel von Ines dazu anstiften, sich das Auto seines Vaters für einen kleinen Ausflug zu borgen.

Gut eine halbe Stunde später betreten sie die Wallfahrtskirche. Es riecht darin nach frisch ausgepusteten, aber auch nach brennenden Kerzen. Neben dem Eingang liegt eine Broschüre aus, in der ausführlich erklärt wird, was es mit dem Patron der Kirche auf sich hat, doch fehlt einem ja immer die Geduld, solche Broschüren aufmerksam zu lesen, es wimmelt darin von Jahreszahlen, Bauabschnitten, man sieht den Text wie durch eine Milchglasscheibe, auch dann, wenn man ihn seinem Ehemann mit gedämpfter Stimme im Kirchenhall vorliest. Ines muss sich zur Langsamkeit zwingen, um sich nicht in einen mechanischen Sprechapparat zu verwandeln, noch einmal von vorne also, wie war das gleich, da steht es: Der Pfälzer Kurfürst Ludwig pilgerte mit Gattin Margarethe einst hierher, um den hl. Philipp um Erfüllung ihres Kinderwunsches anzurufen, der damals jedoch sicherlich noch nicht so hieß, sondern nichts weiter war als der Wunsch nach einem Thronfolger, offenbar war ein solcher bis dato auf natürlichem Wege nicht zu zeugen gewesen, doch nach der Wallfahrt dauerte es nicht lange, bis er zur Welt kam, folgerichtig auf den Namen Philipp getauft wurde und den Heiligen damit zum Patron und Nothelfer bei Kinderlosigkeit beförderte, was sich herumsprach in prominenten Kreisen; der Graf von Sickingen kam ebenfalls, Kurfürstin Sybilla von der Pfalz desgleichen, und die zweite Frau von Maximilian I. nahm gar vier Mal die Wallfahrt auf sich – allerdings ohne Erfolg.

Mal fruchteten die Fürbitten, mal nicht. Was soll man von so einem Nothelfer halten? Muss man seinen Einfluss als eingeschränkt betrachten? Oder tut er's nicht für jeden? Dann stellt sich die Frage, nach welchen Kriterien er entscheidet, für wen er sich beim Allerhöchsten verwendet.

Ines steckt die Broschüre ein und steuert die Stelle rechts vom Altar an, wo man Kerzen aufstellen kann. Sie schlägt vor, für alle Fälle zwei zu erwerben. Daniel schiebt zwei Münzen in den Schlitz des Metallkästchens, man hört, dass es nicht die ersten Geldstücke sind, die an diesem Sonntag hineinfallen, und Ines entzündet die Kerzen.

»Betest du?«, fragt Daniel, nachdem seine Frau eine Weile die Heiligenstatue angeschaut hat, die Hände vor dem Schoß gefaltet.

Sie zuckt mit den Schultern. Sie weiß es nicht. Ist das schon Beten, wenn man innerlich Bitte sagt?

Ja sagen

Wie eine unabgeschlossene Planskizze lassen sie das Wochenende in der Heimat zurück. Man hat sie nach Mannheim gebracht, worum sie nicht baten, und sobald sie ihre Plätze im Großraumwagen eingenommen haben, kommt es ihnen vor, als lösten sich Edenweiler und Sankt Lorenz hinter ihnen auf, obwohl vor ihnen auf dem Tisch eine Tupperbox mit Trauben steht, aus der sie sich bedienen.

Über der Abteiltür zeigt eine Schrift aus roten Lämpchen die Geschwindigkeit des Zuges an, aber man sieht auch beim Blick aus dem Fenster, dass es schneller vorwärtsgeht, als es das menschliche Auge verträgt, und jede Tunneleinfahrt schlägt auf die Ohren.

In Kassel steigt eine Frau mit zwei Kleinkindern ein. Sie schlagen ihr Lager am Tisch nebenan auf, nur der Gang trennt sie von Ines und Daniel. Die Kinder wirken verkollert, sie haben Schlafbäckchen und Augenringe und damit auch schlechte Laune. Sie wollen schlafen, doch gelingt es ihnen in der ungewohnten Position nicht, das größere, ein Mädchen, versucht sich hinzulegen, aber zu vieles stört, die Armlehne, die Lücke zwischen den Sitzen, sie findet keine bequeme Haltung und beschwert sich darüber unablässig bei ihrer Mutter. Die Kinder werden immer unruhiger, und schließlich schreien sie abwechselnd oder zusammen, nach einer Partitur, auf die ihre Mutter erkennbar keinen Einfluss hat.

Alle im Großraumwagen hören zu, Ines gibt sich Mühe, die Kinder mit milden, beruhigenden Blicken zu bedenken, wird aber kaum wahrgenommen. Wer von den anderen Reisenden den Kopf entsprechend drehen kann, starrt die Mutter an. Alle Anwesenden scheinen zu wissen, wie man die Kinder ruhigstellen könnte, aber keiner setzt seine Kompetenz zugunsten der Allgemeinheit ein. Die Mutter macht keinen stoischen Eindruck, bleibt in einer Hinsicht aber konsequent: Sie gönnt keinem der Mitreisenden einen Blick, sondern konzentriert sich voll und ganz auf ihre Kinder und vermutlich darauf, nicht die Kontrolle über sich zu verlieren. Ines meint, den aufs Äußerste gespannten Geduldsfaden zu spüren, als sie sich in die Frau hineinversetzt, die vielleicht in ihrem Alter ist; sie spürt den Impuls, die Kinder anzuschreien, und gleich darauf spürt sie noch etwas: den geradezu logischen Drang, die beiden Kleinen mit je einer Ohrfeige ruhigzustellen.

Vorsichtig sieht sie Daniel an. Der schaut zurück, runzelt die Stirn, verschanzt sich aber ohne ein Wort wieder hinter seinem Laptop.

»Lass uns mal einen Kaffee trinken gehen«, schlägt Ines vor, und wenig später fragt sie ihren Mann im Bordbistro direkt, was er von der Situation hält.

»Die Kleinen nerven. Was soll ich sonst davon halten?«

»Und was sagst du zu der Mutter? Findest du, sie verhält sich richtig?«

»Sie hat ihre zwei Terroristen nicht im Griff«, meint Daniel ungewohnt schroff. »Das heißt, sie hat vorher etwas falsch gemacht. Hier im Zug, vor großem Publikum, wird sie das garantiert nicht korrigieren können.«

»Was soll sie denn falsch gemacht haben?«

»Alles Mögliche. Es fängt schon damit an, dass man sonntags um diese Uhrzeit nicht mit Kindern ICE fährt.«

»Wieso denn das?«

»Erstens ist es dann zu voll, zweitens deckt es sich nicht mit dem Biorhythmus. Mit Kindern musst du morgens reisen«, erklärt Daniel kategorisch.

»Du klingst wie ein Experte aus dem Fernsehen.«

»Man muss kein Experte sein, um das zu verstehen. Aber unabhängig von der Uhrzeit kann es meiner Meinung nach nicht sein, dass Kinder ihre Mutter in aller Öffentlichkeit so tyrannisieren. Auch in dem Alter müssten sie schon wissen, dass sich das nicht gehört. Wissen sie es nicht, haben die Eltern etwas Grundsätzliches falsch gemacht.«

Ines wird der Ton, den Daniel am rasenden Stehtisch anschlägt, unheimlich. Seit Monaten schleppt sie regelmäßig Elternzeitschriften an, von denen es im gut sortierten Handel Dutzende zu kaufen gibt, hin und wieder liest sie Daniel auch die ein oder andere interessante Stelle vor, aber dass er sich dabei einen Vorrat an konservativen Erziehungsaxiomen angelegt hat, ist ihr bislang verborgen geblieben.

»Man muss Verständnis für die Kinder haben, ja«, erklärt er. »Aber dann muss man ihnen sagen: Ich verstehe, dass ihr müde seid, doch das ist noch lange kein Grund, mich so zu nerven.«

Ines fühlt sich verpflichtet, die strapazierte Mutter zu verteidigen, sie nimmt nicht einfach hin, was Daniel selbstgewiss verkündet, worauf sich ein ernsthafter Disput über den richtigen Umgang mit Kleinkindern entspinnt, in dem Daniel These an These reiht, bis Ines sagt: »Du tust, als hättest du weiß Gott wie viel Erfahrung. Dabei haben wir gar keine Kinder!«

»Kein Grund, gleich gereizt zu sein.«

»Ich bin nicht gereizt.«

»Du bist gereizt.«

»Und selbst wenn.«

»Ja?«
»Dann aus gutem Grund.«
»Ach. Warum denn das?«
»Weil du die Frau so überheblich abgefertigt hast.«
»Deshalb musst *du* doch nicht gereizt sein. Du hast schließlich keine schlecht erzogenen Kinder.«
»Wir.«
»Was, wir?«
»Wir haben keine schlecht erzogenen Kinder.«
»Mein ich doch.«
»Warum sagst du es dann nicht?«

Ines weiß längst, dass sie sich in diesem Gespräch auf keinem guten Weg befinden, sie schaut aus dem Fenster, um sich abzulenken, doch es dämmert draußen bereits, weshalb sie wie in Doppelbelichtung in der Landschaft ihr eigenes Spiegelbild sieht.

»Du behauptest, du hättest ›wir‹ gemeint, hast aber ›du‹ gesagt«, setzt sie nach. »Das ist kein Zufall. Vielleicht willst du ja gar keins und tust nur wegen mir so.«

Daniel sieht sich um. An den übrigen Tischen wird Bier getrunken, man unterhält sich, es hat nicht den Anschein, als hörte ihnen jemand zu, trotzdem senkt er die Stimme. Er muss jetzt etwas Grundsätzliches sagen.

»Hör zu. Früher hatte ich nie darüber nachgedacht, aber als du mir kurz vor der Hochzeit erklärt hast, du willst keine Kinder, ist mir klar geworden, dass ich immer ganz selbstverständlich davon ausgegangen bin, irgendwann welche zu haben. Heißt das etwa nicht, dass ich welche wollte? Ich ...«

»Und warum hast du dann nichts gesagt?«

»Lass mich ausreden. Ich habe nichts gesagt, weil ich dich heiraten wollte. Außerdem habe ich was gesagt.«

»Aber nicht, dass du Kinder wolltest.«

»Bis jetzt habe ich gedacht, dass das, was ich gesagt habe, viel wichtiger für dich gewesen ist.«

Ines weiß, was er gesagt hat, er sagte, er wolle *sie* heiraten und kein bestimmtes Konzept von Familie. Sie erinnert sich daran und schweigt, dann fällt ihr auf, dass jetzt auch die anderen Gäste des Bordbistros still sind, mit Ohren, groß wie Kopfsalatblätter, warten sie auf das, was Daniel seiner Frau kurz vor der Hochzeit erklärt hat. Auch Daniel merkt es, weshalb er Ines mit einem Blick auffordert, zum Platz im Großraumwagen zurückzukehren.

Dort ist die Mutter der beiden kleinen Kinder gerade im Begriff, einen späten Erfolg zu erringen. Mithilfe attraktiv verpackter Nahrungsmittel gelingt es ihr, die Kinder zuerst zu beschäftigen und dann zu beschwichtigen, und nachdem das kleinere Kind auf ihrem Schoß eingeschlummert ist, lässt sich auch das Mädchen fallen und säuselt bald darauf im Schlaf vor sich hin.

Kurz vor Hamburg müssen die fest schlafenden Kinder geweckt werden, worauf ihre Laune noch miserabler ist. Die Mutter muss einen großen Rucksack, eine Umhängetasche, zwei Stoffbeutel sowie den Kinderwagen bewegen. Nur ein Rucksäckchen wird sie an das Mädchen los. Ines fragt sich ernsthaft, wie es der Frau gelingt, vor aller Augen die Fassung zu bewahren, angesichts der Gepäckmenge und der bis zur Einfahrt in den Bahnhof pausenlos quengelnden Kinder. Dann hält der Zug, die Tür geht auf, und die Kinder sind wie auf Knopfdruck still. Daniel hilft beim Ausstieg mit dem Kinderwagen. Gleich darauf hört man die Kinder »Papa, Papa« rufen und strahlen, als käme in ihrem Leben so etwas wie schlechte Laune gar nicht vor.

Von der nach oben gleitenden Rolltreppe aus blickt Ines auf die Begrüßungszeremonie der Familie hinab und erwischt sich bei einem irritierenden Gefühl: beim Hass auf die beiden Kinder, die im Gedränge auf dem Bahnsteig ihre eigene Mutter verraten.

In der U-Bahn fragt sie Daniel im Bitterscherzton, ob er sich noch erinnern kann, wo sie gerade herkommen. Er hört sie nicht, weil er auf den unter der Decke angebrachten Nachrichtenmonitor starrt. »St. Pauli hat zu Hause 1:2 gegen den FCK verloren!«, sagt er ihr ins Ohr, damit die umsitzenden Hamburger nichts von seiner pfälzischen Begeisterung mitbekommen.

Montag, Dienstag, Mittwoch, Donnerstag, Freitag ...
Niemand in der Firma spricht über die Kursentwicklung, denn alle lesen den Wirtschaftsteil und registrieren jeden Morgen den weiteren Abwärtstrend in diesem Herbst. Die Konjunktur ist geprägt von Verunsicherung, und man kann nicht anders, als täglich mindestens dreimal das Bankwesen zu verfluchen, diese weltfremde Sphäre, die zum Bruttosozialprodukt nur Nennwerte beiträgt und ansonsten nichts produziert als Zahlen, die von einigen gewissenlosen Ego-Strategen durch Zaubertricks diverser Art in Geldmengen verwandelt werden.

In Deutschland herrscht wegen des Wahlkampfs ohnehin seit vielen Monaten Investitionsstarre, von der öffentlichen Hand zu finanzierende Projekte hängen entweder in der Luft oder liegen auf Eis. Am Konferenztisch der Thies Petersen Systemberatung hofft man inständig, die Wahl am Ende dieser Woche werde den Pfropfen lösen. Einem unsichtbaren Zeugen der Gespräche, die mit der Kaffeetasse in der Hand im Stehen geführt werden, bevor Tomke Petersen ihren Platz einnimmt und die Sitzung eröffnet, fiele auf, dass bei den Mitarbeitern dieses Unternehmens keine parteipolitische Präferenz herrscht. Hauptsache, der großen Koalition wird der Garaus gemacht, Hauptsache, es kommt wieder Bewegung in die Politik. Den Infrastrukturnetzen, wie sie von TPS geplant werden, merkt man nicht an, ob ihnen ein schwarzer, roter, grüner oder gelber Minister den Startschuss verpasst hat.

»Startschuss statt Todesstoß« lautet auch das Motto der unausgesprochenen Hoffnung in der Runde, als die führenden

Köpfe der Infrastruktur-Abteilungen aus den Niederlassungen Salzburg, London, Genf und Brüssel sich am Konferenztisch versammeln. Wo man die derzeitige Flaute überbrücken kann, ist allen klar und wird aktuell belegt durch den Mammut-Auftrag, den die Deutsche Bahn aller Voraussicht nach auf der Arabischen Halbinsel erhalten wird. Noch ist nichts unterschrieben, aber Tomke Petersen verfügt über Insiderwissen und rechnet damit, dass die Bahn den Zuschlag für den Bau eines Hochgeschwindigkeitsschienennetzes in Katar erhalten wird. Siebzehn Milliarden Investitionsvolumen, Fertigstellung bis zum Jahr 2026.

Alle sehen sich vielsagend an. Katar ist eines der reichsten Länder der Welt. Warum haben wir da nicht den Fuß in der Tür? Oder bekommen wir noch eine Chance?

Wie auch immer der Fall gelagert ist, er macht deutlich, wo, außer in China, derzeit die interessanten Märkte liegen und warum Tomke Petersen beim Masdar-Projekt keine Kompromisse eingehen will, denkt Daniel und hört zu, was Fuschelberger von seinem Besuch in Dubai, Abu Dhabi und auf der Baustelle der Wüstenstadt berichtet. Einfach scheinen die Gespräche mit den Geldgebern nicht gewesen zu sein, aber was Daniel über die Zusammenarbeit mit den Foster-Leuten erfährt, versetzt ihn in genau jenen inneren Aufruhr, dem stets die größten kreativen Leistungen entspringen.

Beim Mittagessen sucht er Fuschelbergers Nähe, er lässt sich von der Eröffnung der Dubai Metro am 10. September berichten und konkrete Eindrücke von Masdar geben, er spürt dabei genau, dass er nicht neidisch ist, nein, neidisch nicht, nur etwas wehmütig, wie man es nun einmal ist, wenn man begreift, dass man gerade eine Chance verpasst hat, die nie wiederkehrt.

Womit er nicht gerechnet hat: Man schätzt ihn in der Firma, obwohl er noch nicht lange dabei ist, man weiß um seine Kompetenzen, weshalb es für Fuschelberger absolut naheliegt, Daniel zu fragen, warum er eigentlich bei dem Projekt nicht dabei ist. Für Daniel kommt die Frage gleichwohl überraschend. Er führt Terminprobleme an, was Fuschelberger ihm nicht glaubt, schon wegen der unübersehbaren Verlegenheit nicht; der österreichische Kollege ahnt die Brisanz des Themas und vertieft es daher nicht, sondern empfiehlt Daniel lediglich, sich im Sinne der beruflichen Weiterbildung die Dubai Metro vor Ort genau anzuschauen – und sei es im Urlaub.

In den folgenden Tagen bescheinigt sich Daniel mehrfach, dass er nicht neidisch ist, er tut es, wenn er mit Schenk und Wimmer einen Plan bespricht, er tut es, wenn er wieder mal ganze Tage für das Hamburger Stadtbahnprojekt aufwenden und sich dabei eingestehen muss, dass eine Straßenbahn an den Planer lediglich überschaubare Anforderungen stellt.

Wie Tomke Petersen es angedeutet hat, flattert ihm in dieser Woche nach der Weinlese tatsächlich der Fall Rail Baltica auf den Schreibtisch, sein Trostpreis. Lukrativ ist dabei für die Firma nicht die Durchführung bestimmter Maßnahmen, sondern die Aussicht auf dauerhafte Kooperation mit der Auftraggeberin: der EU. Der Job klingt simpel. Geprüft werden soll, wie die EU-Mittel für das Schienenbauprojekt vor Ort eingesetzt worden sind. Ob überhaupt.

Die Thies Petersen Systemberatung – sprich: Daniel Pirrung – soll den Stand der Dinge klären, einschätzen, wie und wo es weitergeht, mit welchem Volumen an Zuschüssen, in welchem Zeitrahmen. Vor allem eine klar definierte Terminkette scheint im Interesse der Auftraggeberin zu liegen.

In der Buchhandlung neben Ines' Laden bietet das Labyrinth der Regale Deckung. Als Kundin kann man sich verstecken, wenn man in Büchern blättert, die einem peinlich sind. Mehrere Regalmeter werden von Ratgebern in Sachen Familie, Kind, Gesundheit, gutes Leben eingenommen. Wer fünfhundert Euro anlegte, könnte sich leicht ein Bild davon verschaffen, wie man leben soll. Ines' Interesse ist weniger allgemein. Sie sucht nach einem Buch, das sich damit beschäftigt, was nach unerfülltem Kinderwunsch passiert. Wie man damit fertigwird. Zu diesem Thema ist sie weder in den bislang erworbenen Büchern noch im Internet fündig geworden. Nicht einmal in den einschlägigen Foren. Dort wird die Hoffnung mit allen Mitteln aufrechterhalten, und wer sie aufgibt, stellt sich Ines vor, der meldet sich aus seinem Forum wortlos ab.

Ines hat nicht aufgegeben, doch *irgendwie* hat sie das Gefühl, endlich einen bislang blinden Fleck erhellen zu müssen. Vielleicht um sich beizeiten zu wappnen.

Es gibt kein Buch zu diesem Thema, doch zwei, drei Kinderwunsch-Ratgeber widmen ihm ein Kapitel. Als Ines einen davon neben der Kasse auf den Tisch legt, tut die Ladenbesitzerin so, als registriere sie den Titel gar nicht; sie scannt den Code auf der Umschlagrückseite ein, schiebt das Buch lächelnd in eine Tüte und erkundigt sich, ob Ines mal wieder eine Weinprobe bei sich veranstalte. Die letzte habe ihr ausnehmend gut gefallen, beteuert die Frau, auch wenn dieser Herr Diehl mit seinem Dialekt ein bisschen viel geredet habe. Der könne offenbar nicht anders, weshalb es wohl kein Wunder sei, dass er inzwischen seine eigene Sendung im Fernsehen habe.

»Haben Sie die schon gesehen?«, fragt Ines.

»Nein, aber schauen Sie mal hier.« Die Buchhändlerin

zieht unter dem Ladentisch einen Stapel Verlagsprospekte hervor und findet rasch, was sie sucht: die Ankündigung des Buches zur Sendung. Ines hat sich über Diehls freche Rechnung geärgert und muss jetzt feststellen, dass sie sozusagen Glück gehabt hat, denn wie es aussieht, wird der Marktwert des Kultwinzers sich in Kürze potenzieren. Die Ladenbesitzerin grinst und zwinkert. »Nächstes Mal machen Sie es selbst«, sagt sie und reicht Ines das Tütchen mit dem erstandenen Buch.

Fast gerührt von der eleganten Mischung aus Diskretion und Ermunterung durch die Buchhändlerin schlägt Ines in ihrem Laden das erworbene Büchlein auf, doch kann sie sich nicht darauf konzentrieren, da der Vorschlag, beim nächsten *Event* selbst in der Hauptrolle aufzutreten, ihr keine Ruhe lässt. Sie blickt sich im leeren Laden um und beschließt, sich mit der Leere nicht mehr abzufinden. Auf der Stelle fängt sie an, zu recherchieren, wo in Hamburg und Umgebung Weinproben und -seminare angeboten werden. Sie will die Marktlücke erspähen und weiß, dass sie etwas in die Waagschale legen kann, was andere nicht zu bieten haben: echte Weinköniginnenschaft. Doch nicht nur von dieser Aura wird sie profitieren, sondern auch von der Ausbildung für Gekrönte beim Weininstitut, einschließlich des Fauxpas-passé-Seminars. Das, denkt sie, ist die Idee: nicht wie Harald Diehl und Konsorten den Leuten einreden, sie könnten durch eine Fernsehsendung plus bilderreiches Buch im Handumdrehen zum Weinkenner werden, sondern stattdessen den Leuten helfen, mit seriösen Kenntnissen Orientierung zu finden und Fettnäpfchen zu meiden.

Sie spielt ernsthaft mit dem Gedanken, den Laden fortan

vormittags geschlossen zu halten, außer samstags natürlich, und die gewonnene Zeit für die Entwicklung von Weinseminaren unterschiedlichen Profils zu nutzen – sowie für Ausflüge ans Meer. Sie wird, nimmt sie sich vor, innerhalb eines Radius von zwei Autostunden die gesamte Nord- und Ostseeküste abklappern. Sie wird Expertin werden und an den Wochenenden ihrem Mann perfekte Ausflugsziele vorschlagen können. Und was die *Events* betrifft, wird sie sich nicht auf die fünfzig Quadratmeter ihres Ladens beschränken, sondern sich überall in der Stadt Kooperationspartner suchen.

Es will nicht kalt werden in diesem Herbst; obwohl die Blätter fallen, werben die Fahrradhändler mit Verve für die Restmodelle des Sommers. Mit dem Erfolg, dass Daniel sich am Freitag nach der Weinlese endlich ein Rad kauft.

Seit sie in Hamburg leben, ist er nicht Rad gefahren, es war ihm in der Großstadt nicht geheuer. Hohes Verkehrsaufkommen, schmale Fahrradwege; beim Losfahren fühlt er sich wackelig, er muss sich konzentrieren, schon wegen der Rutschgefahr auf dem nassen Laub. Nach den ersten Metern gewinnt er an Sicherheit und erhöht das Tempo, wird nicht mehr ständig von hinten angeklingelt und gleich darauf von flotten Frauen, die in kurzen Röcken, Strumpfhosen und Stiefeln mit geradem Rücken auf schwarzen Rädern thronen, zügig überholt.

Ob ein Fahrrad wohl ein passendes Weihnachtsgeschenk für Ines wäre?

Nach dem Wochenende in der Heimat hat sie zuversichtlich gewirkt, als vertraue sie voll und ganz den für Philipp von Zell aufgestellten Kerzen. Die Erinnerung an die betend aussehende Ines rührt Daniel, er beschließt, ihr ein Geschenk zu kaufen, und macht auf dem Weg nach Hause mit dem Fahrrad einen Umweg durch die Innenstadt.

Am Gänsemarkt kommt er nicht durch, weil dort die Bundeskanzlerin eine Wahlkampfrede hält. Neugierig schiebt Daniel sein Fahrrad in die Menge. Er erkennt Fahnen mit dem Atomkraft-nein-danke-Emblem, außerdem orangefarbene Transparente mit der Aufschrift »Piraten«, die wenigsten Menschen um ihn herum sehen so aus, als wären sie Anhänger der Kanzlerin. Kaum hat sie einige Sätze geäußert, ruft ein beträchtlicher Teil der Menge im Chor »Yeah«. Wenig später merkt Daniel, dass dies Methode hat. Alle drei Kanzlersätze kommt der kollektive Ruf, Daniel sieht, was für einen Spaß die Menge daran hat, und nun begreift er, dass er Zeuge einer Flashmob-Verabredung zur Störung der Wahlkampfrede ist. »Yeah!«, rufen die Leute mit steigender Laune, und mehr und mehr hat es den Anschein, als fingen sie allmählich an, vor allem sich selbst zu feiern.

Daniel muss lachen, weil ihn die Idee begeistert, einen Laut der Zustimmung als Störfaktor einzusetzen. Wahlkämpfer wollen Zustimmung, die Wählergemeinde amerikanischer Präsidentschaftskandidaten schreit wie die Wahnsinnigen »yeah«, hier aber wächst in der Kanzlerin der Unmut, das ist weder zu übersehen noch zu überhören. Was Daniel außerdem gefällt, ist die logistische Leistung hinter der Aktion: die kurzfristige Aktivierung vieler Leute, die sich vielleicht nicht einmal kennen.

Nach einer Weile wird er der Veranstaltung trotzdem überdrüssig, vorne Floskeln, hinten »yeah«, nun gut, er schiebt mit seinem Fahrrad ab, das Geschenk für Ines hat er noch immer nicht. Er rollt durch die Einkaufsstraßen, wo ihn die Schaufenster und Reklamen jetzt sonderbar langweilen.

Dann kommt ihm eine Idee. Er hält an, aktiviert den Navigator auf seinem Telefon und sieht nach, wo sich die nächste Kirche befindet. Die steuert er an – und hat Glück: Es gibt dort Kerzen. Er kauft für einen geräuschlos in den Opferstock fallenden Geldschein einen ganzen Strauß und fährt einhändig in die HafenCity.

Immerhin hat man beim größten städtebaulichen Projekt Europas daran gedacht, wenigstens entlang der Hauptachsen anständige Radwege anzulegen, weshalb Daniel auch einhändig ohne Mühe dem Rollator ausweichen kann, den eine alte Frau auf der Spur für Fahrradfahrer abgestellt hat, um von der angrenzenden Hecke Beeren zu ernten. Daniel bremst und rollt langsam an der schmalen, grauen Frau vorbei, er sieht, wie konzentriert sie die Früchte verzehrt, mit zur Seite geneigtem Kopf, als lauschte sie auf Stimmen aus der Hecke. Daniel fragt sich, ob die Beeren wohl genießbar sind, er zögert, greift jedoch nicht ein, sondern fährt weiter und beschwichtigt sich mit dem Gedanken, dass in öffentlichen Anlagen wohl kaum toxische Gewächse angepflanzt würden.

Es gelingt ihm nicht ganz, die Sorge zu ersticken, daheim will er sie gleich mit Ines teilen und außerdem erzählen, dass er sich ein Rad gekauft hat, doch er muss warten, denn sie telefoniert. Allerdings nimmt sie amüsiert zur Kenntnis, wie er die Kreppverschlüsse der phosphoreszierenden Bänder um die Hosenaufschläge öffnet. Daniel nimmt sich ein Glas Wasser und beobachtet Ines beim Telefonieren. Konzentriert hört sie der Person am anderen Ende der Leitung zu, hält dabei den Kopf gesenkt und rührt sich kaum vor lauter Aufmerksamkeit, dann wird ihr Körper von einer ersten Erheiterung erschüttert, sie hebt den Kopf, ihr Profil kommt hinter dem

Vorhang ihrer Haare zum Vorschein, wieder lauscht sie gespannt, mit einem Lachen in Wartestellung auf dem Gesicht, oder besser: in Startposition, denn tatsächlich, im nächsten Moment schon wirft sie den Kopf zurück und lacht laut nach oben. Daniel staunt über ihre entfesselte Laune, obgleich es um Geschäftliches zu gehen scheint, um Weinseminare und Degustationen, und er bestaunt ihren vollkommen untaktischen Charme, das Fehlen jeglicher Berechnung. Sie ist, denkt er, ein unwahrscheinlich ehrlicher Mensch.

Nach dem Telefonat berichtet sie ihm begeistert von ihren Veranstaltungsplänen und ersten Erfolgen bei der Akquise. Sie hat mit Vertretern diverser hanseatischer Stiftungen, Clubs, Vereinigungen gesprochen, die ihren Mitgliedern gern etwas bieten, erstaunlich, was es da alles gibt, mit etwas Glück wird sie die Gelegenheit haben, von Berufs wegen unter Leute zu kommen, die an ihr interessiert sind, warum nur ist sie nicht früher darauf gekommen, gerade eben, sagt sie, habe sie einen Rotarier am Telefon gehabt, der ihr unglaublich witzig von seinen alljährlichen Weinkaufsfahrten in den Rheingau berichtet habe. Als Nächstes wolle sie sich an die Handwerksinnungen wenden. Sie denke an einen Kurs für Handwerksmeister unter dem Titel: »Mit Wein gesellschaftsfähig werden«.

Daniel will ihre Begeisterung nicht trüben, darum verzichtet er darauf, von der alten Frau und den Beeren zu erzählen. Er stellt die Kerzen im Bündel in eine Blumenvase, sagt »Für dich« und teilt nur mit, in der Tiefgarage stehe ein neues Rad. Alles zusammen quittiert Ines mit einer Zuneigungsgeste, wie sie gewöhnlich kleine Jungen beanspruchen dürfen, auf die Kerzen wirft sie einen fragenden Blick, den sie dann mit leichtem Lachen aus dem Gesicht schüttelt, danach kommt sie gleich wieder auf ihr Thema und schlägt vor, zur Feier der neuen, guten Aussichten essen zu gehen.

»Obwohl ich eigentlich ein bisschen Bauchweh habe.«

Kaum hat sie es ausgesprochen, erstarrt sie vor Schreck, und gleich darauf bricht ihre attraktive Wohlgestimmtheit vor Daniels Augen zusammen wie ein gesprengter Fabrikschornstein.

Aufgrund ihrer vielversprechenden Aktivitäten unter der Woche hat sie vergessen, dass sich ihr Zyklus dem Ende nähert. »Lass uns lieber zu Hause bleiben«, sagt sie leise.

... Samstag ...

»Ich will nicht ins Geschäft«, sagt Ines am nächsten Morgen und bleibt im Bett.

Daniel versteht sie auf Anhieb, versucht erst gar nicht, sie zu überreden, sondern schwingt sich aufs Rad, fährt durch die Innenstadt und längs der Alster nach Uhlenhorst, hängt einen Zettel an die Ladentür: »Wegen Krankheit geschlossen«.

Als er zurückkommt, liegt Ines noch immer im Bett, mit Ohrhörern und einem offensichtlich neuen Buch. Sie trägt noch immer den Schlafanzug, den sie am Vorabend angezogen hat, sie sieht elend aus, bleich und freudlos.

Den ganzen Tag verlassen sie ihren Kokon nicht mehr. Am Nachmittag gelingt es Daniel, Ines auf den Balkon zu locken, um mit ihm zusammen den lebhaften Elbverkehr zu betrachten, und am frühen Abend lässt sie sich verleiten, von der Hühnersuppe zu essen, die er eigens für sie gekocht hat. Der Strauß aus Kirchenkerzen spendet tröstliches Licht, die Suppe immerhin so viel Energie, dass es für ein schwaches Lächeln und etwas Farbe auf den Wangen reicht. Wie eine Fieberpatientin lässt Ines sich schließlich ins Bett begleiten und verabschiedet sich noch vor der Tagesschau in die Nacht. Anschließend dehnt ein langer Abend den Raum. In einer lächerlich großen Privatkathedrale sitzt Daniel vorm Plasmabildschirm und schaltet in jeder Werbepause vom Film zur Show, obwohl er von beiden nichts wissen will, sondern nur die Zeit bis zum Sportstudio überbrückt.

Der große Schwindel

Der Architekt hat sich für den späten Samstagabend entschieden, weil er sichergehen will, keinen Vertreter der Baufirma anzutreffen. Was er vergessen hat: Im Containerbüro am Zugang sitzt rund um die Uhr jemand und passt auf, dass kein Unbefugter die Baustelle betritt. Klar also, dass Baufirma und Bauaufsicht spätestens am Montag wissen werden, wer da am Sonnabend zur Primetime mit einer Maglite in der Hand die unteren Bereiche der Elbphilharmonie besichtigt hat.

Ganz sicher kann sich der Architekt nicht sein, er ist kein Experte in Sachen Materialtechnik, doch hat er an der Haltekonstruktion unterhalb des Konzertsaals genug gesehen, um das Einschalten von Prüfingenieuren legitimieren zu können. Es hat den Anschein, als wären der Baufirma mehrere Fehler unterlaufen, zu tief eingelassene Betonrippen, schief eingebaute Federpakete, Fehler, die sich eventuell so potenzieren, dass es für die Schall-Entkopplung des Konzertsaals fatale Konsequenzen hat.

Der Architekt macht sich ein paar Notizen, dann verlässt er die Baustelle durch das Drehkreuz am Container. Er geht das kurze Stück ans Ufer, um aus dem Blickfeld des Pförtners herauszukommen, er schaut auf die schwarze Elbe und stellt fest, dass ihn Angst beschleicht. Die Kosten für den Bau sind ohnehin längst explodiert, nun sieht es so aus, als würde alles um weitere zig Millionen teurer werden. Dieses Leuchtturmprojekt soll die Stadt mit Bilbao, London, Barcelona konkurrenzfähig machen, was identitätsstiftende Architektur betrifft, es soll einer der spektakulärsten Bauten Europas werden, und nun entwickelt es sich zum schönsten Milliongrab aller Zeiten und zerstört nebenbei die Nerven seiner Erbauer.

Der Architekt geht mit verzögerten Schritten am Ufer entlang und überlegt, wie weiter zu verfahren, in welcher Reihenfolge welche Personen zu informieren wären; die Nacht ringsum erscheint ihm schwarz und laut. Wo kommen die Geräusche her, vom Fluss, von den Gewerbeflächen am anderen Ufer?

In den meisten Wohnungen der Häuserzeile am Kai brennt Licht, durch die großflächigen Fenster ist einiges zu erkennen, meist läuft ein Fernseher und lässt es bläulich blitzen, aber der Architekt sieht auch Menschen am Esstisch sitzen und eine Frau allein im Erker bügeln.

All das Läppische hinter den bis ins Detail durchdachten Fassaden, in den grandios geplanten Wohneinheiten, der Architekt hat das Gefühl, als spränge in ihm eine Sprinkleranlage an und versprühte Hass auf alles Kleine und Kleinliche, das die architektonischen Visionen mit trister Banalität sabotiert.

Spannende Architektur, langweiliges Leben, fasst der Architekt innerlich zusammen.

... Sonntag

Nach einer Nacht mit Träumen, so laut und sperrig wie der Autofrachter *Hoegh America*, der am Vorabend auf der Elbe in Richtung Nordsee strebte, lässt Daniel die Lochblechläden auffahren und blickt auf Ines. Sie ist kein junges Mädchen mehr, sie schaut nicht mehr wie auf den Fotos in ihrem Kinderzimmer, ihr Gesicht trägt Lebenslinien, und in den äußeren Augenwinkeln haben sich Fältchen gebildet, die aus dem Gesicht des Mädchens das einer Frau machen.

Mit Krähenfüßchen wird eine Frau erst richtig schön, denkt er. Und weiter: Auch Schmerz kann schön machen, wenn er nicht alleine bleibt, nicht alles überflutet, und wenn er vergeht. Daniel wundert sich noch über seine seltsamen Gedanken, da schlägt Ines die Augen auf, lächelt wie eine Rekonvaleszentin, sagt »Guten Morgen«, sagt »Was schaust du mich so an?« und gleich darauf: »Was denkst du?«

»Ich denke, dass eine Frau mit Krähenfüßchen erst richtig schön ist«, antwortet Daniel.

»Spinner«, lautet die Antwort, und Daniel begreift, dass es ihr besser geht als am Tag zuvor. Sie will aufstehen, es ist der Tag der Bundestagswahl, sie will gleich am Morgen wählen gehen und danach erst frühstücken, zum ersten Mal erleben sie eine Wahl in der neuen Stadt, sie fühlen sich dadurch offiziell als Ortsansässige anerkannt, sie wollen den Akt in urbaner Manier vollziehen, nicht so, wie sie es ihren Eltern daheim abgeschaut haben, nicht nach der Kirche ins Wahllokal und danach vor der Tür ein Schwätzchen mit den immer gleichen Scherzen: Mach das Kreuz an der richtigen Stelle!

So früh am Tag herrscht stille Andacht im Wahllokal am Sandtorkai, sie treten leise auf beim Gang zur Kabine, obwohl die Wahlhelfer die Stimmen überhaupt nicht senken, sondern im Gegenteil betont laut aussprechen, was die Wahlordnung vorschreibt. Draußen fühlen sie sich staatstragend, sie spazieren durch die HafenCity und überlegen, wo sie frühstücken gehen sollen.

Da ihnen im Areal kein Café einfällt, das ihnen behagt, durchqueren sie die Speicherstadt, irren ein wenig durch die kaltschattigen Straßen im Niemandsland der Innenstadt, wo keine Menschen wohnen, bis sie unweit des Rathauses das Café Paris erblicken, das ihnen reizvoll und dem Anlass angemessen erscheint. Drinnen aber dauert es, bis sie davon überzeugt sind, hierherzugehören. Die Bedienungen erledigen ihre Aufgabe routiniert und in strenger Gewandung, scheinen ihre Mission jedoch hauptsächlich darin zu sehen, den Gästen zu vermitteln, dass Kellnern harte Arbeit ist. Die Gäste wiederum sehen allesamt so mit sich im Reinen aus, als hätten sie gerade an den entscheidenden Stellschrauben zur endgültigen Rettung der Welt vor der Klimakatastrophe gedreht – oder zumindest ihren Wohnungskredit in Rekordzeit abbezahlt, weshalb ihnen nun unversehens zweieinhalbtausend Euro mehr monatlich zur Verfügung stehen. Äußerlich freilich stehen Daniel und Ines der übrigen Klientel in nichts nach, und als die Teller mit dem Frühstück vor ihnen stehen, hat ihnen dieses Bewusstsein geholfen, mit entspannten Schultern am kleinen quadratischen Holztisch zu sitzen.

»Was hast du eigentlich gewählt?«, will Ines nach zwei Eiern im Glas wissen.

In Ehen wachsen mitunter klammheimlich Tabus, die das Zusammenleben nicht beeinträchtigen, die den Partnern nicht einmal auffallen, bis eines Tages überraschend der Vorhang fällt und man sie in voller Pracht zwischen sich stehen sieht. Glaubst du an Gott? Befriedigst du dich selbst? Welche Partei hast du gewählt?

Sie sprechen durchaus über Politisches, denn sie schauen sich zusammen die Fernsehnachrichten an, was immer einen Anlass bietet; außerdem hat Daniel von Berufs wegen fortwährend mit Entscheidungsträgern und deren Politik zu tun, doch haben sie sich noch nie darüber ausgetauscht, was sie wählen. Daniel könnte es nicht sagen, sein Standpunkt wechselt, er muss sich überwinden, Ines' Frage zu beantworten.

»Diesmal«, sagt er, wobei leichte Betretenheit durchklingt, »diesmal habe ich Grün gewählt.«

Ines mustert ihn mit freundlichem Spott.

Daniel erklärt, eine grüne Regierungsbeteiligung könne im Interesse seiner Firma sein. Grüne Politik könne bedeuten: neuartige Infrastrukturprojekte, mehr Schienenverkehr, vielfältigere, dezentrale Formen der Energiegewinnung, was dann neue Formen des Energietransfers, neue Energienetze erfordere. Alles klassische Tätigkeitsfelder der Thies Petersen Systemberatung. Er habe das Kreuz im eigenen Interesse gemacht, so wie es in der Demokratie ja auch vorgesehen sei.

»Und du?«

»Merkel.«

»Oho! Dann praktizieren wir im Kleinen eine schwarz-grüne Koalition.«

»Wir sind ja auch in Hamburg«, stellt Ines trocken fest. »In Hamburg ist vieles möglich, was anderswo noch nicht geht.«

»In Hamburg ist alles möglich!«

Nach solchen Sätzen küsst man sich natürlich, wenngleich nur flüchtig, wegen der Leute.

Trotz allen Trödelns liegt vor den Fenstern des Cafés bis zu den ersten Hochrechnungen noch immer ein langer Tag, der langsam durchschlendert werden will. Man müsste einen Park ansteuern, man müsste an die See, raus aus der sonntäglichen Unwirtlichkeit der Innenstadt, ein wenig ratlos stehen sie auf der Straße, da fällt Daniel ein, dass dies die Gelegenheit wäre, dem Gängeviertel, von dem derzeit so viel die Rede ist, einen Besuch abzustatten. Die Lokalnachrichten sind voll davon, auch in der Firma wird das Thema von den an Stadtplanung interessierten Kollegen diskutiert. Zweihundert Künstler haben unlängst ein Konglomerat aus Altbauten an der Ecke Valentinskamp und Caffamacherreihe besetzt, um zu verhindern, dass es den rigorosen Plänen eines Investors zum Opfer fällt; Daniel will sehen, was für einen Komplex sie für so wertvoll halten, dass es sich darum zu kämpfen lohnt.

Vor Ort zeigt sich, dass die Anti-Gentrifizierungs-Bewegung hier offenbar nur eine Bastion halten will, denn wenn man es genau betrachtet, passen das städtebauliche Umfeld und die Sozialstruktur kein bisschen zu den Bedürfnissen der kreativen Kaste. Die zwölf Gebäude des insgesamt doch recht kleinen und schäbigen Areals sehen aus, als befänden sie sich weitgehend im Originalzustand. Ines und Daniel ist beim ersten Blick klar, dass sie hier mit keiner Silbe andeuten werden, wo sie wohnen, denn damit würden sie sich zwangsläufig dem Lager des Feindes zuordnen. Dabei sind sie, wie viele andere Hamburger, die den Leerraum des Wahlsonntags ebenfalls zur Stadtwanderung nutzen, nur aus Neugier da und nicht, um Partei zu ergreifen.

Man kann Besucher und Besetzer leicht unterscheiden, man könnte es auch dann, wenn man sie die Kleider tauschen ließe, man sieht, wer hier aktiv ist und wer müßig. Ines fällt auf, wie viele Frauen unter den Aktivisten sind, Frauen in ihrem Alter auch, Frauen mit Entschlossenheit im Blick, mit Eifer auf den Wangen, mit Kontraktionen der Diskussionsbereitschaft um die Münder.

Und dann dreht sich in einer Runde aus Diskutanten ein Gesicht um und versetzt Ines einen Schreck, weil sie es kennt. Uwe Bernstein, der Mann, der ihr zuletzt von Gentrifizierung sprach, scheint wohl vertraut mit den Besetzern, speziell mit deren weiblicher Fraktion.

Man begrüßt sich, nicht ohne Verlegenheit, Menschen genieren sich oft, wenn sie sich außerhalb des vertrauten Terrains begegnen, die Bäckereifachverkäuferin, die man fast täglich sieht, erkennt man im Schwimmbad oder im Wartezimmer des Zahnarztes unter Umständen erst auf den zweiten Blick und weiß dann den Grad der Vertrautheit nicht einzuschätzen, weiß also auch nicht, auf welchem Niveau jetzt ein Gespräch zu beginnen wäre, ob überhaupt.

Glücklicherweise ist Bernstein nicht allein, sondern kann einen Bekannten vorstellen, der sich in gewisser Weise als Berufskollege von Daniel entpuppt, Unternehmensberater auch er, ein Mann von McKinsey, beschäftigt mit System- und Stadtplanung, jedoch von anderer Warte aus, wie sich alsbald herausstellt. Der Mann betrachtet die Zusammenhänge nicht aus der Ingenieursperspektive, sondern mit den Augen eines – Daniel traut seinen Ohren kaum – Philosophen.

Daniel spürt die Anwesenheit des Mannes, der sich als Uwe Bernstein vorgestellt hat, auf seiner linken Seite wie Zahnweh. Der Mann stört ihn, trotzdem beteiligt er sich am Gespräch, bringt dabei Aspekte auf, von denen die anderen nicht viel wissen wollen, er sieht die Dringlichkeit, allzu rabiater Gentrifizierungsdynamik entgegenzuwirken, eher in anderen Bereichen der Stadt gegeben, nicht hier, wo sowieso schon keiner mehr wohnt. Sogar der Mann von McKinsey, der eine grüne Wachsjacke trägt und aussieht, als wolle er in Kürze ein Pferd besteigen, widerspricht Daniel, er findet, man müsse neue Formen der kulturellen Perforierung rein funktionsbezogener Stadtcluster andenken, nur Ines steht an der Seite ihres Mannes, freilich nicht aus zivilisationsphilosophischen Erwägungen, sie will einfach nicht einsehen, warum Künstlern das Privileg billiger Mieten in Zentrumslage eingeräumt werden sollte, da ihr bei der Ladenmiete ja auch niemand beispringe.

Bernstein erkundigt sich, ob Ines denn schon gewählt habe oder ob noch Aussicht bestehe, Einfluss auf ihre Entscheidung zu nehmen.

»Zu spät«, sagt sie, gespannt, ob er sie fragen wird, wo sie ihr Kreuzchen gemacht hat.

Er sieht sie aber nur an, sein Mund kann sich nicht entscheiden, ob er lächeln oder grinsen soll. Ines beschließt, dass es Zeit wird zu gehen, denn ihr bleibt nicht verborgen, wie Bernsteins Nähe auf Daniel wirkt. Außerdem, merkt sie, ist ihr noch immer nicht nach Geplänkel.

»Wie findest du den Kerl?«, will Daniel nach einigen Hundert Metern wissen.

»Er ist ein guter Kunde«, gibt Ines zurück.

»Hast du viele von der Sorte?«

»Eher nicht. Und du – wie findest du nun das Viertel, das du unbedingt sehen wolltest?«

»Nicht mein Ding«, sagt Daniel, »aber ernst nehmen muss man es. Heutzutage gibt es so viele Leute, die ein Stück Stadt nach ihren Wünschen gestalten wollen, egal, was drum herum schon ist. Man kann nicht so tun, als gäbe es sie nicht.«

»Bist du denn auch so einer? Sind wir so?«

»Nein«, sagt Daniel ohne Zögern. »Ist dir eigentlich klar, wo wir uns befinden?«

Inzwischen haben sie die Stelle erreicht, wo ein Stück Fußgängerzone auf eine breite Straße stößt, und an dieser Ecke befindet sich der Eingang der Kinderwunschklinik.

»Drei Mal gehe ich da noch rein«, erklärt Ines, »dann ist Schluss.«

Daniel staunt. So war es nicht abgemacht.

»Von Aufhören war aber nicht die Rede«, wagt er in Erinnerung zu bringen.

»Ich will auch nicht aufhören. Aber da will ich nächstes Jahr trotzdem nicht mehr rein. Das Institut bringt Unglück. Falls es dieses Jahr nicht doch noch klappt, suchen wir uns was anderes.«

An jedem Wahlabend schaltet man um sechs gespannt den Fernseher an, langweilt sich eine halbe Stunde bis zur Prognose, fiebert dann zehn Sekunden lang, bis die Werte genannt sind – und hat damit eigentlich genug gesehen. Bis zur ersten Hochrechnung hält man durch, erträgt die Interviews mit nachrangigen Parteivertretern, die von den Granden, die sich bis zum Auftritt zur Hauptsendezeit mit engsten Vertrauten in ihren Büros verschanzen, vorgeschickt worden sind, nach einer Weile aber muss man sich eingestehen, dass die Spannung erloschen ist.

In der Pfalz sitzen die Freunde jetzt bei Wein, Kastanien, Knabberzeug zusammen, vielleicht veranstaltet ein Freundespaar gar eine Wahlparty, dort jedenfalls, ist anzunehmen, vergeht die Zeit geschwind, weil alle dazu beitragen, die Langeweile zu übertönen.

Daniel schaltet zwischen den verschiedenen Sendern hin

und her, landet immer öfter im Dritten, weil ihn interessiert, wie in ihrem Hamburger Wahlkreis gewählt worden ist. Einmal stößt er dabei auf Stadtnachrichten und darin auf einen längeren Bericht über die Brandanschläge auf »hochwertige« Autos in verschiedenen Stadtteilen. Seit Wochen geht das jetzt schon so, und noch immer hat man keine Täter dingfest machen können. Daniel ist nicht mal sonderlich empört, in irgendeinem Hinterstübchen seines Gemüts grinst womöglich gar, wenn auch ganz klein und fern, eine lausbübische Räuber-und-Gendarm-Erinnerung, doch spürt er gleichwohl deutlich, wie schwer er es erträgt, wenn etwas, das von Menschen erdacht und konstruiert worden ist, von anderen Menschen gezielt zerstört wird. Gleich darauf fragt er sich, warum er am Nachmittag im Gängeviertel nicht ebenso empfunden hat. Die Vorstellung vom Abriss ganzer Häuser hätte ihn doch erst recht unangenehm berühren müssen. Vermutlich, denkt er, haben die beiden Männer mich von meinen Gefühlen abgelenkt.

Dann kommt endlich der Auftritt der ersten Garde.

Statt Fanfarenstößen rempelnde Journalisten. Angeleuchtetes Gelächle im Gedränge. Huldvoll in jedem Fall, denn alle, das weiß man aus Erfahrung, halten sich für Sieger, und alle behaupten, in der Schuld ihres jeweiligen Parteivolks zu stehen. Man weiß, dass dies gelogen ist. Den Erfolg schreiben die Giraffen ausschließlich ihrem langen Hals zu. Die Niederlage hingegen dem Niedrigwuchs der Pflanzen.

Spitzenkandidaten achten das Parteivolk nicht, weil sie wissen, mit welch billigen Tricks sie es auf ihre Seite gebracht haben. Aber sie brauchen es, darum arbeiten sie auch an diesem Tag mit billigen Tricks weiter und heucheln Dankbarkeit und Demut.

Ines verfolgt das alles mit kleinflammigem Interesse, blättert gleichzeitig in Fachzeitschriften, hört ab und zu etwas genauer hin, wechselt einzelne kommentierende Sätze mit Daniel – bis sie sich plötzlich erschrocken auf die Lippen beißt, als sie sieht, wer sich neben dem liberalen Spitzenkandidaten als weiterer großer Sieger präsentiert: ein älterer, in alle Richtungen ausufernder Mann, der offenkundig bereits mehrfach auf den Wahlerfolg angestoßen hat, da er sich nur noch lallend artikulieren kann. Ines wundert das nicht, denn sie kennt den Mann. Sie ist mit ihm mehrfach in Berührung gekommen, denn er war einst Minister in Rheinland-Pfalz und als solcher der meistgefürchtete Weinköniginnenküsser des Bundeslandes.

Daniel weiß Bescheid. »Der da«, sagt er so verächtlich wie ein Nichtwähler, »der wird wahrscheinlich Wirtschaftsminister. Das muss man sich mal vorstellen.«

Ines, die noch weiß, wie sich die Fingerspitzen des Mannes am Brustansatz anfühlen, ist weniger empört, hat sie doch im Weinköniginnenjahr gelernt, welchen Schlages männliche Politiker sind. Allerdings verdirbt ihr die Erinnerung die Laune.

Lange nachdem sie sich verdrossen ins Schlafzimmer verzogen hat, kommen endlich die Resultate für ihren Wahlbezirk: SPD 85 Stimmen, CDU 135, Grüne 46, FDP 112, Linke 6, NPD 0, Piraten 5.

Daniel möchte das Tableau mit den blanken Zahlen am liebsten anhalten und als Standbild eine Weile ins Wohnzimmer leuchten lassen. Die absoluten Werte lassen alles Geschwätz vergessen, sie verkörpern die elementare Schönheit der Demokratie wie perfektes Design.

Daniel fühlt eine seltsam deutliche Verbundenheit mit den 387 Personen, die neben ihm und Ines hier im Viertel ihre

Stimme abgegeben haben. Wir sind welche von denen, denkt er, wobei ihm fast ein bisschen feierlich zumute ist.

Dann erst kommt er auf die Idee, im Internet nachzuschauen, wie die Pfalz gewählt hat.

Oktober

Die Wonnen der Wiederholung

Nach der Septemberenttäuschung finden sie schwer wieder zu den zyklischen Pflichten, Ines schläft nicht mehr nackt, streckt nicht im Halbschlaf die Hand zur Seite aus, und als Daniel sich im Bett auf Knien vor ihr aufbaut und versucht, mit einem spielerischen Befehl erotische Erinnerungen auszulösen, zögert sie so lange mit ihrer Reaktion, dass er aufgeben muss, weil er sich geniert.

Beide kennen jedoch das Ziel und wissen, was man praktisch tun muss, um es theoretisch zu erreichen, also erzwingen sie, da die relevanten Tage näher rücken, in gemeinsamer Bemühung die nötige Regelmäßigkeit, wobei sich, ohne dass Absprachen getroffen wären, ein Schema etabliert. Nach dem dritten Mal erschrickt Daniel über das Mechanische der Wiederholung. Was wir hier machen, denkt er, unterscheidet sich von Pornografie nur, weil niemand zuschaut.

Andererseits ist Sex ja immer ein und dasselbe. Sex ist der Inbegriff der Wiederholung. Oder umgekehrt: Die Wiederholung ist der Kern der Sache. Darum darf man beim Sex in der Ehe nie die Abwechslung suchen. Paare, die *etwas Neues* ausprobieren wollen, haben schon verloren. Es gibt nichts Neues, es gibt nur das immer Gleiche. Das Geheimnis *erfüllter* ehelicher Sexualität besteht nicht in der künstlich herbeigeführten Abwechslung, sondern darin, dass beide Ehepartner das immer Gleiche wollen.

Daniel ist einigermaßen zufrieden mit seinen Überlegungen, zumal ihm etwas Entscheidendes nicht abhandengekommen ist: das Wohlgefallen, wenn er Ines ansieht. Noch immer freut er sich täglich nach der Arbeit, sie daheim zu sehen, auch in den Tagen vor der nahenden Oktoberovulation, da sie ihm abwechselnd aufgewühlt und ausgelaugt erscheint. Ihre Hoffnungen auf Weinseminare in der Stadt verwehen immer mehr, es kommen Absagen, Terminverschiebungen, kein Tag vergeht ohne Enttäuschung. Das schlechte Wetter, das Daniel zwingt, sein Fahrrad im Keller stehen zu lassen, scheint Ines zupasszukommen, es zieht sie ins Freie, wo sie sich in den Wind stellt und zausen lässt. Sie will unbedingt ans Meer, zu noch mehr Sturm und Brausen, und am ersten Sonntag im Oktober können sie nicht Daniels Einwände davon abhalten, sondern nur Sturmtief »Sörens« Machenschaften: Am Mittag drückt der Sturm das Wasser der Elbe über die Ufer und überflutet einen Teil des Fischmarkts. Ines will das sehen, und statt ans Meer zu fahren, besichtigen sie die Elbüberschwemmung in der Stadt, treffen auf viele andere Schaulustige und dehnen ihre Katastrophenwanderung aus bis Ottensen.

Nass und frierend kehren sie Stunden später nach Hause zurück. »Ich glaube, ich habe mich erkältet«, meint Ines ohne Bedauern. »Du musst mich pflegen.«

Daniel dankt innerlich dem Gott der Sturmflut, denn was er da gerade gehört hat, ist der Unterton der Zuversicht gewesen – die Verheißung des leichten ehelichen Spiels anstelle erzwungener Mechanik. Ines duscht heiß und schlägt sich anschließend in ihre Kaschmirdecke ein. Daniel bringt ihr Tee, da fragt sie ihn, was heute für ein Datum sei. Daniel kann es ihr ohne Blick auf den Kalender sagen, und im selben Augenblick erkennt er, was hinter ihrer Frage steckt: An diesem Tag beginnt die Phase der Enthaltsamkeit.

Alive Day

Bei dem Wetter kann man vor der Oberhafenkantine nicht im Freien sitzen, und da man nie weiß, ob man in der winzigen Gaststube einen Platz bekommt, empfiehlt es sich nicht, auf gut Glück hinzugehen, aber Rico besteht darauf, die Wartezeit bis zur Insemination gemeinsam zu überbrücken. Daniel stimmt unter der Bedingung zu, dass auf Alkohol verzichtet wird. »Ehrensache«, verspricht Rico.

Sie fahren mit der U-Bahn bis St. Pauli und gehen zu Fuß in eine Straße, die auf der Nordseite eine Häuserzeile aus braunem Klinker säumt. Daniel ist überrascht, denn das Hochhaus, in dem er sein Büro hat, steht nur hundert Meter Luftlinie entfernt. Der Abstand ist gering und doch bis jetzt nie überbrückt worden. Es besteht keine Direktverbindung vom einzigen Büroturm weit und breit zur Genossenschaftswohnung am Rand des Kiezes, den Daniel so gut wie nie betritt. Er verrät Rico nicht, wie nahe sie sich an fast jedem Werktag sind, auch dann nicht, als er längst vor Käse, Wurst, Gewürzgurken und Brot am Küchentisch sitzt, in einer Wohnung mit niedriger Decke, kleinen Fenstern, kleinen Zimmern, kleinem Gang und kleinem Bad, in dem neben Wanne und Toilette auch noch die Waschmaschine untergebracht ist.

Bevor sie ihre Mahlzeit beendet haben, kommt Ricos Frau nach Hause, schmal und lächelnd, so wie Daniel sie bei seinem allerersten Besuch im Labor gesehen hat. Rico stellt sie mit dem Namen Serifa vor, und als sie selbst das Wort ergreift, scheint sie zu wachsen. Ihre Worte kommen in klarem, offenem Ton, ein Akzent macht darauf aufmerksam, wie fehlerfrei und idiomatisch sie die Sprache spricht. Es klingt, als hingen an den Wörtern noch Überreste des Rohstoffs, aus dem sie mit Hingabe geformt worden sind. Daniel staunt und freut sich, wie immer, wenn er sieht, dass jemand etwas gut beherrscht. »Sie sprechen hervorragend Deutsch«, sagt er. »Wie lange sind Sie schon hier?«

»Zehn Jahre«, antwortet Rico an ihrer Stelle.

»Und wo kommen Sie her, wenn ich fragen darf?«

Wieder will Rico antworten, aber Serifa hält ihm von hinten mit beiden Händen den Mund zu, was Rico veranlasst, einen Erstickungsanfall zu spielen und sich mitsamt Stuhl umkippen zu lassen. In der Küche ist es so eng, dass weder Mann noch Möbel auf den Fußboden schlagen, sondern nur zwischen Tisch und Wand eingeklemmt werden.

Alle lachen, Serifa sagt: »Aus dem Kosovo. Aber ich bin Bosniakin.«

Rico bringt sich wieder in zivilisierte Erwachsenenposition, er sagt: »Wir haben uns 1999 da unten kennengelernt. Und rate mal, wer wen zuerst gesehen hat!«

Daniel zuckt mit den Schultern.

»Sie mich. Ich hatte nämlich die Augen verbunden.«

Daniel sieht die Frau, die sich inzwischen ebenfalls an den Tisch gesetzt hat, fragend an.

»Unter anderem die Augen«, sagt sie. »Willst du das jetzt wirklich erzählen?«

»Eigentlich nicht«, gibt Rico zu.

»Warst du lange da unten?«, fragt Daniel trotzdem.

»Vier Monate, aber die reichen für ein ganzes Leben.«

Seine Frau legt ihm die Hand in den Nacken, ein bisschen krankenschwesternhaft sieht das aus, muss Daniel unwillkürlich denken.

»Als Fallschirmjäger«, fügt Rico noch hinzu, dann steht er auf und schickt sich an, Kaffee zu kochen. »Dieses Jahr im Juni habe ich meinen zehnjährigen Alive Day gefeiert.«

Der energische Druck auf die Taste der Kaffeemaschine setzt den Punkt hinter diesen Satz, über den Daniel sogleich zu rätseln anfängt. *Alive Day*. Davon hat er schon gehört, ihm scheint, in einem Film, doch ist er sich nicht sicher, er sieht Serifa fragend an, während Rico Tassen aus dem Hängeschrank nimmt.

Serifa aber spricht nicht zu ihm, sondern zu ihrem Mann, sie sagt: »Red jetzt nicht davon, bitte!«

»Haben sie dich hingeschickt, oder warum bist du dort gelandet?«, will Daniel nun von Rico wissen.

»Ich habe mich freiwillig gemeldet.« Und dann erfährt Daniel in der kleinen Küche der Genossenschaftswohnung, dass Rico, der sich mit Ende siebzehn innerlich schon auf drei Jahre Volksarmee eingestellt hatte, nach seinem achtzehnten Geburtstag mit der Tatsache leben musste, dass die Volksarmee samt dem dazugehörigen Staat nicht mehr existierte, was den auf Wehrdienst gepolten Jungen zur Bundeswehr brachte, wo er fieberhaft überlegte, was er anschließend tun sollte und vor allem wo, denn von dort, wo er herkam, gingen alle jungen Leute weg, sie zogen der Arbeit hinterher, Rico aber hatte keine, der er hinterherziehen wollte, weshalb er den Entschluss fasste, sich länger zu verpflichten, »Z-Grabstein«, wie er es nach alter Bundeswehrsitte nennt.

»War ein schlechtes Omen, denn in Prizren wäre es fast auf Grabstein hinausgelaufen«, meint er. »Ist aber noch mal gut gegangen, auch wegen ihr.«

Mit diesen Worten richtet sich sein Blick auf Serifa. »Wir haben uns kennengelernt, als ...«

»Nicht jetzt, bitte!«, sagt sie sanft und zugleich bestimmt. Worauf Rico die ausgebreiteten Arme hebt und wieder Daniel ansieht.

»Schon gut«, sagt dieser.

Den Kaffee trinken sie schweigend und ziemlich schnell, denn sie müssen los. Rico zwängt sich auf die Rückbank von Serifas kleinem Dienstwagen, Daniel darf vorne sitzen. »Mich lassen sie nicht mehr fahren«, will Rico erklären, »seit ich ...«

»Ich hab doch gesagt, nicht jetzt!«, fällt ihm seine Frau erneut ins Wort.

»Sie ist nervös, das darfst du ihr nicht übel nehmen.«

Daniel weiß, dass Ines in diesem Moment ebenso nervös ist, und er ärgert sich ein bisschen, dass er mit fremden Leuten in die Fruchtbarkeitsklinik fährt anstatt mit ihr.

»Mich macht das inzwischen gar nicht mehr nervös«, sagt Rico. »Mir reicht's bloß langsam.«

Daniel nimmt zur Kenntnis, dass Serifa ihm jetzt nicht ins Wort fällt. Über die Gegenwart darf geredet werden, nur die Vergangenheit soll nicht störend dazwischenfunken, es soll ums Leben gehen, nicht ums Überleben, oder so ähnlich, dies ist der Reim, den Daniel sich macht.

Sie fahren auf breiten Straßen, deren nasser Belag den üblichen Fahrzeuglärm multipliziert, Serifa muss sich anstrengen, um bis zu Daniel durchzudringen, als sie das Wort ergreift. Ihr Tonfall erinnert an einen Appell.

»Nächstes Jahr wollen wir mit künstlicher Befruchtung anfangen«, sagt sie.

Rico schweigt dazu. Daniel glaubt, das Demonstrative an diesem Schweigen im Nacken zu spüren.

»In derselben Klinik?«, fragt Daniel.

»Nein. In Belgien.«

»In Belgien?«

»In Brüssel, im Zentrum für Reproduktionsmedizin.«

»Das ist so eine fixe Idee von ihr«, mischt sich Rico nun doch von hinten ein, und Daniel versteht, warum die Frau das Thema ihm gegenüber angeschnitten hat: Sie sucht Verbündete.

»Warum ausgerechnet dort?«, will er wissen.

»Weil sie da so Untersuchungen machen, die bei uns nicht erlaubt sind«, antwortet wieder Rico. »Die pulen in den Zellen rum ...«

»PID heißt das«, fällt ihm Serifa ins Wort. »Wissen Sie, was das ist?«

Daniel weiß es. Und er weiß auch, was das kostet. Viertausend Euro, wenn er sich recht erinnert, wozu noch die Kosten für die künstliche Befruchtung kämen, vermutlich noch einmal so viel. Macht achttausend – pro Zyklus, wohlgemerkt. Bei einer Wahrscheinlichkeit von vielleicht fünfundzwanzig Prozent. Prompt kommt die passende Bemerkung von der Rückbank: »Wir können uns das überhaupt nicht leisten.«

»Wir haben gespart. Für zwei Versuche reicht es«, erwidert Serifa, blinkt, bremst und fährt direkt vor der Fruchtbarkeitsklinik auf den Bürgersteig. Die Logos der Pflegefirma auf dem Auto scheinen ihr das Recht dazu zu geben.

»Und wenn du nicht so viel rauchen würdest, könnten wir noch mehr sparen«, sagt sie nach dem Aussteigen zu ihrem Mann, der sich eine Zigarette ansteckt.

Sie geht durch die automatische Schiebetür und ruft den Aufzug, Daniel bleibt noch einen Moment bei Rico stehen, der ihm hastig rauchend anvertraut: »Das ist der Wahnsinn. Sie arbeitet als mobile Altenpflegerin, ich als Lagerist bei einem türkischen Lebensmittelgroßhändler, rate mal, was wir verdienen! Hätten wir die günstige Wohnung nicht, kämen wir gar nicht erst auf solche verrückten Ideen.«

»Adoption würde doch auch was kosten«, meint Daniel, der sich an Ricos Präferenz erinnert.

»Ja, aber erstens weniger, und zweitens ist die Mitnahmerate höher.«

Die *Mitnahmerate*. Was für ein Wort, denkt Daniel, und gleich darauf, als sie bereits im Aufzug stehen, fällt ihm ein, dass es sich wohl um Ricos Übersetzung der in Zentren für Reproduktionsmedizin üblichen Fachbezeichnung *Baby Take Home Rate* handelt.

Die Sekundentrauer

Sie nähert sich ohne Ankündigung und meist im Windschatten eines Bildes. Zum Beispiel so: Serifa kommt vom Dienst, zieht die Schuhe aus, kocht sich einen Tee und setzt sich an den Tisch, um die Zeitung zu lesen, so wie üblich, ohne mit Überraschungen zu rechnen. Dann stößt sie auf Seite 9, die komplett dem Thema »Paare in der Großstadt« gewidmet ist. Vier Fotos illustrieren den Text, eines davon zeigt eine Familie: Vater, Mutter, zwei Kinder, diverse Plüschtiere. Alle vergnügt, sogar die Tierchen scheinen sich zu freuen. Die Frau ist schwanger, sieht dabei vollkommen gesund aus, der Vater lächelt auf eine Weise, die verrät, dass es von innen kommt. Beide Kinder fassen ihn an, alle vier bilden ein enges Grüppchen, das aber intuitiv Platz für das bald ankommende fünfte Familienmitglied lässt.

Ein schönes Bild. Serifa betrachtet es und merkt plötzlich, wie sie in ihr aufsteigt: die Sekundentrauer.

Sie bildet sich irgendwo in der Körpermitte, steigt die Kehle empor und drückt dabei in jedes Auge eine Träne. Eine Sekunde lang überwältigt sie der Schmerz, dann blickt sie von der Zeitung auf, wischt sich die Tränen mit dem Handballen weg, bemitleidet sich ein bisschen und seufzt auf. Zieht vielleicht noch die Nase hoch – und blättert weiter.

Freilich gelingt es ihr danach nicht mehr, sich auf weitere Zeitungsartikel zu konzentrieren. Stattdessen denkt sie über Themen nach, die von der Sekundentrauer vor ihr inneres Auge gespült worden sind. Sie denkt zum Beispiel an die Studie, die sie seit einigen Wochen insgeheim betreibt: Wenn sie in der Stadt unterwegs ist, hält sie Ausschau nach Paaren mit adoptierten Kindern und stellt Vergleiche an. Da heutzutage viele Kinder aus anderen Kulturkreisen adoptiert werden, kann man sie als Adoptivkinder identifizieren. Diese Woche hat sie zwei Fälle beobachtet. Beim ersten Mal saß ein Vater mit zwei Jungen asiatischer Herkunft in der S-Bahn, der ältere neben ihm, der jüngere auf seinem Schoß. Er ging mit den beiden genau so um, wie es sich für einen Vater gehört. Jedenfalls hat Serifa nicht die geringste Spur von Fremdheit zwischen den dreien erkennen können. Sie fuhr sogar vier Stationen weiter als geplant, dann konnte sie sich sicher sein, denn der Kleine auf dem Schoß fing an, mit dem Schuh rhythmisch gegen das Bein seines Vaters zu treten, was diesen naturgemäß störte, und wenn sich ein Adoptivvater über sein Adoptivkind ärgert, kann man am deutlichsten erkennen, wie natürlich das Verhältnis zwischen den beiden ist. Der Vater wies den Jungen zurecht, wie es sich für einen Vater gehört, ohne übertriebene Behutsamkeit.

Zwei Tage später sah Serifa im Kaufhaus ein auffallend gut aussehendes, groß gewachsenes, sehr aufrecht gehendes und kostspielig gekleidetes Paar, das überdies sympathisch wirkte, die Blicke jedoch vor allem auf sich zog, weil es ein kleines, dunkelhäutiges Mädchen bei sich hatte. Das Kind von gut drei Jahren lief vor, neben oder zwischen den beiden her, mit kecken Zöpfchen und Schleifchen und ebenso gut angezogen wie die Adoptiveltern. Bei dem Anblick bildete sich sogleich Wärme in der Brust.

Serifa meinte sehen zu können, dass die Kleine erst unlängst adoptiert worden war. Sie bewegte sich vollkommen natürlich, aber den Erwachsenen sah man an, dass sie mit übermäßiger Anspannung jede Bewegung des Kindes begleiteten. Ihre Körper waren latent vorgeneigt, aus lauter vorauseilender Sorge, sie schienen förmlich auf die Bedürfnisse des Kindes zu lauern, um sofort darauf reagieren zu können. Als das Kleine einmal bockte, wagten sie es nicht, streng zu ihm zu sein, man hätte meinen können, sie befürchteten, dass man ihnen das Kind wieder abnähme, wenn sie ihm gegenüber auch nur leicht die Stimme erheben würden.

Serifa folgte der Familie mindestens eine halbe Stunde lang, zuerst durch mehrere Etagen, dann aus dem Kaufhaus hinaus in die Fußgängerzone, und nach und nach bestätigte sich die Vermutung, die sie von Anfang an gehabt hatte: Das Kind konnte noch kein Deutsch. Es hatte mit seinen Adoptiveltern keine gemeinsame Sprache.

Als Serifa das bewusst wurde, schoss unversehens die Sekundentrauer in ihr hoch, und nun, da sie sich daran erinnert, passiert es wieder.

Sie kommt häufiger in letzter Zeit. Ist das ein gutes oder ein schlechtes Zeichen? Ventil oder Qual?

Anblicke, die nicht kaltlassen

Noch hat sie aus ihrem Gedankenspiel, den Laden künftig vormittags zu schließen, nicht Ernst gemacht, doch nun sitzt Ines immerhin mit der Absicht am Computer, ein Schild mit neuen Öffnungszeiten zu entwerfen. Es fällt ihr schwer. Mit jeder Stunde, die sie streicht, scheint sie sich Wasser abzugraben, da sich in Sachen Weinseminare und Degustationen weiterhin kein Aufschwung abzeichnet. Die geplanten Abstecher ans Meer locken sie weiterhin, sie hat längst eine Liste mit Ausflugszielen aufgestellt, doch verbietet sie sich die Erfüllung dieser harmlosen kleinen Sehnsucht, solange es ihr nicht gelingt, gewinnträchtige Veranstaltungen zu akquirieren.

Wenn sie sich vorstellt, am Strand entlangzugehen und lauthals in den Wind zu singen, spürt sie ein Durchatmen im ganzen Körper. Es ist nicht klug, sich das vorzuenthalten, es ist ein dummes Opfer, vor allem wenn man in seinem Dasein in mehr als einer Hinsicht nach Atem ringt. Dieser Tag, an dem sie sich ein weiteres Mal der Insemination öffnen wird, hat mit einem Anruf der Mutter begonnen, die von Schwindelanfällen des Vaters berichtete und von ihrer Angst, diese könnten durch Metastasen und deren Druck auf bestimmte Gehirnregionen verursacht werden.

Ines hat getröstet und abgewiegelt, als besäße sie die Kompetenz dafür. Nein, Metastasen bilden sich nicht so schnell. Ihre Medizin schlug bei der Mutter an, die sich tatsächlich ein bisschen beruhigen ließ, und nun bedient sie sich der gleichen Medikation, die sie ihrer Mutter verabreicht hat. Sie redet sich die akute Bedrohung aus.

Je öfter sie in Gedanken abschweift, umso mehr neigt sie dazu, als werktägliche Ladenöffnungszeit 14 Uhr einzutragen. Oder besser 13 – oder doch 12? Falls jemand die Mittagspause zum Kauf einer Flasche nutzen möchte. Sie schreibt 12 Uhr, blickt auf die Zeitanzeige in der Bildschirmecke, gleich ist es zwölf, nicht mehr viel Zeit totzuschlagen, bis sie zur Klinik muss. Sie steht auf, geht quer durch den Verkaufsraum zum Schaufenster und blickt hinaus.

Nicht einmal von der Hälfte der Passanten wird sie wahrgenommen. Von denen, die kurz den Kopf in ihre Richtung drehen, nickt ihr keiner grüßend zu, und nicht einmal der eine Mann, der erkennbar auf ihr Aussehen reagiert, wagt ein Lächeln, als er ihren Augen begegnet.

Nach einer Weile erblickt sie auf der anderen Seite ein Gespann, das sie kennt. Uwe Bernstein und seine Tochter gehen vorbei, von rechts nach links, im Kinderschritt, und auch sie schauen nicht über die Straße zu ihr her. Einige Minuten später geht die Ladentür auf, und Ines erschrickt. Sie braucht einen Moment, bis sie begriffen hat, dass die beiden die Fahrbahn an der Ampel überquert haben und darum auf der hiesigen Straßenseite von links herangekommen sind.

»Hallo, Emma«, sagt Ines, worauf die Kleine in eifrigem Zweieinhalbjahredeutsch mitteilt, der Buggy sei daheimgeblieben und werde es von nun an immer bleiben.

»Möchten Sie einen Wein?«, fragt Ines den Vater.

»Nein«, sagt der, »wir haben noch. Wir wollten nur mal Guten Tag sagen, weil das Gespräch am Wahlsonntag neulich ein bisschen kurz ausfiel.«

Auch jetzt gelingt es nicht, gleich daran anzuknüpfen, denn nachdem es stundenlang ruhig gewesen ist, betritt ausgerechnet in diesem Moment ein Kunde, den Ines noch nie gesehen hat, den Laden, sieht sich pauschal in alle Richtungen um und antwortet auf Ines' Frage, ob sie ihm helfen könne: »Ich hätte gerne einen schönen Rotwein.«

Nach diesem Satz weiß Ines, dass sie keinen Kenner vor sich hat. »Soll es ein Wein zum Essen sein? Bevorzugen Sie ein bestimmtes Herkunftsland?«

»Also ich bin ein Freund französischer Weine, muss ich sagen, und ehrlich gesagt: Deutscher Rotwein kommt für mich nicht infrage. Weißwein ja, durchaus, Riesling aus dem Rheingau, aber Rotwein, nein.«

Damit erhält Ines die Bestätigung: Der Mann kennt sich nicht aus, brüstet sich jedoch mit Aufgeschnapptem, anstatt sich aus erster Hand bei der Weinhändlerin zu informieren. Das vergällt ihr die Lust, sich länger mit ihm abzugeben, sie macht kurzen Prozess, zieht eine Flasche für sieben fünfundneunzig aus dem Regal, schickes, aber seriöses Etikett, ein Merlot vom Fuß der Pyrenäen, mit Tannaten, was ein Aroma ergibt, an dem sich Laien vor ihren Gästen mit angeberischen Formulierungen abarbeiten können. Ines sagt: »Das ist ein *sehr* schöner Wein.« Und fügt hinzu: »Parker hat ihm neunzig Punkte gegeben, das ist dann doch ganz ordentlich.«

Sie wüsste gern, ob der Kunde weiß, wer Parker ist, aber andererseits spielt es ja keine Rolle. Er nimmt die Flasche in die Hand, betrachtet sie, als erführe er dadurch etwas über die Qualität des Inhalts, er dreht sie sogar um und simuliert Lektüre der französischen Beschriftung des hinteren Etiketts, und Ines weiß in dem Moment, dass er die Flasche kaufen wird. »Na, ich nehm dann mal zwei von dem«, sagt er, lässt sich eine Tüte geben, zahlt bar und verabschiedet sich kühl, in dem Bemühen, als Kenner möglichst keine Dankbarkeit durchblicken zu lassen.

»Wer ist denn dieser Parker?«, fragt Uwe Bernstein.

»Wollen Sie mich veräppeln?«

»Nein, im Ernst, der Name sagt mir nichts.«

»Wenn mir das klar gewesen wäre, hätte ich Ihnen von Anfang an nur Ladenhüter verkauft.«

»Verraten Sie mir trotzdem, um wen es sich handelt?«

»Robert Parker, nach eigenen Worten *die wahre, unabhängige Stimme des Weinkonsumenten*, einer der großen Machthaber in der Weinbewertung; wenn Sie irgendwo Eindruck schinden wollen, fragen Sie einfach, wie viele PP ein Wein hat.«

»PP?«

»Parker-Punkte. Hundert sind das Maximum.«

Sie grinsen beide.

»Warum sind Sie wirklich hier?«, fragt Ines dann, und Bernsteins Grinsen ist dahin.

Bevor der Vater antworten kann, beginnt das Kind umständlich zu erzählen, dass es an diesem Tag nicht in die Kita muss, weil es zur Oma geht, und Bernstein unterbricht es nicht. »Die Oma wohnt in Lüneburg. Unser Auto steht vor der Tür«, erklärt er und deutet auf den Wagen, der direkt vor dem Schaufenster geparkt ist.

»Ich muss auch los«, sagt Ines, »in die Innenstadt.«

»Können wir Sie mitnehmen? Wir fahren ja ungefähr in die Richtung.«

Im Auto erfährt Ines, dass Bernstein aus Lüneburg stammt und zum Studium nach Hamburg kam. Praktisch ein Einheimischer, denkt Ines, fasst sich ein Herz und fragt, was er ihr als Ausflugsziel an der See empfehlen würde.

»Nord oder Ost?«

»Sowohl als auch.«

Er überlegt nicht lange, sagt: »An der Ostsee Hohwacht, vor allem bei Wind aus westlichen Richtungen, weil dann für Ostseeverhältnisse auch einigermaßen ansehnliche Wellen anrauschen. An der Nordsee trotz allem Sylt, und zwar der Norden, der Strand rund um den Ellenbogen.«

Das Kind in seinem Schalensitz spricht probehalber einige Wörter nach, Sylt und Ellenbogen, sein Vater liefert noch die Begründung für seine Tipps: »An beiden Stellen lässt einen der Anblick des Meeres nicht kalt.«

Vor allem wenn man einen persönlichen Bezug dazu hat, über den man nicht sprechen will, wie im Falle Sylt, denkt Ines. Sie klappt die Sonnenblende herunter und sieht im Spiegel nach dem Kind hinter sich. Es blickt nun aufmerksam aus dem Fenster und bewegt dabei die Lippen, als sage es leise für sich alles auf, was es sieht.

»Wie ist das eigentlich so, mit einem Kind allein?«, fragt Ines unvermittelt mit gesenkter Stimme.

»Wenn das Kind zu Hause und wach ist, gibt es nichts als das Kind, und man kommt nicht dazu nachzudenken, wie es ist. Schläft das Kind, weiß man nicht, was man mit sich anfangen soll. Und wenn es weg ist, mache ich meine Arbeit und vergesse so lange, dass ich ein Kind habe, bis es mir wieder einfällt, weil ich zur Kita muss, um die Kleine abzuholen. Aber kommen Sie uns doch mal besuchen und schauen Sie es sich an!«

»Ich weiß nicht ...«

»Emma würde sich freuen. Stimmt's, Emma?«

Emma antwortet nicht, aber Ines muss lächeln. Sie lässt sich hinterm Bahnhof absetzen, sie will sich nicht bis vor die Tür der Kinderwunschklinik bringen lassen, natürlich nicht, sie ist schon froh, dass Bernstein sie nicht nach ihrem Ziel fragt. Das Kind patscht zum Abschied mit der Hand gegen die Scheibe. Ines winkt, dann richtet sie sich auf und atmet durch, um umschalten zu können, auf das, was kommt.

Die Demut vor dem Befruchtungsakt hat sie inzwischen verloren, aber aufgeregt ist sie gleichwohl. Erstmals trifft sie nicht lange vor dem Termin in der Klinik ein, Daniel wartet oben bereits auf sie, »die anderen beiden sind schon dran«, sagt er, und als Ines ihn verständnislos ansieht, korrigiert er sich: »Ach so, entschuldige, du kennst sie ja gar nicht. Ich meine die zwei, die letztes Mal da drüben saßen.«

Im Behandlungszimmer ärgert sich Ines, dass sie es schon wieder mit einer anderen Ärztin zu tun hat, und es wurmt sie, dass auch diese Gynäkologin oder Reproduktionsmedizinerin oder was sie nun mal ist, versucht, ihnen eine Ultraschalluntersuchung anzudrehen. »Damit wir sehen, ob die Eizelle da ist.« Was soll das für einen Sinn haben? Sie würden die Insemination doch ohnehin vornehmen lassen, ganz gleich, was auf dem Ultraschallgerät zu sehen wäre. Außerdem war die Eizelle bislang immer da, wieso sollte sie plötzlich wegbleiben?

Zu Daniels Überraschung lehnt Ines diesmal ab. Er meint zu erkennen, dass in dem Moment das Interesse der Ärztin an ihnen als Kunden schlagartig nachlässt. Ines registriert das ebenfalls. Wollen die mir helfen, oder wollen die nur ihre Produkte verkaufen?, fragt sie sich.

Spuren

Da sie die Ladenschlusszeit nun um eine Stunde vorverlegt hat, erwischt Ines den Bus um zehn nach sieben. Es wird schon dunkel um diese Zeit, man merkt, wie weit im Norden Hamburg liegt. Nachdem der Bus eine der vielen Zonen dieser Stadt, die ausschließlich dem Sortieren von mehrspurigen Verkehrsadern zu dienen scheinen, durchquert hat, biegt er in die Lange Reihe ein, von rechts und links rücken die Häuser dicht heran, erleuchtete Schaufenster säumen die enge Straße, hinter den Scheiben der Cafés und Restaurants schimmern Kugellampen und Kerzen, man fühlt sich gleich davon angezogen, hier möchte man zu Fuß gehen, allerdings ist die Anziehung nicht ungebrochen, Ines spürt auch Vorbehalte, wittert das Fremde; aus vielen Lokalen treten männliche Paare, deren Status schwer einzuschätzen ist; man brauchte eine Weile, um alle Botschaften entschlüsseln zu können, stellt sich Ines vor, aber da erreicht der Bus auch schon die Bahnhofsgegend, wo sie innerlich jedes Mal in Abwehrstellung geht. Der Bahnhof und das Drumherum, die jungen Männer mit den unberechenbaren Blicken, die von tätowierten Händen locker am Hals gepackten Bierflaschen, deren Klirren man sich unwillkürlich vorstellt, die Taxifahrer, die sich streiten oder, sofern sie Afrikaner sind, im kleinen Kreis neben den Fahrzeugen zusammenstehen und unwahrscheinlich laut und sprudelnd reden; die ganze Unüberschaubarkeit des Platzes, der unablässig von einem auf- und abwallenden Menschenstrom aus dem Bahnhofsinneren gespeist wird, macht diesen Teil der Stadt für Ines unheimlich, doch kaum denkt sie das, erreicht der Bus schon wieder eine andere Zone, die Einkaufsstraße nämlich mit den Kaufhäusern und erleuchteten Schriftzügen, die jeder kennt. Auch hier ziehen Menschenströme dahin, jedoch bloß in zwei Richtungen, linearer und geordnet, eine Prozession in gedeckten Farbtönen mit großen Tüten, aus der stellenweise bunte Tupfen und weiße Zähne aufleuchten.

Der Bus biegt ab, muss auf einigen Hundert Metern ein diffuses Baustellengemenge durchqueren, um über die Brücke in die Speicherstadt zu gelangen, und dort ist es jedes Mal ein bisschen so, als meinte es der Bus mit seiner Route nicht ganz ernst, denn der Anblick der Gebäude aus rotem Backstein, der Brücken und Fleete kommt einem gar zu museal vor, man kann irgendwie nicht glauben, denkt Ines, dass das alles normal genutzte Realität ist, und im selben Moment reckt sie den Hals, weil sie in der Dunkelheit einen alten Mann übers Kopfsteinpflaster humpeln sieht, der in der linken Hand eine Laterne trägt, mit einer Kerze darin, wie ein Nachtwächter aus alten Zeiten.

Kurz darauf glättet sich der Straßenbelag, der Bus biegt in die HafenCity ein, und Ines steigt an den Magellanterrassen aus. Um diese Zeit sind wenige Menschen unterwegs, aber einige junge Leute haben am Kai des Museumsschiffshafens ihr Lager aufgeschlagen, sie balancieren wagemutig auf den Geländern, trainieren sich Fähigkeiten an, die es ihnen ermöglichen, die Stadt auf eigenen Wegen zu durchklettern.

Die monumentale Silhouette der Philharmonie-Baustelle mit ihren Kränen riegelt hinter dem Hafenbecken mit den Museumsschiffen und einer Handvoll Jachten den Blick ab, das Wasserrechteck scheint keinerlei Kontakt zum ordinären Elbverkehr zu haben, die Masten mit den Tauen dienen der

Gestaltung des Ambientes, und tatsächlich sieht es schmuck aus, wie die Schiffe hier im Wasser liegen, vor den Blicken aus mit Licht gefüllten Fenstern.

Ines geht zwischen den Beinen des Museumshafenkrans hindurch und dann die weißen Stufen zum Kaiserkai hinauf, wo ihr Blick als Erstes auf ein erleuchtetes Fenster im ersten Stock fällt, das vom Boden bis zur Decke reicht. Es ist ein Küchenfenster, man sieht die Kochinsel mit Abzugshaube in warmem Licht, Dampf steigt auf, ein Mann und eine Frau stehen am Herd und kochen, eine banale Situation, doch etwas veranlasst Ines, anzuhalten und von schräg unten zuzusehen.

Es ist der Mann, der kocht. Er agiert, die Frau schaut zu, und an ihrer Körperhaltung und ihren Bewegungen, an der Art, wie sie die Hände auf die Hüften stützt, weil sie nicht weiß, wohin damit, sieht man, dass sie da oben nicht zu Hause ist. Der Mann hat sie eingeladen, womöglich zum ersten Mal. Wir können was zusammen kochen, hat er vielleicht gesagt. Oder er hat gesagt, ich koche was für dich, es dann aber nicht rechtzeitig aus dem Büro nach Hause geschafft, weshalb er mit der Zubereitung des Gerichts nicht fertig geworden ist. Es dampft auf dem Herd unter den Halogenspots, Ines schaut hin und denkt, ich sehe fremden Menschen beim Leben zu, sie ist ein bisschen neidisch auf die Frau dort oben, die dem Mann nun mit verschränkten Armen zusieht, sich ihm jedoch trotzdem nicht verschließt, Ines kann das erkennen, der Abend der beiden dort oben hat verheißungsvoll begonnen.

Zweihundert Meter später kommt Ines der Eingang des Hauses, in dem sie wohnt, vor wie das Foyer einer Behörde, so hell, so groß, mit hohen Pflanzen, die viel Platz wegnehmen, der freilich ohnehin nicht benötigt würde, sie dreht den

Schlüssel in der Haustür, da hört sie hinter sich durch ein gekipptes Fenster des Nachbarhauses eine Frauenstimme Klagelaute ausstoßen und gleich darauf einen Mann laut brüllen: »Dann hau doch ab!«

Oben schließt Ines die Tür auf und lauscht. Das Geräusch des zuklappenden Laptops ertönt nicht, Daniel ist nicht da, wird heute auch nicht mehr kommen, er ist geschäftlich in Berlin, Ines hat das gewusst und trotzdem in die Wohnung hineingehorcht.

Die Lichter des Hafens jenseits des Flusses bündeln sich mit der Kaibeleuchtung am diesseitigen Ufer zu einem mondlichtartigen Schein, der durch die großen Fenster in die Wohnung fällt und die Möbelkanten lackiert. Die Räume sehen erstarrt aus, wie auf Gemälden. Ines macht Licht in allen Zimmern.

Es bleibt still. In die Penthousewohnung oben ist noch immer niemand eingezogen. Sie muss wirklich irrsinnig teuer sein, oder sie hält dem Konkurrenzdruck des Marco-Polo-Towers nicht stand, in dem noch feudalere Wohnungen mit mutmaßlich noch spektakulärerer Aussicht noch dichter an der Elbfahrrinne entstehen.

Es bleibt still, obwohl vereinzelt Signale von Schiffen und Lastkränen durch die Fenster dringen, denkt Ines, und gleich darauf: komischer, widersprüchlicher Gedanke.

Die Stille macht die Leere der Wohnung sichtbar, stellt sie fest. Das Mobiliar nimmt keineswegs den ganzen Raum ein, wir besitzen nicht viele Gegenstände, nichts liegt herum. Daniels Bücher stehen in schöner Ordnung im Regal, die wenigen, die Ines gehören, ordnen sich unauffällig unter. In der Küche ist aller Kleinkram, abgesehen von Pfeffermühle, Öl-

und Essigflasche, in Schränken verstaut, die Kleider passen komplett in den Einbauschrank im Ankleideraum, auf dem Stuhl im Schlafzimmer liegt über Nacht lediglich das, was Ines abends auszieht, morgens verschwindet es im Wäschekorb oder wird an ihrem Körper weggetragen, Daniels stummer Diener steht als unverhangenes Gerippe an der Wand.

Das bringt Ines auf einen Gedanken. Sie dreht eine weitere Runde durch die Wohnung, langsam, sieht sich dabei gründlich um und findet die Bestätigung: Außer den Büchern sieht man nirgendwo Gegenstände aus Daniels persönlichem Besitz.

Sie kehrt ins Schlafzimmer zurück. Auch hier nichts, was ihm gehört. Fast schon bestürzt streckt sie die Hand nach seiner Nachttischschublade aus, zögert intuitiv, aber nur kurz, zieht die Lade auf und nimmt eine Inventur vor: Ein Päckchen Papiertaschentücher. Ein Labello. Ein Notizblock und ein Kugelschreiber, beide mit Firmenaufdruck, vermutlich Werbegeschenke. Ein Pippi-Langstrumpf-Buch. Eine E.T.-Fingerlampe.

Ines hält das Buch in der Hand und denkt nach, bis sie sich erinnert: Er hat es irgendwann im Sommer gekauft, in der Buchhandlung neben ihrem Laden, wann war das, womöglich an dem Tag, an dem er zum ersten Mal im Kinderwunschlabor gewesen war. Hier also ist es gelandet. Gelesen hat er darin nicht, jedenfalls nicht neben ihr im Bett.

Über die E.T.-Fingerlampe muss sie nicht nachdenken, aber lächeln. Die hat er sich als Kind gebastelt, vor lauter Begeisterung über den Film, und später hat er sie spielerisch und strategisch geschickt auf eine Weise eingesetzt, dass Ines ihm nicht mehr widerstehen konnte. Sie spürt noch das zarte Glas der Glühbirne an ihrem Hals und sieht mit den Augen der

Erinnerung genau, wie die Lampe unter dem Blusenstoff aufleuchtete.

Sie legt das Lämpchen an seinen Platz zurück und staunt, wie wenig Eigentum ihr Mann, der immerhin ein ansehnliches Gehalt bezieht, angesammelt hat. Sein Besitz besteht aus Dingen, die sie gemeinsam nutzen, privaten Krimskrams hat er nicht. Alles, was ihm wichtig ist, steckt im Computer, die Resultate seiner Arbeit, seine privaten Planungsspielchen, seine Datensammlung, alle E-Mails und sogar die Fotos von seiner Frau. Seinen persönlichen Besitz trägt er in digitaler Form bei sich; klappt er den Laptop zu und schiebt das Handy in die Schutzhülle, ist alles verpackt und eingeschlossen. Unsichtbar.

Sie findet das ulkig. Sie findet das auch ein bisschen unheimlich.

Und sie selbst? Was besitzt sie? Kleider und Schuhe, ein paar Sammelordner mit Fotos, die Muscheln und die Steine in der Vitrine. Außerdem den Karton mit den alten Briefen und Poesiealben, der im Schrank im Arbeitszimmer seinen Platz hat.

Auch von ihr liegt in der Wohnung nichts herum. Für alle losen Teile gibt es Behälter, der Schlüssel gehört in die Schale auf dem Tischchen neben der Tür, die Haarspangen in eine andere vor dem Spiegel im Bad.

Abermals bricht sie zu einer neuen Runde durch die Wohnung auf und füllt mit ihrer Fantasie Tische und Ablagen; sie stellt sich Spielzeug vor, Brotkrümel, Breikrusten, Saftränder, Fingerabdrücke an den Möbeln und in Hüfthöhe an den Wänden, sie sieht einen Schnuller auf dem Kelim liegen, erst auf den zweiten Blick, weil vom Muster getarnt, sie entdeckt einzelne Legosteine und den Kopf einer Playmobil-Figur unter

Sideboard, Sessel, Couch. Und im Brennzylinder des Wohnzimmertisches hat jemand ein kleines Sortiment Holzbauklötze deponiert. Das Parkett hat als Auflage ein Mosaik aus Memory-Karten erhalten, und im Bad steht zwischen Wand und Waschbecken ein Wickeltisch, über dem der Heizdraht einer Wärmelampe glüht.

Wenn Daniel da ist, kann sie all das nicht sehen, dann sieht sie nur ihn und sich. Warum?

Daniel ist derjenige, der abends per Knopfdruck die Läden schließt, nun übernimmt sie die Aufgabe, nicht damit alles seine gewohnte Ordnung hat, sondern damit vom Kai oder einem Wasserfahrzeug aus niemand sieht, wie sie sich auszieht und im Spiegel als Schwangere betrachtet.

Die Haut über dem gewölbten Bauch sieht aus, als spannte sie, doch sie spannt nicht, sie passt genau, der vorwitzige Nabel stört ein bisschen und auch wieder nicht, weil man zu sehen glaubt, dass er so sein muss, wie er mit der Zeit geworden ist, die Hände wirken schmal und lang und wie nach einem Ideal gestaltet, sobald man sie unterhalb des Nabels auf die Rundung legt, beim Anblick der Brüste muss man die Luft anhalten, weil ihr ganzer Reiz auf einmal von ihrer körperlichen Funktion geprägt wird; der Körper, das nackte Fleisch und Blut, wie es gebraucht wird, ist das ästhetische Maß aller Dinge.

Ines erinnert sich an den Anfang eines Films, den sie vor zwei, drei Jahren mit Daniel gesehen hat, ein anstrengender, langer Film über ein Attentat, der aber mit einer ungeheuer erotischen Szene begann: Eine Frau in ihrem Alter lag hochschwanger im Ehebett auf der Seite, ihr Mann drang von hinten in sie ein, und dann schliefen sie auf diese Weise miteinander, die Ines normalerweise nicht akzeptiert – sie will

Daniels Gesicht sehen, wenn sie sich lieben, so jedenfalls hat sie es ihm am Anfang gesagt; auf die besagte Filmszene reagierte sie gleichwohl nicht bloß mit Vernunft, indem sie sich sagte, in dem Schwangerschaftsstadium könne man eine andere Stellung vermutlich gar nicht praktizieren, sondern mit unkontrollierbarer Erregung, von der sie auch jetzt ein Abglanz anweht, als sie sich fragt, wie es sich anfühlt, als Schwangere Sex zu haben, mit diesem Körper, der sich schon auf die Geburt einstellt.

Ines dreht sich und besieht ihren Bauch im Spiegel von der Seite. Wird es anstrengend sein, unablässig das Gewicht zu tragen? Macht man sich Sorgen um die Unversehrtheit des Bauches? Möchte man, um das werdende Kind zu schützen, am liebsten einen Schild mit sich führen, wenn man sich durch die Stadt bewegt?

Schließlich bewegt sich Ines mit drei Schritten aus dem Blickfeld des Spiegels. Sie steht nackt im offenen, durchlässigen Raumsystem der Wohnung und lauscht auf die Stille des Alleinseins. Allein zu sein, kann auf melancholische Weise fröhlich stimmen – vorausgesetzt, man ist nicht einsam.

Ines löscht die Lichter, geht nackt ins Bett und wählt per Kurzbefehl Daniels Nummer.

Über die Straße

Am Abend des nächsten Tages nimmt Ines nach Ladenschluss nicht den Bus nach Hause, sondern überquert zu Fuß die Straße. Bernstein und sein Kind haben auf dem Heimweg von der Tagesstätte vorbeigeschaut und ihre Einladung wiederholt. Ohne zu verraten, dass Daniel auch an diesem Tag noch in Berlin ist, hat Ines versprochen, zu kommen, und drückt nun den Klingelknopf mit pochender Halsschlagader.

Oben wird sie von übermäßig viel Raum empfangen. Wegen der hohen Decken wirken Altbauwohnungen oft untermöbliert, das Knarren der Holzböden scheint in viel zu vielen Kubikmetern Luft widerzuhallen, auch diese Wohnung macht einen ziemlich leeren Eindruck, Tische, Stühle, Couch stehen weit auseinander, die Sideboards reichen nur bis Hüfthöhe, auch die Regale lassen über sich viele Quadratmeter Wandfläche frei, durch eine halb offen stehende Flügeltür kann Ines einen Arbeitstisch mit Lampe im Industriedesign und riesigem, weiß gerahmtem Bildschirm erkennen, durch eine andere das bunte Treibgut in einem Kinderzimmer, Farben, Spielzeug, kleine Möbel, ein Kinderbett mit heruntergeklapptem Gitter und darüber schwebend ein Mobile, dessen Fäden man aus der Entfernung nicht sieht.

Der Stuck an den Decken ist weiß überstrichen, auf dem Parkett klingen die Schritte anders als daheim.

Als sie bei ihrem Rundgang an einem Klavier vorbeikommt, öffnet Ines den Deckel. Sie lässt die Finger der rechten Hand über die Tasten spazieren, geleitet von der Erinnerung an ein Kinderstück. Das vorsichtige Klimpern lockt das

Kind herbei, Ines glaubt ihm anzusehen, dass ihm die Melodie gefällt. Daher setzt sie sich und spielt die Melodie mit zwei Händen, so gut es eben geht. Seit zwanzig Jahren hat sie kaum mehr am Klavier gesessen. Und doch steckt in ihren Fingern noch Erinnerung. Sie staunt. Dann taucht der Vater des Kindes wieder in ihrem Blickfeld auf, sie schämt sich und bricht das Spiel ab.

Bernstein hat Tee gekocht, sie sitzen übereck auf der L-förmigen Couch und unterhalten sich, die Kleine spielt auf dem Fußboden, sammelt Vertrauen, indem sie beobachtet und dem Tonfall der Unterhaltung lauscht. Den Inhalt kann sie in ihrem Alter noch nicht verstehen, könnte sie es, würde er in ihrem Beisein gar nicht ausgesprochen. Bernstein erzählt davon, wie er sich von der Mutter des Kindes getrennt habe, oder sie sich von ihm, je nachdem, Ines stellt keine Fragen, hört aber aufmerksam zu, nickt bei Wörtern wie *Sorgerecht, Verantwortung, seelische Belastung, großes Glück* und ist nach einer halben Stunde bereit, sich mit Uwe Bernstein zu duzen, der das vorgeschlagen hat, weil er es *viel natürlicher* findet.

Scheinbar ganz und gar ins Spiel vertieft, verfolgt die Kleine, wie ihr Vater zu der Fremden steht. Der Vater mag sie, da ist kein Irrtum möglich, und sobald die Kleine sich dessen sicher ist, wächst auch in ihr das Wohlwollen.

Kurz darauf spürt Ines eine Hand auf ihrem Bein. Eine zweite Hand hält ihr ein Pferdchen mit unnatürlich greller Mähne hin, erst regungslos, zum Zeigen, dann lässt sie das Pferd durch die Luft galoppieren und auf Ines' Oberschenkel landen. Ines nimmt es in die Hand, bewundert es demonstrativ und spürt sogleich, wie sich auch auf ihrem anderen Bein eine Kinderhand niederlässt. Das Kind sieht sie von unten lange an, schaut ihr in die Augen, auf die Haare und streckt sich dann, um in die Locken der Besucherin zu greifen.

Beschleunigung der Nähe: Bald sitzt Ines mit der Kleinen auf dem Fußboden, sie spielen, klinken Puzzleteile ineinander, blättern Bilderbücher durch, und immer wieder sieht das Kind aufmerksam der Frau, der allmählich das Fremde abhandenkommt, ins Gesicht.

Von nun an wird mich das Kind immer wiedererkennen, denkt Ines, es wird mich auch erkennen, wenn es mir zufällig begegnet, zum Beispiel wenn ich mit Daniel an der Alster entlangspaziere, sonntags, es wird dann auf mich deuten und etwas sagen, vielleicht gar meinen Namen nennen, worauf Daniel zwangsläufig fragen wird, wer das denn sei. Das ist Emma, wird sie dann sagen müssen, denn ein Kind darf man nicht verleugnen, um keinen Preis. Ein Kind verlangt Verbindlichkeit, denkt Ines und hat dabei das Gefühl, für einen kurzen Moment den Mantel der Verantwortung anzuprobieren.

Würde sie dauerhaft einen solchen Mantel tragen, wüchse ihr wie von selbst ein starkes Rückgrat, bildet sie sich ein, und sofort kommt sie sich weich und haltlos vor, ohne die stützende Bürde der Verantwortung. Der Junge in Ägypten fällt ihr ein, seine gute Tat an dem Bettlerkind in Luxor. Was muss seine Mutter empfunden haben in dem Moment? War sie stolz, zu sehen, dass sie ihrem Kind erfolgreich die Fähigkeit zum Mitgefühl und zum verantwortlichen Handeln eingepflanzt hat? Erfasste sie in dem Augenblick die Gewissheit, ein Mensch mit erfülltem Leben zu sein oder ein Mensch, der im Leben seine Aufgabe erfüllt hat?

Ohne Verantwortung, die Früchte trägt, lebst du nicht ganz.

Dieser Satz bildet sich in Ines, sie probiert ihn aus, ist sich nicht schlüssig, ob er stimmt, beschließt ihn aufzuheben und später ins Freie mitzunehmen, womöglich wird sie in den nächsten Tagen sogar testen, wie dieser Satz auf Daniel wirkt, all das geht ihr durch den Kopf, ohne dass sie von Emma behelligt wird, dann greift das Kind erneut in ihre Locken, um die Aufmerksamkeit auf sich zu ziehen.

Währenddessen sind die Essensgerüche stärker geworden, und die Geräusche verraten, dass der Tisch gedeckt wird.

»Alles sehr einfach«, sagt Uwe etwas kokett, »kindgerecht und gesund.«

Ines muss gegen die Hemmung ankämpfen, die sie jedes Mal befällt, wenn sie in der Gegenwart eines fremden Mannes, der ihr nicht gleichgültig ist, Nahrung zu sich nimmt. Es kommt ihr übermäßig intim vor, den Mund zu öffnen, sie findet Zuflucht bei der strikten Einhaltung der Tischsitten, sie isst wie eine Königin, damit ihr Gegenüber nicht auf Kau- und Schluckmechanik achtet, sondern auf ihren formvollendeten Stil.

Das Kind hat in dieser Hinsicht noch zu lernen. Beherzt greift es mit den Fingern nach einem der Spießchen, benagt es eine Weile und legt es dann auf den Teller zurück, mit lauerndem Blick auf den Vater, welcher auch in der Tat die Augenbrauen hebt. Das Kind zögert, doch Ines sieht, dass es seinen Entschluss gefasst hat. Nach wenigen Sekunden greift es nach einem frischen Spieß. »Nein«, sagt der Vater. »Iss zuerst das andere zu Ende.«

Das Kind zieht mit den Zähnen das erste Gemüsestück vom neuen Spieß, demonstrativ energisch, der Vater, von Unmut gepackt, greift nach der Kinderhand, sie schnellt zurück, der Vater greift ein zweites Mal danach, das Kind ruft »nein«,

ein Wortgefecht entbrennt, und gleich darauf zerren ein Kleinkind und ein großer Mann an einem höchstens fünfzehn Zentimeter langen hölzernen Grillspieß mit gekappter Spitze, dem bereits ein Stück Gemüse abhandengekommen ist.

Das Kind bildet brüskierende Formulierungen, ruft »blöder Papa«, und das wirkt. Der Vater lässt sich ernsthaft kränken. Ines kann die Echtheit der Emotionen förmlich atmen, gebannt verfolgt sie den Kampf, aus dem wenig später das Kind siegreich hervorgeht. Es flieht vom Tisch und sieht vom Türrahmen aus herüber, noch leicht unschlüssig, ob schon Anlass zum Triumphieren besteht. Ines wünscht sich, dass der Vater sich durchsetzt, sie missbilligt dessen Niederlage, wagt aber nicht einzuschätzen, wie sie als Verantwortliche die Situation gemeistert hätte. Sie sieht die Schultern des Vaters herabfallen: Er gibt auf.

Das ist der Moment, in dem das Kind ein Fleischstück von dem Spieß abbeißt. Es sieht dem Vater dabei in die Augen und sagt aus sicherer Entfernung: »Jetzt bin ich glücklich.«

Und da können Ines und Uwe nicht mehr an sich halten. Sie müssen lachen. Sie lachen laut, befreiend und verbindend, das Kind nimmt es zunächst leicht ungläubig zur Kenntnis, dann aber lacht es auch, und solange sie lachen, bilden die drei eine Gemeinsamkeit, die ihnen überhaupt nicht zusteht. Ines merkt es als Erste und bricht ihr Lachen entschlossen ab.

Erstaunlicherweise lässt sich das Kind wenig später ohne nennenswerten Widerstand zu Bett bringen, Ines hört die Vorlesestimme des Vaters durch die halb geöffnete Tür, gleichmäßig, beruhigend. Dann verstummt die Stimme, doch nach einer kurzen Pause schon erklingt ein zarter Ton, eine Melodie, die Ines nicht erkennt, aber ihr genügt, zu hören, dass Uwe seiner Tochter ein Schlaflied singt.

»Jetzt beginnt also die Zeit, in der man nicht weiß, was man mit sich anfangen soll«, stellt Ines fest. Sie ist vom Esstisch aufgestanden und lehnt am Türrahmen zum Arbeitszimmer.

»Das gilt nur, wenn man alleine ist.«

»Arbeitest du immer von zu Hause aus, oder hast du irgendwo ein Büro?«

»Ich arbeite hier, für ein paar ausgewählte Kunden, gerade so viel, wie Emma und ich zum Leben brauchen. In der übrigen Zeit male ich.«

Er erzählt, dass er nach der Trennung von seiner Frau endlich angefangen habe, ernsthaft Kunst zu machen. Ihr zuliebe hatte er seine Ambitionen aufgegeben, da sie ihr unheimlich und vor allem zu wenig lukrativ erschienen. Und das, obwohl er an der Akademie studiert habe. Er sei dann nach und nach auf die Grafikschiene geraten, habe sich dazu verleiten lassen, Werbung und solche Sachen zu machen, konzentriere sich inzwischen hauptsächlich auf Webdesign, übernehme hin und wieder aber auch die Gestaltung ganzer Präsentationspakete für verschiedene Institutionen. Aber eben nur so viel, dass ihm Zeit zum Malen bleibe.

»Du siehst nicht wie ein Künstler aus«, meint Ines etwas ratlos.

»Was soll das heißen?«

»Ich weiß nicht. Irgendwie stelle ich mir Maler anders vor. So wie manche von den Leuten in diesem Gängeviertel, wo wir neulich waren. Du hast ja nicht mal Farbe an den Händen.«

»Komm mal mit, ich zeig dir was«, sagt Uwe anstelle eines Kommentars.

Ans Arbeitszimmer schließt sich ein Raum an, dessen Fenster zur Straße gehen. Der Boden ist mit braunen, stabilen

Papierbahnen ausgelegt, wie sie Anstreicher und Tapezierer benutzen, darauf stehen ein langer Tisch mit Utensilien und eine Staffelei. An den Wänden ringsum lehnen Bilder in unterschiedlichen Größen – oder Leinwände, denn man sieht von ihnen nur die Rücken.

Das wirkt irgendwie nicht ganz gesund, denkt Ines und fragt prompt nach.

»Die Energie der alten Bilder soll mich beim Malen eines neuen nicht stören«, erklärt Uwe.

»Mich würden die Bilderrücken viel nervöser machen«, gibt Ines zurück, denn sie spürt, wie all die unterschiedlich großen Rückseiten in ihr den Impuls auslösen, die Vorderseiten zu betrachten. Sie will die Leinwände umdrehen, um die Bilder von der Unsichtbarkeit, zu der man sie verurteilt hat, zu erlösen.

Auch auf der Staffelei steht eine Leinwand. Sie ist zugehängt. Auf dem braunen Abdeckpapier über dem Parkett erkennt man kaum Farbspritzer, obwohl auf dem Tisch mehrere Sträuße mit farbigen Pinseln sowie diverse Dosen und Schalen stehen. Ines staunt. »Du malst äußerst vorsichtig«, sagt sie.

»Ich arbeite ziemlich langsam.«

»Darf ich mal sehen?«

Mit einer Handbewegung erlaubt er es, sie geht blindlings auf eine Leinwand zu, die fast so groß ist wie sie selbst, aufgrund der Breite ziemlich sperrig, jedoch erstaunlich leicht, es bereitet Ines wenig Mühe, sie umzudrehen. Wegen der Größe des Bildes muss sie mehrere Schritte rückwärts gehen, um es im Ganzen betrachten zu können.

Und da sieht sie sich.

Sie sieht sich von leicht schräg oben, durchs Schaufenster

betrachtet. Sie steht im Laden, allein, umgeben von unzähligen Flaschen, die sich im Hintergrund in der Unschärfe eines braunen Dämmerlichts verlieren.

Noch bevor sie etwas sagt, tritt sie ans Fenster. Tatsächlich, man kann von hier den Laden sehen. Aufgrund des Winkels dringt der Blick nicht weit ins Ladeninnere vor, aber die ersten ein, zwei Meter hinter dem Fenster sind einsehbar. Der Maler hat sich nicht strikt an die Realperspektive gehalten, sondern die Sicht von hier oben mit einem Blick auf Augenhöhe kombiniert.

Uwe tritt zu ihr ans Fenster. Ines sieht ihn nicht an, sie hält den Blick strikt nach unten auf den Laden gerichtet, sie ist unfähig zu entscheiden, was sie denken oder tun soll, sie müsste wütend auf den Mann sein, weil er heimlich in ihre Sphäre eingedrungen ist, wer weiß, was auf all den anderen Bildern zu sehen ist, womöglich würden ihr Körper, ihr Gesicht auf sämtlichen Leinwänden in diesem Raum zum Vorschein kommen, wenn man sie umdrehte; es schüttelt Ines bei dem Gedanken, doch es bleibt nicht bei der Erschütterung durch einen kurzen Unheimlichkeitsschauder, es bricht das altbekannte Zittern in ihr aus, sie kommt sich vor, als stünde sie im Morgengrauen mutterseelenallein auf einem großen, leeren Marktplatz, umgeben von einem feuchten Morgennebel aus Angst, der ihr unaufhaltsam in die Kleider dringt; sie weiß nicht, warum, aber sie wünscht sich, dass ausgerechnet der Mann, der ihre Angst auslöst, sie anfasst, vielleicht damit sie spürt, dass sie doch nicht allein im kalten Grauen steht, vielleicht um seinem unbemerkten Eindringen in ihre Intimität das Unheimliche zu nehmen, indem die Nähe offen und direkt hergestellt wird.

Wie aber kann sie sich wünschen, von ihm angefasst zu werden, wo er doch womöglich noch verheiratet ist und zudem ein Kind hat, das im Nebenzimmer schläft? Sie kennt ihn kaum. Und sie ist ebenfalls verheiratet, *glücklich* verheiratet, sie hofft auf ein Kind von Daniel, und trotzdem wünscht sie sich, dass dieser Mann, der sie heimlich beobachtet und auf mindestens eine Leinwand gebannt hat, sie anfasst.

In dem Moment berührt er sie.

Wie kann er nur.

Sie dreht sich um und zieht ihn an sich und stößt ihn wieder fort, beides fast in einer Bewegung. Dann greift sie entschlossen nach ihm, wie sie es von sich gar nicht kennt, es bricht Erregung aus und mit ihr ungeheure Aggression, gegen ihn, gegen sich selbst, sie muss sich fest an ihn klammern, damit sie nicht blindlings auf ihn einschlägt, sie drückt so heftig zu, dass er vor Atemnot aufstöhnt.

Als sie aus dem Schlummer, in den sie erschöpft geglitten ist, wieder zu sich kommt, stellt sie fest, dass der Mann neben ihr tief schläft. Der Lichtschein von der Straße bildet ein verzerrtes Fenster auf Bett und Wand ab. Ines steht auf, entfernt sich aus dem Schlafzimmer und geht auf Fußballen ins Atelier. Auch hier hängt ein schiefes, großes Lichtfenster im Raum. Die umgedrehten Bilder wirken im Nachtlicht friedlich. Ines lässt sie schlafen. Sie sieht hinaus auf den Laden. Dort ist es dunkel. Ihr Auto parkt davor. Ebenfalls dunkel, leer. Sie steht nicht im Laden, sie sitzt nicht im Wagen, sie schaut von einem fremden Ort auf ihre Räume hinab.

Dann geht sie ins Kinderzimmer. Es ist leicht, den Weg zu finden, dank der fehlenden Vorhänge, die den Lichtschein von draußen einlassen. Das Holz unter den Fußsohlen fühlt sich anders an als zu Hause, unebener als das neue Ahornparkett.

Das Kind liegt auf dem Bauch, einen Arm nach oben, den anderen nach unten abgewinkelt, ein Bein angezogen, das andere gestreckt, die Decke liegt nur noch mit einem Zipfel auf dem Körper der Kleinen, doch Ines wagt es nicht, das Kind neu zu betten, sie befürchtet, es dadurch aufzuwecken, auch ist es warm genug im Raum. Sie schaut dem Mädchen eine Weile beim Schlafen zu, sie glaubt sehen zu können, wie der Schlaf dem kleinen Körper guttut, wie er sich auflädt mit neuer Energie. Ein paar Nackenhaare kleben an der Haut, als hätte das Kind geschwitzt. Sobald Ines das wahrgenommen hat, überkommt sie das Bedürfnis, den Geruch des Kleinkindkörpers in sich aufzunehmen, sie kniet sich neben dem offenen Bettgitter auf den Boden und nähert ihr Gesicht dem Hals des Kindes.

Sie atmet ein und muss weinen. Ganz kurz nur, lediglich zwei Tränen lang. Dann steht sie auf und verlässt das Kinderzimmer.

Auf dem Weg durch den Flur ertönt draußen ein Schlag, gefolgt vom Geräusch splitternden Glases. Dreimal hintereinander wiederholt sich die Tonfolge, dann kommen Laute, die Ines nicht versteht, die sie jedoch ängstigen. Noch während sie sich fragt, was das gewesen sein mag, hört sie den harten Hall von rennenden Schritten. Und plötzlich wird es gleißend hell im Wohnzimmer. Zögerlich tritt Ines ans Fenster. Auf der anderen Straßenseite brennen drei hintereinander geparkte Autos. Sie hat im Radio von den Brandanschlägen in der Stadt gehört und im Internet davon gelesen, Daniel hat davon gesprochen, es waren schon weit über hundert in diesem Herbst, brennende Autos in Harvestehude, Winterhude, Eppendorf, teure Autos in besseren Gegenden, von Unbekannten angezündet, und jetzt passiert es hier, vor ihren Augen. Sie kann das eigentlich nicht glauben, obwohl sie gebannt zusieht.

Nur wenige Minuten lang brennen die drei Fahrzeuge leise vor sich hin, scheinbar ohne Aufmerksamkeit auf sich zu ziehen, dann hört man die Sirenen. Wenig später steht Uwe hinter Ines und schaut über ihren Kopf hinweg zu, wie die Nacht anfängt blau zu blinken.

Am nächsten Morgen weiß Ines nur, dass sie diese Wohnung verlassen muss; was danach kommt, weiß sie nicht. Sie überquert die Straße. An ihrem Laden sieht man keine Spuren des Brandes, nicht einmal Ruß oder getrockneten Löschschaum auf den Scheiben. Die ausgebrannten Autos hat man noch in der Nacht abtransportiert. Das mittlere war ihr kleiner weißer BMW. Was soll sie nun tun? Was *muss* sie tun?

Normalerweise würde sie Daniel anrufen und ihn fragen, das aber kann sie nicht. Sie spürt Uwe Bernsteins Blick im Nacken, schräg von oben, dreht sich nicht zu ihm um, sondern schließt den Laden auf und simuliert, in einem ganz normalen Morgen anzulangen. Noch vor Mittag klingelt ihr Handy. Die Polizei ruft an, das Kennzeichen ihres Wagens ist beim Brand unversehrt geblieben.

Bahnhöfe kaufen

Daniel nutzt die Wartezeit am Berliner Hauptbahnhof, um systematisch sämtliche Etagen des Baus abzugehen. Er staunt, wie die Architekten hier mit der Höhenangst der Leute spielen: niedrige, transparente Geländer, freier Blick in die Tiefe, ganz von selbst kommt die Vorstellung, wie leicht es wäre, sich im Herzen dieses Baus zu Tode zu stürzen.

Offenbar sollen die Reisenden eingeschüchtert werden. Oder aber der Sturzschacht in der Mitte, dieses umbaute Nichts mit dunklem Sog, soll per Kamineffekt kalten Hauch aus der Tiefe aufsteigen lassen, damit es die Leute in die Läden und Lokale drängt, in die scheinbar menschenfreundlichen Nischen.

Auf den Rolltreppen des Bahnhofs vergisst Daniel die Zeit, nach zwei Tagen mit langen, taktisch geführten Gesprächen in verschiedenen Ministerien und Ämtern tut es gut, die eigenen Gedanken keiner Strategie unterwerfen zu müssen. Tomke Petersen hat dafür gesorgt, dass kurz nach der Wahl solche Termine stattfinden. Es empfiehlt sich, mit den maßgeblichen Ministerialdirektoren feste Vereinbarungen zu treffen, bevor die neuen Minister nach der Vereidigung in ihre Ministerien Einzug halten. Dass ein Beamter unter dem neuen Chef eine jähe Metamorphose durchläuft, ist die Ausnahme; die meisten sehen ihren Ehrgeiz eher darin, den neuen Minister auf den im Haus bereits vorhandenen, von der Beamtenschaft bestimmten Kurs zu bringen.

Die meiste Zeit hat Daniel im Verkehrsministerium verbracht, wo eine ganze Reihe von Projekten durchgesprochen wurde. Daniel versuchte auszuloten, in welchem Umfang der Bund bereit sein könnte, den Bau der Stadtbahn in Hamburg zu unterstützen, er diskutierte über die Anpassung der Pläne zur Y-Trasse und versuchte im Ministerium zugkräftige Argumente für die Hamburg-Bremen-Hannover-Verbindung zu hinterlassen, Argumente, die auch der designierte Minister aus dem Süden verstehen wird.

Wegen der steigenden Baupreise, wegen zusätzlicher Sicherheitsvorschriften beim Tunnelbau, wegen der Vereinheitlichung des Zugsicherungssystems in der EU steigen die Kosten für Schienenprojekte immer mehr und lassen viele davon unter die Schwelle der Wirtschaftlichkeit fallen. Für Daniel ist es schwer erträglich, wenn deswegen auch sinnvolle Projekte die *Bauwürdigkeit* verlieren. Abgesehen davon, dass es seiner Firma und seinem Status innerhalb der Firma nicht zum Vorteil gereicht. Die Y-Trasse muss einfach kommen, nachdem die Thies Petersen Systemberatung schon nicht den Zuschlag für die Koordination des Verkehrsprojekts mit der günstigsten Rentabilitätsprognose überhaupt erhalten hat: für die Fehmarnbeltüberquerung von Schleswig-Holstein nach Dänemark.

Daniel sitzt nicht gern in zugigen Espresso-Bars, wo allenthalben Rollkoffer herumstehen. Darum fällt es ihm leicht, den Duftlockungen zu widerstehen und in die tiefste Tiefe hinabzufahren, wo man den Styx erwartet, wo statt Wasser aber nur der Gleiskörper liegt.

Durch die fehlenden Reklamen und Ladenlokalbeleuchtungen herrscht hier unten graubläuliche Schluchtatmosphäre, zugige Kühle, mit einer Note von sterilem Staub. Nach und nach mehren sich die Wartenden auf dem Bahnsteig. In Daniels Nähe postiert sich ein blonder Mann von Anfang vierzig. Er hat seine Tochter dabei, ein Mädchen mit langen, sehr hellblonden Haaren, vermutlich Schulkind, erste Klasse. Die Kleine ist müde, sie hängt an ihrem Vater, an dessen Wollsakko, am Pullover, immer wieder rutschen ihre Hände am Oberkörper des Vaters herab, Daniel kann den Blick nicht von der Szene wenden, er stellt sich vor, wie der Mann die Kinderhände auf Brust und Bauch spüren muss. Scheinbar unmotiviert greift der Vater plötzlich mit beiden Händen in das blonde Haar der Tochter, rafft es zusammen, dreht es wie zu einem Pferdeschwanz und steckt dem Kind den Strang in den Pulloverhalsausschnitt. Eine liebevolle, spielerische Geste ist das, und Daniel sieht dem ungefähr Gleichaltrigen ins Gesicht. Dieser lächelt mit geschlossenem Mund und einer Zufriedenheit, als habe er sämtliche Hürden des Lebens schon gemeistert.

Im ICE nach Hamburg dann sitzen Vater und Tochter mit Daniel im selben Großraumwagen, einige Reihen weiter vorne, schräg versetzt. Der Vater klappt sein Notebook auf, die Tochter kuschelt sich dicht an ihn heran, und dann spielen sie gemeinsam Monopoly auf dem Computer, ohne auch nur einen Zentimeter voneinander abzurücken.

Daniel merkt, dass er hinstarrt, dass sich dabei in seiner Kehle ein Klumpen bildet. Er weiß nicht, wohin mit sich, er kann im Großraumwagen des ICE von Berlin nach Hamburg doch nicht vor aller Augen heulen, er muss diesem unheimlichen Gefühl etwas entgegensetzen, und ihm fällt nichts anderes ein, als sich mit vollem Bewusstsein auf das Monopoly-Spiel zu konzentrieren, auf das Spiel im Allgemeinen, er legt sich eine Strategie zurecht, deren er sich beim nächsten Spieleabend mit den Freunden in der Pfalz, vielleicht an einem der Tage zwischen Weihnachten und Silvester, bedienen wird. Er verbeißt sich in die Aufgabe, ein effizientes System zu entwickeln, beschließt, Bahnhöfe zu kaufen, auf die grünen Straßen sowie auf Parkstraße und Schlossallee zu verzichten, weil viele Gegner gar nicht bis dahin vordringen, sondern vorher ins Gefängnis geschickt werden; er nimmt sich vor, stattdessen sein Hauptaugenmerk auf Hellblau und Orange zu richten, wo nach dem Start und nach dem Gefängnis viele Spieler einfach landen müssen, er versucht zu kalkulieren, ob es rentabler wäre, in wenigen Straßen Hotels zu bauen oder in allen drei Häuser, entscheidet sich für drei Häuser pro Straße und notiert sich anschließend alle Erkenntnisse und Pläne in seinem Smartphone.

Als er das Telefon in die Schutzhülle schiebt, sind es bis Hamburg nur noch zwanzig Minuten, Vater und Tochter spielen noch immer. Würde ich dem Kind mein frisch entwickeltes System einflüstern, wüsste der Vater vor Mietzahlungen bald nicht mehr, wo vorne und hinten ist, denkt Daniel nun gänzlich ohne Kloß im Hals.

Umgekehrte Hoffnung

Ines erwartet Daniel mit dem Herzklopfen ihres Lebens. Wie sagt man seinem Mann, dass in der Nacht das Auto ausgebrannt ist, während man sich in der Wohnung eines anderen Mannes aufgehalten hat?

Man kann es ihm nicht zumuten.

»Weißt du, was mir passiert ist?«

Er rechnet nicht mit einer Katastrophenmeldung, zieht in Ruhe Schuhe und Anzug aus, fragt auch nicht nach, weil er weiß, Ines wird gleich weiterreden.

»Die haben mir das Auto angesteckt.«

»Wie, angesteckt?«

Der Fall ist schnell erzählt, Daniel nennt es unfassbar, dass einem etwas passiert, von dem man sonst nur in der Zeitung liest, er nennt es unheimlich und ärgerlich, sagt, dass jene Typen rücksichtslose Idioten und außerdem Schweine seien, sucht nach den Versicherungsunterlagen, findet sie innerhalb von drei Minuten, überfliegt sie, erstellt eine Liste mit Telefonnummern und sagt: »Am besten rufen wir die der Reihe nach an. Eine paar Wochen kommst du doch ohne Auto aus, oder?«

»Natürlich. Ich kann das mit den Anrufen übernehmen, ich habe tagsüber ja Zeit.«

»Sobald die Versicherung gezahlt hat, können wir ein neues kaufen«, meint Daniel, überlegt einen Moment und fügt hinzu: »Vielleicht sollten wir gleich einen Fünftürer nehmen. Du weißt schon.«

Und ob Ines das weiß. Er will dem traurigen Geschehnis

etwas Positives abgewinnen und schlägt ein Stück materialisierte Hoffnung auf vier Rädern vor. Was er nicht weiß: dass die Hoffnung seiner Frau für diesen Monat in die entgegengesetzte Richtung zielt.

Daniel rechnet kurz. »Ungefähr am 23. ist Zyklusende. Vielleicht können wir den Wagen gleich mit Kindersitz bestellen.«

Ines begreift: Er will sie aufmuntern, ihr helfen, über den Verlust ihres geliebten kleinen BMW hinwegzukommen, und sie muss die Aufmunterung annehmen, sich optimistisch zeigen, denn er meint es gut mit ihr, durch und durch gut. Als ihr die Tränen kommen, nimmt er sie in den Arm und tröstet sie, schließlich kann er nicht wissen, woher ihre Traurigkeit rührt. Er hält sie fest, bis sie sich beruhigt hat. Dann schlägt er vor, eine Flasche Rotwein aufzumachen.

Während er eingießt, fragt er beiläufig, weshalb Ines den Wagen eigentlich über Nacht vor dem Laden stehen gelassen habe. Bislang hat er sich darüber keine Gedanken gemacht, jetzt wundert er sich ein bisschen.

»Ich habe eine Lieferung bekommen und ein paar Sorten durchprobiert. Da wollte ich nicht mehr fahren.«

Das reicht ihm. »So kann's gehen«, sagt er. »Da lässt man ein einziges Mal das Auto über Nacht draußen stehen, und bumm ... Ist schon nicht schlecht, dass wir hier die Tiefgarage haben.«

Ines ist beinahe schockiert ob der Effizienz ihrer Lüge. Zwei Sätze Unwahrheit, und das Leben geht problemlos weiter. Unerträglich. Vor allem für die Lügende. Die Welt des Belogenen hat keinen Kratzer abbekommen, aber die Lügende spürt im eigenen Fleisch den Keil, den sie mit ihrer Lüge zwischen sich und den anderen getrieben hat.

Beschämende Erleichterung

Der Fünftürer ist schwarz und angenehm kompakt, man sitzt bequem darin, leider geht im Leerlauf der Motor nicht aus, dafür muss man beim Fahren nicht schalten. Sie haben das Fahrzeug ein paar Tage vor Zyklusende gekauft, ohne dass die Zahlung der Versicherung eingetroffen wäre, nicht einmal der Bescheid ist da, doch Daniel hat trotzdem für den sofortigen Kauf plädiert, weil dank der Finanzkrise die Preise im Keller sind. Auf den Kindersitz haben sie, auf Ines' Bitte hin, vorerst verzichtet.

Der 23. ist ein Freitag. Nachdem Daniel das Haus verlassen hat, beschließt Ines, das Warten auf die Regel nicht den ganzen Tag lang einsam im Laden zu erleiden und sich dabei auch noch der Gefahr auszusetzen, von Uwe Bernstein besucht zu werden, der inzwischen jeden Tag das Geschäft betritt und sie zu überreden versucht, über die Straße zu kommen.

Wenn er wüsste, wie schwer es ihr fällt, Nein zu sagen, würde er nicht jedes Mal so bekümmert seiner Wege gehen. Wenn er erfährt, wohin ich meinen ersten Ausflug mit dem neuen Wagen mache, wird er sich freuen, denkt sie gleich danach. Statt zum Geschäft fährt sie aus der Stadt hinaus und weit nach Norden. Sie steuert Hohwacht an, den Ort an der Ostsee, den Uwe ihr empfohlen hat.

Anderthalb Stunden braucht sie, dann kommt sie an und sieht das Meer. Nur die Scherenschnitte einzelner Spaziergänger mit Hund ziehen an der Wasserlinie entlang, es weht deutlicher Wind, er drückt Wellen an den Strand, Ines richtet den Blick gerade nach vorn und steht so lange auf der Stelle, bis weit draußen das zweidimensionale Bild eines Frachters weit genug nach links geglitten ist und sie nichts mehr sieht als See und Himmel. Dann geht sie los, gegen den Wind, und fängt nach wenigen Schritten an zu singen.

»*Wenn wir uns jetzt auflösen, sind wir mehr, als wir jemals waren. So wollen wir uns bleiben, nach diesem Tag.*«

Sie singt die sentimentale Hymne der Verschmelzung gegen die Wahrheit dieses Tages an, an dem ihre und Daniels Hoffnung in entgegengesetzte Richtungen weisen.

Was kann es Besseres geben für ein Paar als ein gemeinsames Ziel, einen gemeinsamen Wunsch?

Was kann es Gefährlicheres geben?

Wenn der gemeinsame Wunsch sich nicht erfüllt und beide nicht in gleicher Weise darunter leiden oder wenn nur einer von beiden glaubt, der andere leide weniger, muss es unweigerlich zu Kämpfen kommen. Zumal wenn es sich um den größtmöglichen Wunsch handelt, den ein Paar gemeinsam haben kann.

Ines singt längst keinen Text mehr, sondern stößt nur noch Laute aus, unsortierte Fetzen von Melodien. In ihrem Leib spielt ein riesiges Orchester aus betrunkenen Musikern in irrsinniger Lautstärke die Sinfonie des Lampenfiebers. Die Spannung des Wartens unterscheidet sich in nichts von schwerer Übelkeit.

Die Spannung des Wartens, die am Tropf der Hoffnung hängt.

Auch bei unterschiedlichen Hoffnungen ist sie gleich. Daniel ist heute ebenso gespannt wie sie, doch weiß er nicht, dass sie diesmal etwas anderes erhofft als er. Die Spannung des Wartens ist identisch, aber was sich unmittelbar anschließt, wenn die Spannung nachlässt, treibt die beiden an die zwei gegenüberliegenden Ränder einer Kluft, die nicht zu überbrücken ist: Enttäuschung dort, Erleichterung hier. Oder Freude dort, Verzweiflung hier.

An diesem Tag kann das Erhoffte einen kalten Schatten über ihr Leben werfen, denkt Ines. Das Schöne kann zur Katastrophe werden. Ihr kommt die sommerliche Marienkäferplage in den Sinn, als die niedlichen Tierchen immer mehr wurden, bis man sie nicht mehr ertrug. Dann setzt der Regen ein, sie trotzt ihm mehrere Minuten, fügt sich schließlich und lässt sich von nasskaltem Rückenwind zum Parkplatz treiben.

Am frühen Abend blickt Ines im kleinen Toilettenraum ihres Ladens lange in den Spiegel. Sie ist sich selbst unheimlich, weil trotz der Anspannung, die ihr schier übermenschlich erschien, ihr Zyklus keinen Deut von seiner Regelmäßigkeit abgewichen ist. Sie sieht sich im Spiegel an und mimt, wie sie vor Daniel ganz leicht den Kopf schüttelt, so wie sie es in den letzten Monaten getan hat, wenn sie ihm die monatliche Enttäuschung mitzuteilen hatte.

Im Laden wartet Uwe. »Ich kann nicht lange bleiben«, sagt er. »Emma ist alleine drüben.«

Ihr fallen jetzt keine Worte für ihn ein, sie muss ihn mit einer Gebärde abspeisen, die einer flüchtigen Umarmung gleicht.

Erleichtert und zugleich beschämt ob ihrer Erleichterung fährt Ines nach Hause und führt Daniel das kleine, bekümmerte Schütteln des Kopfes vor. Wieder erhält sie von ihm Trost, den sie nicht verdient zu haben glaubt, wieder kann sie sich unter dem Deckmantel ihres Kummers in sich zurückziehen.

Den Samstag im Laden übersteht sie mit bereits gelinderter Qual, am Abend besichtigen sie, so wie sie es hin und wieder tun, das feiernde Volk im Schanzenviertel, wie jedes Mal finden sie dort keine Lücke für sich, und wie so oft landen sie im Portugiesenviertel, essen Gegrilltes zwischen heiteren Paaren und laut lachenden Tischrunden und gehen schließlich zu Fuß entlang der Elbe heim. Am Sonntag schenkt Daniel ihr einen gemeinsamen Gang auf dem Nordseedeich, und am Montag bringt er ihr aus dem Büro die Nachricht mit, in der Nacht auf Sonntag seien wieder Autos angesteckt worden, mit Brandsätzen, gleich sechzehn Stück, die Zahl der Fälle addiere sich in diesem Jahr bereits auf hundertzweiundfünfzig.

Ines hört seinen Bericht mit seltsamer Genugtuung. Was Daniel erzählt, beglaubigt ihre eigene Geschichte und enthält eine wichtige Bestätigung: Ihr Auto hätte in jeder beliebigen Nacht an jeder beliebigen Stelle mutwillig angezündet werden können.

November

Nicht hier, nicht jetzt

Nun sind sämtliche ins Auge gefassten Termine für Degustationen und Weinseminare abgesagt oder verschoben worden, Ines beißt sich auf die Lippe, als sie den Hörer auflegt. Es wäre verlockend, das Versiegen des Interesses auf höhere Gewalt zurückzuführen, etwa auf die Grippewelle oder gar auf die ominöse Schweinegrippe, von der allabendlich in den Fernsehnachrichten die Rede ist. Am Vorabend erst hat Daniel spöttisch spekuliert, ob dieselbe Krankheit weniger Hysterie auslöste, hieße sie etwa Meerschweinchengrippe. Während Ines noch über den albernen Scherz lachte, fiel ihr ein, dass sie ihren Mann noch nie krank erlebt und darum auch noch nie gepflegt hat; dann war es mit dem Lachen vorbei, weil ihr beim Thema Krankheit die Frage in den Sinn kam, ob ihre Mutter demnächst gezwungen wäre, den Vater zu pflegen.

Sie drückt die tägliche Folsäuretablette ins Pillendöschen und geht zum Mittagsimbiss ins Café nebenan. Meist sind dort die Plätze am Fenster besetzt, jetzt aber wird vorne ein Tisch frei, als Ines eintritt, während im hinteren, dunklen Teil des Gastraums alles voll ist. So muss sie sich wohl oder übel Uwe Bernstein ins Bild setzen, denn vom Café aus sieht man seine Wohnung, also gilt das auch umgekehrt. Es brennt kein Licht, er ist nicht da, oder es ist um die Mittagszeit noch hell genug; zwar scheint es, als sorge an diesen ersten Novembertagen der ständige Nieselregen, der nicht nur von oben, sondern von allen Seiten kommt, für eine Erosion des Lichts, aber da kein Laub an der Linde vor Uwes Fenster das Licht filtert, gleicht sich das womöglich aus.

Als Ines die handtellergroße Quiche zur Hälfte aufgegessen hat und das Pillendöschen öffnet, legt sich von hinten eine Hand auf ihre Schulter. Wie hat Uwe das gemacht? Sie hätte ihn doch sehen müssen, als er die Straße überquerte.

»Was nimmst du da?«, fragt er mit Blick auf die Folsäuretablette.

Zum Glück stehen in diesem Café die Tische so dicht beieinander, dass man intime Dinge guten Gewissens verschweigen kann.

»Sag ich dir später. Ich hab dich gar nicht kommen sehen.«

»Ich hab den Wagen auf dieser Straßenseite geparkt und bin am Laden vorbeigegangen.«

»Du hast dich aus dem toten Winkel angeschlichen.«

»Was bleibt mir übrig, wenn du mir ständig aus dem Weg gehst.«

»Nicht so laut!«

»Wenn ich leise rede, hören erst recht alle zu.«

Diesen Satz hat Uwe geflüstert, und tatsächlich halten alle Kaffeetassen auf dem Weg zu den gespitzten Lippen an, und die Ohrmuscheln der Zeitungsleser drehen sich in Richtung Schallquelle.

»Ich will hier nicht mit dir reden«, sagt Ines, sobald sie das Gefühl hat, dass in ihrem Rücken der normale Film weiterläuft und die Leute sich wieder den Zeitungen zuwenden.

»Wo dann? Und vor allem wann?«

»Ich weiß es nicht. Bald. Irgendwo. Irgendwo anders.«

Uwe seufzt nicht, aber er windet sich und schaut mit einem Gesichtsausdruck zum grauen Himmel, als müsse er den Tod eines engen Freundes verarbeiten.

»Geh jetzt«, sagt Ines, »bitte.« Sie legt ihm die Hand auf

den Jackenärmel, prompt nimmt er sie und drückt Nase und Mund in die Handfläche.

»Warum nicht jetzt? Warum nicht drüben?«

»Weil ich nicht kann. Ich habe gleich einen Termin.«

Da sie ihm mehr nicht sagen will, muss sie alle Überzeugungskraft in ihre Augen legen. Das funktioniert, sie lässt sich sogar kurz küssen, Hauptsache, er nimmt jetzt Abschied und lässt sie die anderthalb Stunden allein, die ihr noch bleiben, bis sie sich auf den Weg zur Insemination machen muss.

Erst nachdem sie aufgegessen und ihre Tasse leer getrunken hat, wagt Ines einen vorsichtigen Blick nach schräg oben. Nun brennt Licht. Womöglich malt er. Womöglich malt er mich. Ein Mann, der von mir so gut wie gar nichts weiß, steht auf unbefleckten Papierbahnen und malt meinen Körper, mein Gesicht.

»Der spinnt doch«, murmelt Ines und steht auf. Die Augenwinkelblicke von den Nebentischen ignoriert sie.

Kaum sitzt sie wieder allein im Hinterzimmer ihres Ladens, geht sie dazu über, alle Vorwürfe gegen sich selbst zu richten und sich dem Fegefeuer der Erinnerung auszusetzen. Wie ein Albtraum verfolgt sie seit dem Besuch auf der anderen Straßenseite die Erinnerung an die seltsam dringliche Erregung ihres Körpers, an den Fast-Schmerz des Verlangens, als der Fremde mit den Fingerspitzen über die Spuren der Verbrühung an ihrem Arm strich, an ihre Abwehr, »nein, es geht nicht, es ist nicht recht, ich kann nicht«, die er sogleich respektierte, worauf sie ihn wieder an sich zog, an die übersteigerte Aufmerksamkeit, mit der sie sodann verfolgte, was zwischen seinem und ihrem Körper geschah. Wie ungehörig sie sich öffnete. Wie überempfindsam ihre Sinne waren. Sie bildete sich ein, genau zu spüren, wie sein Samen ihre Gebärmutter erreichte, und nicht nur das, sie meinte sogar, es irgendwie zu *hören*. Ungeheuerlich, diese Empfindung, auch wenn es natürlich kein Hören war, aber besser kann sie sich die Erinnerung nicht beschreiben.

Spiel mit Kostbarkeiten

Sobald Daniel sorgfältig die schwere Metalltür des Labortrakts hinter sich geschlossen hat, sieht er Rico am Ende des Ganges auf einem der Wartestühle sitzen und rechnet damit, auf die übliche herzhafte Weise begrüßt zu werden. Doch nichts dergleichen. Der große Mann kauert zusammengesunken auf seinem Stuhl, die Unterarme auf die Oberschenkel gestützt, und gönnt Daniel aus dieser Haltung heraus nur einen Seitenblick und ein angedeutetes Kopfnicken. Der Daumennagel der rechten Hand pickt nervös am Etikett des leeren Bechers.

»Was ist los mit dir?«, fragt Daniel.

Rico winkt ab.

»Geht's dir nicht gut? Soll ich dir ein Glas Wasser holen?«

Rico sieht ihn an wie einen Menschen, der sich gerade vor den Augen einer ganzen Kompanie lächerlich gemacht hat.

»Ich frag ja nur.« Daniel steht noch ein wenig unschlüssig herum, dann setzt er sich neben den Zyklusgefährten.

»Also, was ist?«, versucht er es noch einmal.

Rico hat inzwischen eine Ecke des Etiketts an seinem durchsichtigen Becher abgepult und reibt sich zur Abwechslung mit Daumen und Zeigefinger die kräftige Nase.

Daniel sieht auf die Uhr. Er müsste nun auch sein Döschen holen, mag aber Rico, dem sichtlich die Flügel schwer auf die Erde herabhängen, nicht alleine lassen. Da kommt ihm eine Idee, die sein Herz abrupt vor Aufregung zum Pochen bringt. Das hat er noch nicht riskiert, seit sie in Hamburg leben: Gleich wird er einen mehr oder weniger fremden Mann fragen, ob er nicht zu Besuch kommen will.

»Wollen wir nachher zusammen was trinken gehen?«, schlägt er vor, und nach kurzem Abwarten: »Wir könnten diesmal aber auch zu uns gehen, eine Kleinigkeit essen zum Beispiel.«

Rico reibt sich inzwischen abwechselnd Nase, Mundpartie und Augen. Dann hält er inne und starrt kurz gerade nach vorne auf die Labortür, bevor er Daniel sein großflächiges Gesicht zudreht. »Weißt du was?«, sagt er mit Tränen in den Augen.

Mit einem Blick ermuntert Daniel ihn, weiterzusprechen.

»Ich kann nicht mehr.«

»Natürlich kannst du noch. Mensch, he ...«

»Ich will aber nicht mehr.«

Diesen Satz spricht Rico schon wieder mit der gewohnten Lautstärke seines gesamten Resonanzkörpers aus, Daniel hebt unwillkürlich zwei beschwichtigende Hände.

»Es ist doch nicht so schlimm, geht relativ schnell, du kennst das doch, es tut niemandem weh und ...«

»Ich hab aber keine Lust mehr, mir in der muffigen Kabine einen runterzuholen, Mann! Ich kann einfach nicht mehr. Es würde sowieso nicht gehen, guck mich doch mal an, wie ich hier sitze, der ganze Kerl kommt nicht mehr hoch.«

Rico hat die Lautstärke gegenüber dem vorigen Satz mindestens verdoppelt, was bei Daniel für einen Schweißausbruch sorgt. Bevor ihm etwas Beruhigendes einfällt, setzt Rico sein Lamento fort.

»Außerdem«, sagt er, gefolgt von einer Pause, in der er die Nase hochzieht. »Außerdem hätte ich es sowieso nicht verdient.«

»Was soll das denn jetzt heißen?«

»Wer schon mal mitgeholfen hat, Leben aus der Welt zu schaffen, der hat es nicht verdient, Leben in die Welt zu setzen! Das soll das heißen.«

»Das kannst du doch so nicht ...«

Rico richtet sich auf und streckt das rechte Bein aus, als wollte er seinen Schuh vorzeigen. »Siehst du diesen Fuß?«, fragt er.

»Ja, sicher ...«

»Dieser Fuß hat zugetreten. Volle Kanne. Und siehst du diese Hand?« Er hebt leicht die Rechte an, mit hängenden Fingern, wie einen undefinierbaren nassen Gegenstand, den man am Strand aufhebt. »Diese Hand hat abgedrückt und zugeschlagen und zugepackt und zugedrückt und ...«

»Geht es auch ein bisschen leiser?«, fragt die Laborantin, die in diesem Augenblick die Labortür aufreißt.

»Entschuldigung«, sagt Daniel. »Ich wollte sowieso gleich zu Ihnen.«

»Na, dann kommen Sie!«

Daniel fühlt sich überfordert, er möchte gern, dass sich die Lage beruhigt, dass alles seinen Gang geht, doch er will Rico auch nicht im Stich lassen, darum erhebt er sich zwar, aber nur zögerlich, und berührt überdies die Schulter des ehemaligen Fallschirmjägers und jetzigen Lebensmittellageristen.

»Schon gut«, sagt Rico. »Hol du dir mal dein Becherchen.«

Zerstreut erfüllt Daniel die Formalitäten, dabei in Gedanken fortwährend mit Rico beschäftigt. Der Mann ist ihm nicht geheuer, trotzdem fühlt er sich verpflichtet, ihn aufzumuntern. Bange tritt er mit seinem Becher auf den Gang, aber da ist niemand mehr, der aufzumuntern wäre. Daniel begibt sich in

Raum 10, hängt seinen Mantel an den Haken und weiß nicht, was er tun soll. Ricos Augen hatten glasig geschimmert, teils wegen Tränen der Verzweiflung, teils aber auch wie bei einem Irren; Daniel wird das Bild nicht los, die hergezeigten Hände und der Fuß weichen nicht aus seinem Blick. Trotzdem, denkt er, muss ich meinen Auftrag hier erfüllen. Er stellt den Becher ab, zieht sämtliche Kleidungsstücke aus und macht mit nacktem Körper zwanzig Kniebeugen, zwanzig Liegestütze und abschließend so viele Sit-ups, bis er sein Blut rauschen hört. Dann steht er auf, wäscht sich mit lauwarmem Wasser und schaltet die Apparate ein. Noch immer geistert Rico an den Rändern seines Gesichtsfeldes umher, doch weiter weg, fast schon außerhalb des Schärfebereichs. Daniel konzentriert sich mit seinem ganzen Körper auf den Fernseher und seine Aufgabe, er weiß inzwischen, wo er skippen muss und welche Stellen die effektivste Wirkung bei ihm auslösen, er denkt zielführend, ist sich dessen bewusst, verachtet sich dafür mehrere Sekunden lang, worauf sogleich Ricos Gesicht dicht vor dem Kameraobjektiv froschaugig verzerrt erscheint, doch Daniel ist jetzt fähig, auch dieses Bild zu skippen, er tut, was zu tun ist, er ist ein Körper, er ist ein Tier, nein, ein Automat, oder doch eher ein Tier, egal, hier, jetzt, da kommt es, nach gezielter Arbeit und einigen Mühen, aber doch wie auf Bestellung, so wie jeden Monat.

Im Hustenreiz danach steckt diesmal mehr Übelkeit als sonst. Doch halb so schlimm, der Körper scheint insgesamt nicht unzufrieden, tut ja auch gut nach einer Woche Enthaltsamkeit, so ist er nun mal, der männliche Körper, da hat man sich nichts vorzuwerfen, letztlich ist das nichts anderes als eine Frage des Haushalts im Organismus.

Daniel hat zu kämpfen mit dem Gewirr der Stimmen im

Kopf, er ist das nicht gewohnt, sie sperren sich dagegen, sortiert zu werden, suchen störrisch die Kakofonie, lassen sich nicht abschalten, sondern nur leiser drehen.

Beim Anziehen hält er den Blick unverwandt auf seinen durchsichtigen Becher gerichtet, ich muss, denkt er, mich aufs Elementare konzentrieren, aber dann fällt ihm auch schon wieder Rico ein, er fragt sich, ob der Zyklusgefährte an diesem Tag, in dieser Verfassung tatsächlich unfähig wäre, es zu tun, und wenn er doch dazu fähig wäre, wie, in welcher Haltung er es täte. Daniel zieht den Mantel über und nimmt den Becher. Er dreht ihn vor den Augen hin und her, betrachtet ihn von allen Seiten, kratzt mit dem Daumennagel am Etikett mit seinem Namen, seinem Geburtsdatum und seiner Kennziffer, es lässt sich tatsächlich spielend leicht lösen, das Etikett, er klebt es wieder hin, doch haftet es nicht mehr so gut, eine Ecke steht ab, egal, jetzt endlich raus hier.

»Hier«, sagt Rico, »da siehst du, was ich für einer bin. Gerade noch gejammert, von wegen will nicht, kann nicht, und dann das Ding doch durchgezogen, ohne Rücksicht auf Verluste. Meine Vorhaut hab ich in den Mülleimer geschmissen, aber hier, bitte schön, der Becher ist gefüllt.«

Daniel erkennt sofort, dass Rico seine unheimliche Erregung nicht in Raum 8 zurückgelassen hat, der Mann wirkt noch größer und breiter als sonst, wie ein Oger, der Daniel einen Becher mysteriösen oder mythischen Inhalts vor die Nase hält.

»Zwar hab ich ihn nicht bis zum Rand vollgekriegt, aber für einen neuen Fehlversuch wird's reichen«, röhrt der Oger unverhältnismäßig laut. »Dafür hätte ich glatt einen Orden verdient, oder?«

Kaum hat er das gesagt, reißt er den Aufkleber vom Becher und klatscht ihn sich auf die Brust wie eine Auszeichnung.

»Stabsfeldwebel Meyer meldet sich nach erfüllter Mission aus Raum 8 zurück.«

Vorhin, vor der Labortür, hat Daniel noch Mitleid gehabt, doch das wird ihm von der speichelsprühenden Übertreibung des anderen nun ausgetrieben. Er fühlt sich abgestoßen, tritt unwillkürlich einen Schritt zurück.

Sogleich stellt Rico mit einem Schritt nach vorne den alten Abstand wieder her. »Wie sieht's denn bei dir aus?«, fragt er mit dem höhnischen Unterton des Starken, der zum Wehrlosen spricht. Er senkt den Blick auf Daniels Becher, Daniel schaut ebenfalls hin und sieht gelähmt zu, wie der Oger ihm das transparente Gefäß ganz ohne Anwendung von Gewalt wegnimmt, es auf den anderen Becher stellt und beide mit einer Hand gegen das Licht hält. »Auch nicht schlecht«, lautet der Kommentar. »Ein hübsches Schlückchen. Hast dir auch einen Orden verdient, mein Junge.«

Und mit einem Ruck reißt Rico das Etikett vom Becher und klebt es Daniel auf die Brust. »Gefreiter ... ich weiß gar nicht, wie du mit Nachnamen heißt. Egal. Kamerad, ich bin stolz auf dich.«

Anschließend nimmt er in jede Hand einen Becher, hebt sie mit liturgischer Geste in die Höhe und deklamiert: »Seht alle her, was für Kostbarkeiten. Die machen den Laden hier wieder um tausend Euro reicher!«

Daniel wird es zu bunt, er greift nach seinem Becher, er will ihn wiederhaben, solange er noch weiß, welcher von beiden es ist, aber Rico ist wirklich groß; wenn er die Hände ganz nach oben streckt, reicht Daniel nicht heran, er muss dem Oger den astdicken Arm nach unten ziehen, aber Rico in seinem Ausnahmezustand lässt das nicht so leicht mit sich geschehen, er dreht sich um die eigene Achse, die Becher hoch über dem Kopf erhoben, er lacht wie ein Wahnsinniger, lässt Daniel zappeln, dreht sich in die eine und dann wieder in die andere Richtung, ruft: »Jetzt machen wir mit den Kostbarkeiten das auf dem Balkan so beliebte Hütchenspiel«, und lässt die Arme kreisen, schwenkt sie hin und her und führt sie über Kreuz, Daniel gerät in Panik, als er das sieht, was Rico wiederum nicht verborgen bleibt und ihn weiter anfeuert; mit verblüffender Fingerfertigkeit wechselt er die Becher in den Händen hin und her, Daniel sieht es, aber er begreift es nicht sofort; erst als ihm die Situation in voller Tragweite bewusst wird, lässt er abrupt von Rico ab, torkelt rückwärts gegen die Wand und erstarrt dort vor Entsetzen.

Er keucht.

Rico gibt noch eine Lachsalve ab, dann erfasst er Daniels Zustand und wird ernst.

»Was ist los, Gefreiter Palmenschüttler?«, fragt er, eskortiert von ein paar letzten Bröckchen Gelächter.

»Die müssen vernichtet werden.« Daniel deutet auf die Becher, die durch die Hydraulik in Ricos Armen langsam herabsinken.

»Bist du verrückt?«

»*Du* bist verrückt!«

»Ja, Mann, kann sein, aber das hier hab ich mir mühsam abgequetscht, das geb ich nicht mehr her.« Rico blickt auf den Becher in seiner rechten Hand, als er das sagt.

»Wieso bist du dir so sicher, dass es das ist und nicht das andere?«

Rico scheint die Frage nicht zu verstehen. Dann stutzt er,

schaut von rechts nach links und von links nach rechts und dann von schräg oben auf Daniel.

»Wir müssen beide ins Klo schütten«, sagt dieser. »Oder ins Waschbecken. Auf jeden Fall müssen die weg, die können wir nicht abgeben.«

Jetzt erst scheint Rico die Sachlage zu erfassen. Er wird ernst, todernst, so sehr, dass es Angst macht, er führt die Hände mit den Bechern vor seinem Bauch zusammen, stellt sie aufeinander und hält sie mit seiner großen Linken fest. Dann geht er einen weiteren Schritt auf Daniel zu, fixiert ihn mit den Augen und reißt ihm den Orden von der Brust. Daniel lässt es geschehen und sieht ohne Gegenwehr zu, wie Rico den Orden in ein Etikett zurückverwandelt, indem er ihn auf einen der beiden Becher klebt. Gleich darauf reißt sich Rico sein eigenes Ordenszeichen ab und klebt es auf den anderen Becher, alles ohne hinzusehen. Den Blick weiterhin stur auf Daniel gerichtet, bewegt sich Rico rückwärts den Gang entlang auf die Labortür zu.

»Bleib stehen!«, sagt Daniel.

»Ich muss an meine Frau denken«, erwidert Rico und stellt einen der Becher auf dem niedrigen Tisch mit den Zeitschriften für die Wartenden ab.

»Lass den Scheiß!«, brüllt Daniel nahezu hysterisch.

Prompt geht die Labortür auf, und die Laborantin zeigt ihr fragendes Gesicht. Bevor Daniel reagieren kann, hat sich Rico an ihr vorbeigedrängt. Kopfschüttelnd schließt sie die Tür.

Daniel steht auf dem Gang und sieht nichts als Wände und geschlossene Türen. Die Welt hat keine Fenster mehr. Er steht starr auf der Stelle, isoliert von allem.

Schließlich reißt er den Blick von der geschlossenen Labortür los und dreht sich nach dem Becher um. In wenigen Stunden wird Ines zur Insemination eintreffen. Auf die sie wieder einen Monat gewartet und gehofft hat, sagt sich Daniel vor. Ich kann sie nicht enttäuschen. Muss meinen Beitrag leisten. Die Wahrscheinlichkeit, dass es auch wirklich meiner ist, beträgt immerhin fünfzig Prozent, argumentiert er vor sich selbst.

Aber nein. Es geht nicht. Er kann das nicht machen. Er nimmt den Becher, um damit zur Toilette zu gehen. Die Vorstellung, das körperwarme Gefäß mit kaltem Wasser auszuspülen, gefällt ihm überhaupt nicht, er zögert, muss sich einen Ruck geben, macht zwei Schritte, bleibt stehen und kehrt um. Macht zwei Schritte zurück, dann wieder zwei in die andere Richtung, wo er erneut innehält und sich umdreht.

Die Labortür geht schon wieder auf, natürlich, es dauert schließlich nicht besonders lange, den gefüllten Becher abzugeben und ein Formular zu unterschreiben. Rico schiebt sich auf den Gang, er wirkt geschrumpft, wirft nur einen ganz kurzen Blick auf Daniel, wie von unten und auf die Schnelle nicht zu deuten, dann macht er sich davon.

»Der Nächste bitte«, sagt die Laborantin, die gleich darauf im Türrahmen erscheint.

Angenommen

Rico steht am Imbiss und verzehrt panierten Fisch, wodurch er allmählich wieder seine volle Körpergröße erreicht. Er denkt nach.

Angenommen, es klappt und es wird ein Junge. Ein Sohn. Mein Sohn. Mein Sohn? Da geht die Fragerei schon los. Angenommen, es wird ein Junge, ein Sohn – wie tritt man dem als Vater gegenüber, also wenn er dann mal ein bisschen größer ist, wie tritt man dem als großer Erzeuger und Beschützer gegenüber, wenn man weiß, dass beim Erzeugen möglicherweise Niedertracht im Spiel gewesen ist?

Ich hab's getan, ich kann's nicht rückgängig machen. Wenn es klappt, ist Serifa glücklich. Ist damit nicht alles gut? Fünfzig Prozent Wahrscheinlichkeit, dass fünfzig Prozent der Gene des Kindes von einem Besserverdiener stammen – wo ist das Problem? Es gibt kein Problem. Die Frage ist, ob das stimmt. Die Frage ist, was in mir für eine Tretmine explodiert, wenn ich das Kleine aus Serifa rauskommen sehe. Denn bei der Geburt bin ich natürlich dabei, ist ja klar. Ich werde alles in mich aufsaugen, die ganze Einzigartigkeit, denn es wird nur ein einziges Mal passieren. Ein zweites Mal mache ich die Prozedur nicht mehr mit.

Wenn's klappt, ist Serifa glücklich und ich hör daheim keine Abkürzungen mehr. IVF. ICSI. Ich kann das nicht mehr ab, für mich hört sich das alles krank an, ich will auch die Zeichentrickfilmchen im Internet nicht mehr sehen, wo die Eizelle an der Glaskanüle zuckt, bis ein schlapper Samenfaden sich hineingezwängt hat. Schluss damit, aus und vorbei.

Vorausgesetzt, es klappt.

Angenommen, es klappt, es wird ein Junge oder ein Mädchen, ganz egal, und ich seh in seinem Gesicht das Gesicht des Besserverdieners, der zwar korrekt ist, von dem ich aber nicht mal den Nachnamen weiß. Wie reagiere ich dann? Wenn sich so ein Gedanke von einer Sekunde Länge mal gebildet hat, kriegt man den wieder weg? Das Kleine sieht aus wie der andere. Jeder sieht das. Jeder sieht, dass das Kleine nicht von mir ist. So ein Gedanke. Was richtet der an? Ist das so eine Tretmine, die explodiert?

Jetzt kann ich's nicht mehr ändern. Jetzt muss ich's nehmen, wie es kommt.

Rico wischt mit dem Rest des Brötchens die Remoulade auf und tastet sich in einen anderen Gedankengang vor.

Angenommen, es klappt *nicht* ...

Doch dann hat er keine Lust mehr nachzudenken. Er zerknüllt Pappteller, Serviette und Plastikbesteck, wirft die gepresste Kugel in den Müll und verlässt den Imbiss. Der Gabelstapler wartet.

Was man nicht im Spiegel sieht

Ines schließt die Augen. Sie will nicht sehen, wie die Ärztin zwischen ihren geöffneten Beinen steht und die Spritze bedient.

Daniel ist blass gewesen, als er sie am Vormittag fragte, ob sie sich vorstellen könne, ausnahmsweise allein zur Insemination zu gehen. »Hast du Stress?«, hat sie ihn gefragt, und er hat es mit überzeugender Mimik und Gestik bestätigt. Ihn von der Teilnahme zu entbinden, ist eine günstige Gelegenheit, ihm etwas Gutes zu tun.

Kurioserweise hat auch die schmale Bosniakin ohne ihren Mann im Gang gesessen. Sonderbarer Zufall, denkt Ines, aber vielleicht kommt er ja noch.

»So«, sagt die Ärztin. »Das wär's.« Ines schlägt die Augen auf, da hat sich die Frau schon von ihr abgewendet. Bei jedem noch so kleinen Schritt ertönt ein Stampfen, weil sie so groß ist und überdies schwere Schuhe trägt, die fürs Aufstampfen wie gemacht sind.

Ines kommt sich selbst wie eine Frau mit energischem Schritt vor, als sie durch die elektrische Schiebetür ins Freie tritt. Die Straße ist nass, wie seit vielen Tagen, das zertretene Laub wird schmierig, mit den Winterreifen auf nassem Asphalt verursachen die Autos noch mehr Lärm als üblich, aber Ines empfängt all das an sich Unschöne der Stadt wie Strom aus einem lauten Kraftwerk. Sie fühlt sich stark und zuversichtlich, sie geht wieder in der richtigen Spur. Auch wenn der Akt da oben ohne Daniel noch weniger erbaulich war als sonst, hat er doch den falschen Vormonat, den Zyklus der

Angst, in dem alles verkehrt war, aufgehoben. Die Lüge ist damit nicht ungeschehen, jedoch unwirksam gemacht.

Ines macht sich zu Fuß auf den Weg zum Laden, sie biegt um die Ecke, überquert die Einkaufsstraße und kommt erstmals bewusst an einem Platz vorbei, auf dem eine Endlosbank seltsame Knicke und Falten schlägt. Gertrudenkirchhof, steht auf dem Straßenschild. Da hier wenige Menschen sind und keine Autos fahren, ruft sie Daniel an, erreicht jedoch nur die Mailbox, offenbar sitzt er in einer Besprechung.

Sie geht auf direktem Weg zur Alster und am Ufer entlang bis zu den Uhlenhorster Bürgerhäusern, biegt in ihre Straße ein und sieht, kurz bevor sie den Laden erreicht hat, dass bei Uwe Licht brennt. Es wirkt gelb und warm in der blasskalten Tageshelligkeit des Novembernachmittags.

Ines hat versprochen, mit ihm zu reden; jetzt, da mit der Insemination der verkehrte letzte Monat ausgelöscht ist, könnte sie wieder mit geradem Rückgrat vor ihn treten, weil wieder im Einklang mit ihrem Ehemann.

Zögernd geht sie zur Ladentür, unschlüssig, was sie tun soll. Auf dieser Seite der Straße wird sie kaum jemand vermissen, es genügt, wenn sie um siebzehn Uhr aufmacht – sie beschließt, nach drüben zu gehen. Ich tue es jetzt, denkt sie, dann habe ich es hinter mir. Denn hinter mich bringen muss ich es. Und es ist besser, am Tag hinzugehen, denn der Abend ist ein beflissener Handlanger der unberechenbaren Nacht, er stellt sich nur zu gern in den Dienst der Verführung.

Ines überquert die Straße und klingelt, sie sagt »ich bin's« in die Sprechanlage, was ihr sogleich peinlich ist, weil es ihr unangemessen vorkommt, es funktioniert gleichwohl, denn anstatt einer Nachfrage ertönt das Summen des Türöffnungsmechanismus.

»Wo ist Emma?«, fragt Ines an der Wohnungstür als Erstes.

»Ist es das, was dich interessiert?«

Bitte nicht dieser Tonfall, fleht Ines innerlich. »Ich frage einfach so, ohne Hintergedanken«, sagt sie.

»Sie ist noch in der Kita. In einer Stunde muss ich sie abholen. Komm rein.«

»Arbeitest du?«

»Ja, sicher.«

Er schließt die Wohnungstür, nimmt Ines den Mantel ab und geht voran ins Arbeitszimmer und weiter ins Atelier. Auf den letzten Metern beschleunigt er den Schritt, Ines sieht beim Betreten des Raums gerade noch, wie er die Leinwand auf der Staffelei mit einem Tuch verhängt. »Die anderen Bilder kannst du sehen, aber nicht dasjenige, das in Arbeit ist.«

»Zeig sie mir!«, sagt sie, denn sie will wissen, was er mit ihr angestellt hat, ob sie auf mehr als einem Bild zu sehen ist.

Ohne ein Wort fängt er an, eine Leinwand nach der anderen umzudrehen. Ines ist nicht auf allen zu sehen, doch auf vielen, und nur in einem Fall steht sie im Laden. Ansonsten hat er sie auf Klippen gestellt, an Strände gelegt, in Dünensenken ertappt, hinter Sanddornhecken versteckt. Immer umschließt ihre Gestalt eine kräftige Linie, die sie schützt, und immer hat sie diesen Blick, den sie selbst nie im Spiegel sieht, den sie jedoch von innen kennt. Sie registriert die Schönheit ihrer Züge wie eine objektive Tatsache, und sie sieht, wie ein Prozess der Zersetzung diese in der sichernden Linie eingeschlossene Schönheit erfasst und aushöhlt.

»Das reicht mir«, sagt sie und macht kehrt, geht, wieder erfasst von der schmerzlichen Erregung, mit der sie in den Tagen zuvor die Erinnerung gequält hat, zwei Räume weiter, wo keine Lampe brennt, sondern Grau von draußen das Zimmer bis unter die Decke füllt.

Hier ist die Schleuse. Von hier finde ich wieder in den Nachmittag hinaus, sagt sich Ines vorsorglich ein, denn sie weiß, dass sie gleich von zwei Händen berührt werden wird. Als die Hände tatsächlich kommen, ist sie fähig, sich ihnen zuzuwenden und trotzdem Nein zu sagen.

»Es tut mir leid«, fügt sie hinzu.

»Bitte!«, sagt Uwe.

Im Flur nimmt sie ihren Mantel vom Bügel.

»Bitte, Ines, bitte!«

Sie zieht den Mantel an und öffnet die Tür.

»Es wird Zeit, den Laden aufzuschließen. Und du musst Emma holen.«

Eine Etage weiter oben wird eine Wohnungstür zugezogen und mit mehreren Schlüsselumdrehungen abgesperrt. Schritte machen sich auf den Weg nach unten. »Bitte!«, sagt Uwe noch einmal, und Ines schließt die Tür wieder, um von der Person im Treppenhaus nicht gesehen zu werden.

»Bitte.«

»Worum bittest du mich eigentlich?«

»Um eine Stunde bei Tageslicht.«

»Damit nachher wieder mein Auto brennt.«

Er versteht nicht, was sie meint, und es ist nicht das Einzige, was er nicht versteht. Ines mustert ihn, muss kurz lachen, weil sie einen dämlichen Gedanken hat, »Was lachst du?«, fragt er, sie wehrt ab, »nun sag schon«, insistiert er.

»Also gut. Ich dachte gerade, du siehst aus wie ein Model für hängende Schultern.«

Er reagiert mit verzerrten Zügen.

»Entschuldigung.«

Sie hat ihn gekränkt, das tut ihr leid, ärgert sie aber auch; der Mann zieht sie in einen unangebrachten Beziehungsstrudel, sie reden miteinander wie ein Ehepaar, das sich verkeilt hat. Das stört sie, es ist nicht richtig, nichts ist richtig, erst recht nicht jetzt, da sie alles in enthüllender Beleuchtung sieht. Das Novembertageslicht wirkt wie die abgetönte Helle eines nach Norden gehenden Atelierfensters.

Der Mann kommt auf sie zu, er nähert sich mit Kummerblick, bekümmert, gekrümmt und kümmerlich, er sagt nicht mehr *bitte,* sein ganzer Leib formt sich zu einer Bettelbitte, ein elender Anblick, denkt Ines und zieht den Mantel aus. Sie geht dem Mann entgegen, öffnet nacheinander die Verschlüsse an seinen Kleidungsstücken, was er verschüchtert geschehen lässt, Knöpfe, eine Schnalle, weitere Knöpfe, Schnürsenkel, anschließend schämt er sich ein bisschen für seine Erregung, aber nicht genug, um die Hände bei sich zu behalten, Ines muss sie von sich stoßen, um sich selbst auszuziehen; dabei mustert sie weiterhin den Mann, die Körperbehaarung eines Blonden, die Unebenheiten der Haut, Ansätze von Fettablagerungen an den Hüften, hier und da ein Rest von einem blauen Fleck, Abdrücke der Sockenbünde, die Anatomie eines gattungsbereiten Menschenmännchens, sinnvoll entwickelte Apparatur, Reservoir und Kanüle, Ines überkommt der Ekel, nicht vor dem Mann, sondern vor sich selbst, weil sie dafür gesorgt hat, dass sie und der Mann einander in gnadenlosem Licht betrachten, weil sie bereit ist; es ist der alte Selbstekel, dem sie wie getrieben weiter Nahrung gibt, indem sie auf den blassen, blond behaarten Mann zugeht und aufstöhnt, als seine warme Körpermitte gegen ihren Leib drückt.

Dann gibt sie alle Initiative an ihn ab, lässt mit sich machen, was er will, denn das schürt nur weiter ihren Ekel und die

Schuldgefühle, und das ist es, was *sie* will und sucht, »mach weiter, hör nicht auf«, sie will sich so sehr vor sich selbst ekeln und sich so ungeheuer schuldig fühlen, dass sie die Kraft aufbringt, zu sagen: Ich will dich nie wieder sehen.

Dieses Mal, nächstes Mal

Daniel sieht Ines nichts an. Sie benötigt keine Lüge. Für den Fall, dass die Linien in ihrem Gesicht abwärts weisen sollten, erwähnt sie die medizinische Kühle im Behandlungszimmer, wo sie mit der Gynäkologin allein gewesen ist. »Nächstes Mal komme ich wieder mit«, sagt Daniel.

»Ja«, sagt Ines. »Komm beim nächsten Mal bitte wieder mit!«

Normalerweise müsste Daniel an dieser Stelle sagen: *Falls es ein nächstes Mal gibt.* Er sagt es nicht, Ines nimmt es sehr wohl zur Kenntnis und muss sich eingestehen, dass sie froh ist, es jetzt nicht aus seinem Munde zu hören.

Wieder einmal sind sie sich einig.

Langsam gewinnt Ines Sicherheit und wagt es, längere Blicke auf ihren Mann zu richten, sie sieht ihm eine unbeholfen versteckte Bekümmerung an, fragt ihn, was los sei, er sagt nur »nichts« und gibt sich dabei so erkennbar Mühe, munter zu wirken, dass es die Unehrlichkeit verrät. Man könnte meinen, ihm wäre Schlimmes widerfahren oder er hätte etwas angestellt, Daniel aber begibt sich nicht in Lagen, in denen einem Schlimmes widerfährt oder man verleitet wird, Ungehöriges zu tun, denkt Ines, weshalb sie schließlich fragt: »Ist es die Dienstreise, die dich belastet?«

Die Antwort klingt immerhin ein wenig erleichtert: »Ja, kann sein. Ich glaube, ich will gar nicht weg.«

Das sieht ihm nun auch wieder nicht ähnlich, er reist gern, wenn es um seine Projekte geht, er redet vorab auch gern darüber und erzählt anschließend noch bereitwilliger davon, diesmal hält er sich auffällig bedeckt. Nur über den Termin hat er sich geäußert und dabei mehrmals betont, die Reise ins Baltikum bewusst so gelegt zu haben, dass sie sich mit keinem Inseminationstermin überschneidet.

Ines hat ihn etwas nachlässig dafür gelobt, so wie man es tut, wenn man Selbstverständlichkeiten bewertet.

Fragen, die man an sich selber stellt
In dem schürfenden Bewusstsein, welche Folgen die vertauschten Spermaproben haben können, tritt Daniel die Dienstreise an, die ihn nicht zum visionären Jahrhundertprojekt Masdar, sondern zur Basisarbeit in die maroden Hinterhöfe Europas führt. Zweimal hat er in den vergangenen Tagen seine Mittagspause darauf verwendet, zu den Genossenschaftshäusern hinüberzugehen und an Ricos Tür zu klingeln, beide Male vergebens, wie mitten am Tag ja auch zu vermuten gewesen war, er hätte es abends versuchen müssen, hat es nicht getan, und jetzt hat er am Flughafen die Sicherheitskontrolle passiert, zieht den Gürtel durch die Schlaufen seiner Anzughose und gehört damit dem Transitbereich der mobilen Wesen an, aus dem man nicht so einfach zurückkann, um etwas im Bodenhaftungsdasein Vernachlässigtes zu reparieren. In der Sphäre der Asbach-Uralt-Literflaschen und Sechs-Euro-Brötchen ist es zum Eingreifen zu spät, es bleibt einem nur die Option der Arbeit in Gedanken, eingeschränkt durch den Faktor Warten, der immer ein bisschen abtötet und gleichzeitig einen kleinen Quell Nervosität blubbern lässt, denn man will ja nicht vor lauter Nachdenken seinen Flug verpassen.

Die größte berufliche Aufgabe, die ihm seit dem Wechsel nach Hamburg angeboten wurde, hat er zugunsten des großen privaten Projekts ausgeschlagen, und nun muss er hoffen, dass dieses private Vorhaben scheitert – jedenfalls diesen Monat. Er hofft es inständig, er mag sich gar nicht ausmalen, was wäre, wenn es ausgerechnet diesmal klappen würde. Er mag sich auch nicht vorstellen, was mit Ines wäre, wenn sie erführe, dass sie in diesem Monat alleine hofft, obwohl sie glaubt, ihren Mann in der Hoffnung an ihrer Seite zu haben.

Tallinn liegt von Hamburg so weit entfernt wie Neapel, und die Verbindungen sind nicht ideal, Daniel hätte in jedem Fall umsteigen müssen, in Riga oder Kopenhagen, mit jeweils langer Wartezeit, darum hat er sich entschlossen, nach Helsinki zu fliegen und von dort die Fähre über den Finnischen Meerbusen in die estnische Hauptstadt zu nehmen. Private Neugier war bei der Entscheidung auch im Spiel, mehr jedoch professionelle Weitsicht, denn immerhin könnte sich irgendwann die Frage ernsthaft stellen, ob Rail Baltica von Tallinn aus per Tunnel bis Helsinki verlängert werden soll.

Im Wartebereich am Gate versucht Daniel, sich lesend von der Umgebung abzukoppeln. Auch von dem schlanken Mann in Jeans und Pulli, der sich drei Plätze weiter am Rand der Sitzreihe neben seinem Handgepäckkarren niederlässt, nimmt er kaum Notiz. Das ändert sich jedoch wenig später, als sich ein Säugling muckst und Daniel begreift, dass die Laute aus dem unteren Fach des Handgepäckkarrens dringen.

Sie wachsen sich nicht zum Schreien aus, denn sogleich entnimmt der Mann dem Metallkorb eine Säuglingstragetasche, die man dort nicht vermutet hätte, stellt sie auf die freien Sitze zwischen sich und Daniel, öffnet den Reißverschluss weit und befreit ein Baby aus seinem Versteck. Es ist unerhört winzig, Daniel wagt das Alter nicht zu schätzen. Der Vater nimmt das Kind auf den Arm, steht auf und trägt es so lange umher, bis es sich beruhigt hat. Dann legt er es erneut in die Tragetasche, lässt den Reißverschluss aber ganz offen, weshalb Daniel den Säugling gut sehen kann. Er liegt auf dem Rücken, der rechte Arm ragt angewinkelt hoch, Daniel sieht ein Zucken durch das Gesichtchen gehen, als wäre kurz ein Insekt auf der glänzenden Haut gelandet, zurück bleibt ein unwilliger Ausdruck bei geschlossenen Augen. Daniel betrachtet den Mund des Säuglings, die spitz zulaufenden Lippen, und je länger er hinsieht, umso mehr erinnert ihn das Wesen an ein kleines Säugetier. Es hat so viel Tierchenhaftes an sich, ist ganz und gar erfüllt von seinen Bedürfnissen und Reflexen, sein Bewusstsein befindet sich noch im Stadium der frühen geistigen Zellteilung, denkt Daniel ohne jede Ironie, sondern mit dem Staunen, das sich einstellt, wenn man etwas erkennt, was man längst hätte wissen können.

Es dauert nicht lange und die Mutter kommt hinzu. Sie sieht aus, als hätte sie seit der Geburt des Kindes nicht mehr geschlafen. Ihre Haut ist fleckig, dünn ihr gefärbtes Haar, sie muss es eben erst irgendwo, vermutlich auf der Damentoilette, gebürstet haben, man kann das deutlich sehen. Eine Weile beobachtet sie den Halbschlaf ihres Kindes, dann nimmt sie es auf den Arm und geht mit ihm zu der Tür, die per Piktogramm den Wickelraum verheißt.

Als sie wiederkommt, übergibt sie das Kind dem Vater, er trägt es erneut umher, auf seinen miteinander verhakten Unterarmen, es liegt dort wie ein Faultierchen, das sich an einen Ast vom Umfang seines eigenen Leibes schmiegt.

Daniel beobachtet das alles, ohne sich zu fragen, ob er zu aufdringlich hinschaut, er fragt sich, was er über den Anblick denkt, und kommt zu folgendem Ergebnis: Ich empfinde natürliche Sympathie für den fürsorglichen Vater. Ebenso natürlich bin ich eingenommen von dem Säugling, was nichts anderes bedeutet, als dass meine Instinkte und Reflexe funktionieren. Je länger ich aber hinsehe, desto mehr dämmert mir, was mich vom Vater des Säuglings trennt: Er ist in diesem

Moment von Gefühlen erfüllt, die ich nicht kenne und vielleicht nie kennenlernen werde.

Das wäre die Bestandsaufnahme. Daniel belässt es nicht dabei, er fragt sich, wie es sich auf Dauer lebt, wenn man auf so ein Grundgefühl, wie man es beim Tragen eines Kindes empfindet, verzichten muss. Kann man es ausgleichen oder ersetzen, wäre es überhaupt nötig, es zu kompensieren, kann man nicht vollwertig und ohne Mangelerscheinung existieren, obwohl einem diese eine Erfahrung fehlt, bei der es freilich nicht bleibt, da sie unzählige Folgeerfahrungen im Lauf eines Lebens generiert. Daniel gerät in eine gedankliche Differenzierungsschleife, er spürt den Impuls, seine Erwägungen zu zerlegen und die einzelnen Elemente zu gewichten, schon greift er in die Innentasche seines Sakkos und tastet nach dem Telefon, um sich Notizen zu machen, doch dann kommt der Aufruf zum Boarding, und Daniel nimmt die Ablenkung dankbar an. Ohne noch einen Blick auf den Säugling zu werfen, begibt er sich zum Schalter und betritt als einer der ersten Passagiere die Maschine.

Einige Zeit nach dem Start legt die Stewardess eine Schürze mit praktischen Klettverschlüssen an den Hüften an. Aus ihren scheinbar flugs aufgesteckten Haaren fällt eine Strähne. Ihr Blond ist eigentümlich durchsetzt, sympathisch unrein. Sie ist keine Deutsche, sondern Schwedin oder Dänin, wie die Fluglinie vermuten lässt; als sie neben ihm Kaffee in einen Becher füllt, hat Daniel ihren Ellenbogen unmittelbar vorm Gesicht, die Haut an ihrem Arm ist rötlich, etwas fleischig, nicht gebräunt, Daniel beschließt zu testen, ob er sie dazu bringen kann, ihn als Person wahrzunehmen, was ihn dann von den anderen Passagieren unterscheiden würde, auch wenn fast alle den gleichen dunklen Anzug tragen wie er.

Als sie sich ihm zuwendet, bläst er den Test kurzerhand ab und bestellt nur flüchtigen Blickes ein Getränk, denn das schlechte Gewissen meldet sich. Die Stewardess gefällt ihm sehr, das ist die Wahrheit und gibt ihm das Gefühl, Ines ein bisschen zu betrügen.

Über den Damm

Weil die Wettervorhersage langweilt, greift Ines zur Fernbedienung und schaltet weiter, nach dreimal Drücken stockt ihr Daumen, da eine auffallend gut gelaunte Stimme eine Sendung einläutet, von der Ines nicht glauben kann, dass es sie gibt: *Deutschland wird schwanger.*

Es paradieren Paare, die *ihre Liebe mit einem Kind krönen* wollen und dabei *über sich hinauswachsen*. Kaum hat Ines Ablauf und Idee des Formats begriffen, setzt die erste Werbeunterbrechung ein, welche das Thema in Variationen weiterführt. Eisen stärkt die Schwangere, Babynahrung erfreut nicht nur den abgestillten Säugling, sondern auch Eltern und Geschwister, Süßigkeiten sorgen daheim für liebevolle Atmosphäre, und ein Babybrei ist eigens *von Forschern entwickelt* worden. Die Werbepause dauert unerhört lange und ist von beeindruckender Zielgruppengenauigkeit, die Unbeschwertheit der Spots aber wird von einem Drama überschattet, sobald es mit der Sendung weitergeht: Eine Frau von vierzig Jahren, die eine Totgeburt im fünften Monat sowie eine Eileiterentfernung hinter sich hat, kann jetzt nur noch künstlich befruchtet werden. Sie hat sich einer Hormonbehandlung unterzogen, im Labor wurde eine von sieben Eizellen mit dem Samen ihres Mannes fertilisiert und der Frau anschließend eingepflanzt, jetzt ist die Kamera dabei, als das Paar erfährt, ob es geklappt hat oder nicht. Man hat das Blut der Frau auf HCG geprüft, der Arzt kommt mit dem Resultat und neutralem Gesichtsausdruck herein, er sagt, bei nur einer Eizelle sei die Chance ohnehin gering gewesen, Ergebnis: negativ. *In diesem Moment können sich X und Y nicht vorstellen, dass auch sie noch einmal Glück haben werden,* tönt die weiterhin gut gelaunte Stimme aus dem Off, dann verlässt das Paar den Raum, immerhin Hand in Hand.

Sofort drängt sich per Werbespot ein digitaler Schwangerschaftstest auf, eine Website zum Thema Kinderwunsch, die Ines bereits kennt, macht auf sich aufmerksam, ein Möbelhaus denkt bevorzugt an Familien, die neuen Folsäure-Dragees enthalten zusätzlich Eisen, und dann sieht man auch schon wieder X und Y zwei Monate nach der gescheiterten Befruchtung, sie müssen ihren Zweitwagen verkaufen, damit sie sich die zweite künstliche Befruchtung leisten können, *der nächste Versuch – das ist unsere Chance,* sagen sie, und im Hintergrund hört man einen dünnen Mann aus Mannheim mit Insektenstimme fromme Lieder singen.

Nach und nach ändert sich Ines' Blick, bald sieht sie nicht mehr nur die Bilder, sondern gleichzeitig den Apparat, der diese Bilder ausstrahlt, und wenig später den Raum um den strahlenden Apparat herum, den Raum, von dem sie selbst umschlossen ist, und da kommt es ihr vor, als hätte jemand einen schmutzigen Laster mit laufendem Motor in ihrem Wohnzimmer geparkt, von dessen Rändern schwarze Schneeklumpen aufs Ahornparkett plumpsen, während die Dieselabgase dem heimtückischen Tod den Weg bereiten.

Daniel hätte frühzeitig ausgeschaltet und seine Frau dadurch vor Übelkeit bewahrt, nun taumelt sie allein ins Bett, zu grotesk früher Stunde, weil sie nicht weiß, was sie sonst tun soll.

Am nächsten Tag schaut Ines im Laden aus dem Fenster und fragt sich, wie lange sie die Sonne schon nicht mehr gesehen hat, seit Tagen halten Wolken den Himmel unter Verschluss. Dann setzt plötzlich Regen ein. Man hört zunächst kein Prasseln, weil es mit kleinen, weichen Tropfen losgeht. Wie immer in dieser Stadt sieht man wenige Regenschirme. An der Weinstraße, immerhin eine der regenärmsten Regionen des Landes, nehmen die Leute schon bei leichter Bewölkung einen Schirm mit, wenn sie das Haus verlassen; in Hamburg, wo ein Schirm dem stark wehenden Wind nicht standhielte, lassen sich viele würdevoll nass regnen. Auch jetzt, da die Tropfen fett und laut werden und sich innerhalb kurzer Zeit auf Straße und Bürgersteig Bäche und Seen bilden, schreiten einige Frauen und Männer aufrecht und ohne Hast an Ines' Fenster vorbei. Sie wissen: Bei dieser Regenmenge hilft keine Eile, man wird ohnehin durchnässt zu Hause eintreffen, warum dann auch noch außer Atem.

Ein Begossener betritt den Laden, jedoch nicht um sich unterzustellen. Ihm ist tatsächlich um die Auswahl einer Flasche zu tun, langsam schreitet er die Regale ab, liest Etiketten und zeigt dabei dieselbe Gelassenheit, die ihn ohne Hast durch den Regen hat gehen lassen – leider, aus Ines' Sicht, da er sämtliche Regale inspiziert, wobei ihm unablässig Wasser von der gewachsten Jacke rinnt. Immerhin gelingt es Ines, dem Nassen und Nässenden zwei Flaschen Deidesheimer Riesling von 2006 zu verkaufen. Kein Wein, mit dem sie viel Gewinn macht, da ein realistisch kalkulierter Preis die vorsichtigen Käufer dieses Preissegments leicht zu badischen Erzeugnissen treiben würde, aber doch einer, der den Kunden mit einiger Sicherheit wiederkommen lässt, denn er wird von der Qualität der Spätlese entzückt sein, das ist klar.

Nachdem sie den Boden gewischt hat, geht Ines ins Hinterzimmer und schaltet das Radio ein. Weitere Niederschläge werden angekündigt. In anderthalb Wochen ist der erste Advent, denkt Ines, bei Pladderregen. Wie kann man da die erste Kerze am Adventskranz anstecken? Bei späten Herbststürmen aus westlichen Richtungen? Jetzt nämlich wird eine Sturmwarnung für die Nordseeküste durchgegeben. Ines hätte gern Konkreteres über die möglichen Folgen solcher Stürme gehört, wird aber enttäuscht und spielt wenig später mit dem Gedanken, an die Küste zu fahren, um sich selbst ein Bild zu machen. Auf Sylt ist sie noch immer nicht gewesen. Müsste es dort nicht besonders stürmisch sein?

In Daniels Abwesenheit kann sie frei entscheiden, wie und wo sie ihre Zeit verbringt, warum nicht an der See; seit sie in Hamburg leben, will sie nach Sylt, nie ist daraus etwas geworden, Daniel schreckt der Ruf der Insel, und seit er weiß, dass sogar Winzer aus der Pfalz mit ihren großspurigen Geländelimousinen den Hindenburgdamm überwinden und nach zwei Wochen mit dem Emblem gekreuzter Säbel auf dem Heckblech zurückkehren, kann man ihn schwer dorthin bewegen.

Am Nachmittag geht Ines ins Café, um vom Alleinsein zu pausieren. In Uwes und Emmas Wohnung brennt seit Stunden Licht, plötzlich stellt Ines die Tasse ab, denn das Licht erlischt, und wenige Minuten später treten der Mann und das Kind aus dem Haus, als hätten Ines' Gedanken sie erschaffen. Sie haben Gepäck dabei, der Vater eine mittelgroße Reisetasche, das Mädchen einen winzigen Rucksack, damit steuern sie geradewegs das Auto an, das vier Parkplätze vor Ines' Wagen steht. Uwe schnallt seine Tochter im Kindersitz fest und geht um den Wagen herum zur Fahrertür. Sobald er losfährt, legt Ines rasch einen Schein auf den Tisch, schnappt sich den Mantel, eilt über die Straße zu ihrem Auto und fährt hinterher.

Schon an der nächsten Ampel kann sie das Objekt ihrer Verfolgung sehen. Es ist eines der Autos, die eigentlich klein sind, jedoch eine Art Kubus auf dem Rücken tragen; so etwas fahren Leute, die ausdrücken wollen, dass sie ein Auto benötigen, obwohl sie es besser fänden, wenn es weniger Autos auf Deutschlands Straßen gäbe.

Da Uwe ihren neuen schwarzen Kombi noch nicht kennt, lässt Ines keinen unnötig großen Abstand aufkommen. Trotzdem ist sie auf den ersten Kilometern vollauf damit beschäftigt, den Kastenwagen im Stadtverkehr nicht aus den Augen zu verlieren, je mehr die Stadt jedoch an ihren Rändern ausfranst, umso mehr wird die angespannte Konzentration von jugendlicher Erregung verdrängt; Ines fühlt sich wie auf einem Abenteuer, und im Radio laufen ausschließlich Lieder, die sie mag. Sie muss lachen über ihre Kühnheit.

Eine halbe Stunde später, auf der Autobahn, wird die Musik auf allen Sendern schlechter, und Gründe zum Lachen sind in der Heizungsluft, durch die es noch mehr nach neuem Kunststoff riecht als sonst, keine mehr greifbar. Ines fragt sich, was sie da eigentlich tut. Wohin sie überhaupt unterwegs ist. Es geht nach Norden, so viel steht fest, das Auto mit dem Würfelaufbau bleibt auf der rechten Spur bei Tempo hundert, überholt nur hin und wieder einen Lkw, Ines hat alle Mühe, ihre Ungeduld im Zaum und die langsame Geschwindigkeit samt ausreichendem Abstand beizubehalten.

Nach einer Weile muss sie das Tempo noch mehr drosseln, denn es kommt dichter Nebel auf, und auf der übermäßig steilen Rampe der Brücke, die über den Nord-Ostsee-Kanal führt, beschleicht sie die Angst, die Welt dahinter könnte sich tatsächlich aufgelöst haben. Nach der steilen Abfahrt am anderen Ufer zeigt sich, dass die Welt zwar noch vorhanden ist, jedoch in seltsam unvertrautem Zustand, Ines war hier noch nie alleine und wird prompt von einem landschaftsweiten Gefühl der Unzugehörigkeit erfasst.

Sie hat sich vorgestellt, die Fahrt werde unweit der Stadtgrenze zu Ende sein, aber nun will sie nicht enden, es geht im Nebel immer weiter, herunter von der Autobahn, auf meist geraden Landstraßen nach Norden. Ines sieht auf einem Feld Jäger in den Nebel gehen, in gleichmäßigem Abstand voneinander, sie tragen Gummistiefel, Hüte und halten Gewehre schräg im Arm. Die gehen töten, denkt sie, langsam, aber zielstrebig gehen die aufs Töten zu, doch dann lässt sie den Gedanken los, weil wieder eine Ortschaft kommt. Sie gleichen sich allesamt, die Orte in der Gegend, am Eingang und Ausgang durchfährt man einen Kreisel, an dem der Blick stets auf die gleichen Flachbauten von Discountern fällt. Alle fünf Kilometer wiederholt sich das wie in einem quälenden Experimentalfilm.

Zwischen den Ansiedlungen ragen in symmetrischen Gruppen elefantöse Einbeiner rechts und links im Nebel auf, wegen der verdichtet schwebenden Wassertröpfchen in der Luft kann man die Windradflügel nicht sehen, alles wird auf Dauer durch den Nebel langweilig; selbst als der Kastenwagen mehrmals abbiegt, folgt Ines ohne Aufregung, bis sie erkennt, wohin Uwe Bernstein seinen Wagen lenkt: ans Ende einer Warteschlange zum Shuttle-Zug nach Sylt.

Unvermittelt endet die Straße an dem großen Verbundsteinareal. Ines bremst und fährt ans Ende der am weitesten entfernten Schlange. Damit, muss sie sich eingestehen, hat sie eine weitere Entscheidung getroffen. Und schon spürt sie wieder die Herzfrequenz der Abenteurerin, im Wagen ist es still, sie meint, das Pochen in ihren Schläfen hören zu können.

Wenig später erhält die Aufregung profane Nahrung, als Ines den Preis für den Shuttle-Zug erfährt. Nur aus der Perspektive nie versiegenden Überflusses kann ein solcher Tarif ohne Empörung hingenommen werden. Dementsprechend dominieren große Autos auf dem roten Metallgerüst der Waggons. Bernsteins Kastenwägelchen fällt gegenüber den teuren Wagen aus der Reihe, wirkt aber auf dem klappernden Konglomerat aus Gitterblechen, Eisenstangen, Blechrampen als einziges Auto nicht deplatziert. Sobald es losgeht, spielen Fragen von Image und Ästhetik ohnehin keine Rolle mehr. Es wird in allen Wagen kalt, da auf dem Shuttle-Zug der Motor nicht laufen darf und bei der Fahrt über den Damm die Nordseenovemberfeuchte auch durch fingerdickes Gummi dringt.

Ines friert beim Blick auf die unfassbare Dichte von Grau, es ist, als dämpften gewaltige vereinte Kräfte ringsum das Licht, damit der Dämmernebel wirksam die Gemüter der Passagiere angreife. Ein einzelner Traktor, eine Handvoll Schafe, verwischte Pappeln, alles weichgezeichnet wie auf Volkshochschulgemälden, dann nur noch schraffierter Schlamm, das Watt, und wenig später wieder etwas Grünes unterm Nebel: die Insel.

Über die See

Am Flughafen Helsinki-Vantaa stellt Daniel fest, dass es keine Zugverbindung in die Stadt gibt, und notiert sich das sofort. Ein Manko, über dessen Hintergründe seine Firma Erkundigungen einziehen könnte, um anschließend eventuell aktiv zu werden. Beziehungsweise *proaktiv*. Daniel braucht mit Bus und Straßenbahn ganze zwei Stunden bis zum Schiffsterminal. Dort wird er allerdings Zeuge reibungslos und zügig funktionierender Logistik: Nachdem die Fähre aus Tallinn angelegt hat, vergeht weniger als eine Stunde, bis sie, komplett gereinigt, mit neuen Passagieren wieder ablegen kann.

So kurze Liegezeiten ermöglichen eine dichte Vertaktung der Verbindungen; allein mit diesem Schiff, überschlägt Daniel, können täglich fünftausend Passagiere über den Finnischen Meerbusen transportiert werden – so viele, wie zehn ICE-Halbzüge von zweihundert Metern Länge schaffen würden. Schon seine oberflächliche Rechnung lässt vermuten, dass die Fähre auf dieser Route die effizienteste Variante ist. Außerdem vermag sie mit ihren Läden und Lokalen die Bedürfnisse der Reisenden besser zu befriedigen, denn an Bord registriert Daniel, dass es hier nicht allein ums Übersetzen, sondern auch ums Einkaufen und Amüsieren geht. Der überraschend starke Seegang lässt die Flaschen im Bordshop gegeneinanderstoßen, es klirrt unablässig, Daniel denkt an *Jingle Bells*, während er sich über die Ostsee wundert. Einen so grimmigen Wellenschlag hätte er ihr gar nicht zugetraut.

Den Passagieren scheint es nichts auszumachen, alle wirken zufrieden. In der Bar wird auf Finnisch und in Moll Karaoke gesungen, von Personen, die unübersehbar angetrunken sind, in den beiden besseren Restaurants sind alle Plätze besetzt, Daniel muss mit Selbstbedienungskost vorliebnehmen, obwohl er es nicht leiden kann, von Tabletts zu essen, die grundsätzlich einige Quadratzentimeter zu klein sind, um neben dem Essteller auch noch Salatschälchen und Trinkglas aufzunehmen, ohne dass ein Geschirrteil wacklig auf der Kante balancieren muss.

Während er isst, wird er auf eine Frau in seinem Alter aufmerksam, hübsch, doch billig angezogen. Sie sieht ihn hin und wieder an, nach einer Weile ist er sicher, dass sie ihm die Gelegenheit bieten will, sie anzulächeln.

Er tut es nicht, weil ein Umstand ihn irritiert: Die Frau hat ein Kind dabei. Ein vielleicht knapp zweijähriges Mädchen mit ganz kurzen Haaren und im Sonntagskleid steht auf der gepolsterten Sitzbank und blättert in einem Bilderbuch, bis es die Lust daran verliert und lieber aus dem Fenster schaut und auf die Leute. Zwischendurch hüpft es ein bisschen, schlägt mit den Armen wie ein flügges Vogeljunges mit den Flügeln und freut sich an den Lauten, die es selbst ausstößt.

Die Mutter vergewissert sich mit unverhüllten Seitenblicken, dass Daniel das Vergnügen ihrer Tochter auch zur Kenntnis nimmt, während Daniel allmählich ans Ende seiner Mahlzeit kommt und überlegt, ob er nicht vielleicht doch ein Lächeln wagen soll, aber im nächsten Moment erwischt er sich bei der Mutmaßung, dass hier eine alleinerziehende Mutter bloß offensiv einen neuen Unterstützer sucht.

Durchquerung des Niemandslandes
Der Endbahnhof ist viel zu klein für die breitschultrigen Limousinen, in engen Schleifen und auf schmaler Spur fährt man vom Zug und dann weiter auf Straßen, die banal wirken, von Glamour keine Spur, auch die Stadt zeigt sich nicht so, wie man es vom Ruf der Insel her erwarten könnte, wie ein Arrangement aus willkürlich zusammengerafftem Gerümpel sieht sie aus, es gibt sogar balkonlose Wohnblocks aus den Fünfzigern und graubraune Gebäudezeilen, über die man nichts Genaues sagen kann, weil man sie intuitiv nur flüchtig zur Kenntnis nimmt, außerdem Schilder vulgärer Textil-, Drogerie-, Bäckereiketten und dergleichen, das ganze deutsche Kleinstadtsortiment. Neustadt ist überall, sogar auf Sylt. Ines kann sich nur wundern: Vom Schicken, Noblen keine Spur.

Hier passt sogar der Kastenwagen her, doch er will nicht bleiben, sondern schnürt zielstrebig in nördlicher Richtung aus Westerland hinaus auf eine gerade Straße. Dort wirkt er bald wieder fehl am Platz, denn er fährt in einer langen Schlange überwiegend schwarzer Limousinen auf einen weißen Leuchtturm mit schwarzer Bauchbinde zu, alle Fahrzeuge vom Shuttle-Zug scheinen sich auf dieser Asphaltbahn eingefunden zu haben, der Blinker des eckigen Franzosen, registriert Ines, zwinkert schneller als die der anderen Fahrzeuge, die in Kampen nach und nach in Seitenstraßen abbiegen und verschwinden.

Ines lässt den Abstand wachsen, folgt aber beharrlich, biegt ab, wo der Kastenwagen abbiegt, was soll's, wenn er sie im Spiegel sieht, wer kommt als normaler Mensch schon auf die Idee, verfolgt zu werden, aber es ist ihr ohnehin egal, sie will erfahren, wo die Reise hingeht, von der sie ahnt, dass sie dazu dient, das Kind irgendwo abzuliefern.

Sie will Emmas Mutter sehen.

Zwei Kugellampen glimmen rechts und links der Flügeltür, Ines erkennt ein Brauereischild über goldenen Lettern, die den Namen des Restaurants buchstabieren. Backstein und Reet, Lokal im Erdgeschoss, Wohnung darüber, so sieht es aus, der Kastenwagen blinkt und fährt auf einen der weiß markierten Stellplätze.

Ines sieht es von Weitem und hält in hundert Metern Entfernung am Straßenrand. Die Lichter des Kastenwagens gehen aus. Zwei, drei Sekunden lang geschieht nichts, dann öffnet sich die Fahrertür und Uwe steigt aus. Er schaut sich nicht um, er weiß, wo er ist, schlägt nur den Kragen hoch und geht im Nieselregen ums Auto herum, macht die Tür zum Fond auf, hebt die Tochter aus dem Kindersitz und stellt sie neben sich ab.

Die Kleine gestikuliert ein wenig, worauf Uwe ihr das Rucksäckchen umhängt und die Tür schließt. Nun muss er noch die Reisetasche aus dem Kofferraum holen. Er stellt sie auf dem nassen Asphalt ab, geht in die Hocke, küsst und umarmt das Kind und dreht es dann in Richtung Haus. Emma fasst die Haustür ins Auge und geht los. Gemessen an der Größe des Kindes ist es ein langer Weg, Ines sieht den Vater, der sich langsam aus der Hocke erhebt, sie sieht die Reisetasche im Regen stehen, sie sieht das Kind über die rötlichen Steinplatten marschieren, als durchquerte es das Niemandsland zwischen zwei Staaten. Emma dreht sich nicht mehr um und sieht darum nicht das Winken ihres Vaters, sie richtet den Blick fest auf die Flügeltür zwischen den Kugellampen, Uwe steigt in den Wagen, ein Türflügel geht auf, Uwe lässt den Motor an und legt den Rückwärtsgang ein, was Ines am Aufleuchten der weißen Hecklampe erkennen kann, im Türflügel taucht eine Frau auf, Emma läuft auf sie zu, die Frau nimmt das Kind in die Arme, der Kastenwagen fährt davon. Darauf setzt die Mutter das Kind ab und geht die Reisetasche aus dem Nieselregen holen.

Ines versucht zu erkennen, was für eine Frau Emmas Mutter ist, weiß auf die Schnelle jedoch nicht, wo sie den Blick ansetzen soll, sie nimmt blonde Haare und eine gerade Haltung wahr, Hosen und Pullover, elastische Figur, einen sicheren Schritt, und sie sieht, dass die Frau den Vater des Kindes ignoriert. Im selben Moment fährt der Kastenwagen dicht an Ines vorbei; sie hält den Atem an. Durch die regennasse Windschutzscheibe kann Uwe sie vielleicht nicht sehen. Als sie den Blick wieder aufs Haus richtet, sind Frau und Kind verschwunden.

Die Ortsmitte von Kampen ist jetzt wie mit Wasserwerfern leer gespritzt. Die Ampeln vertreiben sich die Zeit, indem sie unermüdlich ihre wechselnden Farben in der Nässe spiegeln, am Straßenrand knattern Fahnen an weißen Masten zwischen weißen Zierlaternen, alles wirkt nun breit und geräumig, auch die Backsteinhäuser mit den Reetdächern.

Uwe blinkt an der Hauptstraße links. Er will nicht nach Westerland zurück, sondern weiter nach Norden fahren, denkt Ines und muss nun selbst sehr schnell entscheiden, welche Richtung sie einschlagen will.

Der Liebe wegen (im Ernst)

Daniel entzieht sich dem Kontaktversuch der jungen Mutter, indem er auf der Fähre nach einer Möglichkeit sucht, die Akkus seines Laptops aufzuladen. Er hat auf seinen Dienstreisen den Instinkt dafür geschult und geht jetzt systematisch vor: Das Schiff muss gereinigt werden, die Staubsauger brauchen Saft, sein Blick gleitet über die Abschlussleisten der Wände, bis er in einer Art Salon tatsächlich eine Steckdose entdeckt. Den Rest der Überfahrt benutzt er für die Sichtung der Unterlagen, damit er dem Mann von der Estnischen Eisenbahn gut vorbereitet begegnen kann.

Rail Baltica – das ist nichts anderes als ein ziemlich gerader Schienenstrang, der sich durch vier bis fünf Länder zieht, je nachdem, ob man bis Warschau rechnet oder gleich bis Berlin. Kein Vergleich zur multiplen Herausforderung, die ein komplett neu zu konzipierendes Verkehrssystem nach modernsten Erwägungen und mit innovativer Technologie in Masdar bedeutet hätte. Daniel muss sich geschwächte Motivation eingestehen, eine neue Erfahrung für ihn. Wie eine Scheune mit eingeknicktem Dach inmitten einer nasskalten, erdbraunen Novemberlandschaft, in der weit und breit kein grüner Halm wächst – so sieht das Bild aus, das er von seiner Motivation malt, während die Fähre sich über eine schiefergraue Fläche schiebt, die Ostsee heißt.

Wo kommen solche Bilder her, fragt er sich kurz, dann schafft er es, sich wieder den Fakten zuzuwenden und wenig später doch noch auf eine interessante Frage zu stoßen: Im Baltikum fährt die Eisenbahn seit Sowjetzeiten mit der russischen Spurweite. Die schmalere westliche Spurweite reicht bis Polen. Wo beide Maße aufeinandertreffen, wird es spannend.

Beim Verlassen des Schiffes sieht er sich nach der lächelnden Estin mit dem Kind um, doch in dem breiten Menschenstrom, der sich durch die mehrere Hundert Meter lang das Hafengelände überspannende Gangway schiebt, kann er sie nicht entdecken.

Margus Toom, der für das Rail-Baltica-Projekt zuständige Manager von der Estnischen Eisenbahn, hat in einer Mail geschrieben, er werde jemanden an den Hafen schicken, doch Daniel erblickt niemanden mit einem Schild, das seinen Namen trägt. Verunsichert durchquert er das Terminal, tritt ins Freie und dort in völlig ungeordnete Verhältnisse. Unidentifizierbare Gebäude, verquere Verkehrsführung, Brachflächen, und im Hintergrund Altstadttürme in grauem Nebelgewand. Taxis halten, wo es gerade möglich ist, nur die Überlandbusse scheinen ihren Platz zu kennen, sie stehen in ihren vorgezeichneten Buchten.

Daniel will schon sein Notebook herausnehmen, um in der Mail von Margus Toom nachzulesen, in welchem Hotel ein Zimmer für ihn reserviert ist, da hört er jemanden seinen Namen nennen. Eine Frau in Rock und hohen Schuhen kommt auf ihn zu, den Kurzmantel um den Körper gerafft, Autoschlüssel in der Hand, verwehtes Haar und Hast im Blick. »Kathrin Toom«, stellt sie sich vor. »Ich steh da drüben.« Sie zeigt auf einen französischen Mittelklassewagen, der mitten im Verkehrsstrom an allen vier Ecken blinkt, die abfahrenden Taxis sind gezwungen, einen Bogen um ihn herum zu machen, was nicht ohne Hupen vor sich geht.

Schon eilt Kathrin Toom hin, öffnet im Vorbeigehen den

Kofferraum und steigt ein, während Daniel noch den Griff seines Rollkoffers versenkt und das Gepäckstück verlädt. Sobald er neben ihr im Wagen sitzt, fährt die Frau des Bahnmanagers los und erklärt, ihr Mann sei in einer wichtigen Besprechung, darum hole sie den Gast ab, die Sekretärin ihres Mannes lasse sich zu solchen Diensten nicht bewegen.

»Warum sprechen Sie so gut Deutsch?«, will Daniel wissen.

Sie lacht, schaut an der unübersichtlichen Kreuzung nach rechts und links, lässt einen rumpelnden Straßenbahnzug passieren, dann erst antwortet sie. »Ich bin Deutsche.«

Sie habe in Greifswald Schwedisch, Finnisch und die Sprachen des Baltikums studiert, erzählt sie, ohne dass Daniel danach gefragt hat. Nach der Wende sei sie bei einem Dolmetscher-Einsatz in Estland hängen geblieben.

»Aus beruflichen Gründen?«, fragt Daniel zaghaft.

»Der Liebe wegen«, erwidert sie und richtet den Blick so lange auf ihren Beifahrer, dass der es mit der Angst zu tun bekommt, denn das Fahrzeug driftet bedrohlich nach links ab. Sie scheint an Daniels Gesicht ablesen zu wollen, wie die unüberhörbar sarkastische Dehnung des Substantivs bei ihm ankommt, fügt sicherheitshalber ein »im Ernst« hinzu, doch Daniels Aufmerksamkeit liegt woanders, er deutet nach vorne, worauf sie endlich wieder durch die Windschutzscheibe schaut und mit einer Lenkbewegung die drohende Kollision vermeidet.

Im Hotel wartet sie in der Lobby, bis Daniel sich frisch gemacht hat, dann fährt sie ihn zu *Eesti Raudtee,* der Estnischen Eisenbahn, die ihren Hauptsitz natürlich in unmittelbarer Bahnhofsnähe hat, in einem neuen Gebäude aus Stahl und Glas. Die geschwungene Fassade soll den Stilwillen des Architekten zum Ausdruck bringen, wie es scheint, leider, stellt Daniel fest, war es um diesen nicht allzu gut bestellt. Das Gebäude ist zu dürftig und lässt ihn kalt.

Kathrin Toom zieht die Handbremse und stellt den Motor ab, wodurch sogleich eine irgendwie ungehörige Intimität im Wageninneren entsteht. Bei der geringsten Bewegung rascheln die Textilien. Daniel wartet, dass die Frau ihm Instruktionen gibt, sie hat es damit jedoch nicht eilig, sie schaut eine ganze Weile gerade durch die Windschutzscheibe, kneift die Augen dabei ein klein wenig zusammen, bis sie sich abrupt an Daniel wendet und ihm erklärt, wie er ins Büro ihres Mannes kommt. Es sei freilich möglich, dass dessen Besprechung noch eine Weile dauere, Daniel könne sich, wenn er wolle, noch etwas die Beine vertreten. Sie werde nun nach Hause fahren und das Abendessen vorbereiten. Wenn er später mit ihrem Mann komme, werde der Tisch gedeckt sein, für drei Personen. Allerdings werde sie nicht mitessen, denn sie werde ihren Mann nach der Zubereitung der Mahlzeit verlassen.

Nun richtet Daniel den Blick gerade nach vorne, allerdings ohne konkrete Einzelheiten vor der Windschutzscheibe wahrzunehmen.

Er sieht die Frau wieder an, um sich zu vergewissern, ob sie es ernst meint.

Das klinge, sagt sie, für ihn jetzt eventuell überraschend, er solle sich jedoch keine Sorgen machen, denn sie werde ihrem Mann eine Nachricht hinterlassen, damit er Bescheid wisse. Denkbar zwar, dass sich auch bei ihm eine gewisse Überraschung einstelle, doch solle Daniel sich davon nicht irritieren lassen, denn alles sei gut so, wie es sei.

Daniel weiß dazu nichts zu sagen.

»Ich wünsche Ihnen einen erfolgreichen Aufenthalt in Estland«, sagt Kathrin Toom und lässt den Motor an. Daniel versteht. Er nickt, steigt aus, sieht dem abfahrenden Auto hinterher, registriert einen vorüberhuschenden Trolleybus, versucht den Altstadtberg hinter den laublosen Parkbäumen auf der anderen Straßenseite zu fokussieren, bleibt an einer gebeugten Frau mit mindestens zwölf Röcken hängen, die in der Mülltonne eines Kiosks wühlt, und fragt sich, ob das hier noch dieselbe Wirklichkeit ist, in der er am frühen Morgen aufs Rollfeld von Fuhlsbüttel blickte, bevor er den Airbus von SAS bestieg.

Als er wieder Fassung spürt, hat der Verkehr Kathrin Tooms Auto hinweggespült. Was Daniel nun bevorsteht, ist die Begegnung mit einem Ehemann, der noch nicht weiß, dass er in wenigen Stunden verlassen wird.

Entkommen, entgegenkommen

So sehen Straßen aus, die aus der Welt hinausführen, oder an eines ihrer Enden: ein schmales, vielfach geflicktes Asphaltband, das sich durch Wellentäler von verblühtem Heidekraut und ungekämmtem Blondgras zieht, bewachsene Dünen mit irritierend alpinen Silhouetten; hier und da lungern Schafe mit waagerecht abgespreizten Ohren am Straßenrand herum, und als sie plötzlich neuen Straßenbelag vor sich hat, erschrickt Ines, denn durch die Nässe gleicht die Asphaltbahn einem Fluss.

Ihr Auto geht nicht unter, sondern folgt weiterhin dem Kasten auf vier Rädern, der vorhin ein Kleinkind vor einem Backsteinhaus abgesetzt hat, auch wenn Ines den Wagen nicht mehr sieht. Sie hat ihn ziehen lassen, nachdem sie an der Mautstelle mit einem schnellen Blick auf die dort angeschlagene Karte gesehen hatte, dass diese Straße ganz oben auf der Insel, am sogenannten Ellenbogen, endet. Uwe Bernstein kann ihr nicht entkommen, er kann ihr höchstens entgegenkommen. Ines drosselt das Tempo und betrachtet die Landschaft. Ansiedlungen gibt es schon länger keine mehr, doch, da kommt noch eine Häusergruppe, dort ein einzelnes Gebäude, aber das war's, dann nur noch rechts ein Leuchtturm, weiß, und später einer links, rot-weiß geringelt, beide ziemlich klein, da sie hier oben nichts überragen müssen.

Die Straße endet an einem Parkplatz, auf dem außer Uwes Kastenwagen nur ein weiteres Auto steht. Kein Mensch ist weit und breit zu sehen, das Meer nicht mal zu ahnen, doch führen Fußspuren den Dünenhang hinauf. Oben wird Ines vom Wind in Empfang genommen, sie hört nichts mehr, sieht jedoch das Meer in einem Grau, dem sie unwillkürlich wenigstens einen schwachen Blauton unterstellt. Der leere Strand macht wenige Hundert Meter weiter eine Biegung und liegt dann lang und breit und sandfarben vor ihr, weiß gesäumte Wellen riffeln die See, und weit vorne erkennt Ines drei schwarze Kleinfiguren, aus dieser Perspektive dicht beieinander. Sie bleibt stehen und fokussiert den Blick, bis sie erkennt, dass eine Figur sich von ihr wegbewegt, die anderen beiden jedoch auf sie zukommen. Ines geht weiter, dicht am Meer, sie bildet sich ein, dass auch in ihr Wasser schwappt, eine ulkige Vorstellung, sie streckt im Gehen probeweise die Hände vor sich, als hielte sie einen gefüllten Bauch.

Die nahenden Figuren werden zum Paar im Rentenalter, zum wohlsituierten, *den dritten Lebensabschnitt aktiv genießenden* Rentnerpaar in Funktionsjacken, zu lächelnder Frau und nickendem Mann im Partnerlook, zu lebenden Beweisen für die Zuträglichkeit salzhaltiger Frischluft.

Ines bleibt stehen. Das Paar geht grüßend vorüber.

»Entschuldigung«, ruft Ines ihnen nach.

Das Paar dreht sich mit der Neugier von *Senioren, die am Leben noch voll teilhaben,* nach ihr um.

»Haben Sie Kinder?«, ruft Ines mit dem Wind.

Die Angesprochenen sehen einander an, schütteln leicht die Köpfe, doch nicht als Antwort auf die Frage der sichtlich einsamen, wenn nicht vereinsamten, womöglich gar aufgrund immenser Einsamkeit verwirrten Frau am Novembermeer, sondern als Signal des Einvernehmens; ohne sie eines Wortes zu würdigen, wendet sich das Partnerlook-Duo ab und geht weiter seines Weges, der aller Wahrscheinlichkeit nach bei dem silbernen Viertürer auf dem Parkplatz enden wird.

Ines lacht den beiden hinterher – wie eine vor Einsamkeit Verwirrte, boshaft, neidisch, und auch wieder nicht, sie lacht die beiden einfach weg, dreht sich gegen den Wind und sieht die einzige noch verbliebene Gestalt am Strand die Gliedmaßen verlieren und sich in einen schwarzen Punkt verwandeln. Wenn sie den Abstand weiter wachsen lässt, wird der Punkt noch mehr schrumpfen und sich am Ende als Kleinstpartikel in der feuchten grauen Luft auflösen. Das aber kann Ines nicht zulassen. Sie muss ihn unbedingt einholen, denn sie hat ihm noch nicht gesagt, dass sie ihn nie wieder sehen will.

Wir sind zuversichtlich

Auf Anhieb, findet Daniel, ist an dem Mann nichts auszusetzen. Im Gegenteil, Margus Toom wirkt nett und für einen Eisenbahnmanager seines Ranges relativ uneitel. Kein Mann zum Davonlaufen.

Nach dem ersten Abtasten präsentiert Toom Anschauungsmaterial: Karten mit den drei denkbaren Streckenvarianten von Rail Baltica, eine Karte des estnischen Streckennetzes, Computergrafiken, auf denen die Sonne scheint und Eisenbahnpassagiere in Sommerkleidern und kurzärmeligen Hemden in Großraumabteilen sitzen. Entweder ist Toom gut gelaunt, oder er hat sich bewusst dafür entschieden, es zu sein, jedenfalls gibt er alles, um Optimismus und gute Stimmung zu verbreiten. »Wir sind zuversichtlich«, sagt er im Hinblick auf die weiteren Planungen und Baumaßnahmen.

Toom schlägt vor, erst am nächsten Tag konkret zu werden und dann besonders prekäre Punkte der Strecke zu besichtigen, jetzt aber lade er Daniel zu sich nach Hause zum Abendessen ein. Ob er damit einverstanden sei. Seine Frau sei eine großartige Köchin.

Sie fahren mit dem Lift in die Tiefgarage. Margus Toom geht auf einen japanischen Kleinwagen zu, sagt »Dienstwagen« und dreht dabei die ausgebreiteten Hände nach oben, wie man es tut, wenn man Machtlosigkeit ausdrücken will, lächelt aber mild und verschmitzt zugleich. »In Estland«, sagt er, »kann man sowieso nicht schnell fahren. Ist auch gut so, sonst bräuchte man von jedem Punkt des kleinen Landes aus kaum eine Stunde bis zur nächsten Grenze.«

Daniel lacht pflichtschuldig, was Toom zu einem Aphorismus animiert: »Langsamkeit macht groß.«

Es geht in westlicher Richtung aus der Stadt hinaus, rechter Hand würde man die Küstenlinie sehen, denkt Daniel, wäre es hier oben im Norden nicht längst dunkel. Die Tooms haben sich in einem Neubaugebiet eine Doppelhaushälfte gebaut, deren siamesischer Zwilling aber noch fehlt.

Toom parkt vor der Garage und beteuert, als er die Haustür aufschließt, dass man vom ersten Stock aus Blick auf die Ostsee habe. Während er Daniel den Mantel abnimmt, zählt er die Nachteile des Hauses auf, insbesondere die fehlende Anbindung an das Nahverkehrsnetz, eine S-Bahn sei nicht einmal geplant, eine Buslinie werde bislang nur diskutiert, weshalb private Kleinbusse – »wie übrigens überall im Baltikum« – den Pendlertransport übernähmen. Preiswert, schnell, das ja, doch leider immer überfüllt. »Man ist hier praktisch auf zwei Wagen angewiesen«, sagt Margus Toom, und Daniel glaubt, diesen Satz auch schon in der Pfalz gehört zu haben. Allerdings mit anderem Akzent, denn der Este spricht sein verblüffend fehlerfreies Deutsch ohne regionale Färbung. Den weiteren Ausführungen über das Baugebiet kann Daniel kaum noch folgen, denn er muss unablässig an Margus Tooms deutsche Frau denken, er fragt sich, wo sie gerade sein mag, ob sie bereits im Flugzeug sitzt, wohin sie fliegt, ob nach Deutschland oder weiter weg.

Das Zuhören gelingt ihm wieder, als sich die Worte des Gastgebers seinen Gedanken nähern und die Frage auftaucht, wo die Ehefrau eigentlich sei. Vermutlich, spekuliert Toom, sei sie noch mal rasch zum Supermarkt gefahren, der leider auch mehrere Kilometer entfernt liege. Da habe er den Dienstwagen wohl voreilig vorm Garagentor geparkt. Toom wählt ihre Nummer. Sie meldet sich nicht, und Daniel kann erste Anzeichen von Beunruhigung im Gesicht seines Gastgebers erkennen.

Immerhin riecht es nach Essen. Sie betreten das Esszimmer, dort ist der Tisch gedeckt, mehrere Schüsseln stehen auf Rechauds. Daniel will gar nicht wissen, was die Schüsseln enthalten, der Appetit ist ihm längst vergangen, weshalb er dankbar annimmt, als Toom ihm einen Aperitif offeriert.

Daniel sieht immer deutlicher, wie es im Inneren seines Gastgebers zu rumoren beginnt, trotzdem fühlt sich der Mann verpflichtet, Konversation zu betreiben, man spricht über Estland, über die Eisenbahn, über die Entwicklungen seit dem Ende der Sowjetunion, Toom redet halbherzig, Daniel hört halbherzig zu und wirft hin und wieder pflichtschuldig etwas ein, ein weiterer Anruf bleibt erfolglos, die häufiger werdenden Blicke auf die Armbanduhr bewirken ebenfalls nichts, Toom weiß nicht recht, was er tun soll, und gibt sich schließlich einen Ruck.

»Sie haben sicherlich großen Hunger«, sagt er zu Daniel. »Vielleicht riskieren wir es, schon einmal anzufangen. Meine Frau wird dafür gewiss Verständnis haben.«

Er weist Daniel einen Platz zu und setzt sich selbst, nimmt mit der Geste eines Mannes, der sich in Vorfreude auf den Sonntagsbraten innerlich die Hände reibt, die Serviette von seinem Teller und findet darunter einen Brief mit seinem Namen. Die Handschrift seiner Frau macht ihn ganz ernst.

Daniel gerät nun völlig in Vergessenheit. Mit dem Speisemesser öffnet Toom den Umschlag, entfaltet ein mit wenigen Zeilen beschriebenes DIN-A5-Blatt, überfliegt es, lässt es sinken, sinkt selbst im Stuhl zurück, hebt den Blick, schickt ihn gerade wie einen Laserstrahl durchs Fenster in die Dunkelheit, senkt ihn dann wieder, um den Brief ein zweites Mal zu lesen, dreht danach leicht den Kopf, als lausche er auf ein Geräusch an der Haustür, liest den Brief ein drittes Mal und wendet sich schließlich langsam an Daniel, der die Luft entweichen lässt und hofft, dass man ihm nichts anmerkt.

Margus Toom räuspert sich. »Sie können essen«, sagt er. »Ich muss meine Frau suchen.« Dann steht er auf und verlässt das Haus.

Daniel hört das Geräusch des davonfahrenden Kleinwagens rasch in Stille übergehen. Er lässt sich auf dem Stuhl zurückfallen und schüttelt den Kopf. Das gibt's nicht, sagt er vor sich hin. Das darf einfach nicht wahr sein. Er sitzt in einem fremden Haus zwanzig Kilometer außerhalb von Tallinn, abgeschnitten vom öffentlichen Nahverkehrsnetz und ohne die geringste Ahnung, wo man hier ein Taxi bekommt. Trotzdem hat sich die schlimmste Anspannung gelöst, seit Toom den Brief seiner Frau gelesen hat, und Daniel muss sich eingestehen, dass er wirklich Hunger hat. Er kommt sich deswegen ein bisschen pietätlos vor, doch als sein Gastgeber nach einer halben Stunde nicht zurück ist, nimmt er den Deckel von den Schüsseln, belädt seinen Teller und isst das Fischragout, die Kartoffeln und die Erbsen und Karotten wie nach Vorschrift: langsam, gründlich kauend.

In einem altmodischen Servierkorb liegt eine Flasche Weißwein aus Südafrika. *False Bay* steht auf dem Etikett. Daniel übersetzt es sich ins Deutsche und murmelt vor sich hin: Kann man wohl sagen. Er wagt es, die Flasche zu öffnen, weil sie einen Schraubverschluss hat und er nicht nach dem Korkenzieher suchen muss, der Wein schmeckt scheußlich, er muss an Ines denken, damit kannst du dir bestenfalls die Füße waschen, würde sie sagen.

Daniel begibt sich auf eine zaghafte Wanderung durchs Erdgeschoss, alles im Haus ist picobello; um einzelne Gegenstände einer näheren Betrachtung zu unterziehen, fehlt ihm die Ruhe, er geht umher, weil so das ungewisse Warten besser zu ertragen ist, aber irgendwann hat er genug. Er nimmt seinen Mantel von der Garderobe, kehrt noch einmal ins Esszimmer zurück und bläst die Kerzen sowie die Teelichte in den Rechauds aus.

Er will sich gerade vom Tisch abwenden, da sieht er, dass Margus Toom den Brief seiner Frau nicht mitgenommen hat. Daniel kann nicht widerstehen. Die Frau hat lediglich vier Zeilen geschrieben, gleichmäßig, in der schnörkellosen Schrift einer Erwachsenen, sehr klar, doch Daniel kann es nicht lesen, denn sie hat ihren Abschied in estnischer Sprache verfasst.

Umso deutlicher springt ihr Name ins Auge; schräg nach Südosten abgesetzt leuchtet er wie eine Insel im Papierweiß.

Mensch am Meer

Ines rennt und rennt, bis der Punkt ein kleiner Mensch geworden ist, der am Wassersaum steht, mit Blick ins Weite, wie es sich ein Maler aus der Vergangenheit hätte ausmalen können, oben der große graue Himmel mit fließendem Übergang ins graue Meer einschließlich etwas blauer Unterstellung, ein schmaler Streifen weißer Gischt darunter, als Grenzlinie zum Strand, dem unteren Bildabschluss, wo Gott seinen Liebling vertikal ins kosmische Lot bringt.

Ines bleibt stehen, keucht und keucht und sieht, dass sie noch immer zwei Optionen hat. Sie kann zu ihm gehen, denn sie ist nahe genug herangekommen, oder sie stiehlt sich davon, jetzt, da sie noch weit genug von ihm entfernt ist.

Beide Varianten hätten denselben Grund: Womöglich trägt sie das Kind des Menschen in sich, der da vorne als senkrechter Stachel im Seestück steht.

Ich warte ab, sagt sie sich. Wenn er sich in meine Richtung dreht, gehe ich zu ihm.

An wenigen Stellen bekommt die Bewölkung Risse, das Licht nimmt minimal zu, schon will man glauben, dass im Innern von Sand und Meer ein Schein aufgeht.

Die vielen Fußspuren im Sand verwirren, genau genommen sprenkeln sie die gesamte Strandlinie, was einen seltsamen Kontrast zur Leere der Landschaft bildet. Man kann sich hier auch im Sommer kein buntes Badeleben vorstellen, nirgendwo steht ein Kiosk herum, und die eisernen Wellenbrecher sind von der Brandung an vielen Stellen bereits skelettiert worden. Uwe Bernstein hat sich so gestellt, dass er kein rostiges Eisen im Blick hat. Er nimmt die Hände aus den Taschen und setzt seinen Gang entlang dem Wassersaum fort.

Ines sieht es, braucht eine Weile, bis sie begreift, dass sie keiner optischen Täuschung erliegt, spürt ratlose Traurigkeit aufsteigen, erinnert sich aber sogleich an die Abmachung, die sie mit sich getroffen hat, stampft kurz auf und macht kehrt. Ich will dich nie wieder sehen, sagt sie. Oder doch. Oder nein. *I don't wanna see you again*, singt sie und *You'll never see me again*, sie singt und singt den Rückweg lang, bis sie auf der Düne steht und vor sich den Parkplatz sieht, wo inzwischen nur noch ihr schwarzer Kombi und der Kastenwagen im Sprühregen die Stellung halten.

Beim Losfahren kommen ihr alle Geräusche eine Spur übertrieben vor, sogar das Klacken des Blinkers und die verschiedenen Töne des Scheibenwischers machen sie nervös. In Kampen blinzeln die Ampeln in verregnete Verkehrsleere, die wenigen Autos auf der Straße nach Westerland fahren zu schnell, Ines weiß nicht, wie oft die Shuttle-Züge auf dem Hindenburgdamm verkehren, wann der letzte abfährt. Sie überlegt, ob sie sich beeilen soll, rechnet sich aus, dann in die Dunkelheit hineinfahren zu müssen, was sie nicht leiden kann, also beschließt sie, eine Nacht zu bleiben, steuert ein Hotel an, nimmt sich ein Zimmer mit Blick aufs Meer, und tatsächlich, wenn man sich im Eckzimmer im siebten Stock nach links wendet, sieht man über das Dach des Wellenbades hinweg einen Streifen Wasser. Blickt man geradeaus, erfasst man den Ausschnitt einer Stadt, deren Möblierung der Fantasie eines kleinkarierten Umstandskrämers ohne Geschmack entsprungen zu sein scheint.

Ines schaltet den Fernseher an und platzt in eine Show, von der sie weiß, dass ihre Eltern sie jetzt anschauen. Sie sieht eine

Weile zu, um sich vorzustellen, wie die beiden sich in diesem Augenblick die Zeit vertreiben, dann malt sie sich aus, wie sie das elterliche Wohnzimmer betritt und beichtet, schwanger zu sein, doch nicht von Daniel. Sie muss lachen, so grotesk kommt ihr diese Vertrauensleistung vor. Unmöglich. Meine Eltern sind Menschen, die man anlügen muss, denkt Ines, weil die Wahrheit sie überfordert. Aber wenn ich sie in dem Glauben lasse, das Kind sei von Daniel, muss ich auch Daniel die Unwahrheit sagen. Das aber hieße, dass ich meinen Ehemann mein Leben lang belüge wegen meiner Eltern.

Sie schaltet den Fernseher aus, worauf sie mit der Fernbedienung in der Hand in einer engen, stillen Zelle sitzt und nicht weiß, was sie tun soll. Sie horcht in sich hinein, ob bereits an Schlaf zu denken ist. Nein. Also greift sie nach ihrem Mantel und geht ins Freie.

Draußen stülpt der Wind Schirme um und lässt Kapuzen knattern. Alle Leute sehen wie Touristen aus, die Insel scheint eine Heimat für Fremde zu sein, stellt Ines fest.

Sie steuert die Strandpromenade an, wendet sich nach wenigen Minuten aber von dem Gischtstreifen ab, der im Lampenschein hell reflektiert. Nach Einbruch der Dunkelheit kann man nicht mehr in der Weite aufatmen. Die Nordsee kommt Ines vor wie eine Windmaschine vor pechschwarzer Wand.

Ende einer Dienstfahrt

Toom ruft an, als Daniel beim Frühstück sitzt. Er sei bereits mit dem Wagen unterwegs und in einer halben Stunde am Hotel.

Sie nehmen die vorab geplante Fahrt zu markanten Punkten der Rail-Baltica-Trasse auf, Margus Toom verliert kein Wort über den Vorabend. Daniel blickt immer wieder verstohlen auf das Profil des Mannes, kann aber nichts Auffälliges feststellen. Doch als sie längst aus der Stadt hinausgefahren sind, macht ihn das Schweigen allmählich wütend.

»Ich hab gestern Abend dann noch ein Taxi erwischt«, sagt er. »Zufällig. Nachdem ich eine halbe Stunde an der Straße entlanggegangen bin.«

Margus Toom antwortet nicht verbal, sondern quittiert die Meldung mit einem kurzen Zurückwerfen des Kopfes.

Sie erreichen eine Ansiedlung namens Aruküla. Toom bremst und fährt im Schritttempo über einen unbeschrankten Bahnübergang. »Hier kann kein Zug mit hundertsechzig Stundenkilometern drüberfahren«, sagt er. »Von denen gibt es entlang der Strecke Dutzende. Die müssen alle weg.«

Stell dir vor, denkt Daniel, sagt aber nichts. Der November hat das Land bis auf den letzten Halm entgrünt, und darüber hängt ein nachlässig ausgewrungener grauer Lappen, der das Wasser nicht halten kann. Wenn Toom die Scheibenwischer einschaltet, quietschen sie sofort, weil der Regen nicht stark genug ist. Schaltet er sie aus, sprenkeln im Nu Tropfen blickdicht die Windschutzscheibe. Durchs Seitenfenster sieht Daniel unverpackte Strohballen im Regen auf den Feldern liegen.

In Aegviidu fährt Toom neben dem Bahnhofsgebäude aus morschem Holz direkt vor ein funkelnagelneues Schild: *Raudtee Rekonstrueerimine Rail Baltica Trassil (Tallinn – Tartu Lõik) Valmimise tähtaeg: 31.12.2011.*

»Was heißt ›Valmimise tähtaeg‹?«, fragt Daniel, obgleich er die Antwort ahnt.

»Voraussichtliche Fertigstellung.«

Daniel sieht sich auf dem Gelände um. Die Gleise wellen sich, einen unbeschrankten Bahnübergang gibt es auch.

»Ziemlich optimistische Prognose«, stellt er fest.

»Wir sind optimistisch«, sagt Toom. »Wir müssen optimistisch sein und nach vorne schauen. Das gilt für das ganze Land, für die gesamte Gesellschaft!«

Er sagt das mit einem so trotzigen Nachdruck, dass Daniel sich ihm zuwendet, um zu prüfen, ob womöglich Spott im Spiel ist. Nein. Der Mann meint es ernst. Furchtbar ernst. Nicht den Inhalt seiner Worte, sondern seine Bemühung, vor dem Gast aus Deutschland die Fassung zu bewahren.

In Lehtse überqueren sie einen weiteren unbeschrankten Übergang, was Toom die Achseln zucken lässt, doch wenig später hellt sich seine Miene ein wenig auf, denn neben einem weiteren leuchtend neuen Rail-Baltica-Schild kann er erstmals ein neues Gleisbett präsentieren: sauberer Schotter, Swetrak-Schwellen, blank polierte Schienen. »Hier sind hundertsechzig Kilometer bereits möglich«, sagt Toom.

Endlich erreichen sie eine der Schlüsselstellen der neuen Trasse: Tapa, den alten Eisenbahnknotenpunkt, wo die Petersburger Linie abzweigt. Jetzt werden sie zur Bahnbetriebsleitung fahren, denkt Daniel, sie werden sich gründlich die Gleisanlage besehen, er wird die wunden Punkte auf einem Plan eintragen und dazu Fragen an Toom und den Betriebsleiter stellen, und dann wird die Fahrt weiter in Richtung Tartu gehen. Doch Toom fährt vor einer Wohnblockzeile mit Satellitenschüsselbalkonen an den Straßenrand, sieht angestrengt in den Außenspiegel, setzt den Blinker und wendet.

»Ich muss zurück«, sagt er. »Ich muss sie finden. Sie kann nicht weg sein. Sie kann unmöglich die Stadt verlassen haben. Wo soll sie denn hin? Nach Deutschland vielleicht? Ha. Dort hat sie ja niemanden mehr. Sie ist in Tallinn. Garantiert. Gerade ist mir das bewusst geworden. Sie hält sich noch in Tallinn auf. Dort muss ich sie finden, bevor es zu spät ist.«

Außerhalb der Ortschaft nimmt der Mann nun keine Rücksicht mehr auf die Geschwindigkeitsbeschränkungen, Daniel versinkt im Sitz des Kleinwagens.

»Nächstes Jahr ist es zwanzig Jahre her, dass wir uns kennengelernt haben«, erklärt Toom. »An zwei Abenden in der Woche hat sie mit mir Deutsch geübt. An den anderen Abenden haben wir Platten gehört. Beethoven, Brahms, Wagner. Und ihr zuliebe Pärt. Oder wir haben ferngesehen. Finnisches Fernsehen. Samstags immer *Ein Fall für zwei*. Deutsch mit finnischen Untertiteln ...« In dem Maße, in dem sich sein Fahrstil verschärft, steigert sich Toom in einen Redewahn hinein. Er trichtert seine ganze Ehe in eine lange Litanei, überholt sämtliche Fahrzeuge, ohne zu zögern, weshalb mehr als einmal auf der Gegenfahrbahn die Lichthupe aufflammt, und als sie in Rekordzeit die Innenstadt von Tallinn erreichen, wird das Tempo zwar geringer, doch Daniel kommt trotzdem nicht zum Aufatmen, denn Margus Toom schaut sich nun intensiv suchend nach allen Seiten um. Er hält nach seiner entflohenen Ehefrau Ausschau und gerät dabei fortwährend auf die falsche Spur, weshalb die Fahrt von einem Hupkonzert begleitet wird wie ein Hochzeitskonvoi.

Und plötzlich, an einer komplizierten Kreuzung, an der zwei Straßen zueinanderfinden, um gleich darauf mehrfach von Querstraßen geschnitten zu werden, tritt Toom auf die Bremse. »Da!«, ruft er, beugt sich mit ausgestrecktem Arm über Daniel hinweg und ruft: »Da ist sie!«

Er nimmt die Füße von den Pedalen, das Auto macht einen Satz, der Motor geht aus, und Margus Toom springt aus dem Wagen. Daniel sieht ihn in die Richtung rennen, in die er gerade gedeutet hat. Die Fahrertür steht offen, ringsum wird gehupt.

Daniel sieht den Schlüssel stecken. Er könnte sich ans Steuer setzen und auf einen Parkplatz oder wenigstens an den Straßenrand fahren. Doch er tut es nicht. Es ist nicht seine Aufgabe. In Wahrheit hat er mit dem Wagen nichts zu schaffen. Er ist bloß der Beifahrer.

Die Kreuzung, auf der er steht, ist mit den Oberleitungen von Straßenbahn und Trolley überspannt. Daniel mag solche Kreuzungen. Die Leitungen sorgen für eine außergewöhnliche Raumwirkung, er versucht sich an besonders schöne Beispiele zu erinnern, der Max-Weber-Platz in München fällt ihm ein, der Kornhausplatz in Bern, aus den Autos, die sich vorbeischlängeln, wird er gestenreich beschimpft, er schaut in die Richtung, in die Toom gerannt ist, kann den Mann jedoch nicht mehr entdecken, vielleicht ist er in das Einkaufszentrum mit dem großen Videoscreen gelaufen, Daniel wartet noch eine Weile ab, lässt sich anhupen und beschimpfen, atmet durch die offene Fahrertür die nasskalten Abgase ein und steigt dann einfach aus, geht über die Straße und geradewegs davon.

Geheimnis und Empörung

Befindet sich der Ehemann auf Geschäftsreise, kommt einem der erste Abend alleine so ähnlich vor wie ein Tag zwischen den Jahren. Befreit von Pflichten und Erwartungen steht man vom Esstisch auf und fragt sich: Was möchte ich jetzt am liebsten tun? Am nächsten Tag tritt man aus dem Haus und glaubt, der großen Freiheit in die Arme zu laufen: Theoretisch, sagt man sich, könnte ich spontan für eine Nacht nach Venedig fliegen. Dieser schöne Gedanke malt einem auf dem Weg zur Arbeit ein Lächeln ins Gesicht. Doch schon nach Feierabend verliert die Aussicht auf die theoretisch unbegrenzten Möglichkeiten ihren Glanz, und nach achtundvierzig Stunden Alleinsein kann man ahnen, was Einsamkeit bedeutet.

Ines kennt das, jedes Mal ist sie froh, wenn Daniel von einer Dienstreise zurückkehrt – auch diesmal, *irgendwie*, trotz allem, und obwohl er früher als geplant nach Hause kommt, wenige Stunden nach einer kurzen, aus vollem Lauf zum Flugsteig ins Handy gekeuchten Vorwarnung.

Kaum ist er durch die Tür getreten, füllt er die Wohnung mit seinem Reisebericht aus. Ines hört ihn reden und ringt lange mit dem verstörenden Eindruck, ihr Mann sei während seiner Abwesenheit gewachsen. Auch scheint er lauter zu sprechen als zuvor.

Seine Nähe hebt ihr Alleinsein auf, doch bricht sogleich die unschönste der Einsamkeiten aus: diejenige, die es nur in der Zweisamkeit gibt. Wenn man die Last nicht teilen kann, an der man trägt. Als würde man dafür bestraft, dass man etwas verschweigt, nimmt das Geheimnis quälend das ganze Bewusstsein ein. Es kostet Kraft, ein Mindestmaß an Konzentration für andere Belange aufzubringen und zum Beispiel seinem Ehepartner zuzuhören. Ines zwingt sich, und je mehr sie sich zwingt, umso mehr weckt die Geschichte, die Daniel zu erzählen hat, ihre Empörung, besonders über das Verhalten der deutschen Frau des estnischen Eisenbahnmanagers. Ines echauffiert sich darüber so sehr, dass es Daniel übertrieben vorkommt.

»Vielleicht hat sie keine andere Möglichkeit gesehen«, wendet er vorsichtig ein.

»Es gibt immer eine andere Möglichkeit.«

»Da bin ich mir nicht sicher. Ich kann mir vorstellen, dass sie sich losreißen musste, weil man mit ihrem Mann nicht vernünftig reden kann. Ich hab doch gesehen, in was für einen Wahn er sich hineingesteigert hat.«

Aber Ines lässt keine Einwände gelten, und Daniel hüllt sich bald ins dicke Fell der Müdigkeit.

Am Sonntagmorgen stellt sich Ines so lange schlafend, bis Daniel des Wartens überdrüssig ist und aufsteht. Vormittagslicht sickert durch die kreisrunden Löcher in den Läden, Ines dreht sich vom Bauch auf die Seite, faltet die Hände zwischen den nachtwarmen Oberschenkeln und erinnert sich plötzlich an eine Folge von *Sex and the City,* aus der DVD-Box, die sie von den Freundinnen in der Pfalz anlässlich des Umzugs in die Großstadt überreicht bekam, garniert mit Zwinkern und Kichern. Es ist nur eine kurze Szene, an die Ines sich erinnert, Carrie erzählt ihren Freundinnen vom Erwachen neben ihrer neuen Männerbekanntschaft und gebraucht dabei die Formulierung: *He spooned me.* Als Ines das hörte, musste sie lachen, sie fand es witzig, und sexy, *He spooned me,* und sie dachte, so, wie die Schauspielerin es sagt und wie sie dabei schaut, muss sie auch privat wissen, wovon sie spricht.

Daniel kommt herein und wirft angezogen einen Blick aufs Bett. Ines streckt sich gähnend, lächelt, hält ihn mit Freundlichkeit auf Abstand.

Immerhin gehen sie brunchen und Daniel informiert seine Frau detailliert über die vergangenen Tage im Büro, insbesondere über die Friktionen mit der Chefin, nachdem er die Dienstreise in den Sand gesetzt hat.

Am Nachmittag nutzt Ines' Mutter den günstigen Sonntagstarif ihres neuen Telefonanbieters und teilt mit, sie sei mit dem Vater nach Zellertal gefahren, um vor der Statue des hl. Philipp eine Kerze anzustecken.

»Vielleicht nützt es was.«

»Ja, hoffentlich«, sagt Ines und bedankt sich mit dem Nachdruck, mit dem man ein Feuer austritt.

»Wie geht's dem Vater?«, fragt sie mit ehrlichem Interesse.

»Den Umständen entsprechend.«

Ines atmet auf, denn übersetzt bedeutet die Replik der Mutter: Alles in allem gut. Womöglich, denkt sich Ines, beruht das ganze seit zwei Monaten errichtete Männerkrankheitsszenario auf Fehlalarm. Oder auf blühender Fantasie, ausgelöst durch einen Mahner auf der Mattscheibe.

Ines weiß nicht, warum, doch kaum hat sie aufgelegt, wird ihr schlecht. Sie glaubt, sich übergeben zu müssen, und gerät in Panik. Was ist das für eine Übelkeit? Was ist heute für ein Datum? Nein, das kann noch keine Nebenwirkung anderer Umstände sein, der Zyklus ist noch nicht abgelaufen; geht es mit rechten, regelmäßigen Dingen zu, ist der 20. November der erste Tag des neuen Umlaufs, noch ist Zeit.

Zögernd und leise auftretend geht Daniel zu der würgenden Ines ins Bad.

»Es kommt nichts«, sagt sie. »Blinder Alarm.«

Zeitfenster

Am 20. November hätte das Blut kommen müssen, wenn es mit der gleichen Regelmäßigkeit schiefgegangen wäre wie in den Monaten zuvor. Aber das Blut ist nicht gekommen.

Serifa wundert sich, dass sie nicht von Hoffnung überflutet wird. Stattdessen schaudert es sie, als hätte sie Angst.

Vielleicht, räumt Serifa nach einigem Überlegen ein, ist es normal, dass sich die Angst meldet, wenn etwas lange Ersehntes auf einmal Wirklichkeit zu werden droht.

Anfang der Woche sagte ihre türkische Kollegin beim Umziehen im Personalraum beiläufig, am Samstag, den 23., beginne in diesem Jahr die Hadsch, ob Serifa jemals mit dem Gedanken gespielt habe, daran teilzunehmen, worauf die beiden Frauen sich lange ansahen, bevor die erste sich zu lachen traute. »Darüber darf man nicht lachen«, sagte die Kollegin sofort, das sei schließlich eine der fünf Säulen des Islam. Worauf sie sich auf die Lippen biss und abwandte.

Später im Auto dachte Serifa nach und kam zu dem Schluss, dass während ihrer gesamten Kindheit nur in der Schule von der Pilgerfahrt nach Mekka die Rede gewesen ist, zu Hause nie. Bei ihnen wurde ein Schnaps- und Schweinefleischislam gepflegt, woraus man keinen Hehl machen musste, weil die Verwandten und Nachbarn es größtenteils auch so hielten.

Serifa ist nicht religiös, aber die Bemerkung der Kollegin ließ ihr keine Ruhe. Am 20. müsste ihr Zyklus zu Ende sein, am 23. beginnt die Hadsch – plötzlich sah die Nähe der beiden Daten wie ein Zeichen aus. Den ganzen Morgen brauchte sie, um die Konstruktion loszuwerden, sie schalt sich selbst abergläubisch, musste aber, wenngleich mit Kopfschütteln, nachsichtig über sich lächeln.

Und in den Tagen danach hat sie sich, *aus reiner Neugier*, kundig gemacht, was *ihre Religion* eigentlich zum Thema Kinderlosigkeit sagt. Sie ist freundlich, ihre Religion, hat Serifa festgestellt, sie bezeichnet Kinderlosigkeit als eine Prüfung Gottes und nicht als etwas, was die betroffene Frau oder gar beide Ehepartner stigmatisieren würde. Sie erlaubt auch Hilfsmittel, sogar künstliche Befruchtung. Allerdings unter der Bedingung, dass der Samen des Ehemannes verwendet wird.

Serifa war erleichtert, sich nicht im Konflikt mit ihrer Religion zu befinden, und wunderte sich zugleich über die Erleichterung.

Dann glaubte sie sich zu erinnern, dass während der Hadsch in Mekka gesprochene Gebete hunderttausendfache Wirkung entfalten. Konnte sie eine Pilgerin ausfindig machen, die an ihrer Stelle für sie betete?

Serifa wunderte sich immer mehr über sich, ich muss vernünftig bleiben, redete sie sich ein und stieß doch innerhalb von Sekunden im Internet auf ein Forum, wo sie einen Link zu Bittgebeten bei Kinderwunsch fand. Mehr als ein Dutzend Varianten waren aufgeführt, sie bestanden aus Koranversen, die in bestimmten Intervallen und verbunden mit einem bestimmten Verhalten rezitiert werden mussten, »Mein Herr, lasse mich nicht einsam«, »Mein Herr, gewähre mir Du einen reinen Sprössling«.

»Hast du sie noch alle?«, wollte Rico wissen, als sie ihm zwei gekochte und geschälte Hühnereier auf einem Teller servierte, aber nicht, damit er sie äße, sondern damit er mit Safran auf das erste Ei den 48. Vers der 51. Sure schreibe und auf das zweite den 49. Vers; »Und die Erde haben Wir ausgebreitet und wie schön breiten Wir aus!«, hatte sie auf der Vorlage für das erste Ei notiert, und für das zweite: »Und von jeglichem Wesen haben Wir Paare erschaffen, auf dass ihr euch vielleicht doch besinnen möget.« Zum Schreiben hatte sie Safranfäden in so wenig Wasser gekocht, dass es sich deutlich färbte, und im Schreibwarenladen einen feinen Schulpinsel gekauft. »Das passt doch gar nicht alles drauf«, meinte Rico, musste aber schon ein bisschen lachen, »am besten, ich schreib es klein auf dem Computer und klebe dann den Ausdruck drauf«, sagte er, doch er tauchte den Pinsel in die Safranlauge. Beim Schreiben wuchs langsam die Zunge zwischen seinen Lippen hervor.

Nachdem er das erste Ei sorgfältig beschriftet hatte, verlangte Serifa, er solle es ihr zu essen geben. Sie kaute langsam, und erst als ihr Mund ganz leer war, forderte sie Rico auf, das zweite Ei der heiligen Handlung zu unterziehen. »Du hast sie echt nicht alle«, sagte er, machte sich jedoch sogleich ans Werk. Anschließend fütterte er sie ungefragt, lehnte sich, während sie kaute, stolz zurück und fragte: »War's das?«

»Fast«, antwortete sie. »Das müssen wir jetzt vierzig Tage hintereinander tun, damit es wirkt.«

Am zweiten Tag machte Rico noch einmal mit, war aber schon nicht mehr richtig bei der Sache und gab seine üblichen Scherze von sich – »Vielleicht wirkt es noch besser, wenn ich meine Eier bemale« –, am dritten Tag hatte er keine Lust mehr, mitzuspielen. Das ist am 22. November gewesen, und das Blut ist noch immer nicht gekommen.

Am 23. beginnt die Hadsch. Es ist Sonnabend, Serifa hat frei und muss den Besuch in der Apotheke vor ihrem Mann mit einem Spaziergang an der frischen Luft kaschieren. Sie kauft den teuersten Schwangerschaftstest, den sie vorrätig haben, und hat auf dem Heimweg das Gefühl, nur mit Mühe atmen zu können.

Im ovalen Fenster erscheinen zwei fadendünne Streifen. Der linke ist etwas schwächer als der rechte. Beide sind senkrecht und schnurgerade. Beide sind rot.

Serifa muss sich an der Waschmaschine abstützen, doch der Übelkeitsanfall ist schnell vorbei. Das kleine Bad wird eng und enger, sie muss hinaus.

Mithilfe der Fernbedienung sorgt Serifa im Wohnzimmer für Ruhe. Sie legt von hinten beide Arme um den Hals ihres Mannes und hält ihm dabei das ovale Fenster vor Augen.

Er sieht hin, bewegt den Kopf ein Stück zurück, um sicherzugehen, und dreht sich dann langsam zu ihr um.

»Freust du dich?«, flüstert Serifa ihm aus nächster Nähe ins Gesicht.

Einvernehmen

Beide kennen den Stichtag, Daniel hat seit dem Beginn ihrer Bemühungen mitgerechnet, das war Ehrensache und überdies praktisch, weil man nicht ständig fragen musste.

Am Morgen des 20. November wacht er auf und sieht Ines prüfend an.

»Was ist?«, fragt sie.

Er sucht kurz nach einem Kompliment, findet auf die Schnelle aber keines und sagt einfach: »Nichts.«

Der Werktag gestattet ihnen eine lange Trennung, so sehen sie einander ihre Nervosität nicht an, und am Abend lässt sich die Unruhe leicht mit beruflicher Restreizung erklären.

Wenn ich ihr sage, welche Szene mich permanent verfolgt, wird sie mich nie mehr ernst nehmen können, denkt sich Daniel, und Ines hat das Gefühl, mit einem Geheimnis zu hantieren, das von Uhlenhorst bis an die Nordspitze der Insel Sylt reicht; sie fragt sich, ob eine normale Ehe einen so riesigen Störfaktor zersetzen und verdauen kann.

Die Tage wälzen sich wie formlose Wolken voran, und Ines führt innerlich Selbstgespräche. Die Nervosität ist ja nur verständlich, sagt sie sich. Weil ich Angst habe, dass die Regel ausbleibt, verspanne ich mich, und darum bleibt sie aus, das ist ein Teufelskreis, doch wird der irgendwann enden, redet sie sich ein. Daniel ist nicht fähig, sich etwas einzureden, er denkt zwanghaft an Rico, an den Oger und seinen Samen, und überdies lässt ihm die offene Beifahrertür an dem kleinen japanischen Auto in Tallinn keine Ruhe. Er hätte sie zuschlagen sollen, bevor er sich davonstahl. Die albtraumhaften Bilder plagen ihn, doch überlagern sie auch den unschönen Konflikt mit Tomke Petersen so wirksam, dass er nicht realistisch über die möglichen Konsequenzen nachdenkt. Er ist noch nicht lange in der Firma, wäre leicht kündbar, falls die Chefin ihm nicht eine neue Chance geben möchte, sich zu beweisen und ihr in Erinnerung zu rufen, warum sie ihn einst eingestellt hat.

Die Erleichterung kommt in der Nacht von Freitag auf Samstag. Ines taucht aus dem Schlaf auf, muss sich kurz darüber klar werden, was sie geweckt hat, und in dem Augenblick bricht die Normalität aus, denn genau so wie jetzt ist es oft gewesen.

Daniel wird wach, als Ines aufsteht. Er rührt sich nicht, öffnet auch nicht die Augen. Sein ganzer Körper besteht aus Herzschlag.

Als Ines zurückkommt, tastet er nach ihr. Sie trägt einen Slip. Das Nachthemd hat sie im Bad gelassen.

Sie dreht ihm den Rücken zu, rutscht aber nach hinten und schmiegt sich so dicht an ihn, dass er gar nicht anders kann, als den Arm um sie zu legen.

Nachweise

Seite 204, 208
 Silbermond, *Irgendwas bleibt,* Columbia 2009.
Seite 208–209
 Peter Fox, *Haus am See,*
 Warner Music Group Germany Holding GmbH /
 A Warner Music Group Company 2008.
Seite 209, 341
 Die Toten Hosen, *Auflösen,* Jkp (Warner) 2008.
Seite 210
 Lily Allen, *The Fear,* Parlophone (EMI) 2009.
Seite 210–211
 Coldplay, *Viva la Vida,* Parlophone (EMI) 2008.